DIESES BUCH GEHÖ

W0333848

INA TAUS

BULLSHIT-BINGO

DAS SPIEL BEGINNT

DRACHENMOND VERLAG

Copyright © 2021 by

Drachenmond Verlag GmbH
Auf der Weide 6
50354 Hürth
http: www.drachenmond.de
E-Mail: info@drachenmond.de

Lektorat: Mira Manger – Herzgestein Lektorat
Korrektorat: Michaela Retetzki
Satz & Layout: Astrid Behrendt & Anika Ackermann

Umschlagdesign: NH-Buchdesign
Bildmaterial: Shutterstock

Druck: Booksfactory

978-3-95991-868-8
Alle Rechte vorbehalten

FÜR EMMA UND KAROLINE,

weil ihr mein Schwarz
in den schönsten Farben erstrahlen lasst

KAPITEL 1

Man könnte meinen, der Wagen meines Bruders wäre wie von Zauberhand auf den winzigen Parkplatz geglitten. Doch die Wahrheit war, dass er einfach ein besserer Fahrer war als ich. Vielleicht, weil in seinem Kopf keine Folge eines *Fast-and-Furious*-Einparkmanövers ablief, während er das Auto rückwärts in eine winzige Lücke quetschte.

Schwungvoll zog er die Handbremse seines Dodge Dart an, der mich durch die türkise Farbe – Easton bestand darauf, dass sein Wagen grün war, nicht türkis – an Rusty aus dem Pixar-Film *Cars* erinnerte. Was natürlich mehr über meine Liebe zu Animationsfilmen aussagte als über Eastons Leidenschaft für alte Autos, die er sogar zum Beruf gemacht hatte. Er träumte zwar immer noch davon, irgendwann mal Rockstar zu werden, aber zumindest machte ihm sein *normaler* Job auch Spaß.

Der Motor gab ein letztes tuckerndes Geräusch von sich, bevor Easton ihn mit dem Drehen des Schlüssels zum Schweigen brachte. »Das ist es also«, murmelte er und blies sich auf eine nachlässig gechillte Art eine braune Haarsträhne aus dem Gesicht. Er besaß tatsächlich die Frechheit, entspannt oder eher gelangweilt zu klingen. Ein Wunder, dass er nicht auch noch gähnte. Könnte er doch nur solch eine Begeisterung für die Wahl meines Colleges aufbringen wie für alles, was vier Reifen oder zwei Brüste hatte.

Ihn ignorierend drückte ich mir die Nase an der Fensterscheibe platt und starrte das rote Backsteingebäude ehrfürchtig an.

»Gregory College House«, flüsterte ich, und der Respekt, der in meiner Stimme mitschwang, war kaum zu überhören. Es war schon immer mein Traum gewesen, an einem Ivy-League-College zu studieren, und nun war ich hier. An der University of Pennsylvania, kurz *Penn* genannt. Eine der ältesten und renommiertesten Bildungsstätten des Landes.

East schnaubte. »Haley, du klingst, als würdest du dir gleich vor Ehrfurcht ins Höschen machen.«

Schwachsinn.

Ich drehte mich zu ihm um und boxte gegen seine Schulter. »Dafür«, ich zeigte mit dem Daumen über meine Schulter auf mein zukünftiges Wohnheim, »habe ich mir während der gesamten Highschool-Zeit den Hintern aufgerissen. Und jetzt halt die Klappe und nimm an diesem bedeutungsvollen Moment in meinem Leben teil, du Ignorant.«

Natürlich tat mein älterer Bruder genau das Gegenteil davon.

»Ich weiß nicht …«, murmelte er und spähte über meine Schulter hinweg ebenfalls nach draußen. »Das Haus wirkt nicht unbedingt eindrucksvoll.«

Ich konnte froh sein, dass ich überhaupt einen Wohnplatz bekommen hatte. Alle Wohnheime für Erstsemester waren längst voll gewesen, aber zum Glück hatte man hier noch ein Zimmer für mich aufgetrieben.

East verzog das Gesicht, als wäre er ein Wohnheimkritiker, und musterte den Altbau mit arrogant erhobener Augenbraue. »Rote Backsteine«, stellte er fest. »Das wirkt so, als würde das Gebäude absichtlich auf altmodisch machen.«

Wir waren nicht bei *American Idol*, und East hatte kein Recht, hier irgendwas zu kritisieren. Er hatte keine Ahnung, denn dieses Wohnheim war perfekt. Einen – für ihn langweiligen – Vortrag über mein neues Wohnheim würde ich mir definitiv sparen, denn er wüsste ihn sowieso nicht zu schätzen. *Wobei …*

»Wusstest du, dass es an der *Penn* zwölf verschiedene Häuser für die Studierenden gibt?«

Er grinste mich an. »Und da landest du ausgerechnet im Gregory House? Waren Haus Baratheon, Targaryen, Stark, Frey, Arryn,

Lennister, Graufreud und Martell schon voll?« Schlagartig verfluchte ich unseren gemeinsamen Serienmarathon im Sommer. Wer hätte auch ahnen können, dass mein Bruder mit seinen einundzwanzig Jahren noch vergaß, die Klobrille runterzuklappen, aber sich jeden noch so kleinen *Game-of-Thrones*-Fakt merkte? Sein Hirn war ein Sieb, das im Normalfall nur Blödsinn filterte. Wie zum Beispiel Jingles für Cornflakes-Werbungen, die er dann andauernd schief summte. Oder *GoT*-Facts.

Gott, war ich bereit, auszuziehen.

»Halt die Klappe, East«, murmelte ich mit einem Schmunzeln. Zugegeben, auch wenn Easton mich seit jeher mit Leidenschaft ärgerte, würde ich ihn vielleicht doch etwas vermissen. Bevor ich noch sentimental wurde, riss ich mich zusammen. Was jetzt kam, war eine wirklich große Sache für mich.

Das schien auch Easton zu bemerken, und er rettete mich vor meiner eigenen Gefühlsduselei, indem er den Schlüssel abzog und die Autotür öffnete. Die kurze Schonfrist, in der ich in aller Ruhe die Lage abchecken konnte, war offensichtlich zu Ende. Also tat ich es East gleich und stieg mit zittrigen Beinen aus. Möglicherweise, und das würde ich nie zugeben, hatte er nämlich recht und ich war tatsächlich ein kleines bisschen aufgeregt. Aber verdammt noch mal, ich hatte mein ganzes bisheriges Leben darauf hingearbeitet, irgendwann gemeinsam mit meinem Sportler-Freund – der nun mein Ex-Freund war – auf ein Ivy-League-College gehen zu können. Und jetzt war ich tatsächlich hier. Im Gegensatz zu ihm.

Nach der angenehm kühlen Luft im Auto raubte mir die flirrende Augusthitze Philadelphias kurz den Atem. Ich blieb wie festgefroren auf dem Gehweg stehen und starrte auf die Hausfassade. Auch wenn ich es ungern zugab, hatte Easton teilweise recht. Die roten Backsteine wirkten nicht unbedingt modern, aber dafür zählte die Universität zu den ältesten des Landes. Die *Penn* war so wie meine Highschool-Freundin Gretchen. Von außen betrachtet zum Verkaufen von Bibeln bestens geeignet, doch in ihrem Inneren so versaut, dass selbst der Teufel sich vor ihr verneigen würde. Dem ich, nur nebenbei bemerkt, meine Seele verkauft hätte, nur um hier studieren zu dürfen.

Ich nahm einen tiefen Atemzug, der zum Glück nicht nach Schwefel roch. Es hatte also doch Vorteile, es aus eigenem Antrieb an eine gute Universität zu schaffen. Ganz ohne ewige Verdammnis und Höllenfeuer.

Easton stellte sich neben mich und legte einen Arm um meine Schulter. »Und? Riecht die Luft hier anders als zu Hause?«

»Ja, akademischer.«

Das brachte ihn zum Lachen. »Wer's glaubt, Superhirn.«

Bei der Erwähnung meines Kosenamens wurde ich schon wieder etwas rührselig, denn ich wusste, dass er wahnsinnig stolz auf meine Zielstrebigkeit war. Als die bei seiner Geburt verteilt wurde, stand er immer noch beim Sarkasmus an, deshalb fehlte ihm diese Eigenschaft völlig.

Aus einem Impuls heraus drehte ich mich zu ihm und schlang meine Arme um ihn. East war ein wenig wie Olaf, der Schneemann aus *Frozen*. Der stand ebenfalls tierisch auf Umarmungen und nahm, was er bekommen konnte. Ich hielt es da wie Elsa. Aber genug von meiner Obsession für Animationsfilme. Und genug von dieser nicht enden wollenden Umarmung.

»Lass los. Du kennst die Zehn-Sekunden-Regel«, brummte ich. Ich war noch nie besonders touchy gewesen, ganz im Gegensatz zu dem übergroßen Stofftier-Olaf in Form meines Bruders, der sich immer noch an mich klammerte.

Natürlich ließ er mich nicht los. »Die tritt außer Kraft, wenn du eine Umarmung initiierst.«

»Wo steht das?«

»Geschwisterhandbuch, Kapitel vier, Absatz fünf. Wird großen Brüdern bei der Geburt eines Geschwisterchens geschenkt«, log er.

»Wenn du das sagst.« Ich versuchte trotzdem, ihn von mir zu schieben. »Aber langsam wird es merkwürdig. Nachher denken die heißen College-Jungs noch, dass ich mich von meinem Freund verabschiede. Und schon habe ich keine Chancen mehr, jemanden abzuschleppen.« Vermutlich würde das niemand denken, da East und ich uns ziemlich ähnlich sahen. Wir hatten die gleichen langweiligen braunen Haare und grünen Augen. Aber sicher war sicher und die zehn Sekunden bei Weitem überschritten, also schob ich ihn von mir.

Demonstrativ steckte Easton sich seine Finger in die Ohren. »La, la, la, la. Ich habe nichts gehört. La, la, la, la.«

Ich ging zum Kofferraum und öffnete die Klappe. »Sei nicht so prüde, East, und werd erwachsen. Du weißt schon, dass ich die ganze Highschool-Zeit über einen festen Freund hatte und dass wir in meinem Zimmer nicht nur gelernt haben, oder?«

»Nein«, ächzte er, als er sich neben mich stellte. »Aber ich werde es auf die Liste mit Dingen setzen, die ich nie über meine Schwester wissen wollte.«

Ich klimperte übertrieben mit meinen Augen. »Stets zu Diensten, Rockstar.« Auch ich hatte für Easton einen Spitznamen. Ich fand ihn ziemlich passend, da er seit seiner Jugend mehr Zeit mit seiner Gitarre verbrachte als mit Lernen oder seinen immer wechselnden Freundinnen.

Unser Geplänkel war für East wohl beendet, denn er klopfte auf einen der Umzugskartons. »Weißt du überhaupt, wo wir hinmüssen?«

»Ja, natürlich. Meine Zimmernummer wurde mir vorab mitgeteilt, ich muss nur noch den Schlüssel holen. Warte mal kurz hier.«

»Okay. Ich lehne mich einfach gegen den Wagen und sehe gut aus.« Vielleicht sollte ich Eastons Ego mitnehmen, sonst könnte es in der Hitze einen Sonnenstich bekommen.

Über die Schulter winkte ich ihm zu und ging dann das Gebäude entlang, um den Eingang zu finden. An sich eigentlich kein schwieriges Unterfangen.

Sollte man meinen.

Wenn man allerdings Haley Evans hieß, gestaltete sich die Suche nach einer Tür offensichtlich schwieriger als gedacht. Mein Orientierungssinn war mies. Man müsste mich vermutlich nur einmal mit geschlossenen Augen im Kreis drehen und ich würde nicht mehr zurück zum Wagen finden.

Aber da ich bereits in ein paar Stunden auf mich allein gestellt sein würde, sollte ich langsam damit anfangen, ohne Hilfe zurechtzukommen. Besser spät als nie.

Ich ging das große Gebäude entlang.

Fenster.

Fenster.

Noch mehr Fenster.

Das konnte doch nicht wahr sein. Der erste Tag am College, und ich scheiterte bereits daran, den Eingang zu meinem Wohnheim zu finden. Mein Orientierungssinn ließ wirklich zu wünschen übrig. Das, oder East hatte schlecht geparkt.

Na toll, immer noch keine Tür in Sicht. Dafür fand ich einen kleinen Durchgang, markiert durch eine Mülltonne. Ich nahm an, dass ich einfach auf der falschen Seite des Gebäudes gesucht hatte, also ignorierte ich den Gestank des Abfalls, hielt die Luft an und ging weiter.

Obwohl ich bereits durch meinen miesen Orientierungssinn gezeichnet und durch den kurzweiligen Verlust meines Geruchssinns eingeschränkt war, setzte das Universum noch einen drauf, indem es mich halb blind machte. Und das alles nur wegen der Sonne, die mich blendete und versuchte, mir die Sehkraft zu rauben.

Übertrieb ich?

Definitiv. Aber ich wollte verdammt noch einmal endlich einen Eingang finden.

Für einen kurzen Moment konnte ich wegen meines neuen Feindes – des Sonnenlichts – nur Schemen sehen, und wurde quasi von oben niedergestreckt.

Nicht von Gott. Nur von … keine Ahnung. Dem Schmerz nach zu urteilen, musste es ein Amboss gewesen sein. Mist, tat das weh.

Wer zur Hölle wirft am helllichten Tag mit Ambossen um sich?

Fassungslos starrte ich auf das Ding, das sich bei genauerem Hinsehen als Rucksack entpuppte und nun unschuldig zu meinen Füßen lag. Ich trat trotzdem nach dem verdammten Teil, das mich mit der Feuerkraft eines Dodgeballs am Kopf getroffen hatte, und rieb mir den Schädel. Ich hatte Völkerball immer schon gehasst. »Eliminiert.« Aber so was von.

Ein wenig benebelt sah ich nach oben und stellte fest, dass in diesem Moment ein Kerl aus einem offenen Fenster im ersten Stock sprang und souverän auf beiden Beinen landete, als würde er jeden Tag diese Superhelden-Moves abziehen.

Wer machte denn bitte so was?

Andererseits … es gab ja auch nirgendwo Türen, da war es scheinbar völlig normal, hier aus Fenstern zu springen.

Suchend sah er sich nach seinem Rucksack um, entdeckte aber nur das Mädchen, das sich immer noch den schmerzenden Kopf rieb.

»Fuck«, hörte ich ihn mit rauer Stimme sagen, die mir seltsam bekannt vorkam. »Geht es dir gut?«

»Ob es mir gut geht?«, murmelte ich und fixierte den Kerl mit mörderischem Blick. »Sehe ich so aus, als würde es mir …«

Mitten im Satz brach ich ab und starrte in die meerblauen Augen meines ehemaligen Nachbarn. Wobei *ehemalig* nicht ganz richtig war. Seine Eltern wohnten immer noch im Haus nebenan, nur Adam hatte ich den ganzen Sommer über nicht gesehen. Und den davor ebenfalls nicht.

»Adam Carter?«, kam es völlig verblüfft aus meinem Mund, und ich versuchte erst gar nicht zu verbergen, dass ich nicht damit gerechnet hatte, ihm an meinem ersten Tag in Philadelphia über den Weg zu laufen. Oder überhaupt jemals wieder in meinem Leben.

Aber er war es. Definitiv. Irrtum ausgeschlossen.

Adam hatte sich kaum verändert, sah aber trotzdem irgendwie anders aus. Erwachsener, möglicherweise. Und das, obwohl er immer noch die gleichen schwarzen Chucks – oder zumindest dasselbe Modell – trug, kombiniert mit einer schwarzen Jeans samt Rissen an den Knien und einem schwarzen kurzärmligen T-Shirt, das einen Blick auf seine tätowierten muskulösen Arme freigab. Im Gegensatz zu seinem tristen Kleidungsstil bewies er wenigstens dort Mut zur Farbe.

Wie es aussah, hatten so ziemlich alle Farbschattierungen der Welt auf Adams Haut eine Orgie gefeiert und sich in rasendem Tempo miteinander vereinigt. Zumindest konnte ich mir nicht anders erklären, warum das Punisher-Zeichen, das er sich in der Highschool auf den Unterarm hatte stechen lassen, plötzlich eine Party mit dem kompletten Marvel-Cast feierte. Ein Superheld reihte sich an den nächsten. Was aber zunächst wie eine ungeordnete Ansammlung wirkte, setzte sich erstaunlicherweise zu einem wirklich spannend anzusehenden Gesamtbild zusammen.

War Adam Carter immer schon so … so … so tätowiert einschüchternd gewesen? Anders konnte ich mir nicht erklären, dass plötzlich das Wort *heiß* im Zusammenhang mit ihm in meinem Kopf herumspukte. An den hellbraunen Haaren, die er offensichtlich immer noch nicht richtig stylen konnte, lag es bestimmt nicht. Dieser heiße Studentenlook war doch zum Kotzen. Dazu noch dieses penetrante Sonnyboy-Lächeln mit leicht nach oben gezogener Augenbraue, die ihn wirken ließ, als würde er die ganze Welt hinterfragen wollen.

»Haley Evans.« Keine Frage, sondern eine Feststellung. Kam jetzt der Moment, in dem er sein »Geht es dir gut?« zurücknahm und mir stattdessen ein »Kannst du nicht aufpassen?« an den Kopf warf?

Ich lag falsch. So verdammt falsch, denn er sagte: »Schön, dich zu sehen.«

War das wirklich Adam? Der Junge von nebenan, Eastons ehemaliger bester Freund und der Typ, der irgendwann nur noch mit einsilbigem Brummen auf Fragen von mir reagiert hatte?

Skeptisch sah ich ihn an. »Fällt mir gerade nicht leicht zu glauben, nachdem du mich beinahe mit deinem Rucksack ermordet hast.« Ich verschränkte meine Arme vor der Brust und versuchte, ihn grimmig in Grund und Boden zu starren. Was nicht besonders einfach war, wenn man bedachte, dass ich viel kleiner war als er. Angsteinflößend sah definitiv anders aus. Ungefähr einen Meter achtzig mit Bad-Ass-Marvel-Tattoos. Nicht dass ich immer noch darauf starren würde.

Adam pflügte mit den Fingern durch sein Chaoshaar. »Kannst du kurz aufhören, so … so … *haleymäßig* zu sein, um mir endlich zu sagen, wie du dich nach meiner Attacke fühlst?«

»Also gibst du zu, dass es vorsätzlich war?«

»Nein, aber es tut mir echt leid«, entschuldigte er sich. »Das mit dem Rucksack war ein Versehen. Ich wollte dich nicht damit abschießen. Aber hör jetzt endlich auf auszuweichen und sag mir, ob du okay bist.«

»Ich denke, ich habe durch den Schlag auf den Kopf meinen Orientierungssinn verloren.«

Vorwurfsvoll sah er mich an. »Du hattest noch nie einen. Und deinem eigenartigen Sinn für Humor ist auch nichts passiert.«

Mist! Da hatte ich einen sexy Zusammenstoß, aus dem sich eine romantische College-Lovestory ergeben könnte, nur leider mit einem

Kerl, an dem ich keinerlei Interesse hatte. Was noch dazu auf Gegenseitigkeit beruhte.

Mit seiner Hand winkte Adam vor meinem Gesicht herum. »Tut dir irgendetwas weh? Fühlst du dich anders als sonst?«

»Na ja, dieses unfreiwillige Treffen hat mich ziemlich durcheinandergebracht.«

»Ernsthaft?«

»Nein.« *Ja!* Denn immerhin sprach er heute in einem normalen Tonfall mit mir. Das verwirrte mich. »Aber ich würde wirklich gern wissen, wieso du wie ein Stunt-Double aus dem Fenster gesprungen bist.«

»Die Tür quietscht und ich wollte unauffällig verschwinden.«

»Aha.« Das erklärte gar nichts. »Und in deinem Rucksack befinden sich irgendwelche Juwelen, die du da drinnen gestohlen hast?«

Adams Augenbrauen wanderten nach oben. »Nette Theorie. Das kannst du aber auch deutlich besser. Was ist der Wahrscheinlichkeit nach der häufigste Grund, aus denen Kerle in Fenster oder aus Fenstern klettern?«

Sex.

»Weil sie ihren Schlüssel vergessen haben?«

Ein belustigtes Schnauben kam aus Adams Mund, und ich fühlte mich geschmeichelt, dass ich ihn immer noch zum Lachen bringen konnte, wenn er mehr als einen Satz am Stück mit mir sprach. Was sich eigenartig anfühlte … vertraut, aber irgendwie auch neu. War der Adam, der wohl von Aliens entführt und gegen eine unhöflichere Version seiner selbst getauscht worden war, nun wieder zurück?

Irgendwie wollte ich nicht daran glauben, denn in den Jahren, bevor er aufs College abgehauen war, hatte er mich entweder ignoriert oder angebrummt. Ich rechnete jeden Moment mit einem Hirnkrampf, da die ganze Situation einfach nicht in meinen Kopf wollte, während Adam mich völlig unverblümt mit seinen unergründlichen Augen musterte. Diesen Blick kannte ich nur zu gut. Ihm folgte in den meisten Fällen irgendein dummer Kommentar.

In spätestens drei, zwei, eins …

»Und? Was hast du so in den letzten Jahren gemacht? Wie ich sehe, stehst du immer noch auf diesen Disney-Kram.« Er deutete mit einer nachlässigen Handbewegung auf mein Shirt und gab mir somit das Gefühl, wieder ein kleines Kind zu sein.

Und was war dann Marvel? Das Disney für Erwachsene, oder wie durfte ich das verstehen? Disney war kein Kleinkind-Kram. Es war eine verdammte Lebenseinstellung, aber Mister Obercool hatte vermutlich vergessen, dass er bei *König der Löwen* wie ein Baby geheult hatte. Mit zwölf! Aber was kümmerte es mich. Mein Grinsekatzen-Shirt, meine *Arielle*-Unterhose – die ich natürlich *unter* supersüßen und supersexy Shorts trug – und ich würden jetzt verschwinden. Klar, ich hatte bestimmt eine Million Fragen an Adam, doch die Angst, dass er sie in seinem altbekannten Arschlochtonfall beantworten würde, hinderte mich daran, sie zu stellen. Besser, ich trat den Rückzug an und vergaß, dass ich Adam heute wiedergesehen hatte.

»Ja, Disney ist offensichtlich mein Marvel«, spottete ich nach einem Blick auf seine Arme. »Wenn du erlaubst, würde ich jetzt in mein neues Wohnheim gehen.« Falls ich jemals einen Eingang finden würde.

Zur Untermauerung meiner Worte wollte ich an Adam vorbeirauschen und ihn einfach stehen lassen, doch er griff nach meinem Unterarm. »Halt! Warte.«

Seufzend blieb ich stehen. Natürlich. Es war ein großer Zufall, dass wir uns hier über den Weg gelaufen waren. Und hätte Adam sich in den Jahren bis zu seinem Highschool-Abschluss nicht wie ein unausstehlicher Arsch aufgeführt, wäre ich einem bisschen Small Talk nicht abgeneigt gewesen. Vor allem, da die Frage *Wohnst du auch in diesem Gebäude?* ganz oben in meinem Fragenkatalog stand. Aber die Dinge lagen nun einmal anders zwischen uns, deshalb würde ich mich zurückhalten. Die Angst vor Abweisung oder dämlichen Antworten war einfach zu groß.

Demonstrativ blickte ich auf meinen Arm, den Adam gar nicht mehr loslassen wollte. So viel Körperkontakt zu ihm war ich nicht gewohnt. Außerdem tickte die Uhr, denn die Zehn-Sekunden-Regel galt auch für ihn.

»Sorry.« Der kam ja heute aus dem Entschuldigen gar nicht mehr raus. »Ich hab dich schon ewig nicht mehr gesehen und du läufst einfach weiter, als würden wir uns nicht seit unserer Kindheit kennen.« Seine Stimme klang anklagend, was mich unfassbar wütend machte. Denn *er* hatte kein Recht, mir irgendwelche Vorwürfe zu machen.

Mit vor der Brust verschränkten Armen wandte ich mich ihm zu. »Na rate mal wieso.«

»Weil ich auf der Highschool ein unausstehliches Arschloch war?«

Ding, ding, ding. Tausend Punkte für den Kandidaten. »Ja, das bringt die Sache so ziemlich auf den Punkt.«

»Menschen ändern sich.«

»Newsflash!«, zischte ich wütend. »Glaub mir, niemand weiß das besser als ich. Denn mein ehemaliger Nachbar hat mich von einem auf den anderen Tag nicht mehr angesehen, während er mit meinem Bruder immer noch auf *best friends forever* gemacht hat.«

Easton!

Ich schlug mir die Hand vor die Stirn, was vermutlich genauso doof aussah, wie ich befürchtete. Mein Bruder war ja auch noch hier und würde mich hoffentlich vor Adam retten. Sofort machte ich auf dem Absatz kehrt und ging zielstrebig zurück in die Richtung, aus der ich gekommen war.

»Haley, dafür gibt es eine Erklärung.«

Vermutlich, doch ich wollte sie nicht hören. Oder eher nicht mehr, denn sie kam ein paar Jahre zu spät. »Und warum läufst du überhaupt von mir davon?«, fragte Adam, der mir hinterhertrottete wie ein Hund seinem Herrchen. Was sollte das?

»Ist das nicht offensichtlich?« Unbeirrt ging ich weiter und versuchte, Adam zu ignorieren. Leider war das unmöglich, denn Adam war für mich wie das ätzende Geräusch von Kreide auf einer Schiefertafel.

»Ja, schon. Aber wir sind doch erwachsen und können darüber reden.«

Nach einer halben Drehung, zu der mir jede Ballerina gratuliert hätte, blaffte ich ihn an: »Nennst du mich jetzt auch noch kindisch?« Und das Schlimmste war, ich konnte es ihm nicht einmal verübeln, denn er hatte recht. Ich verhielt mich unlogisch und wie eine Zicke, die ich eigentlich nicht war.

Meine Schultern sackten nach unten. »Du hast recht.«

»Was?« Adams Stimme überschlug sich beinahe vor Unglauben.

»Ich sagte, du hast re-hecht.«

Doch Adam schien mir gar nicht mehr zuzuhören, da er über meine Schulter starrte. »Steht East da vorn?«, fragte er abgelenkt.

Ich drehte mich in die entsprechende Richtung und erkannte, dass mein Bruder wie angekündigt an seinem Wagen lehnte und Löcher in die Luft starrte. Vielleicht genoss er auch einfach nur die Sonne. Die verspiegelte Brille wäre zumindest ein Hinweis darauf.

»Ja, tut er. Er hat mich hergefahren.«

Sofort setzte Adam sich in Bewegung. »Wohnt er immer noch in Sheffield?«

Okay, offensichtlich war East nun interessanter und ich schon wieder Luft für Adam. Mein Plan ging besser auf als gedacht.

»Ja«, antwortete ich einsilbig.

Adam schien es eilig zu haben, Easton zu erreichen, und ich lief ihm hinterher. Keuchend blieben wir – okay, ich keuchte, Adam sah immer noch aus, als wäre er eben aus dem Bett gefallen – vor meinem Bruder stehen.

Ich rang mir ein Lächeln ab. »Sieh mal, wer mir gerade seinen Rucksack auf den Kopf geschmissen hat.« Der wohl eigenartigste Satz, der jemals meinen Mund verlassen hat.

»Habe ich mich eigentlich schon dafür entschuldigt?«

»Komischerweise bereits gefühlte hundert Mal.« Ich musste wohl erst wieder lernen, mit der netten Version von Adam umzugehen.

Easton, der bekanntlich die Aufmerksamkeitsspanne einer Fliege hatte, schien schnell zu verdauen, dass sein ehemaliger bester Freund unerwartet vor ihm stand. »Bei Haleys Dickschädel würde es mich wundern, wenn sie sich ernsthaft verletzt hätte.« Danach hielt er seinem Highschool-Freund die Hand hin, und nach ein paar ziemlich kompliziert aussehenden Handschlägen grinsten sie sich an.

Ernsthaft jetzt? So einfach war das zwischen Jungs? Keine Vorwürfe? Nichts? Ich war offensichtlich zu kompliziert. Und nachtragend.

Besser, ich kümmerte mich zuerst um den Schlüssel, danach um … das hier. Adam und Easton hatten sich bestimmt eine Menge zu erzählen, und ich würde ihnen nicht fehlen.

»Ich werde dann mal weiter versuchen, einen Eingang in diese Festung zu finden«, murmelte ich. Im Notfall würde ich einfach versuchen, durch das Fenster zu klettern, aus dem Adam gekommen war.

Ich wollte gerade wieder den gleichen Weg wie zuvor nehmen, da hielt Adam mich auf, indem er mir nachrief: »Haley. Andere Richtung.«

KAPITEL 2

Fünfzehn Minuten, ein paar ausgefüllte Formulare und eine Schlüsselübergabe hatten ausgereicht, um einzusehen, dass ich die Zicke in mir nicht mehr auf Adam loslassen würde. Er war kein schlechter Kerl, und ich hatte mich ein klitzekleines bisschen hineingesteigert. Klar, früher hatte er sich wie der Oberfiesling eines Highschool-Dramas verhalten, aber ganz tief in mir drin wusste ich, dass Adam viele gute Seiten hatte. Unter den ganzen bunten Tattoos steckte der kleine Junge, der gemeinsam mit seiner Granny, seiner Mom und mir Kekse gebacken hatte, weil er wusste, dass ich Santa Claus sonst kein selbst gemachtes Gebäck auf den Kaminsims stellen konnte. Dad war ein zu miserabler Bäcker und Santa wäre mit einer Lebensmittelvergiftung im Krankenhaus gelandet.

Außerdem vermisste ich den Adam, mit dem East und ich jeden Nachmittag unsere Hausaufgaben gemacht hatten. Sein Grandpa hatte alles kontrolliert oder uns abgefragt. Damals war Adam so was wie mein bester Freund gewesen.

Ich hoffte einfach, dass der hormongebeutelte Teenager, der nur einmal schmallippig lächeln musste, um alles zu bekommen, ohne dass er einen Funken Dankbarkeit gezeigt hätte, die Pubertät endlich überstanden hatte. Denn *ihn* hatte ich gehasst, weil er mich einfach aus seinem Leben gestrichen hatte. Das Mehrgenerationenhaus, in dem er mit seinen Eltern und Großeltern gelebt hatte, hatte ich in dieser Zeit nur noch von außen gesehen. Genauso wie den fetten SUV

Land Cruiser, den der Arzt- und Anwaltsspross zu seinem sechzehnten Geburtstag bekommen und in dem er alle seine Freunde – und so ziemlich jedes Mädchen aus der Highschool – mitgenommen hatte. Nur mich nicht. Ich war im wahrsten Sinne des Wortes nur noch Zaungast gewesen. Und das nahm ich ihm auch heute noch verdammt übel. Doch am schlimmsten fand ich die Tatsache, dass ich damit begonnen hatte, Adam insgeheim zu hassen, da er mir durch seine Ablehnung etwas viel Wichtigeres genommen hatte: seine Familie, die auch ein wenig meine gewesen war. Klar, East und ich hatten Dad. Und er war ein großartiger Dad, hatte uns Pausenbrote geschmiert, uns abends ins Bett gebracht und sich an den Wochenenden intensiv Zeit für uns genommen. Ich hatte ihm nie einen Vorwurf daraus gemacht, dass er unter der Woche nur wenig Zeit fand, denn er tat sein Allerbestes, damit es uns gut ging. Aber als Mädchen hatte ich mich nach weiblichen Vorbildern in meinem Leben gesehnt, und diese in Form von Adams Granny und seiner Mom Edith auch bekommen.

Ich konnte darüber hinwegsehen, dass Adam zur Highschool-Zeit ein überhebliches Arschloch geworden war, und auch, dass er bis nachts um zwölf mit seinen Freunden um die Häuser gezogen war und trotzdem gute Noten geschrieben hatte, während ich rund um die Uhr versucht hatte, den Schulstoff in mein Hirn zu prügeln, um etwas aus meinem Leben zu machen. Aber dass er jedes Mal das Gesicht verzogen hatte, wenn ich auch nur in die Nähe seines Hauses gekommen war, hatte mich damals mehr verletzt, als ich jemals zugeben würde. Und deshalb hatte ich irgendwann damit aufgehört, auch wenn Granny und Edith nicht müde geworden waren zu betonen, dass ihre Tür immer offen stand. Bis heute.

Trotz allem wollte ich Adam eine neue Chance geben. Man sollte mir einen Mutter-Theresa-Orden verleihen, aber ich wollte daran glauben, dass er sich wirklich geändert hatte, auch wenn es naiv war. Jeder verdiente eine zweite Chance, und bestimmt tat ihm sein Verhalten leid.

Oder auch nicht …

Viel schneller als gedacht zerplatzte mein Vorsatz – puff – wie eine Seifenblase. East stand allein beim Wagen und tippte gelangweilt auf seinem Smartphone herum. Irritiert sah ich mich nach Adam um, doch er war so schnell verschwunden, wie er gekommen war. So etwas brachte nur Adam zustande: zuerst mit der Schnelligkeit eines Wanderfalken im Sturzflug aufzutauchen und sich danach mit dem Tempo eines Gepards wieder aus dem Staub zu machen. Boah, ich sollte mir nachts weniger Tierdokumentationen reinziehen.

»Wo ist Adam?«, fragte ich und war stolz, dass ich dabei nicht zickig klang. Ich hasste es, wenn Menschen einfach verschwanden, denn das erinnerte mich auf unangenehme Weise an meine Mom, die einfach eines Nachts abgehauen war und nichts als einen lächerlichen Brief hinterlassen hatte.

Easton sah auf. »Carter?« Wieso mussten Männer sich eigentlich immer mit Nachnamen ansprechen?

»Ja, *Adam* Carter«, betonte ich seinen vollen Namen und klang dabei genervter, als ich war. »Der Typ, der im Haus neben uns aufgewachsen ist und den wir eben wiedergesehen haben«, wiederholte ich für den Fall, dass das Sieb, das er als Gehirn benutzte, diese Info mit einem Werbejingle überschrieben hatte.

Ein verwirrter Ausdruck erschien auf Eastons Gesicht. »Ich dachte, du wolltest, dass ich ihn für dich loswerde?«

»Wieso? Weil er der einzige Mensch in Philadelphia ist, den ich kenne und der mich davor bewahren könnte, mich in einer Stadt mit über eins Komma fünf Millionen Einwohnern zu verlaufen?« Ich hätte mir lieber ein College in einer Kleinstadt aussuchen sollen.

»Du hast Google Maps auf deinem Smartphone. Benutz es.« Ja klar, als wäre ich so vernünftig und würde jeden Tag meinen Akku aufladen. »Außerdem hasst du Carter.«

East wusste, was zwischen Adam und mir abgelaufen war, und auch, wie sehr es mich belastet hatte. Doch er hatte keinen Finger gerührt, um die Sache zwischen Adam und mir wieder hinzubiegen. Womöglich war es ihm auch egal, denn für ihn war Adam einfach nur sein bester Freund gewesen und der Rest seiner Familie die netten und freundlichen Leute von nebenan. Für mich allerdings waren sie lange Zeit meine Ersatzfamilie gewesen.

»Ich habe ihn lange nicht gesehen.« Unschlüssig zuckte ich mit den Schultern und hoffte, dass die fiese Haley schön in ihrem Käfig sitzen blieb. Jetzt war definitiv kein Moment, um in den Ring zu steigen. »Offenbar ist der Hass abgeflaut, und außerdem … East, er war *nett* zu mir.«

»Du warst ja auch jahrelang so etwas wie eine kleine Schwester für ihn«, erinnerte mich East.

»Und die ignoriert man dann in der Highschool?«

»Das kommt häufiger vor, als du denkst. Gretchen und ihr Bruder hassen sich doch auch wie die Pest.«

So hatte ich das noch nie gesehen und ich musste zugeben: East hatte komischerweise recht.

Eigenartiges Gefühl.

»Fürs Protokoll. Oder dein komisches Geschwisterhandbuch, dessen Existenz ich immer noch anzweifle«, sagte ich zu Easton und bohrte ihm meinen Zeigefinger in die Brust. »Ich hege Adam gegenüber so was von überhaupt keine geschwisterlichen Gefühle.«

Easton betrachtete mich mit einer hochgezogenen Augenbraue. »Ach, das ist mir neu.«

»Was ist dir neu?« Die Verwirrung, die in meiner Stimme mitklang, war unüberhörbar.

»Dass du scharf auf Adam bist.«

Was? Wie kam er denn auf so einen Schwachsinn? Ich konnte nicht abstreiten, dass die äußere Hülle von Adam ganz ansehnlich war. Jedes Mädchen im Umkreis von drei Meilen würde ihm vermutlich sein Höschen zuwerfen. Nur ich nicht. Er wüsste Arielle gar nicht zu schätzen.

»Ja klar, du Irrer. Du schickst Adam weg, weil du denkst, dass ich ihn loswerden will, aber im nächsten Moment unterstellst du mir, dass ich auf ihn abfahre?«

»Ja, offensichtlich«, antwortete er irritiert. Danach schüttelte er über sich selbst den Kopf. »Okay«, kam es nach kurzem Nachdenken von ihm. »Ich sehe selbst, wie lächerlich das war. Tut mir leid.«

»Schön. Dann können wir ja endlich was Produktives machen.« Ich nahm Easton den Autoschlüssel ab und ging zum Kofferraum, der immer noch offen stand. Nachdem ich den ersten Umzugskarton in meinen Händen hielt, griff sich East, der Angeber, natürlich gleich zwei. Ich würde ihm gern zu seiner Stärke gratulieren, war mir aber sicher, dass er aus Faulheit lieber schwerer schleppte, als mehrfach zu gehen.

Ich balancierte den Karton umständlich auf meinem Knie, um die Klappe des Kofferraums zu schließen und die Zentralverriegelung zu betätigen.

»Komm mit«, wies ich meinen Bruder an und ging voraus. Dieses Mal sogar in die richtige Richtung. Es geschahen doch noch Wunder.

»Also, wie war es für dich, Adam wiederzusehen?« Das Thema Adam nagte an mir, und ich wollte unbedingt erfahren, was passiert war, während ich endlich den Eingang in die Festung, wie ich mein Wohnheim inzwischen insgeheim nannte, gefunden hatte.

»Wie war es für dich?«, stellte er sofort eine Gegenfrage.

»Wir müssen hier rechts rein«, sagte ich. »Es war nicht besonders aufregend, wenn man von dem Umstand absieht, dass er mich mit einem Rucksack erschlagen wollte.« Leicht zuckte ich mit den Schultern, was mit dem Umzugskarton in meiner Hand gar nicht so einfach war. »Ich bin mir nur noch nicht ganz sicher, was ich von seiner plötzlich wiedergekehrten Freundlichkeit halten soll. Und von der Tatsache, dass mein Hirn ebenfalls ein Sieb zu sein scheint, denn ich habe nicht mehr daran gedacht, dass er hier studiert ...«

Easton schloss zu mir auf und wir sahen uns kurz an. »Irgendwie habe ich in den letzten zwei Jahren überhaupt nicht oft an ihn gedacht. Komisch, oder?«

»Schon, wenn man bedenkt, dass es euch zwei euer ganzes Leben lang nur noch im Doppelpack gab.«

Unbehagliches Schweigen breitete sich zwischen East und mir aus, was wirklich selten vorkam. Die Falte zwischen seinen Augenbrauen sagte mir, dass er intensiv nachdachte. Vermutlich darüber, warum die beiden nicht mehr wie siamesische Zwillinge durch die Welt liefen.

Sofort überkam mich das schlechte Gewissen, denn ich hatte mich insgeheim darüber gefreut, dass Adam unseren Heimatort verlassen hatte. So hatte ich wieder im Nachbarhaus ein und aus gehen können, ohne dass man versucht hatte, mich mit Blicken zu töten. Edith war die geborene Mom und hatte es sich trotz ihres Jobs als Anwältin nie nehmen lassen, sich neben ihrer eigenen Familie auch noch um mich zu kümmern. Sie war für mich da gewesen, als ich meine Periode bekommen und mich auf unserer Toilette eingeschlossen hatte, weil ich nicht gewusst hatte, wie ich damit umgehen sollte. Als ich meinen ersten Freund hatte, war sie mit mir zum Frauenarzt gegangen und hatte mir die Pille besorgt. Außerdem hatte ich auch einen Vortrag darüber bekommen, wie wichtig es war, trotzdem immer Kondome zu verwenden.

Vor dem Abschlussball war sie es gewesen, die mit mir ein Kleid ausgesucht hatte, nachdem Dad sie überfordert um Hilfe gebeten hatte. Außerdem war sie diejenige, die mich nach der Trennung von Will ermutigt hatte, auf die *Penn* zu gehen und mein eigenes Ding durchzuziehen.

East wollte gerade etwas sagen, doch ich schnitt ihm das Wort ab. »Macht es mich eigentlich zu einem schlechten Menschen, dass ich Edith nie nach Adam gefragt habe?«

Wir erreichten die Eingangstür, die ich vorsorglich bereits offen gelassen hatte, und ich ging voraus, um East den Weg zu meinem Zimmer zu zeigen.

Es wuselten gefühlt eine Million Menschen in diesem Wohnheim herum, und ich hatte Mühe, mich an einem Elternpaar vorbeizuquetschen, das immer noch auf ihre pinkhaarige Tochter einredete. Die drei waren mir schon zuvor aufgefallen.

Beim Vorbeigehen warf mein Bruder dem Mädchen interessierte Blicke zu. Zwei Umzugskartons in den Armen waren wohl kein Hindernis, um Mädels klarzumachen. »East, wir müssen in den ersten Stock«, versuchte ich seine Aufmerksamkeit wieder zurückzuerlangen. Das Schneckentempo, das er plötzlich hinlegte, machte mich irre und die Box in meinen Händen wurde sekündlich schwerer.

»Wie … was?«, kam es abgelenkt von meinem großen Bruder.

Mit dem Kinn deutete ich zu der Tür, die zum Treppenaufgang führte. »Da rauf.«

»Ach so. Bin da.«

Körperlich vielleicht. Geistig war er immer noch bei dem Mädchen. Kopfschüttelnd ging ich voran. Es wunderte mich, dass er mir tatsächlich folgte und sogar verspätet auf meine Frage antwortete. »Du bist übrigens kein schlechter Mensch. Adam hat sich dir gegenüber wie der letzte Arsch verhalten. Ich würde mich auch nicht nach dem Kerl erkundigen, der mich in der Grundschule in den Spind gestopft hat.«

Mein Mund klappte auf und ich hielt mitten in der Bewegung inne. Auf dem Treppenabsatz stehend drehte ich mich zu Easton um. »Dich hat jemand in den Spind gestopft?«

»Keine große Sache. Er war größer und stärker als ich. An der Highschool habe ich dann ihn in seinen Spind gestopft. Alles gut.«

Ich zog eine Augenbraue hoch. »Easton Evans, so löst man keine Probleme.«

»Hab auch nie behauptet, dass es richtig war.«

Kopfschüttelnd setzte ich meinen Weg fort und stolperte prompt im Treppenhaus über meine eigenen Füße. Der Karton fiel mir aus den Händen und ich landete auf den Knien. »Autschi«, wimmerte ich.

»Haley«, rügte East mich genervt. »Pass doch auf.«

Ich stand auf und zischte: »Ich bin doch nicht absichtlich gestolpert.« Beleidigt bückte ich mich nach dem Karton und ging weiter. Ohne mich mit East zu unterhalten, um weitere Unfälle zu vermeiden.

Oben angekommen, kämpfte ich damit, den Karton nicht ein weiteres Mal fallen zu lassen, während ich die Tür mithilfe von meinem Fuß aufstemmte. Easton schlüpfte vor mir durch, und nun befanden wir uns auf einem langen, nicht besonders breiten Gang, von dem zahlreiche Türen abgingen. »Jetzt links. Es ist die letzte Tür auf der linken Seite, hat der Schlüsselverwaltungstyp gesagt«, gab ich weitere Anweisungen.

Stumm ging Easton voran. »Nicht unbedingt das schlechteste Zimmer. Dann laufen nicht immer alle Studenten an deiner Tür vorbei.«

»Finde ich auch«, stimmte ich zu, kam dann aber wieder auf unser ursprüngliches Thema zurück. »Also, wohnt Adam auch hier im Wohnheim? Hast du ihn das gefragt?«

»Ja.«

»Ja, er wohnt hier, oder ja, du hast gefragt?«

Easton schnaubte belustigt. »Er lebt nicht im Studentenwohnheim«, präzisierte er.

»Aber was hat er dann hier gemacht?« Diese *Nach-dem-Sex-durch-das-Fenster*-Geschichte wollte ich einfach nicht glauben.

Easton blieb abrupt stehen und ich lief in ihn hinein. Die Unglückskette riss einfach nicht ab. »Kannst du mich nicht vorwarnen?«, beschwerte ich mich.

»Kannst du nicht aufpassen?« Halb drehte East sich zu mir um. Das Grinsen auf seinem Gesicht passte überhaupt nicht zu seinen schroffen Worten. »Was denkst du denn, was er gemacht hat?«

»Eine Bombe gelegt?« Immerhin war er wie ein Ninja durch das Fenster gesprungen.

»Was stimmt mit dir nicht?«

»Daran bist du schuld. Jahrelang habe ich neben Adam und dir gesessen, als ihr blöde Ballerspiele auf der Konsole gezockt habt. So was prägt junge Menschen.«

Mit meiner Aussage brachte ich Easton dazu, die Augen zu verdrehen. »Klar. Ich bin schuld daran, dass du verkorkst bist.« Eigentlich hätte ich diesen Umstand eher dem Fehlen meiner Mom zugeschrieben, aber wenn East sich als Sündenbock anbot, würde ich mich ihm nicht in den Weg stellen.

»Er war bei einem Mädchen«, stellte Easton klar. »Und das nicht zum Lernen.«

Er drehte sich wieder um und ging weiter.

»Und das weißt du nach so kurzer Zeit? Wie macht ihr Männer das?«

»Wir labern eben nicht ewig herum.«

»Und wie kann ich mir das vorstellen?«

»Haley, verdammt. Willst du einen Mitschnitt des Gesprächs?«

»Ich bin eben neugierig«, verteidigte ich mich.

Wir erreichten die Tür meines zukünftigen Zimmers und Easton stellte die Kartons ab. Ich packte meinen gleich noch obendrauf.

»Gut«, sagte er genervt. »Dann bekommst du eine kurze Zusammenfassung. Das Gespräch verlief ungefähr so: Nachdem du endlich den richtigen Weg genommen hast, hat er gefragt: *Ist sie immer noch so orientierungslos?* Und ich so: *Merkt man das nicht?* Dann haben wir geschnaubt und uns über den gemeinsamen Insider gefreut. Als Nächstes habe ich so was gesagt wie: *Was machst du hier?* Und er so:

Studieren. Und dann ich wieder so: *Nein, vor dem Wohnheim, in das Haley einzieht. Falls sie jemals die Tür findet.*« An dieser Stelle boxte ich Easton verständlicherweise, aber der ließ sich dadurch nicht aus der Ruhe bringen. »Dann haben wir wieder gelacht. Daraufhin meinte Carter: *Ich wohne nicht direkt auf dem Campus. Hab nur eine Freundin besucht, die ich eine Weile nicht gesehen habe.* Ich habe ihn wissend angeblickt und genickt, er hat dreckig gegrinst und mir war klar, dass er ein Mädel flachgelegt hat.«

Ja klar. Unverbindlicher Sex im Wohnheim war bestimmt nichts Ungewöhnliches.

»Geht die Geschichte noch weiter?«, wollte ich wissen und zog den Schlüssel aus meiner Hosentasche.

»Ein wenig. Ich hab ihn dann gefragt, warum er im Sommer nicht zu Hause war. Dann hat er mich angesehen und mit den Schultern gezuckt. Nach einer Weile hat er dann gesagt: *Hab nicht mehr besonders viel Kontakt zu den Leuten in Sheffield. Mit meinen Eltern und Großeltern war ich im Urlaub. Und danach hatte ich die Wahl, hier in der Stadt mit Freunden abzuhängen oder allein zu Hause.* Dann habe ich ihn angesehen, weil mir schon länger leidtat, dass wir uns aus den Augen verloren haben, und gesagt: *Solange ich in Sheffield wohne, wirst du dort immer Freunde haben.*«

»Was für den Rest der Welt, die *mundfauler Mann* nicht fließend sprechen, so viel heißt wie: Lass uns wieder Freunde sein?«

»Klar. Was sonst?«, fragte East.

Ich nickte. Obwohl ich gar nichts verstand. »Und das geht unter Männern wirklich so einfach?«

»Jup.«

Ich deutete in Richtung seiner Jeans. »Das erste Mal beneide ich dich um deinen kleinen Freund. Ein Streit unter Frauen ist so viel komplizierter. Da wird gleich der ganze Freundeskreis involviert, Gruppen bilden sich, man spricht schlecht übereinander. Und es herrscht Krieg. Krieg, verdammt.«

»Darum hängst du die meiste Zeit mit mir ab.«

»Das stimmt gar nicht. Ich treffe durchaus auch andere Leute. Aber du bist am pflegeleichtesten. Regelmäßig füttern und hin und wieder an die frische Luft bringen reicht.«

Easton tätschelt mir den Kopf. »Klar, Haley.«

Danach war das Adam-Thema erledigt. Ich steckte den Schlüssel ins Schloss, doch die Tür würde bereits von innen aufgerissen.

Vor mir stand eine hübsche Blondine. Sie war einen Kopf größer als ich, was nicht besonders ungewöhnlich war. Das weiße Kleid, dessen Rock hin und her schwang, weil sie aufgeregt auf und ab wippte, stand ihr so gut, dass ich mich in Shorts und Shirt underdressed fühlte. Ehrlich gesagt hätte ich jetzt mit einem *O-Gott-ich-bin-so-aufgeregt*-Gekreische gerechnet.

Mir war zumindest danach.

Stattdessen sagte sie mit einem Lächeln auf den Lippen: »Wollt ihr noch lange vor der Tür herumlungern und quatschen oder reinkommen?«

KAPITEL 3

Ein wenig überfordert folgte ich dem Mädchen ins Innere unseres Miniapartments, das aus einem kleinen Vorraum, einem Bad und zwei Einzelzimmern bestand. Das wusste ich bereits dank des Plans, den ich mir auf der Website des Wohnheims angesehen hatte. Es hätte auch noch andere Wohnvarianten gegeben. Einzel-, Dreier- oder auch Viererbelegung war hier möglich, doch ich war froh, überhaupt noch ein Zimmer bekommen zu haben. Vor allem, weil man laut Website der Universität das erste Jahr in einem der Wohnheime wohnen musste. Ausnahmen ausgeschlossen.

Wäre ich jetzt allein gewesen, hätte ich mich einfach mitten in den Wohnraum gelegt, mich danach hin und her gerollt und laut gequietscht. Okay … ich hätte es auch gemacht, wenn nur East im Zimmer gewesen wäre, aber so wollte ich meine neue Mitbewohnerin nicht gleich verschrecken.

Artig streckte ich ihr die Hand entgegen. »Hey, mein Name ist Haley. Du musst Madison sein.« Man hatte mir schon im Vorfeld den Namen meiner Mitbewohnerin genannt, deshalb musste ich nicht mehr lang danach fragen.

Madison lächelte mich herzlich an, ignorierte die ausgestreckte Hand und zog mich stattdessen kurz an sich. »Ich bin eine große Freundin von Umarmungen«, erklärte sie, und drückte mich weiter wie ein übergroßes Stofftier an ihre Brust. Ein weiblicher Olaf also.

Als sie mich wieder losließ, strahlte sie über das ganze Gesicht. »Gewöhn dich dran.«

O mein Gott. Sie war nicht nur wie Olaf, sondern auch wie Easton. Nur eben in weiblich. Ich hatte schon immer eine große Schwester statt eines nervigen, ständig vor sich hin pupsenden Bruders gewollt. Das hier war das Paradies.

Madison war auf den ersten Blick aber nicht nur ein weiblicher Easton, sondern auch eine Mischung aus girly Girl und toughem Mädchen. Optisch würde sie meiner Meinung nach eher vor eine Kamera gehören statt ans College, denn sie war unbeschreiblich hübsch. Große blaue Augen, volle Lippen, gerade Nase mit genau dem richtigen Grad an Stupsigkeit, um als niedlich durchzugehen.

Am besten sah ich jetzt nicht zu East, der bestimmt schon den Boden vollgesabbert hatte.

»Du bist direkt«, stelle ich fest. »Das mag ich.«

»Dann kommen wir bestimmt gut miteinander aus«, sagte sie gut gelaunt. Wieder wippte sie auf ihren Zehen auf und ab, als hätte sie zu viel Energie, um ruhig stehen zu bleiben. Vielleicht trank sie aber auch einfach zu viel Red Bull, genau wie ich.

Nach diesem ersten gegenseitigen Beschnuppern standen wir uns etwas unschlüssig gegenüber, mussten aber beide lachen, als uns ganz offensichtlich gleichzeitig klar wurde, dass es irgendwie dämlich war, sich stumm zu mustern.

»Na, hol endlich deinen Freund rein«, sagte Madison dann und zeigte auf Easton, der im Türrahmen stehen geblieben war und meinen ersten Mitbewohnerinnen-Moment gnädigerweise nicht durch dämliche Kommentare gestört hatte. Manchmal konnte er sich ja doch benehmen.

Erst etwas verspätet kam der Sinn von Madisons Worten bei mir an. Sofort schüttelte ich den Kopf. »O nein. Nein, nein, nein und noch mal nein«, schrie ich beinahe. »Das ist nicht mein Freund.«

»So was von absolut nicht«, kam mir auch Easton zu Hilfe und klang tatsächlich ein wenig angewidert. So schlimm war ich nun auch wieder nicht.

»Aber ihr zankt euch wie ein altes Ehepaar. Entweder habt ihr so ein abgedrehtes Hass-Ding am Laufen oder …« Nun schlug sie sich mit der flachen Hand gegen die Stirn. »Sorry, manchmal habe ich wirklich ein Brett vor dem Kopf. Ihr seid Geschwister, oder?«

»Jup«, bestätigte mein Bruder. »Ich bin Easton.« Er schlenderte auf Madison zu. Dieser Dummkopf war eindeutig auch auf eine Umarmung – oder mehr – von Madison scharf.

»Denk nicht einmal dran, Easton Evans«, rügte ich ihn. »Meine Mitbewohnerin ist für dich tabu.«

Meine Warnung wäre aber gar nicht notwendig gewesen, denn Madison reichte ihm nur die Hand, die Easton sichtlich enttäuscht schüttelte. An mich gewandt sagte sie: »Mach dir keine Sorgen. Ich bin glücklich vergeben und keine brüderverschlingende Mitbewohnerin aus der Hölle.« Es war offiziell. Ich würde nie wieder eine bessere Mitbewohnerin als Madison bekommen.

»Wohnt dein Freund auch hier?«, fragte ich nach. Erstens weil es mich interessierte und zweitens, damit East auch tatsächlich verstand, dass er die Pfoten von Madison lassen sollte. Er schüttelte nämlich immer noch ihre Hand.

Eine hochgezogene Augenbraue von Madison reichte, und schon ließ er los. »Nein, er lebt in einem Verbindungshaus.«

»Und du nicht?«

Sie wollte gerade antworten, doch endlich kam ein wenig Bewegung in meinen Bruder, denn Easton, der sein Interesse in dem Moment an Madison verloren hatte, in dem das Wort *Freund* endlich in seinem Gehirn angekommen war, murmelte: »Ich hol mal die restlichen Kartons aus dem Auto.«

Ich warf ihm seinen Autoschlüssel zu. »Danke.«

»Also«, begann Madison und öffnete die Tür zu einem weiteren Raum. Sie trat hinein und ich folgte ihr. »Nummer eins.«

Das Zimmer war nicht besonders groß und mit einem Einzelbett, Schreibtisch, Kommode und einem kleinen Schrank nur spärlich eingerichtet. Die Möbel waren nicht neu, aber relativ modern und in einem hellen Braunton gehalten. Mit ein bisschen Deko würde ich mich hier bestimmt wohlfühlen.

»Komm, sehen wir uns noch das zweite Zimmer an«, sagte Madison und ich trottete ihr hinterher. Auf dem Weg durch den Vorraum antwortete sie verspätet auf meine Frage. »Ich hätte dieses Jahr auch ins Verbindungshaus ziehen können, aber ich wollte nicht.« Sie öffnete die Tür zum zweiten Zimmer. Während ich mich auch hier umsah – alles war gleich, nur spiegelverkehrt –, bekam ich gleichzeitig einen Einblick in Madisons Leben. »Es ist so, dass mein Freund der Verbindungspräsident der *Crossbones* ist. So nennt sich *Rho Kappa Eta* selbst. Er studiert im fünften Semester und wir haben uns bereits kennengelernt, bevor ich mich an der Uni eingeschrieben habe. Und das nur dank meiner besten Freundin Piper. Sie studiert auch hier, ebenfalls fünftes Semester, und hat mir Colton vorgestellt, als ich sie mal an einem Wochenende besucht habe.« *Colton. Freund. Piper. Beste Freundin.* Das musste ich mir unbedingt merken. »Aber du weißt ja, wie das ist. Damals war ich noch an der Highschool und Colton eben hier, und es war für uns beide nichts Ernstes.« Sie setzte sich auf die nackte Matratze des Bettes, während ich mich immer noch in der Nähe der Tür herumdrückte. »Aber ich wollte unbedingt an die *Penn*, weil Piper hier studiert und da es ein gutes Schwimmteam gibt. Ein bisschen waren auch die ganzen Sportler ausschlaggebend, die hier studieren.« Madison wurde um die Nase herum ein wenig rot.

»Und wieso wohnst du dann nicht mit Piper zusammen?«

»Oh, das haben wir. Voriges Jahr, aber Piper ist ebenfalls Mitglied bei *Rho Kappa Eta,* und nach zwei Jahren im Wohnheim wollte sie lieber ins Verbindungshaus ziehen.«

»Warte!« Ich hob die Hände, um sie am Weitersprechen zu hindern. »Die sind in der gleichen Verbindung? Ich dachte immer, es gibt nur Bruder- oder Schwesternschaften?«

»Zum Glück sind einige Verbindungen bereits im 21. Jahrhundert angekommen.«

»Scheint so.« Mir gefiel der Gedanke, dass es gemischtgeschlechtliche Studentenverbindungen gab, allerdings wusste ich auch, dass das nichts für mich war. Ich war eher der Typ Mensch für einen kleinen, aber feinen Freundeskreis. »Erzähl weiter. Denn wenn jetzt sowohl deine beste Freundin als auch dein Freund im gleichen Verbindungshaus wohnen, wieso bist du dann im Wohnheim?«

»Weil ich beim Lernen gern meine Ruhe habe. Und in Verbindungshäusern ist es komischerweise noch lauter als in den Studentenwohnheimen.« Sie legte den Kopf schief. »Wäre es okay, wenn ich dieses Zimmer nehme?«, fragte Madison plötzlich. »Ich fühle mich hier ganz wohl. Muss ich auch, so redselig, wie ich gerade bin.«

»Es sind ja beide Räume gleich, also ja«, stimmte ich zu und freute mich darüber, dass es mit Madison so unkompliziert war, denn ich war von der spiegelverkehrten Anordnung in Zimmer Nummer eins begeistert.

»Super.« Erfreut klatschte sie in ihre Hände. »Aber zurück zum Thema. Als Piper voriges Jahr bei der Wahl zur neuen Verbindungspräsidentin mitgemacht hat und Vizepräsidentin wurde, wusste ich, dass ich niemals in dieses Verbindungshaus einziehen könnte. Denn ich höre den ganzen Tag extreeeeem viel Verbindungsgequatsche. Genug für zwei Leben. Und aus diesem Grund habe ich mich dieses Jahr für ein Zimmer in Gregory House beworben. Und jetzt sind wir hier.«

»Ich muss gestehen, dass mir deine Geschichte gut gefallen hat.« Auch wenn ich mich wegen der vielen Infos wie eine Biene fühlte, die in einem mörderischen Tempo von Blume zu Blume raste. Mir schwirrte ein wenig der Kopf. »Klingt wie eine Netflixserie, die ich mir definitiv ansehen würde. Wenn der Rest deines Lebens auch so spannend ist, werden wir uns gut verstehen.«

Madison zwinkerte mir zu. »Ich werde dir jeden Tag eine Gutenachtgeschichte erzählen«, machte sie ein nicht ernst zu nehmendes Versprechen. »Oder noch besser: Ich mache dein Leben hier am Campus zu deiner eigenen Serie.«

Schmunzelnd sah ich sie an. »Versprochen?«

»Versprochen.«

Von draußen erklang ein lautes Rumpeln. »Haley? Flechtet ihr euch schon die Haare?« Mein Platz neben der Tür stellte sich als ziemlich nützlich heraus, denn so brauchte ich mich nicht viel bewegen, konnte aber sehen, was im Vorzimmer vor sich ging. Easton hatte mit meinen Umzugskartons einen bemerkenswert großen Turm gebaut.

Gerade als ich ihm antworten wollte, kam mir Madison zuvor: »Nein«, rief sie, »wir sind erst beim Knüpfen der Freundschaftsbänder, aber gleich werden wir unsere Menstruationszyklen abgleichen. Dieser Teil war im Mitbewohnerinnenhandbuch passenderweise rot markiert.« Bewundernd sah ich Madison an, denn ich hatte noch nie jemanden getroffen, der so fließend sarkastisch sprach wie sie.

Ich schenkte ihr einen *Brüder-können-so-nervig-sein*-Blick und ging zu Easton. Am liebsten wäre ich mit der Begeisterung einer Cheerleaderin auf und ab gehüpft, da ich den Jackpot in der Mitbewohnerinnen-Lotterie gewonnen hatte. Leise flüsterte ich: »Sie ist toll.«

»Ja, das ist sie«, stimmte Easton mir zu. Dass er Madison auf eine ganz andere Art gut fand als ich, war mir klar. Trotzdem freute ich mich über seinen Zuspruch.

Madison erschien im Türrahmen. »Wir haben schon die Zimmer eingeteilt«, ließ sie Easton wissen und zeigte auf den Raum, den wir zuerst besichtigt hatten. »Haley zieht hier ein.«

Mein Bruder sah zwischen meiner neuen Mitbewohnerin und mir hin und her, schnappte sich den ersten Umzugskarton vom schiefen Turm und betrat meine neue Heimat.

Auch ich nahm mir eine Box und sah mich irritiert um. »Hast du nichts mit?«

»Doch.« Madison winkte ab. »Aber als ich vor dem Sommer mein altes WG-Zimmer geräumt habe, wollte ich das meiste Zeug nicht nach Hause schleppen, also habe ich es bei Colton abgestellt.«

Sie ging zu einer kleinen Bank neben der Tür, die gleichzeitig auch ein Schuhregal war, und fischte ein Smartphone aus ihrer Handtasche. Da ich ihr etwas Privatsphäre gönnen wollte, folgte ich Easton in mein Zimmer, der schon den ersten Karton geöffnet hatte. Die Bettwäsche, die ich dank seines Tipps erst zum Schluss eingepackt hatte, lag bereits auf der Matratze.

»Das musst du nicht machen«, sagte ich schnell, und er hielt mitten im Auspacken inne. Ich hatte keine Geheimnisse vor Easton, aber er hatte mir schon geholfen, indem er mich gefahren und Kisten geschleppt hatte.

Er zuckte mit den Schultern. »Ich weiß.« Als wir noch jünger waren, hatte Easton mir bei Kleinigkeiten wie Bettenbeziehen noch helfen müssen, aber diese Zeiten waren lang vorbei. Ich konnte auf eigenen Füßen stehen. Es war also nicht notwendig, mir das Kissen aufschütteln zu lassen und somit den Abschied noch länger hinauszuzögern.

Das wusste auch Easton, und deshalb standen wir uns ein wenig unbeholfen gegenüber. Dafür, dass mein Bruder einer der wichtigsten Menschen in meinem Leben und sogar ein bisschen ein Mutterersatz war – er würde mich übrigens töten, sollte ich ihn jemals Mom nennen –, stellten wir uns manchmal reichlich blöd an.

»Ich sollte jetzt wohl wieder nach Hause fahren«, meinte er und sah mich ein wenig wehmütig an.

Ich warf mich in seine Arme und saugte noch einmal tief den Geruch nach Heimat ein, der an ihm haftete. »Genau, verschwinde endlich«, sagte ich mit piepsiger Stimme, die meine Worte als Lüge enttarnten.

»Dazu musst du mich erst loslassen, Superhirn.«

Und das tat ich auch. Tapfer nickte ich Easton zu, der mir durch die Haare strubbelte. »Du machst das, Haley. So wie immer.« Und dann drehte er sich um, verließ mein Zimmer und verabschiedete sich im Wohnzimmer höflich von Madison. Die Tür fiel hinter ihm ins Schloss und ich war kurz davor, ihm hinterherzulaufen. Aber das hatte ich lange genug getan – wie ein kleines Entenküken seiner Mom.

Ich schob einen der Kartons zur Seite und ließ mich aufs Bett fallen. So, hier war ich also. Am College. Ohne Dad und ohne Easton. Dafür mit Madison. *Und Adam.*

Bevor ich zu grübeln anfangen konnte, tauchte meine Mitbewohnerin wieder auf. »Ich kann mich noch an meinen ersten Tag am College erinnern.« Völlig selbstverständlich durchquerte sie mein Zimmer und setzte sich vor meinem Bett auf den Boden.

Fragend sah ich sie an. »Und? Wie war der?«

»Oh, ich habe geheult, nachdem Mom, Dad und meine kleine Schwester gefahren sind.«

»Und das, obwohl deine beste Freundin mit dir zusammengewohnt hat.«

Sie nickte. »Jup. Aber es war eben ein ergreifender Moment.« Möglicherweise hätte ich ebenfalls die eine oder andere Träne vergossen, wenn Madison nicht instinktiv gespürt hätte, dass ich jetzt nicht allein sein wollte.

Sie tätschelte mein Knie. »Soll ich dir beim Auspacken helfen? Ich habe noch eine Stunde Zeit, bis Colton mich abholt.«

Ich biss mir auf die Lippen, um ein vorwurfsvolles »Du gehst noch weg?« zurückzuhalten. Madison konnte natürlich kommen und gehen, wann sie wollte. »Wir können uns auch einfach ein wenig unterhalten«, schlug ich vor, »und ich packe dann aus, wenn du weg bist.«

»Okay«, stimmte sie zu. »Heute werde ich bei Colton im Verbindungshaus schlafen. Es ist Orientierungswoche und die älteren Semester reisen erst nach und nach an. Das heißt, wir haben das ganze Haus für uns allein.«

Das hieß bestimmt jede Menge Sex an Orten, an denen man es sonst nie machen konnte. Mein Schmunzeln konnte ich nun nicht mehr zurückhalten. »Ich verstehe.«

Madison wackelte mit den Augenbrauen. »Ich sehe schon. Wir werden uns gut verstehen.«

»Das denke ich auch.«

»Also«, sie trommelte aufgeregt mit ihren Zeigefingern auf ihrem nackten Oberschenkel herum, »hast du auch einen Freund?«

Ich senkte den Blick und schüttelte den Kopf. »Nein.«

»Schlechtes Thema?«, fragte meine neue Mitbewohnerin mitfühlend.

»Eigentlich nicht.«

»Dann lass dir doch nicht alles aus der Nase ziehen«, bat sie mich. Doch dann sprang sie auf. »Oh, ich weiß, was wir brauchen.« Irritiert sah ich ihr dabei zu, wie sie mit der Anmut einer Ballerina aus meinem Zimmer tänzelte. Sollte ich ihr folgen?

Noch während ich überlegte, kam Madison mit einer kleinen Flasche Sekt und zwei Plastikbechern zurück. Sie reichte mir einen davon, danach schraubte sie den Piccolo auf.

Sollte ich sie darauf aufmerksam machen, dass ich noch nicht einundzwanzig war? Wobei … das wusste sie bestimmt. Aber wir waren auch am College, da gehörte Alkohol wohl irgendwie dazu.

Motiviert befüllte Madison die beiden Becher, erst danach sah sie mich wieder an. Offensichtlich bemerkte sie meinen skeptischen

Gesichtsausdruck. »Nur zum Anstoßen, Haley«, versicherte sie mir. »Du musst auch gar nichts trinken.«

Ich schüttelte den Kopf. »Darum geht es nicht«, wehrte ich ab. »Es überfordert mich nur, dass du dich offensichtlich so über mich als Mitbewohnerin freust, dass du das gleich mit Sekt begießen möchtest.«

»Denkwürdige Augenblicke müssen gefeiert werden.« Sie hielt ihren Becher hoch. »Auf uns.«

Weil mir nichts Besseres einfiel, erwiderte ich: »Auf die Freundschaft.« Wir nippten beide am Sekt.

»Also, jetzt, wo wir quasi Schwesternschaft getrunken haben, möchtest du mir bestimmt mehr von deinem Freund erzählen, oder?«

»Ex-Freund«, korrigierte ich. »Und es gibt nicht besonders viel zu erzählen. William und ich sind auf der Highschool zusammengekommen. Es war Sportler und wollte etwas aus sich machen. Wir haben all die Jahre darauf hingearbeitet, gemeinsam auf ein Ivy-League-College gehen zu können.«

»Und? Was ist passiert? Wurde er nicht angenommen?«

Ganz im Gegenteil. »Dank seine guten Noten und den sportlichen Leistungen hat er es nach Harvard geschafft. Und ich nicht.« Hätte ich mir ohne Vollstipendium auch niemals leisten können.

»Wurde er nicht an der *Penn* angenommen?«

»Doch. Aber Harvard war immer seine erste Wahl, und ich wollte nicht, dass er seinen Traum für mich aufgibt.«

»Träume sind wichtig.«

»Ja, finde ich auch. Deshalb habe ich ihm immer gesagt, dass er auf sein Wunschcollege gehen soll.«

»Er wäre also mit dir an die Penn gegangen?«

Ich zuckte mit den Schultern. »Vielleicht.« Ich war mir alles andere als sicher, aber ich hatte ihm die Entscheidung abgenommen, bevor er sie selbst treffen musste.

Aufrichtiges Interesse lag in Madisons Blick. »Und warum habt ihr euch dann getrennt?«

»Gute Frage.« Ich seufzte. »Wir haben darüber gesprochen, eine Fernbeziehung zu führen, doch schlussendlich konnten wir uns das beide nicht vorstellen. Es gab keinen Streit, keine Tränen, keine bösen Worte, kein großes Drama. Es war einfach aus.«

Madison, die ihren Sekt in der Zwischenzeit weggestellt hatte, stützte die Ellbogen auf dem Bett und ihr Gesicht auf den Handflächen ab. »Das ist die traurigste Geschichte, die ich jemals gehört habe. Die kannst du doch niemandem beim Kennenlernen erzählen.«

Ich kicherte. »Du bist verrückt.«

Treuherzig sah sie mich an. »Ernsthaft«, beharrte sie. »Eine junge Liebe, der Vernunft wegen auseinandergerissen.« So wie sie es sagte, klangen Will und ich wie das langweiligste Pärchen der Welt. Vielleicht hatte sie damit auch recht. Wir waren mit fünfzehn zusammengekommen. Ich hatte meinen ersten Kuss von ihm bekommen und mein erstes Mal mit ihm erlebt. Mit ihm gemeinsam war ich auf meiner ersten Party gewesen, zusammen hatten wir das erste Mal Alkohol getrunken. Aber richtig über die Stränge geschlagen hatten wir nie, weil wir immer unser gemeinsames Ziel vor Augen gehabt hatten. Ein Ziel, das uns letztendlich getrennt hatte.

Aber ich wollte nicht mehr an meinen Ex-Freund denken. Deshalb versuchte ich, das Thema zurück auf Madison zu lenken. »Erzähl mir lieber wieder von deiner netflixwürdigen Liebe zu Colton.«

Madisons Gesicht nahm einen schwärmerischen Ausdruck an.

»Ich weiß was Besseres. Ich stelle ihn dir morgen vor.« Danach griff sie nach ihrem Becher und nippte wieder daran. Offensichtlich war auch sie keine große Trinkerin und der Sekt wirklich nur zum Anstoßen gedacht.

Als ihr Smartphone zu klingeln begann, sprang sie auf und lief ins Wohnzimmer, wo sie es zurückgelassen hatte. Ich erhob mich ebenfalls, mein Getränk immer noch in der Hand.

Ich lehnte mich gegen den Türrahmen und sah, wie Madison nach ihrer Tasche griff. »Colton wartet unten auf mich. Offensichtlich kann er die Uhr nicht richtig lesen und ist deshalb viel zu früh.« Sie ging bereits zur Tür, doch dann drehte sie sich noch einmal zu mir um. »Tut mir leid, dass ich an deinem ersten Abend am College nicht hier sein werde.« Und ich glaubte ihr, denn sie sah wirklich ein bisschen geknickt aus.

»Mach dir keinen Kopf. Ich muss sowieso auspacken und vielleicht noch eine Liste mit Dingen machen, die ich vergessen habe.«

»Okay.« Sie öffnete die Tür. »Dann bis morgen. Ich bin gegen Mittag wieder da, und dann stelle ich dir Colton vor.«

»Ich freue mich.«

»Ich mich auch. Und noch einmal einen schönen ersten Collegetag.« Danach rauschte sie ab und ich war das erste Mal allein in unserer kleinen College-WG.

KAPITEL 4

Bewegungslos lag ich in meinem Bett und blinzelte müde im hellen Morgenlicht gegen die Decke. Das war sie also gewesen. Meine erste Nacht am College. Peinlicherweise hielt ich immer noch meine alte Stoff-Minnie-Maus im Arm, an die ich mich die ganze Nacht gekuschelt hatte. Das Ding war fast so alt wie ich selbst und ein Auge bereits gelblich verfärbt. Das rot gepunktete Kleid hatte schon bessere Zeiten hinter sich und war nach zahlreichen Waschgängen so kurz, dass Minnie nun nicht mehr verbergen konnte, was für ein Flittchen aus ihr geworden war. Sorry, Minnie.

Leider hatten wir etwas gemeinsam, denn mein Pyjama hatte beinahe genauso viele Runden in der Maschine gedreht. Die kurzen Pyjamashorts schmiegten sich wie eine zweite Haut an meinen Körper und das T-Shirt war so klein, dass ich bauchfrei durch die Gegend lief. Aber die geballte Minnie-Power hatte mir geholfen, die erste Nacht in einer fremden Stadt durchzustehen. Als Landei war ich es nicht gewohnt, ständig Türen zuschlagen zu hören, mitten in der Nacht durch laute Musik oder das Hupen eines vorbeifahrenden Autos geweckt zu werden. Keine Ahnung, ob ich mich jemals daran gewöhnen würde.

Fürs Erste könnte Kaffee helfen. Viel Kaffee. Da ich gestern den ganzen Abend allein hier herumgesessen hatte, hatte ich mein kleines Zimmer bereits eingerichtet. Und obwohl sich die kleine WG noch nicht nach einem Zuhause anfühlte, war es schön zu wissen, dass zumindest mein ganzes Zeug bereits einen Platz gefunden hatte. So wie die abgenutzte Tasse, die mir Adam mal zu Weihnachten geschenkt hatte. Ich hatte bis heute nicht verstanden, warum eine ellenlange Zahlenfolge auf der Keramik stand, aber vermutlich handelte es sich um einen Programmierwitz, den ich auch in hundert Jahren nicht verstehen würde. Adam war schon immer ein Mensch der Gegensätze gewesen. Einerseits total beliebt an der Schule und immer unterwegs, andererseits aber auch ein richtiger Nerd, der manchmal tagelang vor seinem PC sitzen und verschiedene Programmiersprachen lernen konnte.

Ich starrte auf die vielen Einsen und Nullen und stellte die Tasse neben meinem Wasserkocher ab. »Irgendwann löse ich das Rätsel«, flüsterte ich leise. »Aber nicht ohne eine ordentliche Dosis Koffein.«

Natürlich gab es noch keine Kaffeemaschine, die musste ich erst besorgen, aber ich hatte vorsichtshalber Instantkaffee mitgebracht. Das war immerhin besser als gar kein Kaffee.

»Kaffeeeee«, jammerte ich leise, während ich Wasser aus der dem Fünf-Liter-Kanister, den ich mir gestern noch im Supermarkt gekauft hatte, in den Wasserkocher füllte und ihn einschaltete.

Als laut an die Tür gehämmert wurde, runzelte ich die Stirn. Da ich in Philadelphia niemanden kannte, würde ich auch keinen Besuch bekommen. Aber vielleicht hatte Madison ihren Schlüssel vergessen und stand nun auf dem Flur, vollbepackt mit Kartons. Denn ich konnte mir beim besten Willen nicht vorstellen, dass die elfenhafte Madison wie ein Bauarbeiter gegen die Tür hämmerte.

Ich lief durch den Vorraum, öffnete das Sicherheitsschloss und sah kurz darauf direkt in Adams Gesicht. »Du?«, fragte ich irritiert.

»Ja, ich.«

»Woher weißt du, wo ich wohne?«

»Easton«, bekam ich eine knappe Antwort. »Ich hab ihm gesagt, dass ich mich für mein schnelles Verschwinden gestern entschuldigen will.«

East, dieser elende Verräter!

Adam betrachtete meinen Pyjama und ließ den Blick ausgiebig über meinen nur spärlich bedeckten Körper schweifen. Ein Königreich für einen Cardigan.

»Wie ich sehe, bist du zwar aus dem Pyjama rausgewachsen, trägst ihn aber immer noch.«

Natürlich war ich versucht, das T-Shirt nach unten zu ziehen, aber ich wusste, dass es sich dann um meine Brüste herum spannen würde. Deshalb versuchte ich mit der Peinlichkeit zu leben, Adam bauchfrei gegenüberzustehen. Ich schämte mich nicht für meinen Körper, obwohl vielleicht an der einen oder anderen Stelle ein Speckröllchen zu sehen war. Aber hey, ich liebte Junkfood und war unsportlich, fühlte mich aber nicht unwohl.

»Keine Ahnung, ob ich mir Sorgen machen soll, dass du dich an meinen Pyjama erinnerst.«

»Ich erinnere mich an sehr vieles, was dich betrifft, Haley Evans.« Er hielt mir einen Kaffeebecher entgegen. »Latte macchiato mit Karamellsirup. Und extraviel Milchschaum.«

Mein Mund klappte auf. »Du weißt echt noch, wie ich meinen Kaffee trinke?«

»Ich bin jahrelang bei euch ein und aus gegangen. So schnell vergesse ich nicht, dass du deinen Kaffee mit Milch verwässert und mit ekelhaftem Sirup trinkst.«

»Nicht jeder mag seinen Kaffee schwarz wie deine Seele.«

Adam und ich sahen uns an, mussten dann aber plötzlich beide losprusten.

»Fuck, Prinzessin. Ich hätte nie gedacht, dass ich das jemals sagen würde, aber ich hab dich vermisst.«

Kaum zu glauben, nachdem er mich vor Jahren rigoros aus seinem Leben radiert hatte. Allerdings sagte ich das nicht. Stattdessen nahm ich ihm den Kaffee aus der Hand und lehnte mich gegen den Türrahmen. »Danke. Aber sag mal, du bist nicht zufällig falsch abgebogen? Wenn mich nicht alles täuscht, bist du gestern nicht aus dem Fenster auf dieser Seite des Gebäudes gesprungen, sondern auf der anderen.«

Grinsend trank er einen Schluck seines Kaffees.

»Eifersüchtig, weil es nicht dein Zimmer war?«

»Sicher, dass du dir gestern bei deinem Sturz nicht den Kopf gestoßen hast?«, fragte ich und legte meine Hand an seine Stirn. »Du klingst wirr.«

Als Antwort bekam ich nur ein Schnauben. »Lässt du mich rein, Haley? Ich hab auch noch Gebäck im Rucksack.«

Hätte er die Tüte in der Hand gehabt, ich schwöre, ich hätte sie ihm ohne Rücksicht auf Verluste entrissen. So machte ich einen Schritt zurück.

»Komm rein.«

Adam trat über die Schwelle und ich fühlte mich, als hätte ich den Teufel höchstpersönlich hereingebeten. Ich versuchte mich daran zu erinnern, dass ich Adam nicht leiden konnte, aber leider war das nicht möglich, wenn er sich ausnahmsweise nicht wie der Oberarsch vom Dienst verhielt.

Kurz sah er sich im Vorraum um, ging dann zielstrebig auf mein Zimmer zu, wo der Wasserkocher unverkennbar laut vor sich hin blubberte und verriet, dass es sich um mein Zimmer handelte.

»Was treibst du da?«, fragte er.

»Ich koche Kaffee.«

»Haley, Kaffee kocht man nicht, man brüht ihn auf.«

»Ach, halt doch die Klappe«, sagte ich und schaltete den Wasserkocher ab. Danach probierte ich das himmlische Gebräu, das Adam mir gebracht hatte. Genüsslich stöhnte ich auf. »Du hast mir den Tag gerettet.« Das änderte aber nichts daran, dass er mir viele Tage versaut hatte.

Adam zuckte nur mit den Schultern, ließ seinen Rucksack von den Schultern gleiten und kramte darin herum. Er wedelte mit einer Bäckereitüte vor meiner Nase herum. »Muffins«, sagte er. »Und Bagels.«

Da er wusste, dass ich an seiner Hand nagen würde, wenn er sich nicht beeilte, präsentierte er mir einen lecker aussehenden Muffin, den ich ihm aus der Hand riss.

Sofort biss ich hinein. »Hmmmm. So gut«, sagte ich mit vollem Mund.

»Eine Lady durch und durch.«

»Hast du was anderes erwartet?«

Er nahm sich ebenfalls einen Muffin aus der Tüte und biss hinein. »Genau das. Du bist immer schon wie ein tollwütiger Biber über dein Essen hergefallen.«

»Hey, der Vergleich fällt dir nur ein, weil meine Schneidezähne früher so riesig gewirkt haben. Aber seit mein Kopf größer ist, fällt das nicht mehr auf.« Ich zeigte auf den Schreibtischstuhl. »Willst du dich setzen?«

Anstelle des Stuhls steuerte er mein Bett an. »Wundert mich, dass Will nicht hier drin liegt.« Der Gedanke an meinen Ex-Freund jagte mir einen kleinen Stich durch die Brust. Wären wir wie geplant zusammen aufs College gegangen, hätte ich mich in meiner ersten Nacht am College wohl nicht so einsam gefühlt. Vermutlich wären wir aneinandergekuschelt eingeschlafen, während wir immer noch darüber gestaunt hätten, dass wir unser Ziel tatsächlich erreicht hatten.

Ich folgte Adam seufzend. »Nein, kein Will in meinem Bett«, antwortete ich leise. »Wir sind nicht mehr zusammen.«

Adam, der bereits auf der Bettkante saß, wirkte irritiert. »Was?«

Gott, musste ich es ihm buchstabieren, aufmalen oder vielleicht noch mithilfe von Gebärdensprache zeigen? Im Notfall könnte ich es ihm auch vortanzen. »Wir. Sind. Nicht. Mehr. Zusammen«, knurrte ich.

Mit einer Hand kämmte Adam sich durch sein braunes Haar. Diese Geste lenkte meinen Blick auf seine Marvel-Tattoos, die sich deutlich von dem schwarzen T-Shirt abhoben, das er trug. »Das verwirrt mich.«

Ihn verwirrte das? Mich verwirrte das noch viel mehr.

Offensichtlich sah ich ihn skeptisch an, denn er wedelte mit seinen Händen in der Luft herum. »Na ja, ihr wart doch so … so …«

»So was?«

»… gleich.«

Gleich? Im Sinne von ähnlich? »Weil wir beide zielstrebig sind?«

Lässig verschränkte er die Arme vor der Brust. »Komm schon«, sagte er und zog eine Augenbraue hoch. »Muss ich es wirklich laut aussprechen?«

»Offensichtlich ja.«

Nun schnaubte er auch noch. War das zu fassen? »Gut, wenn du es so willst. Ihr beide wart auf ekelhafte Weise perfekt füreinander. Du, Little Miss fucking Sunshine, für die es immer nur ihn gab. Und er, der streberhafte Sportler, der noch nie in seinem Leben eine andere angefasst hat.« Ich würde ihm gleich dorthin treten, wo die Sonne niemals schien. Nicht nur weil ich nicht verstand, was er mir sagen wollte, sondern auch weil er mich schon wieder tierisch aufregte.

»Und damit kommst du nicht klar, weil du lieber auf Olympia-Niveau durch Betten turnst?«

»Was? Nein, ich verstehe nur nicht, warum ihr nicht mehr zusammen seid. Das ist alles.«

Ich setzte mich zu Adam aufs Bett. Nach einem genüsslichen Schluck Kaffee sah ich ihn wieder an. »Will wurde in Harvard angenommen. Und wenn Harvard dich will, gehst du nicht an die Penn.«

»Wenn er das so sieht, dann ist er ein Arsch.«

Genervt stieß ich Adam mit dem Ellbogen an. »Er ist immer noch der gleiche Kerl, in den ich mich verliebt habe«, murmelte ich. »Aus falscher Loyalität heraus wäre er bestimmt auch mit hierhergekommen, aber … ganz ehrlich, es ist Harvard. Wäre er nicht dorthin gegangen, hätte ich mich unter seinem Namen dort eingeschrieben.«

»Haley, du würdest nie als er durchgehen.«

»Meinst du?«

»Der Kerl hat ein Sportstipendium, und du kannst froh sein, wenn du es die Treppe nach oben schaffst, ohne zu stolpern.«

Weil ich genug davon hatte, mich beleidigen zu lassen und über meinen Ex-Freund zu reden, machte ich wie ein Showmaster eine kreisrunde Bewegung mit der Hand, die mein ganzes Zimmer mit einschloss. »Wie gefällt es dir hier?«

Bevor er antwortete, nippte er an seinem Kaffee und sah sich um. »Noch nicht zu hundert Prozent Haley, aber ich bin mir sicher, es wird noch. Mir fehlen die Wandsticker mit den Disney-Prinzessinnen.«

»Aus dem Alter bin ich definitiv raus.«

»Erzähl das Minnie Maus.« Er griff hinter sich und präsentierte mir das Stofftier.

Natürlich riss ich es ihm sofort aus der Hand. »Pfoten weg. Beschmutz die arme Minnie nicht. Mein Mäuschen ist unschuldig.«

»So unschuldig wie du?«, raunte er in einem Tonfall, der mir eine Gänsehaut über den Körper wandern ließ. Ich konnte schon verstehen, warum die Frauen Adam mit ihren Höschen bewarfen, wenn er ihnen mit dieser Stimme etwas zuflüsterte.

Mit meinem – hoffentlich – versautesten Lächeln sah ich Adam ins Gesicht. »Unschuldig ist nicht unbedingt das Wort, das ich mit mir in Verbindung bringen würde.« Klar, ich war die meiste Zeit ein braves Mädchen gewesen, hatte während der Highschool kaum Ärger gemacht, aber unschuldig war ich nun wirklich nicht.

»Und was wären Worte, die dir da einfallen würden?« Flirtete Adam Carter gerade mit mir?

Ich biss mir auf die Unterlippe und ließ mir ausreichend Zeit mit meiner Antwort. »Sag du es mir.«

Und viel schlimmer: Flirtete *ich* mit Adam Carter?

Ohne dass ich es bemerkt hatte, waren sich unsere Gesichter immer näher gekommen. Adam fesselte mich mit seinem Blick, und ich schaffte es einfach nicht wegzusehen. Der Sauerstoff in diesem Raum schien immer weniger zu werden, bis zu dem Augenblick, in dem eine Tür laut zufiel. »Ich bin wieder da«, rief Madison laut.

Schnell rückte ich von Adam ab, als hätten wir irgendetwas Verbotenes getan.

»Hast du mich vermi…« Als Madison meine Zimmertür erreichte, brach sie mitten im Satz ab. Das Lächeln auf ihren Lippen fiel ihr regelrecht aus dem Gesicht. »Carter, was tust du hier?«, knurrte sie.

Adam schien wenig beeindruckt von der frostigen Begrüßung zu sein und stand auf. Er klopfte sich imaginären Staub von der Hose. »Madison. Wie ich sehe, führst du Colton heute gar nicht an einer Leine spazieren.«

Madison warf mir einen raschen Blick zu, baute sich dann aber vor Adam auf. »Sorry, die passt leider farblich nicht zu meinem Top. Aber vielleicht kann ich dich ja an die Leine nehmen. Denn ich werde dich eigenhändig daran aus der Wohnung schleifen, wenn du deine Finger nicht von meiner Mitbewohnerin lässt.«

Wow. Das Aggressionslevel in dem kleinen Apartment war gerade sprunghaft gestiegen. Wenn Adam und ich uns spielerisch stritten, war das okay, aber der Schlagabtausch zwischen Madison und Adam war … unangenehm.

Schnell sprang ich auf. »Ich wollte euch eigentlich gerade vorstellen, aber wie ich sehe, ist das unnötig.« Nervös sah ich zwischen Madison und Adam hin und her. »Adam und ich waren mal Nachbarn«, versuchte ich zu erklären.

»Genau. Wir kennen uns von früher«, bestätigte Adam, und ich nickte eifrig.

Madison zog die Augenbrauen hoch. »War er da auch schon so ein Arschloch?«

»Also … ähm … im Kirchenchor hat er damals nicht gesungen«, versuche ich halbwegs diplomatisch zu antworten.

Gott, war das peinlich.

Zum Glück klopfte es in diesem Moment an der Eingangstür. Schon wieder. »Ich geh schon«, schrie ich beinahe und drückte mich an Madison vorbei, um die Tür zu öffnen.

»Ist bestimmt Colton.« Madison folgte mir, wie ich nach einem Blick über meine Schulter hinweg feststellte. Auch Adam kam aus meinem Zimmer, das definitiv zu wenig Platz für drei Studenten bot.

Die Tür riss ich regelrecht auf. Ein großer, breitschultriger Typ mit blonden Haaren und mindestens genauso vielen Tattoos wie Adam stand mit zwei Kartons vor mir.

Madison schob sich an mir vorbei. »Hey, Baby«, begrüßte sie ihren Freund, und ihre Stimme klang nun wieder freundlicher. Vermutlich war sie berauscht von dem Testosteron, das dieser Kerl ausströmte.

Ich machte einen Schritt zurück, und sobald Colton durch die Tür geschlüpft war, drückte sie ihm einen Kuss auf die Wange. Er stellte den Karton auf den Boden und lächelte mich an. »Und du bist bestimmt Haley, oder?«

»Mein Ruf eilt mir voraus«, sagte ich mit einem Grinsen im Gesicht.

KAPITEL 5

»Adam«, begrüßte Colton danach meinen ehemaligen Nachbarn freundlich und klopfte ihm kumpelhaft gegen die Schulter. Offensichtlich hatte nur Madison etwas gegen Adam. Ich war ihm sehr dankbar, dass er sich einen Kommentar a là »Testest du das Frischfleisch« sparte, den ich von einem Verbindungspräsidenten erwartet hatte. Vielleicht war meine Vorstellung von Studentenverbindungen aber auch durch zahlreiche Teeniefilme ein wenig klischeebehaftet.

»Ich habe noch ein paar Umzugskartons im Auto«, sagte er stattdessen zu Adam. »Hilfst du mir tragen?«

Adam sah mich an. »Aber nur, wenn Haley verspricht, mich nachher wieder in die Wohnung zu lassen«, sagte er mit einem Zwinkern.

Ich wiederum warf Madison einen Blick zu. »Ich glaube, ich bin dein geringstes Problem«, antwortete ich ihm mit einem Schmunzeln.

Verlegen rieb Adam sich über den Nacken. »Tja, mein Ruf eilt mir wohl leider auch voraus«, murmelte er, stellte seinen Kaffeebecher neben meinem ab und verließ dann gemeinsam mit Colton unsere Studentenbude.

Ich ging zu meinem Kaffeebecher und nippte daran. Madison folgte mir und betrachtete mich nachdenklich. »Sorry wegen vorhin«, entschuldigte sie sich. »Ich bin wohl etwas übers Ziel hinausgeschossen.«

»Du warst wie so ein kleiner kläffender Chihuahua. Ich mochte das irgendwie. Hat mich an mich selbst erinnert.« Über den Rand des Bechers grinste ich sie an.

»Ich habe einfach rotgesehen, als ich Adam erkannt habe.«

»Du … du warst aber nicht mit ihm zusammen, oder?«

Sofort schüttelte sie den Kopf. »Gott bewahre. Nein. Einfach nein.«

»Du wirst mir immer sympathischer«, sagte ich.

»Wieso? Weil ich ihm mein Höschen nicht an den Kopf werfe?«, murmelte sie.

Ich prustete laut los. »Genau deshalb.«

»Adam schreit doch förmlich nach Ärger. Ich meine, sieh ihn dir nur mal an.« Das tat ich. Viel zu oft. Adam war wirklich attraktiv. Das wusste er. Das wusste ich. Und vermutlich war es auch der Mehrheit der College-Studentinnen bewusst. Was die allerdings nicht wissen konnten, war, dass Adam auch noch nach Ärger roch. Im Gegensatz zu Colton, der irgendwie … nahbarer wirkte.

Trotzdem kam ich aus dem Lachen gar nicht mehr raus. »Dir ist aber schon aufgefallen, dass Colton und Adam sich irgendwie ähnlich sehen?«

»Du … Was? Nimm das zurück.« Sie wirkte beinahe so, als würde sie jede Sekunde einen fernsehträchtigen Zusammenbruch erleiden.

»Kann ich nicht. Beide haben blaue Augen. Dann dazu diese Bad-Boy-Ausstrahlung wegen der vielen Tattoos. Muss man in dieser Verbindung, in der die beiden sind, tätowiert sein?«, fragte ich nach.

Madison verdrehte die Augen. »Nein, muss man nicht. Und vielleicht haben sie den gleichen Stil und sehen sich entfernt ähnlich, aber Colton ist ganz anders. Denn mein Freund ist kein elender Aufreißer wie Adam.«

Madison machte einen Schritt auf mich zu und legte ihre Hand auf meine. »Ich wollte dich nur beschützen«, sagte sie. »Hier auf dem Campus gab es wegen Adam bereits einige gebrochene Herzen.«

Es freute mich, dass Madison sich solche Sorgen um mich machte, obwohl wir uns kaum kannten. Ich stellte meinen Kaffee ab und umarmte sie spontan, ließ sie aber nach fünf Sekunden auch schon wieder los. »Mach dir keine Sorgen. Ich kenne Adam bereits mein ganzes Leben, und ich habe Dinge miterlebt, die jegliche sexuelle Anziehung zwischen uns unmöglich machen.«

»Also, für peinliche Geschichten bin ich immer zu haben.«

Leider wählten die Jungs genau diesen Moment, um wieder aufzutauchen. Ich hätte ihr gern von Adams Badehosen-Unfall zu Middle-School-Zeiten erzählt. Madisons Blick schwenkte von ihrem Freund zu Adam und dann wieder zurück. Vermutlich verglich sie die beiden gerade miteinander. Aber mal ernsthaft, es gab wirklich eine Ähnlichkeit zwischen ihnen. Mal abgesehen von Haar- und Augenfarbe sickerte quasi Selbstbewusstsein aus jeder ihrer Poren. Und vor allem in Bezug auf Adam tat mir folgende Erkenntnis besonders weh: Beide waren wirklich heiß.

Colton stellte die Kartons ab, ging auf Madison zu und legte ihr einen Arm um die Schulter. Adam folgte ihm und stellte sich dicht neben mich. Seinen Arm ließ er zum Glück, wo er war.

»Und?«, fragte ich Colton. »Adam und du kennt euch?«

Er grinste. »Seit dem Moment, in dem wir uns im ersten Semester zufällig nebeneinandergesetzt haben.«

»Ein Wunder, dass er nicht gleich davongelaufen ist«, murmelte ich.

»Was soll ich sagen?« Adam sah mich arrogant an. »Ich kann eben sehr überzeugend sein, wenn ich will.«

»Ja, daran erinnere ich mich.« Und es waren keine guten Erinnerungen. Mein Blick wanderte zum Boden, und erst jetzt fiel mir auf, dass ich immer noch in meinem Pyjama herumstand. »O mein Gott«, jammerte ich. »Ich muss mich anziehen.«

Ohne auf eine Antwort zu warten, lief ich in mein Zimmer und schloss die Tür mit klopfendem Herzen. Ich brauchte ganz kurz eine Auszeit, um die Geschehnisse dieses Morgens zu verdauen. Nachdem ich die Tür hinter mir geschlossen hatte, atmete ich einige Mal tief durch und suchte mir danach Jeansshorts, die mir nicht drei Nummern zu klein waren, und ein T-Shirt aus dem Schrank, da es heute immer noch so abnormal heiß wie gestern war, und zog mich um.

Meine Gedanken schweiften dabei immer wieder zu Adam, der einfach unangemeldet aufgetaucht und immer noch unglaublich nett zu mir war. Doch Madisons Abneigung gegenüber ihm verunsicherte mich. Andererseits war ihr Freund offensichtlich mit Adam befreundet, er konnte also nicht ganz so übel sein. Wobei … East war ja auch jahrelang gut mit Adam ausgekommen, und das, obwohl Adam mich damals ignoriert hatte. Sosehr ich mir auch den Kopf zerbrach: Ich würde vermutlich heute zu keinem Ergebnis kommen, sondern einfach abwarten müssen, wie sich die Freundschaft zwischen Adam und mir entwickelte.

Als ich mein Zimmer wieder verließ, stand niemand mehr im Vorzimmer, aber ich hörte Stimmen aus Madisons Reich. Ich ging darauf zu, blieb im Türrahmen stehen und beobachtete Colton und sie dabei, wie sie den ersten Karton ausräumten.

Ich räusperte mich laut, um die beiden auf mich aufmerksam zu machen. »Ist Adam weg?« Das unausgesprochene *Ohne sich zu verabschieden?* schwang deutlich in meiner Stimme mit.

»Ja, er hatte es plötzlich sehr eilig.«

Colton warf mir einen mitfühlenden Blick zu. »So ist er eben.« Vermutlich hielt er mich für ein weiteres Dummchen, das mit Adam im Bett gelandet war.

Ich nickte nur, stellte die Situation aber auch nicht klar. Madison würde ihm bestimmt erklären, dass es anders war, als es aussah.

Zwei Stunden später saßen Colton, Madison und ich mit Pizza auf ihrem Bett. »Wir brauchen einen Fernseher«, stellte meine neue Mitbewohnerin fest.

Wir teilten uns die Pizza und balancierten die Schachtel gemeinsam auf jeweils einem unserer Beine. »Zu so einer Kalorienbombe braucht man einfach Unterhaltung in Form eines Teeniedramas.«

Colton lachte laut auf. »Ich sehe schon, ihr beide werdet euch gut verstehen. Musstet ihr bei der Bewerbung fürs Wohnheim den *Perfekte-Mitbewohnerinnen*-Fragebogen ausfüllen, oder wurdet ihr rein zufällig in ein Zimmer gematcht?«

Madison murmelte etwas mit vollem Mund, was weder er noch ich verstanden. »Wie bitte?«, fragte ich belustigt nach.

Sie kaute. Und kaute. Und kaute. Schlussendlich schaffte sie es endlich, runterzuschlucken. »Schicksal«, wiederholte sie. Der liebevolle

Blick, den Colton seiner Freundin zuwarf, machte mir bewusst, wie sehr ich es vermisste, meinen Ex-Freund um mich herum zu haben. Wir hatten bis zu unserer Trennung sehr viel Zeit miteinander verbracht und waren nicht im Streit auseinandergegangen. Vielleicht sollte ich ihn später mal anrufen und fragen, ob er schon in Harvard angekommen war und wie es ihm dort gefiel. »So wie mit uns, Baby?«, fragte Colton sie.

»Genau. Ich glaube, alles, was geschieht, passiert aus einem bestimmten Zweck. Es ist kein Zufall, dass wir hier zusammen in diesem Apartment sitzen.«

Colton wuschelte Madison mit den Fingern durchs Haar. »Mads hat gerade ihre spirituell angehauchten fünf Minuten.«

»Finde ich gut.«

Colton grinste. »Ich auch.«

Madison rammte ihrem Freund den Ellbogen in die Seite. »Und jetzt nimmt deine Pizza-Finger aus meinem Haar. Du machst es noch ganz fettig.«

Er zog die Hand zurück und leckte sich demonstrativ über jeden einzelnen Finger, bevor er sich ihrem Kopf wieder annäherte. Madison quietschte laut, schob die Pizzaschachtel schnell auf meinen Schoß und sprang auf. »Wenn du das tust, bohre ich dir nachts mit einem feuchten Finger ins Ohr. Oder … oder …«

Ihr Freund streckte die Arme in die Luft und tat so, als würde er sich ergeben. »Wenn du mit solchen Foltermethoden kommst, gebe ich natürlich gleich auf.« Die beiden miteinander zu beobachten war eigenartig. Auf eine schöne Weise. Es war, als würde über ihren Köpfen eine Reklametafel mit der Aufschrift *best couple ever* schweifen.

»Warum wolltest du noch mal nicht im Verbindungshaus wohnen?«, fragte ich Madison.

Sie hielt inne, nahm dann vor dem Bett auf dem Boden Platz und schnappte sich ein weiteres Stück Pizza. »Zu laut. Zu viele Menschen. Zu wenig Bäder.«

»Damit hat sie leider recht«, sagte Colton. »Aber sie ist trotzdem jederzeit im Verbindungshaus willkommen. Und in meinem Bett.«

Ich erstickte beinahe an dem Stück Pizza, an dem ich knabberte. »Whoooooa. Und als ich dich kennengelernt habe, dachte ich noch, dass du kein Paradebeispiel für Verbindungsklischees bist. Und dann haust du so einen Satz raus.«

»Natürlich muss ich solche Sätze raushauen. Ich bin der Präsident. Das steht quasi in der Stellenbeschreibung, hin und wieder dumme Kommentare zu machen.«

»Er übertreibt. Die Jungs bei *Rho Kappa Eta* sind alle großartig.« Sie tätschelte ihm das Knie. »Wenn ich mir die anderen Fraternities und Sororities auf dem Campus so ansehe, ist unsere Verbindung doch ein Paradebeispiel für Gleichberechtigung.«

»Sind die *Crossbones* die einzige gemischtgeschlechtliche Verbindung am Campus?«, fragte ich. »Sorry, aber ich habe immer noch dieses Bild von den Bruder- und Schwesternschaften im Kopf, die gemeinsam Partys feiern.«

Colton warf einen fragenden Blick zu Madison.

Die zuckte mit den Schultern. »Keine Ahnung. Wir sind auf jeden Fall die größte. Und coolste. Bei uns ist jeder willkommen.«

»Jeder?«

»Jeder!«, bestätigte Colton.

»Egal, ob Mann, Frau oder genderqueer?«

»Natürlich«, sagten Madison und Colton gleichzeitig und schlugen ein. »Uns ist es auch egal, wer mit wem schläft«, stellte Colton klar.

»Außer es geht um Adam Carter«, murmelte Madison leise.

Colton zwickte seine Freundin leicht in die Nase. »Verurteile Adam nicht, nur weil er gern Sex hat.«

Nun wurde sie tatsächlich rot. »Ich hab auch gern Sex. Nur nicht ständig mit jemand anderem.« Langsam bekam ich das Gefühl, dass das mit Madison und Adam etwas Persönliches war. »Aber ich versuche, netter zu sein.«

Coltons Blick wanderte wieder zu mir. »Also, bist du dabei?«

Bei Sex mit Adam? Niemals.

»Wie, dabei?«

»Willst du unserer Verbindung beitreten?«

Abwehrend streckte ich die Hände in die Luft. »Oh, wow. Danke für das Angebot, aber ich glaube, ich bin nicht so der Verbindungstyp. Oder generell der Gruppenmensch. Ich stehe mehr auf … ähm … Kleingruppen? Zwei bis sechs Personen sind für mein persönliches Wohlbefinden völlig ausreichend.« Damit brachte ich sowohl Madison als auch Colton zum Lachen.

»Ich mag dich«, ließ er mich wissen. »Falls du deine Meinung irgendwann änderst: Ich bring dir das Antragsformular zum Ausfüllen mit.«

Geschockt sah ich ihn an. »Ein Formular? Ich hatte jetzt eher auf ein gruseliges Ritual in einem Keller spekuliert. Inklusive gespielter Entführung und Sack über dem Kopf.«

»Hallo?«, sagte Colton. »Wir leben im 21. Jahrhundert. Überall gibt es Kameras. Niemand möchte wegen einer gestellten Entführung ins Gefängnis.«

»Aber wenn du magst, kann ich Cocktails mischen, während du das Formular ausfüllst«, bot Madison an. »Nur damit es sich ein wenig … zeremonieller anfühlt.«

»Ja zu den Cocktails. Nein zum Formular.«

»Ich mag, wie du denkst«, sagte sie und stürzte sich trotz Pizzaschachtel auf dem Schoß auf mich. Gott, an die Sache mit den Umarmungen musste ich mich wirklich noch gewöhnen.

KAPITEL 6

»Madison?« Am nächsten Morgen steckte ich den Kopf durch die Tür meiner Mitbewohnerin. Colton war vor ungefähr einer Stunde abgehauen, hatte aber angedroht, die Nacht wieder hier zu verbringen. Als würde mich das stören. Nach East als jahrelangen Mitbewohner war vermutlich jeder andere Mann ein Upgrade.

Gott, ich vermisste meinen Bruder und den regelmäßigen Schlagabtausch mit ihm.

Madison lag mit ihrem Laptop auf dem Schoß auf dem Bett, legte ihn aber beiseite, als ich einen Schritt in ihr Zimmer machte. »Ja?«

»Ich gehe jetzt zu dieser Orientierungsveranstaltung.«

Sofort setzte sich meine Mitbewohnerin auf. Erst jetzt schien ihr der Lageplan in meiner Hand aufzufallen. »Soll ich dich begleiten? Ich hab nichts anderes vor.«

»Ja bitte.« Erleichtert sackte ich zusammen. »Es ist nicht so, dass ich mich fürchte, aber ich habe Angst, dass ich mich verlaufe. Mein Orientierungssinn ist … na ja, nicht vorhanden. Vermutlich könntest du mich draußen auf dem Flur einmal im Kreis drehen und ich würde nicht mehr in unser Zimmer finden.«

»Das kann ich nicht verantworten. Du bist die perfekte Mitbewohnerin.« Ehrlich gesagt war ich der Meinung, dass so ziemlich jeder Mensch auf der ganzen Welt perfekt für sie wäre. Madison hatte einfach eine so unglaublich offene Art, dass ich mir nicht vorstellen konnte, dass sie sich mit jemandem nicht verstand. Außer vielleicht mit Adam. Allerdings konnte ich bei ihm wiederum gut nachvollziehen, warum man einen Bogen um ihn machen wollte.

»Was soll ich sagen?« Ich schmiss mir das Haar mit einer affektierten Geste über die Schulter. »Es ist nicht leicht, so großartig zu sein wie ich.«

Madison hüpfte aus dem Bett und schlüpfte in ihre Flipflops. Mit der Hüfte stieß sie mich an. »Warst du zu viel mit Adam zusammen?«

»Ja, er hatte jahrelang einen schlechten Einfluss auf mich.« Gemeinsam verließen wir das Zimmer und ich nahm mir im Vorbeigehen meine Umhängetasche von der kleinen Sitzbank.

»Das glaube ich dir gern«, sagte sie, schnappte sich ihren Schlüssel vom Schlüsselbrett, das Colton dort angebracht hatte, und öffnete mir die Tür. »Nach dir.«

»Was für ein Service.« Ich ging hinaus auf den den Flur und wartete auf meine Mitbewohnerin, die die Tür hinter uns verschloss.

Gemeinsam gingen wir los. Zum Glück fand ich den Weg nach unten und aus dem Haus einwandfrei. Und vor allem, ohne auf Madisons Hilfe angewiesen zu sein. Doch vor dem Gebäude war ich bereits ratlos. »Links?«, fragte ich.

»Nein, geradeaus und dann an der Nursery School vorbei.« Irgendwie war ich erleichtert, dass es in unmittelbarer Nähe medizinisch ausgebildete Personen gab. Nur für den Fall, dass man mich wieder mit Rucksäcken bewarf.

Madison quasselte den ganzen Weg lang und nahm mir damit die Aufregung. Selbst wenn ich auf der Orientierungsveranstaltung niemanden kennenlernen würde, kannte ich zumindest sie.

Als wir bei dem Gebäude ankamen, zwang sie mich, ihre Telefonnummer in meinem Smartphone einzuspeichern. Nur für den Fall, dass ich aufgrund ihres Gequassels auf dem Weg hierher den Heimweg nicht mehr finden konnte. Ihre Worte, nicht meine. Danach umarmte sie mich, gab mir einen Schubs in Richtung der Tür – zum Glück hatte sie mich direkt davor abgestellt – und wünschte mir viel Spaß. Als ich mich auf dem Weg ins Innere des Gebäudes noch einmal zu ihr umdrehte, winkte sie mir und reckte beide Daumen in die Luft. Ich fühlte mich, als würden wir uns bereits Jahre kennen.

Dabei war ich sonst eher zurückhaltend, wenn ich neue Leute traf. Aber mit Madison als Cheerleaderin in meinem Rücken hatte ich das Gefühl, alles schaffen zu können. Auch alte Muster zu durchbrechen und offen für weitere Bekanntschaften zu sein. Hatte ja bei Colton und ihr auch geklappt.

Ich betrat das Gebäude mit neuer Motivation, stockte aber bereits, nachdem ich drei Schritte hineingemacht hatte. In der Eingangshalle scharten sich über hundert Personen. Mindestens. Und ich hatte nicht übertrieben, als ich gesagt hatte, dass ich eher ein Kleingruppenmensch sei. Etwas eingeschüchtert von der Menschenmenge drückte ich mich am Rand der Eingangshalle herum. Ich war nicht schüchtern, aber auch bei Weitem nicht extrovertiert genug, um einfach auf eine Menschentraube zuzugehen, die ich nicht kannte. Machten andere Leute das? Und wenn ja, wo konnte man das lernen? Ich würde das auch gern können.

Da hier leider niemand einen Crashkurs in Sachen Sozialfähigkeiten abhielt, blieb ich eben allein stehen und lächelte jedem Neuankömmling freundlich zu. Natürlich in der Hoffnung, dass sich irgendjemand zu mir gesellen würde.

Leider passierte das nicht.

Ich stand also allein da, bis sich plötzlich die Menge teilte und ein Mädchen auf mich zukam. Okay, das war vielleicht übertrieben, aber aufgrund ihrer Präsenz fiel es ihr nicht besonders schwer, voranzukommen. Ein wenig erinnerte mich ihr lässiger Gang an die Leute in diesen Streetfashion-Videos, die ich mir immer auf TikTok reinzog. Fehlte nur noch die passende Musik.

»Dü dü dü, dü dü düüü, dü dü dü, dü dü dü, düdüdüdüdüdü«, sang das Mädchen, als es an mir vorbeiging, und ich musste lachen. Einen Meter von mir entfernt blieb sie stehen, kam wieder zu mir zurück. Fragend sah sie mich an.

»Sorry, aber als du eben auf mich zugelaufen bist, hatte ich genau den gleichen Song im Kopf. Mein Name ist Haley. Und ich liebe deine Haare.« Die waren knallpink und brachten ihre dunklen Augen schön zur Geltung. Außerdem mochte ich ihren Style. Sie trug kurze Shorts und ein Top, das kurz unterhalb des Bauchnabels endete, kombiniert mit einem seidigen Oberteil, das bei jeder Bewegung leicht flatterte. Die Sache mit den Fashion-Videos war schon irgendwie passend.

»Yuna. Und danke.«

»Schöner Name. Außergewöhnlich. Ich wette, wenn ich jetzt laut *Haley* schreie, drehen sich bestimmt fünf weitere Mädchen um.«

»Noch mal danke. Wenn wir dieselbe Wette auch in Japan durchführen, bist du diejenige mit dem außergewöhnlichen Namen.« Sie legte den Kopf schräg, schien auf etwas zu warten.

»Alles in Ordnung?«, fragte ich sie.

Daraufhin lächelte sie mich an. »Alles bestens. Also, woher kommst du?«

»Aus einer Kleinstadt in Pennsylvania. Ich hab es also nicht mal aus dem Bundesstaat hinausgeschafft. Und du?«

»Maryland. Baltimore.«

»Also auch gar nicht so weit weg.«

Überrumpelt sah Yuna mich an.

Ich zog die Augenbrauen hoch. »Langsam machen mich deine Blicke nervös. Hab ich Pizzareste zwischen den Zähnen? Meine Hose ein Loch? O mein Gott, ich hab doch kein Loch im Kopf, oder? Alles schon passiert«, erklärte ich ihr. »Man merkt von dem Schmerz zunächst gar nichts wegen des ganzen Adrenalins.« Zu meiner Verteidigung: Es war nur ein kleines Loch. Kleiner Sommerunfall am Badesee. Nicht der Rede wert.

»Alles gut«, beruhigte sie mich. »Tut mir leid, ich hab nur auf den Moment gewartet.«

»Welchen Moment?«

»Den Moment, in dem du mich fragst, ob ich eine asiatische Austauschstudentin bin.« In meinem Kopf machte es klick.

»Ahhhhhh. Ähm … ja. Ich will ehrlich sein, hätte ich vermutlich vor ein paar Jahren wirklich gefragt, aber meine Freundin Gretchen hat mir das abgewöhnt. Ist ja auch eine dumme Frage. *Wo kommst du her? Aus Baltimore! Nein, woher kommst du wirklich?*« Ich verdrehte die Augen. »Gretchens Mom stammt ursprünglich aus Deutschland, und du glaubst gar nicht, wie viele dumme Heidi-Klum-Vergleiche man sich ein Highschool-Leben lang anhören muss.«

Yuna strich sich eine pinke Haarsträhne aus dem Gesicht und lächelte. »Vermutlich genauso viele wie Lucy-Liu-Sprüche.«

Daraufhin seufzten wir beide und grinsten uns im Anschluss darauf an. »Ich muss mal aufs Klo, bevor diese Orientierungsveranstaltung anfängt«, sagte ich und sah sie fragend an.

»Ich bin mir sicher, das schaffst du allein. Ich warte hier auf dich.« Gab es eigentlich nur coole Leute auf diesem College, oder hatte ich einfach zwei Glückstreffer hintereinander gelandet?

Drei Stunden später saßen Yuna und ich in einem süßen Café auf dem Campus und ich konnte meinen Blick kaum von der gemütlichen Einrichtung abwenden. Die Tische waren in dunklem Holz gehalten und davor standen gepolsterte Sessel in vielen verschiedenen Farben. Zahlreiche Kissen schufen eine absolute Wohlfühlatmosphäre, die durch die zahlreichen Bücherregale, die gut bestückt waren, zum Verweilen einluden. Abgerundet wurde das ganze Ambiente von niedlichen Topfpflanzen, die einem das Gefühl gaben, im Wohnzimmer eines Pflanzenliebhabers zu sitzen und nicht in einem Café. Wir hatten uns einen runden Tisch ausgesucht, der nicht zu nah beim Fenster, aber auch nicht mitten im Zentrum stand. Von meinem Platz aus hatte ich einen guten Blick auf das Geschehen im Café, und ich beobachtete einen Mitarbeiter, der einen *Aushilfe-gesucht*-Flyer seitlich an einem Bücherregal anbrachte. Ich hielt meinen Latte macchiato mit einer extragroßen Portion Karamellsirup in meinen Händen und war aufgrund der nächsten Dosis Koffein und Zucker überglücklich. Na ja, vielleicht auch wegen des Cookies, der auf einem kleinen Teller neben meinem Heißgetränk lag. Yuna trank irgendein stylisches Teegetränk mit jeder Menge Eiswürfel und einem hübschen Strohhalm, das irgendwie so gar nicht zur gemütlichen Einrichtung passen wollte. Aber ich mochte Gegensätze, darum beschloss ich, dass dieses Lokal ab jetzt mein Lieblingscafé werden würde.

Yuna schien auch auf Süßkram abzufahren, denn sie inhalierte ihren Cookie genauso wie ich es tun würde, wenn ich mir heute nicht schon so viele Kalorien reingezogen hätte. Im Gegensatz zu mir hatte sie allerdings kein Gramm Fett zu viel an ihrem Körper. »Machst du viel Sport?«, fragte ich sie.

»Notgedrungen.« Sie leckte einen Krümel von ihrer Unterlippe. »Ich gehe jeden Morgen joggen. Du auch?«

»Morgens? Joggen?« Sofort schüttelte ich den Kopf. »Ich bin eher unsportlich. Oder unmotiviert. Je nachdem, wie ehrlich meine Antwort sein soll. Aber ich gehe gern spazieren.« Zählte das als Sport? »Allerdings bin ich mir nicht sicher, ob ich jemals wieder in mein Wohnheim zurückfinde, wenn ich einfach drauflosmarschiere.« Ich biss vom Cookie ab. Himmlisch. Jetzt verstand ich, warum Yuna den quasi inhaliert hatte.

»Lebst du im Erstsemesterwohnheim?« Sie untermalte den Satz mit einem lauten Schlürfen ihres Teegetränks.

»Nope, aus Platzmangel haben sich mich dem Gregory College House zugeteilt.«

»Mich auch. Was für ein Zufall.« Sie hopste auf ihrem Stuhl auf und ab und bekam sich vor lauter Glück gar nicht mehr ein.

Ich freute mich auch, konnte es allerdings nicht so zeigen. »Das ist toll. Dann können wir uns gemeinsam die Gegend ansehen. Und ich brauche keine Angst haben, dass ich mich verlaufe.«

Sie machte den Pfadfindergruß. »Ich war bei den Girl Scouts. Glaub mir, wenn du in Baltimore Kekse verkaufst, findest du von überall wieder nach Hause.«

»Hartes Pflaster?«

»Nicht dort, wo ich herkomme«, sagte sie fröhlich und wechselte dann wieder das Thema. »Aber ich bin echt froh, dass du im gleichen Wohnheim lebst wie ich. Meine Mitbewohnerrinnen haben sich bisher nicht unbedingt als Hauptgewinn herausgestellt.«

»Wieso das?«

»Ach, ich weiß nicht. Vielleicht ist es schwierig, weil die sich alle schon gefühlt ihr ganzes Leben kennen.« Sie seufzte. »Aber nehmen wir mal dich und mich. Da hat die Chemie von Anfang an gestimmt. Bei meinen Mitbewohnerinnen war die Stimmung eher verhalten, aber vielleicht wird es ja noch.«

»Ich freue mich, dass wir uns kennengelernt haben. Und offensichtlich die gleichen TikTok-Videos ansehen.«

Daraufhin lachte Yuna laut los. Zum Glück hatte sie zuvor ihren Tee runtergeschluckt, wobei es mich ziemlich amüsiert hätte, wenn ihr das Getränk durch die Nase gekommen wäre. Das ich am College war, hieß nicht automatisch, dass ich jetzt erwachsen war.

Das wurde mir noch viel klarer, als Adam das Café betrat und in mir den Reflex auslöste, mich unter dem Tisch zu verstecken. Ich zog die Schultern ein und beobachtete ihn, wie er zielstrebig auf den Barista zuging. Der Kerl zog ihn über die Theke hinweg in eine kurze, kumpelhafte Umarmung. Und auch ein paar andere Mitarbeiter sowie Besucher winkten ihm zu. Offensichtlich war Adam hier Stammgast. Ich hörte seine Stimme bis zu unserem Tisch. »Das Gleiche wie immer«, sagte er locker und lehnte sich dann lässig gegen den Tresen. Ich war wirklich kurz davor, mich auf den Boden zu werfen, damit er mich nicht sah. Was kindisch wäre, nachdem wir uns erst gestern gesehen hatten. Dass er ohne ein Wort abgehauen war, nahm ich ihm aber ein wenig übel. Dieses Auftauchen wie aus dem Nichts, und dann ohne Verabschiedung wieder gehen, war offensichtlich seine neueste unangenehme Eigenschaft.

Yuna lehnte sich zu mir und flüsterte: »Hast du etwas gesehen, was dir gefällt?«, fragte sie mit zweideutigem Tonfall.

Um ihr nicht sofort antworten zu müssen, trank ich einen Schluck von meinem Kaffee.

Sie wackelte mit den Augenbrauen. »Sieht heiß aus mit den Tattoos. Würde mir auch gefallen.« Sie zögerte merklich, doch dann fügte sie hinzu: »In weiblich.«

»Du stehst auf Frauen?«

Yuna nickte vorsichtig.

»Kann ich irgendwie verstehen. Ich finde auch viele Frauen hübsch. Dich zum Beispiel. Leider verspüre ich dabei aber null sexuelle Anziehung.« Als mir klar wurde, was ich gesagt hatte, fügte ich schnell hinzu: »Also nicht nur bei dir.« Immer mitten ins Fettnäpfchen hinein. »Generell bei Frauen.« Ich vergrub das Gesicht hinter meinen Händen. Konnte man sich noch dümmer verhalten?

Als ich zwischen meinen Fingern hervorlinste, sah ich, dass Yuna immer noch dasaß. Ich hätte es ihr nicht verübelt, wenn sie vor mir und meiner Unbeholfenheit davongelaufen wäre. »Ich mag deine Art. Du sagst immer, was du denkst.«

»Manchmal sollte ich besser zuerst denken und dann erst sprechen.«

»Ich würde dir ja gern noch ein wenig länger dabei zusehen, wie du in Unwohlsein badest, aber der heiße Kerl steuert direkt auf uns zu. Du solltest dich also wieder unter Kontrolle bekommen.«

Ich richtete mich auf, winkte aber gleichzeitig ab. »Ach, Adam kennt das schon.«

Genau in diesem Moment blieb er neben mir stehen. »Was kenne ich schon? Dich und deine unverwechselbare Art?«

»Ja, ich bin eben ein Unikat.«

Interessiert sah Yuna zwischen Adam und mir hin und her. »Ihr seid befreundet?«

Adam prostete mir mit seinem Kaffeebecher zu. »Genau. Alte Freude.«

»Klar doch«, murmelte ich. Ich versuchte wirklich, darüber hinwegzusehen, dass Adam sich eine Zeit lang wie ein Arsch verhalten hatte. Ehrlich. Aber in Momenten wie diesen fiel es mir unglaublich schwer.

Freunde.

Was für ein Witz.

An Yuna gewandt sagte ich: »Wir waren früher Nachbarn. Und jetzt sind wir uns zufällig wieder über den Weg gelaufen. Adam scheint zu denken, dass wir deshalb zwangsläufig miteinander befreundet sein müssen.«

»Aha.« Yuna wirkte, als würde sie gar nichts verstehen.

Adam grinste nur dümmlich. »Es gibt 'ne Menge alter Geschichten, die wir wieder aufleben lassen können.« Er zog sich einen Stuhl heran und setzte sich zu uns.

»Hattet ihr so ein Nachbarschaftsding am Laufen?« Yuna klatschte in ihre Hände. »So eine Fenster-zu-Fenster-Schmacht-Sache?« Ich warf Yuna einen *So-was-kannst-du-doch-nicht-fragen*-Blick zu. Sie zuckte nur mit den Schultern.

»Hatten wir nicht«, stellte ich klar. »Kannst du auch was dazu sagen?«

»Da lief nie etwas zwischen uns. Warum eigentlich?« Er drehte sich zu mir.

»Leidest du an Amnesie? Du hast jahrelang nicht mit mir gesprochen. Es war ein Wunder, dass du nicht irgendwelche Räucher-Rituale durchgeführt hast, wenn wir uns gemeinsam in einem Raum befunden haben, um dich von meiner Anwesenheit zu reinigen.«

»Das denkst du also?«

»Ja.«

Er stand auf, sagte aber nichts, um meine Worte zu revidieren. »Ich muss weiter.« Mit dem Pappbecher, den er die ganze Zeit in seiner Hand gehalten hatte, prostete er uns zu. »Schönen Tag noch. Haley und … Haleys Freundin.«

»Yuna«, sagte sie amüsiert.

Adam entfernte sich zwei Schritte vom Tisch, kam dann aber wieder zurück. »Du findest zurück in dein Wohnheim, oder?«, fragte er leise.

»Klar, Yuna wohnt auch dort. Zu zweit schaffen wir es sicher.«

»Bestimmt. Na ja, vermutlich.« Sie zog ihr Smartphone aus der Handtasche. »Wir haben Google Maps, für den Notfall.«

Adam schüttelte über uns beide den Kopf. »Wir sehen uns, Haley.« Er winkte noch mal, und dann verließ er das Café.

Yuna lehnte sich über den Tisch. »Okay, und jetzt erzähl mir alles über dich und ihn. Fang am besten am Tag deiner Geburt an.«

Das würde definitiv ein langer Cafébesuch werden.

KAPITEL 7

Ein paar Tage später saß ich mit Madison auf meinem Bett. Wir hatten uns in unserer kleinen Wohngemeinschaft gut eingelebt und verbrachten viel Zeit miteinander. Zumindest wenn unsere vollen Stundenpläne und Terminkalender es zuließen. Madison war mir eine große Hilfe, da sie im Vorjahr beinahe alle Lehrveranstaltungen besucht hatte, die auch bei mir in diesem Jahr auf meinem Stundenplan standen. Die ersten beiden Jahre meines Studiums setzten sich aus verschiedenen Kursen der Geistes- und Naturwissenschaften zusammen. Erst in der zweiten Studienhälfte würde ich mich für die Majors, also die Hauptfächer, entscheiden müssen, und somit den Studienschwerpunkt wählen. Das kam mir sehr zugute, da ich mir noch nicht sicher war, für welchen Weg ich mich schlussendlich entscheiden würde. Im Gegensatz zu meinem Ex-Freund, der unbedingt Profisportler werden wollte, hatten meine Planungen nach dem Punkt Es auf eine gute Universität schaffen aufgehört.

Aber ich hatte noch Zeit für diese Entscheidung, ganz im Gegensatz zu Madison, die mir meine Zehennägel lackierte und in der letzten halben Stunde von allen Hauptfächern erzählt hatte, die für sie infrage kamen. »Wie winzig ist bitte der Nagel an deinem kleinen Zeh? Ich hab Angst, dass ich die Haut anmale«, murmelte sie. Natürlich hoch konzentriert, damit es nicht so weit kam.

»Sieht doch niemand.«

»Bist du noch keinem heißen Kerl über den Weg gelaufen, der dich interessiert hat?« Seit meinem letzten Zusammentreffen mit Adam komischerweise nicht. *Halt! Stopp.* Was hatte ich da eben gedacht? Zum Glück hatte mein Kopf-Gehirn-Filter einmal funktioniert und mich davor bewahrt, die Worte laut auszusprechen.

»Nope. Niemand in Aussicht, der auch nur annähernd in die Nähe meiner Zehennägel kommt.«

Madison schnaubte. »Bald schmeißt die Verbindung die erste Party, dann stelle ich dir ein paar Männer vor.«

»Warum nicht.« Ich war Single. Und ich war offen für unverbindlichen Sex. Hoffte ich zumindest, denn ich hatte so etwas noch nie zuvor gemacht. Aber ich würde auch nicht herausfinden, ob das Konzept Sex ohne Liebe für mich funktionierte, wenn ich es nicht probierte.

Madison stellte das Nagellackfläschchen zur Seite. »Fertig.« Danach sprang sie auf. »Ich hau dann auch mal ab. Piper und ich wollen uns heute die neue Staffel *Love, Victor* reinziehen und dann übernachte ich bei ihr.« Wohl eher bei Colton. »Ich geh meine Sachen packen.«

»Viel Spaß. Und grüß sie lieb von mir. Unbekannterweise.«

Madison verließ das Zimmer. »Wird Zeit, dass ihr euch bald kennenlernt.« Das sah ich genauso, denn ich war sehr gespannt auf Madisons beste Freundin.

Da ich mit meinen frisch lackierten Zehennägeln gerade bewegungsunfähig war, schnappte ich mir mein Smartphone und überlegte, mit wem ich telefonieren könnte. Ich hatte vor ein paar Tagen mit Gretchen gesprochen, die ein College an der Westküste besuchte. Und mit Will telefoniert. Harvard war, wie zu erwarten, großartig. Das musste ich nicht schon wieder hören, deshalb rief ich zu Hause an.

Mein Bruder ging nach dem zweiten Läuten ans Telefon.

»Hey, East«, begrüßte ich ihn.

»Superhirn.« In seiner Stimme klang ehrliche Freude mit. »Wie bekommt dir das Großstadtleben?«, fragte er mich. »Und sei ehrlich: Wie oft hast du dich in der Zwischenzeit verlaufen?«

Warum fragten das ständig alle? »Weniger oft, als man denken würde. Einmal bin ich etwas verwirrt in einem Gebäude herumgeirrt, da ich einen Vorlesungssaal nicht gefunden habe, aber sonst lief es wirklich gut.«

»Jetzt erzähl mir nicht, dass du dann so mutig warst, auf jemanden zugegangen bist und einfach gefragt hast, wo du hinmusst.«

»Nein, ich dürfte so verzweifelt ausgesehen haben, dass jemand auf mich zugekommen ist und mich gefragt hat, ob ich Hilfe brauche.«

East lachte. Ich wünschte, das wäre Sarkasmus gewesen. War es aber nicht. »Und sonst? Hast du schon ein paar Leute außer Madison kennengelernt?«

Ich nickte. Dann fiel mir erst ein, dass East mich nicht sehen konnte. »Ich habe eine neue Freundin, Yuna, und mit ihr erkunde ich in der freien Zeit den Campus.«

»Ist sie heiß?«

»Ist das wirklich die Frage, die du deiner Schwester stellen willst?«

Er grummelte irgendetwas Unverständliches. »Ich hoffe, sie ist nett«, sagte er dann.

»Ja, genauso wie Madison. Alle sind wirklich großartig. Auch Madisons Freund, Colton.« Drei Leute in einer Woche näher kennenzulernen war doch wirklich ein guter Schnitt. Zumindest für meine Verhältnisse.

»Warst du auch schon auf deiner ersten College-Party?«

Ich musste lächeln. »Nein. Ich hatte eigentlich mit einer Haus-Party zum Studienbeginn gerechnet, aber offensichtlich habe ich mich zu sehr von Fernsehserien beeinflussen lassen.«

»Kommt bestimmt noch, Superhirn.«

Im Hintergrund hörte ich Gemurmel. Vermutlich stand Dad neben Easton und fragte ihn irgendwas. »Ja, Haley ist dran«, flüsterte er leise. Danach: »Komm schon, Dad. Das muss doch nicht sein. Sie hat sich noch nicht mal richtig eingewöhnt.«

»Easton?«, fragte ich alarmiert nach. »Was ist los?«

Wieder Gemurmel, darauf folgte ein lautes Seufzen. »Dad will mit dir reden.«

Kurz darauf schallte ein »Hallo, Pumpkin« durch die Leitung. Den Kosenamen konnte ich ihm einfach nicht mehr abgewöhnen. Dabei sah mein Kopf längst nicht mehr wie der eines Kürbisses aus.

»Dad, alles in Ordnung bei dir?«

Er räusperte sich. »Nicht wirklich.«

Sofort machte ich mir Sorgen um ihn. Klar, er kam gut allein zurecht. Immerhin hatte er sich beinahe allein um zwei kleine Kinder gekümmert, nachdem seine Frau ihn verlassen hatte. Er war ein Kämpfer. »Was ist los, Dad?« Im Hintergrund hörte ich wieder Eastons protestierendes Gemurmel.

»Pumpkin.« Lautes Schlucken war zu hören. »Ich habe meinen Job verloren.«

Alle Gedanken in meinem Kopf kamen für eine Sekunde zum Stillstand. Totaler Shutdown.

»Haley?«, fragte er vorsichtig nach. »Hast du mich verstanden?«

»Ich … ja?« Dad arbeitete seit … seit immer in einem Holzbetrieb. Er war dort, seit er die Highschool beendet hatte. War nie irgendwo anders gewesen. Die konnten ihn doch nicht einfach rauswerfen. Oder? »Wieso?« Ich musste einfach fragen.

»Mehr Maschinen, weniger Leute«, murmelte er leise. Ziemlich deutlich hörte ich dafür Eastons Stimme durch das Telefon. »Sag ihr die ganze Wahrheit, Dad!«

Darauf folgte ein lang gezogenes Seufzen. »Mein Boss … er hat mitbekommen, dass ich während der Arbeitszeit Bier trinke.«

»Du … aber Dad?« Ich verstand das alles nicht. Mein Dad war kein Alkoholiker. Klar, er trank nach der Arbeit immer Bier. Mehrere Dosen, wenn ich so darüber nachdachte. Am Wochenende manchmal auch Wein. Aber er war doch … ich meine, das hielt sich doch in Maßen, oder? Mein Dad war weder ausfällig noch aggressiv, wenn er trank. Im Gegensatz zu den Eltern meiner Mitschüler war sein Alkoholkonsum definitiv höher, nur … er hatte es ja auch nicht leicht. Er war immer auf sich allein gestellt gewesen. Er hatte sich um uns gekümmert und immer gearbeitet. Mein Dad war mein Superheld.

»Es tut mir leid«, sagte er.

»Du musst dich doch nicht bei mir entschuldigen.«

»Doch, muss ich.«

Langsam machte mir sein Verhalten Angst. »Wieso?«

»Haley, ich weiß nicht, ob wir uns ohne meinen Job das College weiter leisten können.« Die Worte explodierten wie eine Atombombe in meinem Kopf und wiederholten sich in einer Endlosschleife.

Nervös fummelte ich an meinen Fingernägeln herum.

Er seufzte laut. »Ich musste auch einen Kredit aufnehmen, um dir deinen Traum zu finanzieren.«

»Dad«, flehte ich, »du meintest doch immer, ich soll mir keine Gedanken wegen des Geldes machen.«

»Pumpkin, es tut mir leid, aber ich weiß nicht, wie wir die Kosten für dein Studium im nächsten Semester decken sollen.«

»Von wie viel Geld sprechen wir genau?« Stille am anderen Ende der Leitung. »Jetzt sag schon, Dad.«

»Ungefähr sechzigtausend Dollar pro Jahr fürs College und noch mal jährlich elftausend fürs Wohnheim.«

Mein Mund klappte weit auf. »Können wir nicht staatliche Hilfe beantragen?« Wir mussten doch irgendetwas tun können.

»Dann würde sich der jährliche Betrag im besten Fall halbieren.«

»Gib sie mir«, höre ich Easts Stimme durch die Leitung. »Hör zu, Superhirn«, sagte er und klang dabei völlig ruhig. Wie konnte er ruhig bleiben, während meine Welt gerade zusammenbrach? »Wir bekommen das hin. Ich habe für den Moment deine Kreditraten übernommen.«

»Aber«, flüsterte ich, »du wolltest doch von zu Hause ausziehen. Endlich deine eigenen vier Wände haben.«

»Ist nicht so wichtig. Wir halten zusammen. Ich zahle den Kredit weiter, ich weiß nur nicht, wie lange ich das kann, denn ich muss auch Dad unter die Arme greifen. Wegen des Hauses.« Man konnte über Easton sagen, was man wollte, aber wenn es drauf ankam, war er immer zur Stelle und verbannte den Pausenclown in die letzte Ecke seines Kopfes. »Dad hätte dich deswegen auch gar nicht belasten sollen«, fügte er eindeutig wütend hinzu. »Ich will nicht, dass du dir Sorgen machst.«

»Nein«, sagte ich, »es ist gut, dass ich Bescheid weiß. Denn ich möchte nicht, dass du für meine Ausbildung bezahlst.«

»Das ist kein Thema, das ich mit dir diskutiere.«

»East, du …«

Dad unterbrach mich. »Ich bin wieder am Telefon. Dein Bruder ist wütend davongestapft.«

»Tut mir leid«, wisperte ich.

»Nicht dir muss etwas leidtun. Ich hab's versaut.« Man konnte seine Niedergeschlagenheit deutlich durch das Telefon hören, aber ich wollte nicht, dass er sich meinetwegen schlechte fühlte.

»Nein, hast du nicht.« Am liebsten würde ich ihn in den Arm nehmen. »Du bist der beste Dad, den man sich vorstellen kann. Und du würdest dein letztes Hemd für uns geben.«

»Pumpkin, du bist zu gut zu mir und hast immer schon über meine Fehler hinweggesehen.« Das musste ich, schließlich hatte ich sonst niemanden außer East und ihn. Sie waren meine Familie. Und ich liebte sie bedingungslos.

»Kann ich irgendetwas beitragen? Ich habe mitbekommen, dass in einem Café am Campus eine Aushilfe gesucht wird«, sagte ich in dem Versuch, meinen Dad, aber auch mich selbst zu beruhigen. »Wer wäre dafür besser geeignet als ich? Ich liebe Koffein.«

Damit brachte ich Dad zum Lachen. »Aber nur, wenn es dich nicht vom Lernen abhält.«

»Ich schaffe das, Dad. Und jetzt such East und sag ihm, dass er nicht mehr rumschmollen soll.«

»Mache ich. Ich hoffe, ich hab dir nicht den Abend versaut.«

Hatte er, aber er konnte ja nichts dafür.

»Alles gut«, sagte ich mit dem letzten Rest Optimismus, den ich noch zusammenkratzen konnte. »Wir hören uns bald wieder.« Sobald ich das Gespräch beendet hatte, sammelten sich Tränen in meinen Augen, und ich begann heftig zu blinzeln.

»Scheiße, scheiße, scheiße«, fluchte ich leise. Das alles konnte doch nicht wahr sein. Mein Traum hatte sich erfüllt, und nun würde er vielleicht doch noch platzen.

»Hey.« Die Matratze senkte sich und Madison zog mich in ihre Arme. »Ich wollte nicht lauschen, aber die Tür stand offen und ich habe einen Teil deines Gesprächs mitbekommen.«

Die Tränen bahnten sich einen Weg aus meinen Augen und ich schluchzte auf.

»Mein Dad weiß nicht, wie lange er den Kredit für meine Studiengebühren noch bezahlen kann.« Vermutlich könnte ich auf ein Community College wechseln, aber verdammt … ich liebte alles an der *Penn*. Das war mein Traum. Den wollte ich nicht einfach aufgeben.

Ich erzählte Madison jedes noch so kleine Detail über das Telefongespräch und mein Leben, damit sie verstand, warum ich so aufgelöst war. Sie war eine gute Zuhörerin, stellte immer wieder Zwischenfragen und war einfach für mich da.

Nachdem ich mir den ganzen Ballast von der Seele geredet hatte, wische ich mir die Tränenspuren von den Augen.

»Solltest du nicht bereits auf dem Weg ins Verbindungshaus sein? Zu Piper?« Ich klang jämmerlich. Es würde mich nicht wundern, wenn sie die Flucht ergreifen würde.

Sofort schüttelte sie den Kopf. »Ich lasse dich doch jetzt nicht allein. Wir müssen uns irgendeine Lösung für deine Probleme einfallen lassen.« Sie stand auf. »Ich bestelle uns asiatisches Essen und sage Piper Bescheid, dass wir den Mädelsabend auf morgen verschieben.«

Eine halbe Stunde später saßen Madison und ich uns auf meinem Bett gegenüber und schaufelten massenhaft Essen in uns hinein. Madison reichte mir mit ihren Stäbchen eine Frühlingsrolle. »Koste mal, die schmecken großartig.«

Ich ließ mich von ihr füttern. »Hmmmm.«

»Zum Glück bist du auch Frustesser«, murmelte Madison.

»Ich esse einfach immer. Bei guter Laune belohne ich mich mit Essen, und wenn ich schlecht drauf bin, tröste ich mich damit.«

»Meine Seelenverwandte.« Danach sah sie mich nachdenklich an. »Wie bekommen wir deine Studiengebühren zusammen?«, grübelte sie. »Ein Verbindungszimmer oder eine günstigere Wohnalternative kommt leider nicht infrage, weil alle Erstsemester auf dem Campus wohnen müssen.« Fragte sich nur warum. Ich war nämlich bereit, mir ein Zimmer mit zwanzig anderen in einem Hostel-Schlafsaal zu teilen, wenn es darauf ankam.

»Das ist doch beschissen.«

»Und wie. Kommst du für irgendwelche staatlichen Förderungen infrage? Ein Stipendium? Irgendetwas?«

»Keine Ahnung, aber das muss ich herausfinden. Vielleicht hat sich ja irgendetwas geändert, jetzt, wo Dad seinen Job verloren hat.« Ich war bereit, mich an jeden noch so kleinen Strohhalm zu klammern. »In erster Linie brauche ich einen Nebenjob.« Ob ich eine gute Stripperin wäre? Bei meinem Körperfettanteil, gepaart mit meiner Tollpatschigkeit sah ich leider keine großen Chancen auf einen Nebenjob in einem Nachtclub.

»Was liegt dir denn? Kellnern?«

Geschirr von A nach B bringen und dabei niemanden ernsthaft gefährden? »Eher nicht.«

»Getränke ausschenken? In einer Bar? Würde gutes Trinkgeld bringen.« Sie spießte einen glibberig aussehenden Pilz mit ihrem Stäbchen auf und führte ihn zum Mund.

»Wer stellt denn eine Neunzehnjährige als Barkeeperin ein, die selbst noch keinen Alkohol trinken darf?«

»Mist. Ich bin keine große Hilfe. Wobei … hast du nicht zuvor zu deinem Dad gesagt, dass sie in irgendeinem Café eine Aushilfe suchen?«

»Ja, aber ich wollte nur, dass er sich keine Sorgen macht. Bestimmt ist der Job längst vergeben. Ich bin bestimmt nicht die einzige Studentin, die einen Nebenjob sucht.«

»Ruf Adam an. Der arbeitet in dem Café in der Nähe der Hayden Hall.«

Aufgeregt rutschte ich auf meinem Stuhl nach vorn. »Ernsthaft? Das ist das Café, das eine Aushilfe sucht. Meinst du, er kann mir helfen?«

»Bestimmt. Adam ist kein schlechter Mensch. Nur ein wenig promiskuitiv.«

»Er soll mich ja auch nicht flachlegen, sondern mir einen Job besorgen.« Schon viel besser gelaunt schob ich mir eine Portion meines Reisgerichts in den Mund. Im Gegensatz zu Madison konnte ich nicht mit Stäbchen umgehen.

»Dann ist Adam dein Mann. Hast du seine Nummer?«

»Nur die alte. Ich schreibe ihm später, vielleicht stimmt sie ja noch.«

»Wenn nicht, fragen wir Colton. Der gibt sie uns bestimmt.«

»Danke, Madison. Ernsthaft. Ich bin froh, dass du mir zur Seite stehst.«

Etwas unsicher biss sich meine Freundin auf die Unterlippe. »Ich habe noch einen Vorschlag, wie du das Geld beschaffen könntest«, sagte sie dann. »Aber es gibt keine Garantie, dass es auch klappt.«

»Was meinst du? Wenn du mir nicht unbedingt einen Bankraub vorschlägst, bin ich dabei.«

»Okay, ich darf es dir eigentlich nicht erzählen, aber … ich glaube, unter diesen Umständen und unter der Voraussetzung, dass du nicht verrätst, was ich dir gleich sage, kann ich eine Ausnahme machen.«

Ein wenig ängstigte mich Madisons Verhalten. Ihre Worte wirkten beinahe so, als wäre sie in irgendeine dubiose Sache verwickelt. Womit würde sie jetzt ankommen? Drogenhandel? Denn das war die einzige Möglichkeit, die mir einfiel, um schnell an viel Geld zu kommen.

Ich verschloss mit meinen Fingern den imaginären Reißverschluss an meinem Mund. Ich wollte – nein, ich *musste* – unbedingt hören, was sie mir zu sagen hatte. »Ich schwöre.«

Madison lehnte sich nach vorn. »Also, hör zu. Die *Crossbones* veranstalten jedes Jahr ein Spiel, bei dem man etwas gewinnen kann. Aber nur Verbindungsmitglieder können mitmachen.«

»Wenn ich dazu gut in Sport sein muss, dann brauche ich da gar nicht erst mitzumachen. Ich bin in so ziemlich jeder Ballsportart mies. Völkerball. Basketball. Volleyball …« Ich könnte diese Liste noch stundenlang fortführen.

»Keine Sorge. Es geht nicht um Sport.«

»Worum dann? Ich bin auch mies in Kartenspielen.« Ich deutete auf mein Gesicht. »Sieh mich an. Ich kann nicht bluffen.«

»Jetzt hör mir doch mal zu«, bat sie mich. »Das Spiel nennt sich Bullshit-Bingo.«

»Wo bestimmte Wörter, Phrasen oder Sätze abgehakt werden müssen, wenn sie zum Beispiel während des Unterrichts oder einer Party gesagt werden?«

Sie schüttelte den Kopf. »Nein, das würde so nicht funktionieren. Bei unserem Bullshit-Bingo geht es darum, verschiedene Aufgaben zu erfüllen.«

»Die Verbindung hat also ein eigenes Spiel erfunden und dafür einfach den Namen eines anderen Spiels geklaut?« Ungläubig sah ich sie an. Madison sah tatsächlich peinlich berührt aus. »Offensichtlich war sämtliche Kreativität nach dem Austüfteln der Spielregeln verschwunden. Und der Name passt einfach zum Spiel.«

»Hey, ich habe den Namen nicht geklaut. Bei mir musst du dich nicht entschuldigen«, lenkte ich ein.

Daraufhin bewarf Madison mich mit einem Glückskeks. »Willst du jetzt mehr über das Spiel erfahren?«

»Klar doch.«

Ich begann, die letzten Reste meines Essens aus der Verpackung zu kratzen, während Madison loslegte. »Wenn du mitspielst, bekommst du einen Bingo-Schein, auf dem alle Aufgaben stehen. In zweiwöchentlichem Rhythmus werden Aufgaben gezogen, die du innerhalb eines Wochenendes erfüllen musst. Schaffst du es, bekommst du vom Caller einen Stempel auf deinen Pass.« Klang eigentlich gar nicht so schwierig. Das müsste doch zu schaffen sein. »Es gibt noch ein paar andere Regeln, aber ich denke, damit du eine Vorstellung vom Spiel bekommst, genügen diese Infos.«

»Okay, und mit dem Gewinn kann ich dann meinem Dad unter die Arme greifen und ihm beim Berappen meines Studienkredits helfen?«

Madison biss auf ihrer Unterlippe herum. »Der Gewinn ist mit hunderttausend Dollar dotiert. Du würdest also so ziemlich die gesamten Studiengebühren auf einen Schlag bekommen.«

Mir fielen die Stäbchen aus der Hand. »Wie bitte? Was ist das für eine Verbindung?« Langsam wurde mir klar, warum die Mitglieder der *Crossbones* nicht wollten, dass etwas über das Spiel an die Öffentlichkeit drang. Die anderen Studenten würden ihnen die Bude einrennen, wenn es die Möglichkeit gab, hunderttausend Dollar zu gewinnen.

Hunderttausend Dollar.

So viele Antragsformulare konnten die gar nicht drucken.

»Eine sehr angesehene, mit vielen Alumni.«

»Alumi?«

»Ehemalige, die die Studenten fördern«, erklärte sie. »Ein Pärchen, das sich dank der Verbindung kennengelernt hat, war sehr großzügig, als es um den Preis für das diesjährige Spiel ging. Im Vorjahr gab es übrigens einen Tesla zu gewinnen.« Ich hörte, was sie mir erzählte, aber glauben konnte ich es nicht so wirklich.

»Und wo ist der Haken?«, fragte ich. Es gab doch immer einen Haken. »Wird das Ganze zur Erheiterung der Ehemaligen in einem Livestream übertragen?« Das klang einfach zu gut, um wahr zu sein.

»Na ja, du musst erst mal gewinnen. Es werden natürlich viele Verbindungsmitglieder teilnehmen.« Aber es war zumindest eine Chance. Eine verdammt gute. Vermutlich würde niemand motivierter für sämtliche Aufgaben sein als ich.

Trotzdem musste ich noch einmal nachfragen. »Und was werden das für Aufgaben sein?«

»Keine Ahnung. Ich habe mir noch keine überlegt.«

»Du? Was soll das bedeuten, *du* hast dir noch keine überlegt?«

Ihr Kopf bewegte sich wie bei einem Wackeldackel freudig auf und ab. »Vor dir steht die diesjährige Callerin beim Bullshit-Bingo von *Rho Kappa Eta*.«

»Gratulation.«

»Etwas mehr Begeisterung bitte.«

»Sorry, ich bin etwas überfahren von den ganzen Infos. Ich meine, *hunderttausend* Dollar.« Ich konnte es immer noch nicht fassen. »Und es gibt keine Regeln, außer dass ich niemandem davon erzählen darf?«

»Fast. Wichtig ist auch, dass du immer Beweise dafür hast, dass die Aufgabe erfüllt wurde. Sonst zählt es nicht.«

»Schwierig, aber machbar.«

»Sehe ich auch so. Ein weiteres Hindernis ist natürlich noch, dass die Aufgaben nicht auf jeder Bingo-Karte gleich angeordnet sind. Wenn du fünf Aufgaben erfüllt hast und jemand anderes ebenfalls, seine Aufgaben aber auf der Karte eine waagrechte, senkrechte oder diagonale Linie ergeben, hat der gewonnen.«

Ich nickte. »Es wird also schwierig. Jedoch nicht unmöglich.« Ich klang kämpferischer, als ich mich fühlte.

»Ja. Und ich drücke dir die Daumen, wenn du mitmachst.«

»Danke.« In diesem Moment hätte ich Madison am liebsten umarmt. »Und wo bekomme ich jetzt eines dieser Antragsformulare her?«

Meine Mitbewohnerin lachte. »Darum kümmere ich mich. Versprochen!«

KAPITEL 8

»Herzlich willkommen bei *Coffee Therapy.* Was kann ich dir bringen?«, fragte mich ein paar Tage später die Barista, die hinter dem Tresen meines zukünftigen Arbeitsplatzes stand.

»Hallo«, begrüßte ich sie und streckte ihr die Hand entgegen. »Ich heiße Haley und habe hier heute meinen ersten Tag.« Dank Adam, der mir den Job besorgt hatte. Es war nicht viel nötig gewesen, außer ein Formular auszufüllen. Offensichtlich liebten die Leute an der *Penn* Formulare.

Mit einem freundlichen Lächeln schüttelte sie meine Hand. »Lashana. Freut mich, dich kennenzulernen.« Sie deutete hinter sich. »Komm am besten hinter den Tresen, Adam wartet im Pausenraum auf dich. Er schult dich heute ein.«

»Danke.« Eine Sekunde zögerte ich, doch dann kam ich Lashanas Anweisung nach. Als ich hinter ihr vorbeiging, fiel mir auf, wie groß sie war. Mindestens zwei Köpfe größer als ich. Neben ihr fühlte ich mich wie ein Hobbit.

Mit klopfendem Herzen öffnete ich eine Tür und stand plötzlich in einem Lagerraum. Mit gerunzelter Stirn sah ich mich um. »Die andere Tür, Haley«, hörte ich Lashanas freundliche Stimme von draußen.

Mit hochrotem Kopf kam ich wieder raus und sah mich suchend um. »Die weiße Tür.« Sie klang ein wenig belustigt, aber nicht fies. Auch ihr Lächeln zeigte mir, dass sie nicht von meiner Orientierungslosigkeit genervt war.

Endlich fand ich den Weg zum Pausenraum. Klar, dass ich die Tür nicht gesehen hatte. Die verschmolz quasi mit der weißen Wand. Ich drückte die Türklinke nach unten und trat ein. Adam lungerte mit seinem Smartphone in der Hand auf einem Stuhl herum, doch er sah auf, als ich neben ihn trat.

»Haley«, begrüßte er mich.

»Adam.« Ich holte tief Luft. »Danke, dass du mir den Job besorgt hast.« Natürlich hatte ich ihm nichts von meinen finanziellen Problemen erzählt, weil … ich wollte einfach nicht, dass er davon wusste.

Er steckte sein Smartphone in die Hosentasche und stand auf. »Kein Ding. Freunden helfe ich doch immer gern.«

»Freunde.« Dieses Wort wollte in Bezug auf Adam nicht so richtig passen. »Sind wir das?«

»Wenn du das möchtest?«

Ich überlegte kurz, dann nickte ich. »Wieso eigentlich nicht?« Und dann umarmte ich ihn spontan. Zwar nur kurz, aber immerhin.

»Wow, Haley«, sagte er. »Das eben war mehr Körperkontakt, als wir unser ganzes Leben lang miteinander hatten.« Theatralisch fächelte er sich Luft zu.

»Gewöhn dich nicht dran«, murmelte ich daraufhin.

»Keine Sorge, deine bissigen Kommentare halten mich davon ab.« Er zwinkerte mir zu. »Aber verrat mir mal eine Sache. Wie hat Will damals deinen Panzer aus Sarkasmus durchbrochen?«

»Er war einfach nett zu mir.«

»So bekommt man also die Frauen rum. Verstehe.«

Als hättest du jemals Probleme damit gehabt, Mädels rumzubekommen.«

»Ob man es glaubt oder nicht, aber manche Frauen sind gegen meinen Charme immun.«

»Skandalös.«

»Nicht wahr?« Er ging zu einer Reihe von Spinden, die an der Wand entlang aufgereiht waren. Mit einer geschmeidigen Bewegung öffnete er den, auf dem in großen Buchstaben *Haley* stand. »Hier kannst du deine Wertsachen hineingeben. Da drin liegen zwei T-Shirts und eine Schürze für dich. Die Schürze kannst du nach der Schicht in den

Wäschekorb dort hinten schmeißen.« Mit einer ausholenden Handbewegung zeigte er in die entsprechende Richtung. »Das T-Shirt nimmt eigentlich jeder mit nach Hause und wäscht es selbst. Dein Namensschild liegt ebenfalls im Spind.« Danach ließ er seinen Blick über mein Outfit schweifen. Ich trug Jeans, ein schlichtes T-Shirt und Ballerinas. »Du siehst gut aus.« Überrumpelt starrte ich ihn an. Adam Carter war der Meinung, dass ich gut aussah? Nicht dass ich Wert auf Adams Meinung legte, aber ich fühlte mich doch ein wenig geschmeichelt. Im nächsten Moment korrigierte Adam sich jedoch schon wieder, und der kurze Anflug von Sympathie, den ich ihm gegenüber empfunden hatte, verpuffte sofort wieder. »Äh, … was ich eigentlich sagen wollte, ist, dass du dir die richtige Kleidung für einen Tag im Café ausgesucht hast.« Fahrig kämmte er sich mit den Fingern durch sein Haar. Dabei spannte sich sein Bizeps etwas an, was die vielen Tattoos an seinen Armen noch eindrucksvoller aussehen ließ.

»Du hättest es einfach bei dem *Du siehst gut aus* belassen sollen, Adam.«

»Sorry. Ich verschwinde besser, damit du dich in Ruhe umziehen kannst.« Er ging zu seinem eigenen Spind, schnappte sich eine Schürze und band sie sich beim Hinausgehen um. An der Tür blieb er noch einmal stehen. »Wir treffen uns draußen. Und … deine Haare sehen übrigens auch gut aus, aber binde sie besser hoch. Niemand will ein Haar in seinem Kaffee.« Mit diesen Worten verschwand er aus dem Pausenraum.

Was zur Hölle war das eben gewesen?

Ich zog mir mein T-Shirt aus und schlüpfte in das neue Arbeitsoberteil. Kein großer Unterschied. Beide waren weiß, nur dass auf dem neuen ein grüner Coffee-to-go-Becher mit dem Namen des Cafés, *Coffee Therapy*, prangte. Danach band ich mir die grüne Schürze um und fasste die Haare zu einem Dutt zusammen. Keine große Umstellung, die meiste Zeit lief ich sowieso mit einem Messy-Bun herum. Zum Schluss befestigte ich mein Namensschild, atmete noch einmal tief durch und ging dann nach draußen.

An der Theke hatten sich zwei Schlangen gebildet. Lashana bedient die linke, Adam die rechte. Als würde er meine Anwesenheit spüren, drehte Adam sich zu mir um. »Komm und sieh mir für den Anfang zu.«

Adam nahm die nächste Bestellung an, eine große Latte macchiato mit Karamell zum Mitnehmen, was mir einen leichten Stupser mit dem Ellbogen einbrachte. Er griff nach dem größten Kaffeebecher und ging damit zur Kaffeemaschine. Mit kurzen Worten erklärte er mir, wie die Maschine funktionierte und dass die Bedienung einfacher war, als sich die ganzen Zubereitungsarten zu merken. Ich hoffte, dass er damit recht behalten würde.

Mit meiner Hüfte stieß ich gegen Adams, nachdem der morgendliche Ansturm nachgelassen hatte. »Komm schon, sag es. Haley ist ein Naturtalent.«

»Dann wirst du vielleicht noch eingebildet. Das kann ich nicht verantworten.«

»Für ein weiteres großes Ego ist auch nicht genug Platz hinter der Theke.« Es gefiel mir, Adam zu ärgern. Und so, wie er grinste, hatte er diesen Vormittag ebenfalls großen Spaß mit mir gehabt.

Lashana kam mit ihrer Umhängetasche aus dem Pausenraum. »Viel Spaß noch euch beiden. Ich muss jetzt zu meiner Vorlesung.« Sie winkte noch, und dann lief sie auch schon aus dem Laden.

»Im Normalfall wärst du jetzt für eine Stunde allein im Café, aber das ist okay, weil die meisten sich ihren Koffein-Kick zwischen sechs Uhr morgens und zehn Uhr holen. Ab elf Uhr kommen dann die Ersten wegen Kaffee-Nachschub. In der Zwischenzeit bestücken wir die Vitrine mit den Sandwiches.«

»Machen wir die selbst?«, fragte ich nach und sah mich um. Gab es hier überhaupt eine Küche? Im Lagerraum vielleicht?

»Nein, wir haben hier keine Küche, deshalb werden die von einem Deli geliefert.«

»Und die Kuchen?«

»Der Inhaber des Cafés hat einen weiteren Laden. Mit Küche. Dort wird in den frühen Morgenstunden gebacken und dann zu uns geliefert. Lashana war heute schon vor sechs Uhr morgens hier und hat alles in Empfang genommen.«

Im nächsten Moment betrat auch schon ein junger Kerl mit zwei aufeinandergestapelten Kühlboxen das Café. Er stellte die Ware auf dem Tresen ab und Adam quittierte die Lieferung. Danach bestückten wir gemeinsam die Vitrine.

»Hast du Hunger? Oder Durst? Ich nutze die Flaute immer, um was zu essen. Pro Schicht darfst du dir einen Kaffee, ein anderes Getränk und eine Speise deiner Wahl nehmen.« Aus einer Schublade zog er ein Blatt heraus. »Musst es nur eintragen.«

»Dann gönne ich mir einen Karamell-Latte und einen Cookie.«

»Ich schließe mich dir an.«

»Adam, du wirst doch nicht etwa die dunkle Seite des Koffeingenusses verlassen und deinen Kaffee mit Milch und Sirup trinken?«, sagte ich gespielt theatralisch.

»Doch. Zur Feier des Tages. Ich kümmere mich um den Kaffee, du holst die Cookies.«

Obwohl ich am liebsten in die Vitrine gekrochen wäre, da wirklich alles lecker aussah, griff ich nach der Zange und verhielt mich vorbildlich. Die beiden Kekse legte ich auf einen Teller und wartete darauf, dass Adam mit dem Kaffee zu mir kam. Kurz darauf streckte er mir eine Tasse entgegen. Keine Ahnung, wie er das geschafft hatte, aber er hatte den Kaffee sogar mit einem Milchschaumherz verziert.

»Awwww«, säuselte ich. »Das musst du mir unbedingt beibringen.«

»Nachmittags ist das Café meist besser besucht als vormittags. Es bleiben auch mehr Leute sitzen. Weniger Coffee-to-go, mehr Milchschaumkunst.« Ich war vormittags auch nicht unbedingt auf Treffen mit anderen aus, aber gegen einen kleinen Nachmittagsplausch bei Kaffee und Kuchen hatte ich nichts auszusetzen. »Du bist heute bis vierzehn Uhr hier, oder?«, fragte Adam nach.

»Ja, danach habe ich Vorlesungen. Ansonsten werde ich wohl eher am Wochenende arbeiten.«

»Hast du dich schon für ein Hauptfach entschieden?«

»Nein, ich werde mich dann im zweiten Semester festlegen.« Falls es überhaupt ein zweites Semester für mich geben würde. Der

Gedanke daran, die Uni verlassen zu müssen, versetzte mir jedes Mal einen unangenehmen Stich in meiner Bauchgegend. Ich hatte viel zu lange auf meinen Traum hingearbeitet, deshalb war ich nicht bereit, ihn so schnell wieder aufzugeben.

Adam prostete mir mit seinem Kaffee zu. »Gut zu wissen.« Er trank einen Schluck und verzog das Gesicht. »Okay, die Sache mit der Milch verstehe ich, aber diese Sirup-Sache ist too much.« Er schnappte sich den Keks. »Vor allem, wenn du dazu noch Cookies isst.«

»Hast du dich mit Easton abgesprochen? Der hält mir regelmäßig Vorträge über Diabetes.«

»Ehrlich gesagt, haben wir gar keinen Kontakt mehr.«

Das überraschte mich nicht. Immerhin hatte ich bis vor Kurzem mit Easton unter einem Dach gelebt. Da bekam man zwangsläufig viel voneinander mit. Auch dass der beste Freund sich nicht mehr meldete.

»Du solltest ihn anrufen.« Wer hätte gedacht, dass ich diesen Satz einmal aussprechen würde? Aber irgendwie war der Studenten-Adam gar nicht so übel. Außer dass er laut Madison mit vielen Frauen ins Bett ging, konnte man ihm wirklich nichts vorwerfen. Und selbst das ging niemanden etwas an, nur seine Bettpartnerinnen und ihn.

»Meinst du?«

»Er freut sich bestimmt.«

Adam sah nicht besonders überzeugt aus, stimmte dann aber zu. »Okay. Ich kann ihn ja mal anrufen. Vielleicht hat er Lust, am Labor Day abzuhängen.«

»Du willst nach Hause fahren?«

»War ''ne spontane Eingebung.«

»Wieso bist du eigentlich so selten zu Hause?«, fragte ich ihn. »Ich meine, seit du zum Studieren weggegangen bist, habe ich dich nicht mehr gesehen.«

»Hätte nicht gedacht, dass dir mein Fehlen auffällt.« Wie zu erwarten war, erhielt ich darauf keine direkte Antwort.

Nun schnappte auch ich mir meinen Cookie. Im Gegensatz zu Adam knabberte ich nicht nur daran, ich inhalierte das Teil. Nachdem ich die Masse mit einem großen Schluck Kaffee hinuntergespült hatte, antwortete ich ihm. »Da ich euer Haus wieder betreten konnte, ohne dass mir jemand *Ich-wünschte-du-wärst-tot*-Blicke zugeworfen hat, habe ich jede Sekunde deiner Abwesenheit genossen.«

Er griff sich an die Brust und tat, als hätte ich ihn schwer verwundet. »Autsch. Das tut weh. Vielleicht können wir ja darüber hinwegsehen, dass ich mich als Teenager dumm verhalten habe.«

»Tun wir das nicht bereits?«

»Wir könnten zum Beispiel am Labor Day gemeinsam nach Hause fahren. Ich nehme dich mit.«

»Nein«, sagte ich schroff.

»Okay.« Adam wandte den Blick ab und trank noch einen Schluck von seinem Kaffee. Kurz darauf murmelte er: »Du hättest nicht so vehement protestieren müssen.«

Ich stellte meinen Kaffee zur Seite. »Es ist nicht wegen dir, aber ich habe nicht vor, nach Hause zu fahren. Ich will hierbleiben.« Im Moment konnte ich mir nicht vorstellen, den Campus zu verlassen. Vielleicht an Thanksgiving, aber ich lebte mich gerade erst ein, und wenn ich zu Dad und Easton fahren würde, müsste ich die ganze Zeit nur an unsere Geldprobleme denken, und das wollte ich nicht. Außerdem hatte ich East gegenüber ein schlechtes Gewissen, da er sein hart verdientes Geld für meinen Studienkredit ausgab.

»Ernsthaft? Vermutlich wird die Hälfte der Studentenschaft nach Hause fahren.«

»Und darum muss ich das auch?«

Eine Antwort blieb er mir schuldig, da ein fröhliches »Hallo« ertönte.

Ich drehte mich zum Tresen. »Madison«, rief ich überrascht. Dass meine Mitbewohnerin mich an meinem ersten Tag im Café besuchte, zeigte mir nur wieder, wie nett sie war und wie ernst sie ihre Rolle als meine persönliche Cheerleaderin nahm. Und sie war auch nicht allein. Neben ihr stand eine hübsche junge Frau, ebenfalls mit blonden Haaren. »Was kann ich euch bringen?«

»Wir hätten gern zweimal den Raspberry Tea mit Kokosnussmilch«, sagte Madison.

»Wie fancy.« Adam stieß mich mit dem Ellbogen an. »Ich mache das schon.«

Die Blicke der beiden folgten ihm. Während sich die Miene von Madisons Freundin verfinsterte, blieb meine Mitbewohnerin ganz entspannt. Vielleicht mochte sie Adam jetzt aber auch lieber, nachdem er sich als Freund entpuppt und mir den Job im Café besorgt hatte. »Piper und ich haben dir auch etwas mitgebracht.«

»Oh, du bist Piper. Ich freue mich so, dass wir uns endlich kennenlernen«, sagte ich zu Madisons bester Freundin.

Auch sie wirkte erfreut. Zumindest, wenn sie mich ansah. Jedes Mal, wenn ihr Blick zu Adam schweifte, erschien eine kleine Falte zwischen ihren Augenbrauen. »Schön, dich endlich kennenzulernen.« Sie kramte in ihrer Tasche herum und schob mir dann ein Formular rüber. »Hier, das musst du auffüllen. Es freut mich, dass du den *Crossbones* beitreten willst. Offensichtlich macht Madison gute Werbung.«

Meine Mitbewohnerin warf mir einen *Bitte-sag-nicht-dass-du-etwas-vom-Spiel-weißt*-Blick zu. Aber ich war nicht doof, denn vermutlich würde mir Piper dann das Formular aus der Hand reißen und mir somit die Chance auf hunderttausend Dollar nehmen. »Es war schon immer mein größter Wunsch, einer Verbindung beizutreten«, log ich. Das fiel auch Adam auf, der die beiden Teegetränke auf dem Tresen vor uns abstellte.

»Ach, echt?« Er klang erstaunt. »Ich erinnere mich daran, dass du an der Highschool Streit mit dem Direktor hattest, weil du keinem Club beitreten wolltest.«

Ich rammte ihm meinen Ellbogen in die Seite. »Kein guter Zeitpunkt, um in Erinnerungen zu schwelgen«, zischte ich und griff nach einem Kugelschreiber. »Ich fülle das Formular gleich aus.« Da hinter Madison und Piper bereits weitere Studenten warteten, die bedient werden wollten, deutete ich auf einen kleinen Tisch in der Nähe der Theke.

»Wartet ihr kurz? Dann bringe ich dir gleich das Formular.«

Die beiden nickten und gingen dann mit ihren Getränken an einen etwas vom Tresen entfernten Tisch. An Adam gewandt sagte ich: »Ist es okay, wenn ich das kurz erledige?«

»Klar, aber verrat mir zuerst eine Sache«, bat er mit gesenkter Stimme.

»Was denn?«

»Wieso willst du in diese Verbindung?«

»Um neue Leute kennenzulernen.«

Er glaubte mir nicht. Das sah ich ihm an, dennoch wandte er sich wieder unseren Gästen zu. Ich brachte ein wenig Abstand zwischen Adam und mich und füllte das Formular aus. Als ich meine Unterschrift daruntersetzte, stand er plötzlich neben mir.

»Die *Crossbones* also.«

»Wieso heißen die eigentlich so?«, murmelte ich mehr an mich gewandt als an Adam.

»Weil im Wappen der Verbindung ein Totenkopf mit gekreuzten Knochen abgebildet ist.«

Hatte ich eine Orientierungsveranstaltung in Sachen Bruder- und Schwesternschaften verpasst? »Woher weißt du das?«

»Weil ich ebenfalls Mitglied bin.«

»Wieso?«

»Vielleicht weil ich mit Colton, dem Verbindungspräsidenten, befreundet bin. Oder Piper gedatet habe.«

O mein Gott, das wurde ja immer schlimmer. »Du hast was?«

»Piper und ich sind eine Zeit lang miteinander ausgegangen.«

»Ich fasse es nicht.« Erst dann begriff ich alle Zusammenhänge. »Deshalb hasst dich Madison, oder? Und genau aus diesem Grund hat sie sich so aufgeregt, als sie dich in meinem Zimmer gefunden hat.«

»Sie hat dank Piper nicht die beste Meinung von mir.«

»Was hast du angestellt?«, fragte ich nach. »Außer ihr das Herz gebrochen?«

»Hey«, beschwerte er sich. »Wir waren einfach nicht kompatibel. Soll passieren. Ich dachte, sie wäre der Typ Mädchen, auf den ich stand. Du weißt schon, ein wenig kratzbürstig, immer einen frechen Spruch auf den Lippen, aber ich habe mich geirrt.«

Einige Sekunden starrte ich Adam sprachlos an. »Irgendwie habe ich gerade das Gefühl, dass ich es noch bereuen werde, dieser Verbindung beigetreten zu sein.«

»Piper wird dir keinen Vorwurf machen, weil du mit mir befreundet bist. Aber ich bin mir ziemlich sicher, dass sie über alles, was über Freundschaft hinausgeht, eindringliche Warnungen aussprechen wird.«

Ich nahm das Formular in die Hände. »Mach dir darüber keine Sorgen«, sagte ich zu ihm. »Ich bin immun gegen deinen Charme.«

Mit diesen Worten drehte ich mich um und ging auf Madison und Pipers Tisch zu. Dabei bildete ich mir ein, dass mich die Worte »Das sagen sie alle« auf meinem Weg zu ihnen verfolgten.

KAPITEL 9

In den letzten Wochen hatte es in meinem Leben so viele Veränderungen wie noch nie gegeben. Neue Leute, der Job im Café und die zahlreichen Vorlesungen. Und irgendwie kam ich nicht mehr richtig hinterher. Deshalb häuften sich nicht nur unsortierte Mitschriften neben meinem Bett, sondern auch mein Verlangen nach einem ruhigen Wochenende, an dem ich mich meinen Uni-Unterlagen widmen und mich um mich selbst kümmern konnte. Was so viel bedeutete wie Schokolade, total überzuckerte Getränke und ein Netflix-Marathon. Gretchen hatte mir Outer Banks empfohlen und so von JJ geschwärmt, dass ich mir die Serie einfach ansehen musste.

»Bist du sicher, dass ich dich nicht noch kurzfristig abholen soll?«, fragte Easton, mit dem ich gerade telefonierte. »Es ist Labor Day. Dad will den Grill anwerfen.« So wie immer. Einmal hatte er sogar zu Silvester ein Barbecue veranstaltet.

Aber erstens war ich auf mein Selfcare-Wochenende eingestellt und zweitens wollte ich ihm die knapp fünf Stunden lange Autofahrt nicht antun. Oder wohl eher: nicht schon wieder. »Sorry.« Ich streckte mich im Bett aus. Auch nachdem ich tagelang darüber nachgedacht hatte, war ich immer noch nicht bereit, dieses Wochenende nach Hause zu fahren. »Ich muss heute noch ins Café.«

»Haben die niemand anderen für die Schicht gefunden?«

»Keine Ahnung. Aber ich hab es angeboten. Ich wollte eine vorbildliche Angestellte sein.«

»Langweilig.« Die Antwort war so typisch East, dass ich einfach nicht anders konnte, als loszulachen.

»Manchmal frage ich mich, ob wir wirklich dieselben Eltern haben. Zwei Geschwister können gar nicht so unterschiedlich sein«, murmelte ich.

»Hast du mal in den Spiegel geguckt? Wir tragen eindeutig die gleichen Gene in uns.«

Damit hatte er recht. »Heute noch nicht. Ich lungere immer noch im Pyjama herum.«

»Es ist nach zehn. Ich dachte immer, vorbildliche Studenten bleiben ihren täglichen Routinen treu und verlassen im Morgengrauen das Bett.«

»Tja«, sagte ich, »offensichtlich warst du kein gutes Vorbild. Dein jahrelanger schlechter Einfluss lässt sich nicht so leicht abschütteln.«

»Rede dir das nur ein, Superhirn. Wann musst du im Café sein?«

»In einer Stunde.« Vermutlich würde heute sowieso nicht viel los sein, denn Adam hatte recht behalten. Auf dem Campus war an diesem Wochenende deutlich weniger los als sonst. »Was hast du heute noch vor? Außer Unmengen an Fleisch in dich hineinzustopfen? Triffst du dich mit Freunden?«

»Ja, wir gehen später alle zum Minister Creek und machen ein Lagerfeuer. Trinken Dosenbier. Gehen vielleicht wandern. Das, was Kleinstadt-Leute eben an einem Feiertag so machen.« Sheffield war ein verschlafenes kleines Nest mit ein wenig mehr als tausend Einwohnern im *Allegheny National Forest.* Wie der Name schon sagte, gab es dort also sehr viel Wald. Sehr, sehr, sehr viel Wald. Als Kinder hatten wir Stunden draußen verbracht und kannten nun so gut wie jeden Baum im ganzen Ort.

»Mit Adam?«, fragte ich.

»Adam? Nein, der hat sich zwar bei mir gemeldet, aber nicht angedeutet, dass er am Labor-Wochenende nach Hause kommt. Weißt du mehr als ich?«

»Nein, ich dachte nur, dass er vielleicht nach Hause fährt.«

»Du solltest dich an den Feiertagen unbedingt an ihn halten.« Ach nein. Schlaumeier. Die Idee war mir noch gar nicht gekommen. »Dann hast du immer ein Taxi nach Hause.«

»Wohl eher nicht. Die Carters machen doch meistens an den Feiertagen Urlaub.«

»Stimmt auch wieder.«

»Aber ist ja jetzt auch egal. Ich muss sowieso arbeiten. Richte Dad liebe Grüße aus.«

»Würgst du mich gerade ab?«

»Nein, mache ich nicht. Aber ich muss mich für meine Schicht im Coffeeshop fertig machen.«

Wir verabschiedeten uns und dann legte ich los. Duschen. Anziehen. Zähneputzen. Schminken. Haare machen. Zum Glück war Madison nicht zu Hause, deshalb musste ich mich mit ihr nicht ums Badezimmer prügeln. Sie verbrachte den Tag im Verbindungshaus und hatte mich eingeladen, am Abend vorbeizuschauen, was ich vermutlich eher nicht machen würde. Yuna war zu ihren Eltern gefahren, also hatte ich auch sonst keinerlei Verabredungen.

Ich schlüpfte in meine Ballerinas, schnappte mir meinen Schlüssel und riss die Tür auf.

»Whoa«, rief ich erschrocken, als ich Adam gegenüberstand. Er hatte eine Hand angehoben. »Ich wollte gerade anklopfen.«

»Wieso?« Mein Gehirn war wegen seines Anblicks völlig leer. Alle Gedanken kamen zum Stillstand und ich konnte nur starren. Diese Wirkung hatte Adam seit Kurzem auf mich, und ich war sauer auf mich selbst, weil ich plötzlich wie neunundneunzig Prozent der anderen Frauen auf sein gutes Aussehen reagierte. Das gefiel mir nicht. Das gefiel mir ganz und gar nicht.

»Ich wollte dich abholen. Wir arbeiten heute beide. Hast du das nicht im Schichtplan gesehen?«

»Nein.« Mit schräg gelegtem Kopf sah ich ihn an. »Solltest du nicht in Sheffield sein? Lagerfeuer am Minister Creek und so weiter.«

»Ähm … nein.«

»Du wolltest doch über das lange Wochenende nach Hause fahren, oder?«

»Hab ich das gesagt?«

Nun war ich mir selbst nicht mehr sicher. »Meintest du nicht, du triffst dich mit East?« Natürlich wusste ich bereits, dass Adam sich zwar bei ihm gemeldet, sie jedoch kein Treffen vereinbart hatten.

»Ach so.« Endlich schien er sich zu erinnern. »Das mit dem Wochenende zu Hause war nur so eine unkonkrete Idee.«

»Okay.« Ich schloss meine Zimmertür ab und ging den Flur entlang. Adam folgte mir. »Warum holst du mich eigentlich ab?«

»Keine Ahnung. Hab hier in der Nähe geparkt und dachte mir, warum nicht bei meiner guten Freundin Haley vorbeischauen?«

»Gib es zu, du warst bei dem Mädchen am Ende des Flurs, aus dessen Fenster du erst kürzlich geflohen bist.«

Adam öffnete mir die Tür zum Treppenhaus und ließ mir den Vortritt. »Nein, war ich nicht. Denkst du ernsthaft, die lässt mich wieder in ihr Zimmer, nachdem ich einfach aus dem Fenster gesprungen bin?«

Im Treppenhaus drehte ich mich zu ihm um. »Dann ist sie eine ziemlich kluge Frau.«

»Es war nur ein One-Night-Stand. Wir haben den ganzen Sommer über getextet, und was soll ich sagen? Wir hätten es besser dabei belassen.«

Adam überholte mich und öffnete mir auch die nächste Tür. Gemeinsam verließen wir das Gebäude. »Den ganzen Sommer lang? So viel Ausdauer hätte ich dir gar nicht zugetraut.«

»Hallo? Was denkst du denn? Dass mir die Frauen scharenweise nachlaufen?« Bei dem guten Aussehen, gepaart mit seiner Ausstrahlung? Ja, definitiv. »Natürlich muss ich mich ins Zeug legen«, fuhr er fort. »Ich habe auf die harte Tour lernen müssen, dass es nicht funktioniert, wenn man Frauen die kalte Schulter zeigt.«

»Wie bitte?«

»Nicht so wichtig«, sagte er und wandte verlegen den Blick ab. Er sah überallhin, nur nicht mehr in mein Gesicht. Komischer Kerl. »Wieso rede ich überhaupt mit dir über meine Frauengeschichten?«

»Das frage ich mich auch.« Er legte mir den Arm um die Schulter, doch ich schüttelte ihn sofort wieder ab. »Lass los. Sonst denkt noch jemand, wir beide würden uns daten.«

»Und das wäre so schlimm für dich?«

»Ja. Ähm … nein. Aber so ist das zwischen uns nicht. Wir kennen uns bereits unser ganzes Leben.«

»Du bist dir also nicht sicher, ob eine Verabredung mit mir der beste oder eher der schlimmste Tag deines Lebens wird?«

Ich zwickte ihn in seinen tätowierten Unterarm. »Eine hypothetische Verabredung. Und ja, ehrlich gesagt kann ich mir nicht wirklich vorstellen, wie ein Date mit dir ablaufen würde.« Ich tendierte aber zu einer Vollkatastrophe.

»Dann finden wir es heute am besten noch raus. Ich werde das beste Labor-Day-Date sein, das du jemals hattest.«

»Ich hatte noch nie ein Labor-Day-Date«, stellte ich klar. Und ich war mir nicht sicher, ob ich eines haben wollte. Immerhin hatte ich für den heutigen Abend bereits *Netflix-and-chill*-Pläne gemacht. Außerdem sprachen wir hier von Adam. Ich versuchte immer noch, mich eisern gegen seine Nettigkeit und die Versuche, unsere Freundschaft wiederzubeleben, zu wehren. Doch je mehr Zeit wir zusammen verbrachten, desto schwieriger würde es werden.

»Dann nicht nur das beste, sondern auch das einzige.« Er legte wieder den Arm um meine Schultern, doch dieses Mal ließ ich es zu. Nicht weil ich mich nach einer Berührung von ihm sehnte, sondern einzig und allein weil mich sein Vorschlag so überforderte, dass ich den Weg zum Coffeeshop vergessen hatte.

Unsere Schicht war zu Ende, das Café abgeschlossen und Adam und ich standen uns vor der Eingangstür gegenüber.

»Okay, ich gehe dann mal.« Schwungvoll drehte ich mich um, kam aber nicht weit, da Adam zu mir aufholte und neben mir hertrottete.

»Läufst du vor mir davon?«, raunte er.

»Nein?« Sicher war ich mir bei meiner Antwort nicht, denn möglicherweise hatte ich immer noch die Sache mit der Verabredung im Hinterkopf.

»Wenn du heute nichts mit mir unternehmen möchtest«, sagte Adam, »zwinge ich dich nicht. Wir können uns auch hier verabschieden.«

Ich blieb stehen und sah ihn an. »Ich würde wirklich gern etwas mit dir unternehmen.« Endlich konnte ich es mir eingestehen. Ich mochte Adam. Freundschaftlich. Dennoch war dieses Geständnis nicht einfach für mich. »Aber können wir es vielleicht weder Date noch Verabredung nennen?«

Adam legte den Kopf schief und sah mich nachdenklich an. »Wieso?«

»Weil das irgendwie beidseitiges Interesse implizieren würde. Und so ist das zwischen uns nicht. Wir waren Freunde, bis du beschlossen hast, dass wir das eben nicht mehr sind. Es fällt mir schon schwer genug, nicht andauernd auf der Vergangenheit herumzureiten. Du weißt, ich bin nachtragend.« Das war sogar noch untertrieben. »Deshalb fällt mir diese Freundschaftssache nicht leicht. Machen wir es nicht noch komplizierter.«

»Okay, wie du möchtest, Haley«, sagte er und klang dabei ein wenig wie Gretchen, wenn sie ganz und gar nicht mit einem meiner Vorschläge einverstanden war. Aber da ich Adam kannte, wusste ich, dass er sich schon irgendwie mit der Situation arrangieren würde.

Die Anspannung, die mich den ganzen Tag begleitet hatte, fiel von mir ab. »Also, was haben wir vor?«, fragte ich ihn. »Madison meinte, dass die Leute in der Verbindung heute zusammen abhängen. Willst du auch dorthin?«

Er schüttelte den Kopf. »Sagt dir der Name *Blue Cross RiverRink Summerfest* etwas?«

»Nein.«

»Du wirst es lieben. Man kann dort alles machen. Rollschuhfahren, Minigolf, Dosenschießen.«

»Ein Jahrmarkt also?«

Begeistert nickte er. »Ja, in der Nähe finden abends auch oft Konzerte statt.«

»Gut, ich bin dabei. Aber nur, weil ich dich auf Rollschuhen sehen kann.«

»Ich mache immer eine gute Figur«, behauptete er und legte erneut den Arm über meine Schulter, und langsam gewöhnte ich mich an diese Art von Zuneigungsbekundung. Eigentlich war es sogar ganz schön. Ich hoffte trotzdem, dass es nicht zur Gewohnheit wurde.

KAPITEL 10

Wackelig kam Adam auf die Beine. Er ruderte mit beiden Armen, bis er sein Gleichgewicht wiederfand. »In meiner Erinnerung war Rollschuhfahren leichter.« Ich zog den typischen Jahrmarktduft in meine Lunge. Eine Mischung aus Frittierfett und dem Duft von Zuckerwatte, die in der Luft hing. Einfach unvergleichlich.

»Weil du damals deine supercoolen Rollerblades hattest und keine richtigen Rollschuhe.« Mit der Hand deutete ich auf meine Brust. »Aber *ich* hatte diese bestimmt zwanzig Jahre alten Dinger, wegen denen mich jeder ausgelacht hat. Jetzt ist endlich der Zeitpunkt gekommen, an dem ich glänzen kann. *It's my time to shine*«, behauptete ich großspurig. Trotz meiner euphorischen Rede war ich verwundert, dass ich nicht sofort umfiel. Möglicherweise war es beim Rollschuhfahren genauso wie beim Fahrrad. Einmal gelernt, verinnerlichte der Körper die Bewegungsabläufe. Ich rollte ein wenig näher zur Bahn und sah mir das Areal genauer an. In der Mitte der Rollschuhbahn befanden sich Pflanzen, darüber hatte man ein Holzgerüst gebaut, das etwas Schatten warf. Da die Sonne dieses Jahr beschlossen hatte, einfach immer zu scheinen, konnte ich mir gut vorstellen, dort eine kurze Pause zu machen und durchzuatmen. Ich schwitzte jetzt bereits, dabei hatte ich mich noch keinen Zentimeter bewegt.

Über meine Schulter hinweg warf ich Adam einen Blick zu. Er schob einen Fuß nach vorn, und als er den zweiten nachzog, ruderte er wieder mit den Armen. Es war einfach zu komisch, ihm dabei zuzusehen. Ziemlich wackelig, aber immerhin schaffte er es bis zu mir. Er klammerte sich an der Absperrung der Rollschuhbahn fest.

»Soll ich dich an die Hand nehmen?«, bot ich ihm an.

Hoch konzentriert und mit zusammengebissenen Zähnen beobachtete er die anderen Menschen auf der Bahn. Kleine Kinder mit ihren Eltern, Studentengruppen, Pärchen, die alle zur Musik, die aus den Boxen drang, auf ihren Rollschuhen über die Bahn fuhren. Adam griff nach meiner Hand. »Lass mich nie wieder los«, bat er mich. Ich hatte ihn mein ganzes Leben lang noch nie so angespannt erlebt.

»Weißt du, von Tag zu Tag wirst du mir sympathischer.«

»Warum?«

»Sympathisch ist vermutlich das falsche Wort. Du wirst menschlicher.« Langsam fuhr ich auf den Eingang zu und zog Adam einfach mit mir.

Seine Augenbrauen wanderten weit nach oben. »Und wenn ich nicht menschlich bin, was bin ich dann?«

»Ein Alien? Ein Roboter?«, stellte ich zwei meiner Thesen in den Raum. »Wer weiß das schon so genau bei deiner Sportlichkeit, deinen hervorragenden Noten, deinem guten Aussehen …«

Wir betraten die Bahn, und sobald Adam die Hand von der Absperrung lösen musste, klammerte er sich fester an mich.

»Halt, stopp«, bremste Adam mich aus.

Ich sah zu ihm hoch. »Was ist? Fahren wir zu schnell?«

»Das nicht, aber … du findest mich gut aussehend?«

O mein Gott, hatte ich das eben laut gesagt? Er sah mir meine Verzweiflung offensichtlich an.

»Ich wünschte, ich hätte deine Worte auf Tonband. Dann würde ich sie dir immer und immer wieder vorspielen.«

Ich musste irgendetwas sagen, um seinem Ego einen Dämpfer zu verpassen. »Wenn man es von dem Standpunkt aus betrachtet, was die breite Masse als *attraktiv* ansieht, dann bestimmt.«

»Gut aussehend und attraktiv. Das wird ja immer besser.«

Ich stöhnte. »Komm schon, Adam. Konzentrier dich lieber aufs Fahren. Dein Ego hatte schon genug Zeit, sich aufzublähen.«

Er schnaubte. »Glaub mir, in deiner Gegenwart bekommt man nicht so schnell einen Höhenflug.«

»Muss ja eine ziemliche Umstellung für dich sein.« Ich konnte es einfach nicht lassen, ihn zu necken.

Adam zerquetschte mir beinahe meine Hand, als ich unser Fahrtempo etwas anziehen wollte. Dabei waren wir gerade dabei, von Schnecken- auf Schildkrötentempo zu erhöhen. Er klammerte sich panisch an mir fest. »Meinst du, wir schaffen die erste Runde, ohne dass du mir die Hand brichst?«

Er ließ etwas lockerer. »Sorry. Ich bin übrigens schwer beeindruckt von deinen Rollschuhkenntnissen.«

»Danke. Du wirst aber auch schon sicherer.«

»Ich bin eben in jeder Sportart gut.«

»Klar doch. Soll ich dich loslassen?«

Er riss die Augen auf. »Bloß nicht.«

Gemeinsam drehten wir ein paar Runden auf dem hellblauen Boden, und Adam wurde wirklich immer sicherer. Irgendwann schaffte er es sogar, meine Hand loszulassen und allein zu fahren.

»Was wollen wir als Nächstes machen?«, fragte ich ihn nach einer Weile. »Ich könnte dich beim Minigolf abziehen, bevor es dunkel wird.« Auf dem Weg zur Rollschuhbahn hatte ich mich umgesehen und festgestellt, dass es ein paar kleinere Attraktionen gab. Ein Riesenrad, ein Karussell, verschiedene Schießbuden und ein kleines Minigolf-Areal.

»Ich muss dich warnen, ich bin gut im Golfen.«

»Genauso gut wie im Rollschuhfahren?«, sagte ich und versuchte, so spöttisch wie nur möglich zu klingen.

»Besser. Du weißt doch, dass ich ein richtiges Sport-Ass war.«

»Soweit ich mich zurückerinnere, hast du immer nur Tennis und Squash gespielt. Und das nur, weil deine Eltern nicht wollten, dass du immer nur vorm Computer herumhängst.«

Er lächelte. »Hat nichts geholfen. Ich hänge immer noch ständig vor dem PC herum.«

»Lass mich raten: Du studierst auch Informatik oder so etwas in der Art.«

»Computer and Information Science, um genau zu sein.« Ich hatte natürlich keine Ahnung, was genau bei diesem Studienfach unterrichtet wurde, aber es klang so, als könnte er irgendwann im Silicon Valley bei einem total wichtigen Computerunternehmen arbeiten. Ein wenig beneidete ich Adam – mal wieder –, weil bei ihm alles so leicht schien. Er hatte schon als Teenager immer an seinem PC herumgeschraubt und sich eben für Computerkram interessiert, während ich … einfach immer nur darauf hingearbeitet hatte, aus Sheffield wegzukommen. Und jetzt war ich an der *Penn* und hatte keine Ahnung, für welches Fach ich mich entscheiden sollte. Und was noch schlimmer war: Ob ich überhaupt die Chance bekommen würde, mich für ein Hauptfach zu entscheiden.

»Hab ich dich eigentlich schon gefragt, wo du wohnst?«, lenkte ich das Gespräch weg vom College. »Auch im Verbindungshaus wie Piper?«

»Sehr witzig.« Er verdrehte die Augen. »Natürlich nicht. Vermutlich würde sie mich im Schlaf töten. Zum Glück bezahlen mir meine Eltern ein Apartment in *Society Hill.*« Wo auch sonst? Das Wohnviertel hatte er sich bestimmt dem Namen nach ausgesucht. »Es ist klein, aber es gehört mir allein.«

»Das klingt großartig.« Tat es wirklich, aber ich war auch neidisch, denn Adam brauchte sich natürlich keine Gedanken um Studiengebühren oder seine Wohnsituation machen. »Also, die Sache mit der eigenen Wohnung. Nicht, dass Piper dich offensichtlich hasst.«

»Deine Anteilnahme ehrt mich.« Wohl eher meine nicht vorhandene Anteilnahme.

»Was hast du ihr eigentlich getan?«

Er zuckte mit den Schultern, wurde aber im gleichen Moment wieder unsicherer auf den Rollschuhen und griff deshalb wieder nach meiner Hand. »Ich denke, sie hatte einfach die Hoffnung, dass sie und ich genauso ein ekelhaft glückliches Pärchen werden wie Colton und Madison. Und jetzt nimmt sie mir übel, dass wir eben nicht gemeinsam in den Sonnenuntergang geritten sind.«

Ich lachte auf, da die Sonne gerade unterging. »Und nun rollen wir beide auf den Sonnenuntergang zu. Wer hätte das gedacht?«

»Also haben wir doch ein Date?«

»Nope. Immer noch nicht.«

»Schade. Ich glaube, wenn wir eine richtige Verabredung hätten, wäre das verdammt gut.«

»Tja«, sagte ich, »leider werden wir das nie erfahren.« Weil ich aber nicht ganz so fies zu Adam sein wollte, fügte ich noch hinzu: »Allerdings ist das hier das beste Nichtdate, das ich jemals hatte.«

»Das allerbeste Labor-Day-Nichtdate«, korrigierte Adam mich.

»Genau.«

Ich führte ihn an den Rand des Rollschuhparks. »Aber jetzt hätte ich gern etwas zu essen. Im Anschluss bestehe ich darauf, die verschiedenen Buden abzugrasen und auf eine Fahrt mit dem Riesenrad.«

»Ich glaube, demnächst sollte ich mal ein paar Salate essen«, sagte ich zu Adam, nachdem ich einen riesigen Hot Dog verputzt hatte. Wir hatten die Rollschuhe zurückgeben und waren dann zwischen den zahlreichen Essensständen herumflaniert, bevor wir uns einstimmig für eine Speise entschieden hatten. »Meine Ernährung leidet sehr unter Eastons Abwesenheit.« Denn ob man es glaubte oder nicht, East war ein guter Koch. Er achtete immer darauf, dass Dad und ich genügend Vitamine in Form von Obst und Gemüse zu uns nahmen. Dafür verputzte er auch oft genug die Süßigkeiten, die ich wie Gollum hortete.

»Er besteht also immer noch auf eine *anständige* Mahlzeit pro Tag?«

»O ja. Es wundert mich, dass er Madison nicht gebrieft hat, darauf zu achten, dass ich mindestens fünf Portionen Obst oder Gemüse pro Tag esse.«

»Das wäre typisch Easton.«

Ich wischte mir die Hände an meiner Jeans ab, was Adam mit einem »Wie eine richtige Lady« kommentierte. Dafür kassierte er einen Stupser mit meinem Ellbogen.

»Autsch«, beschwerte er sich.

»Sag bloß, das hat wehgetan.«

»Nur meinen Gefühlen.« Er tätschelte mir den Unterarm. »Also, was machen wir als Nächstes?«

»Riesenrad?«, fragte ich. Die Sonne hatte sich in der Zwischenzeit verabschiedet und das bunt blinkende Riesenrad, das sich gleich hinter der Rollschuhbahn befand, zog mich magisch an. Ich musste damit fahren.

Adam legte wieder seinen Arm um meine Schultern und führte mich in die entsprechende Richtung. »Klar doch. Darf ich neben dir sitzen, oder muss ich eine eigene Gondel nehmen?«

»Wie kommst du darauf?«

»Nur wegen der vielen Male, bei denen du mich früher auf die Seite geschubst und den Platz neben East beansprucht hast.«

Ich schmunzelte bei der Erinnerung an unsere gemeinsamen Jahrmarktbesuche. Oder andere Gelegenheiten, bei denen wir beide um Easts Aufmerksamkeit gebuhlt hatten. »Ich war eben nicht bereit, allein zu fahren. Hätten die mal lieber die Gondeln breiter gebaut.«

Gemeinsam reihten wir uns an der kurzen Schlange vor dem Riesenrad ein.

»Es ist eigentlich krass, wie eng wir mal miteinander waren.« Adam klang nachdenklich.

»Du weißt, ich könnte jetzt ein wenig rumjammern und dir erklären, dass das allein deine Schuld ist, aber das haben wir schon geklärt. Und du musst für immer mit dieser Schande leben.«

Spontan zog Adam mich näher zu sich und drückte einen Kuss auf meine Stirn. »Frag mich nicht, was damals in meinem Kopf vor sich ging«, sagte er und zog mich dann ein Stück vorwärts, um zu dem Pärchen vor uns aufzuschließen.

Und ich?

Ich stolperte regelrecht hinter ihm her, da ich absolut überfordert war. Was genau war da eben passiert? Also, nicht dass mir dieser … dieser *Schmatzer* unangenehm gewesen war. Eher war er unerwartet gewesen. Absolut und vollkommen unerwartet. Und unerwartet schön.

Verstohlen schielte ich zu Adams Gesicht hinauf und versuchte, aus seiner Miene schlau zu werden. Er wirkte entspannt. Und nicht, als würde er sich genauso viele Gedanken über diesen Kuss machen wie ich. Ich beschloss, die Sache abzuhaken und nicht mehr hineinzuinterpretieren als nötig. Denn Adam Carter war definitiv nicht an mir interessiert. Genauso wenig wie ich an ihm. Das hatten wir beide mehrmals klargestellt.

Oder?

Erst als Adam dem Mann vor uns zehn Dollar überreichte, wurde mir klar, dass wir bereits an der Reihe waren. »Du musst nicht schon wieder für mich bezahlen«, flüsterte ich.

»Weiß ich. Aber ich will. Bei dem besten Labor-Day-Nichtdate aller Zeiten kann ich dich doch nicht bezahlen lassen.«

Ehrlich, ich würde gern protestieren. Ihm irgendetwas von Gleichberechtigung erzählen und dass Frauen ihren Anteil genauso bezahlen konnten, aber die Wahrheit war: Ich war ein wenig erleichtert, dass mich dieser gemeinsame Tag nichts gekostet hatte. Ich musste jeden Penny sparen, den ich in die Finger bekam.

Adam führte mich zu einer Gondel und setzte sich neben mich. Der Sicherheitsbügel wurde geschlossen und dann fuhr das Riesenrad los. »Was ist los?«, fragte er. »Bist du nervös?«

Ich grinste. »Nein. Ich liebe Riesenräder.«

»Aber du bist plötzlich so schweigsam. Keine Neckereien mehr. Es wird beinahe langweilig.«

»Ich bin gerade einfach nur froh, dass du mich hierhergebracht hast.« Seufzend lehnte ich meinen Kopf gegen seine Schulter. »Falls ich es noch nicht gesagt habe: danke.«

Und genau in der Sekunde, in der ich diese Worte ausgesprochen hatte, explodierte eine einzelne Rakete am Himmel. Und danach noch eine. Und noch eine. Bis die Dunkelheit von bunten Farben und Lichtern erhellt war. Dazu bildete die beleuchtete Benjamin Franklin Bridge, die von Pennsylvania nach New Jersey führte, einen wundervollen Kontrast. Und ich kam nicht umhin, mir einzugestehen, dass das einer der romantischsten Momente meines Lebens war.

»Nicht dafür, Haley«, flüsterte er leise und legte sein Kinn auf meinem Kopf ab.

In diesem Moment war ich dem Schicksal, das in Form eines Rucksacks vom Himmel gefallen war, unendlich dankbar, dass es Adam und mich wieder zusammengebracht hatte. Denn obwohl ich es nie zuzugeben hätte: Ich hatte ihn vermisst.

Und wie.

KAPITEL 11

»Und, hat Adam sich seit eurem Date bei dir gemeldet?«, fragte Yuna. Wir saßen zusammen auf ihrem Bett und ich suchte mir ein paar Utensilien aus ihrer Schminkkiste heraus.

Sie wusste, dass es nicht so war. Denn seit unserem Labor-Day-Nichtdate hatte sie mir jeden Tag dieselbe Frage gestellt. Langsam bereute ich, ihr überhaupt davon erzählt zu haben. »Es war kein Date. Und nein, immer noch nicht.« Kein Lebenszeichen, seit er mich bis vor die Tür meines Wohnheimzimmers gebracht hatte und nach einer kurzen Umarmung – fünf Sekunden, ich hatte mitgezählt – abgehauen war. »Nicht mal eine Schicht im Café hatten wir gemeinsam«, beschwerte ich mich. Komischerweise vermisste ich Adam, seit er nicht mehr ständig wie aus dem Nichts auftauchte. Seine Abwesenheit machte mir erst klar, wie viel Zeit wir eigentlich seit unserem Wiedersehen miteinander verbracht hatten.

»Vielleicht kommt er ja wieder unangemeldet bei dir vorbei. Heute vielleicht. Immerhin ist Freitag.«

Das bezweifelte ich. Und wenn, dann würde er mich sowieso nicht antreffen, da in ein paar Stunden das Spiel der Verbindung startete. Bullshit-Bingo.

Irgendwie konnte ich immer noch nicht glauben, dass das alles wirklich real sein sollte, doch das flatterige Gefühl in meiner Bauchgegend sprach durchaus dafür. Ich war sehr gespannt, wie der Abend ablaufen würde, wollte mich aber auch nicht zu sehr in

Was-wäre-wenn-Szenarien verlieren, sondern den Abend einfach auf mich zukommen lassen.

»Pech, dass ich nicht zu Hause bin. Außerdem könnte er ja anrufen.«

»Ruf du ihn doch an.«

Anklagend richtete ich einen Eyeliner auf sie. »Ich will ihn doch gar nicht anrufen. Und außerdem treffe ich ihn ja heute vielleicht sowieso auf der Party.« Immerhin kannte ich außer Madison, Piper, Colton und ihn niemanden aus der Verbindung. Und Madison war als Spielmacherin – oder Callerin, wie sie sich nannte – natürlich beschäftigt. »Und du bist sicher, dass du nicht beitreten willst?«, fragte ich Yuna hoffnungsvoll.

Diese zog ihre Augenbrauen hoch. »Nur damit ich an diesen geheimen Freitagstreffen teilnehmen kann? Bestimmt nicht. Ich komme einfach zu den Verbindungsfeiern, bei denen ihr kein so großes Ding daraus macht.« Kurz hielt sie inne und sah mich an. »Was macht ihr da eigentlich? Irgendeinen Initiationsritus? Geht ihr in ein Kellergewölbe und chantet irgendwelche alten Gesänge?«

»Klar doch, weil ich auch einem Geheimbund beigetreten bin. Hallo, wir sind nicht bei den Freimaurern, sondern in einer College-Verbindung.«

»Einer College-Verbindung mit dem Namen *Crossbones.*«

»Eigentlich ein cooler Bandname«, sagte ich. »Findest du nicht?«

Sie schnappte sich ihr Smartphone, tippte kurz darauf herum und hielt es mir dann unter die Nase. »Crossbones«, las ich laut vor. »Ist eine 1996 gegründete Heavy-Metal-/Trash-Metal-Band aus der albanischen Hauptstadt Tirana.« Danke, Wikipedia.

Yuna legte ihr Handy zur Seite. »Aber selbst wenn ich der Verbindung beitreten würde, könnte ich heute nicht. Ich habe ein Date.« Erfreut klatschte sie in ihre Hände.

»Und das sagst du erst jetzt?«

»Ich war mir zuerst nicht sicher, ob wir uns nicht nur als gute Freundinnen verabredet haben.«

»Klingt, als hätte sich das verändert?«

»Ja, sie hat geschrieben, sie freut sich auf unser Date.«

»Ich denke auch, dass das etwas zu bedeuten hat.«

Yuna stand auf, nahm ihre Schminkkiste mit zu ihrem Spiegel und setzte sich dann davor auf den Boden. »Zeit, mir ein Gesicht aufzumalen«, scherzte sie.

»Du bräuchtest gar kein Make-up. Du bist naturschön.«

»Awwwww, du bist süß«, säuselte sie. »Aber ich will nur meine *natürliche Schönheit* etwas unterstreichen. Und Alma ist so verdammt heiß, da will ich daneben nicht abstinken. Platinblonder Bob, grüne Augen, große Brüste, scheinbar endlos lange Beine.«

»Jetzt klingst du wie Easton, mein Bruder.«

»Oberflächlich?«, fragte sie nach.

Ich zuckte mit den Schultern. »Ein wenig. Aber dank ihm musste ich mir mein ganzes Leben lang schon die Vorzüge von großen Brüsten anhören.«

»Ich schäme mich nicht dafür, dass ich Alma optisch anziehend finde. Denn sie ist ja nicht nur wahnsinnig heiß, sondern auch richtig nett. Sie hat ein umwerfendes Lächeln, und ich glaube, sie ist auch klug.«

Ich verließ das Bett und setzte mich neben Yuna auf den Boden. »Sie klingt nach einem absoluten Volltreffer. Wo habt ihr euch denn kennengelernt?«

»Sie wohnt auch hier im Gebäude. Drittes Semester. Wir haben uns in einem Gemeinschaftsraum kennengelernt, als sie den Fernseher bei einem Basketballspiel beschimpft hat.«

»Es war also Liebe auf den ersten Blick?«, fragte ich grinsend.

»Hallo, das Repertoire an Schimpfwörtern, das sie auf Lager hatte, hat mich schwer beeindruckt.«

Darüber konnte ich nur den Kopf schütteln. »Aber sie ist nett, oder?«

Nun lächelte Yuna. Ein richtig strahlendes Lächeln. »Ja, ist sie. Ich mag sie sehr.«

»Das freut mich.«

Während unseres Gesprächs hatte Yuna sich geschminkt. Smokey Eyes. Stand ihr verdammt gut und passte ausgezeichnet zu ihren pinken Haaren. Sie drehte sich zu mir um. »Und jetzt bist du dran.«

»Warum nicht? Ich wollte immer schon mal so einen langen Lidstrich, bekomme das aber selbst nicht so gut hin.«

»Offensichtlich war es Schicksal, dass wir uns kennengelernt haben, denn ich bin absoluter Profi in Sachen Lidstrich. Lehn dich etwas zu mir.«

Schweigend schminkte sie mich, verwendete Eyeliner, Mascara und verschiedene Lidschatten, soweit ich das mitbekam.

»Fertig«, sagte sie und ich drehte mich zum Spiegel.

»Wow. Du solltest Visagistin werden.« Sie hatte meine Augen stark betont, und meine Wimpern hatten noch nie so viel Volumen wie heute gehabt. Der Lidschatten war dunkel, und obwohl ich mich eigentlich sonst eher dezent schminkte, liebte ich den neuen Look.

»Nein, ich mache das nur für mich. Und für gute Freundinnen. Jederzeit.«

Ich betatschte mein Gesicht mit den Fingern. »Es sieht so gut aus. Meinst du, du hättest ein paar Tipps für mich?«

»Klar doch. Du musst später noch ein wenig von deiner eigenen Foundation und deinem Puder auftragen. Wir haben nicht den gleichen Hautton.«

»Wird gemacht.« Ich stand auf und streckte mich. »Ich muss jetzt sowieso zu Madison. Wir wollten dann später gemeinsam zur Verbindungsparty gehen.«

Auch Yuna kam auf die Beine und umarmte mich kurz. »Mach's gut. Und erzählt mir morgen unbedingt, was ihr für geheime Verbindungsrituale durchgeführt habt.«

Ich verdrehte die Augen. »Mache ich. Und von dir will ich eine Zusammenfassung deines Dates.«

»Pfadfinderinnen-Ehrenwort«, versprach sie und machte eine wegscheuchende Geste. »Und jetzt husch, husch.«

Als ich wenig später die WG betrat, machte ich große Augen. Madison saß in einem Chaos aus Papier. »Was ist denn hier passiert?«

»Meine Vorbereitungen für Bullshit-Bingo«, sagte sie.

Ich bückte mich nach einem Zettel und hob ihn hoch. »Sind das die Aufgaben?«, fragte ich.

»Die darfst du offiziell erst auf der Party sehen, aber ja.«

Natürlich legte ich den Spielplan nicht zur Seite, sondern studierte ihn. Er bestand aus fünf Spalten und fünf Zeilen. Es waren also insgesamt fünfundzwanzig Felder mit jeweils einer Aufgabe pro Feld.

»Und ich gewinne, wenn ich fünf Aufgaben erfülle, die entweder eine waagrechte, senkrechte oder diagonale Linie bilden. Oder?«

Madison nickte und sammelte die Blätter auf dem Boden zusammen. »Und damit es schwieriger wird, stehen die Aufgaben auf jedem Blatt an einer anderen Stelle. Wie beim echten Bingo, nur ohne Zahlen, dafür mit Aufgaben.«

Ich bückte mich nach einem weiteren Zettel und hob ihn hoch. Sie hatte recht. Auf meinem Zettel stand *dunkelste Fantasie* ganz oben, auf dem anderen in der zweiten Spalte ganz rechts. »Was soll das überhaupt heißen? Dunkelste Fantasie?«

Sie wedelte mit einem kleinen Stück Papier herum. »Die ausformulierte Frage steht dann auf diesem Los.« Sie faltete den Zettel zweimal zusammen und warf ihn in ein großes Glasgefäß, in dem schon mehrere Zettel lagen. »Und jeden zweiten Freitag ziehe ich eine dieser Fragen.«

»Wie zum Beispiel: *nackt auf dem Campus?* Was soll das bedeuten? Sollen wir nackt über das Uni-Gelände flitzen? Dein Ernst?« Bei so einer Aufgabe wäre ich definitiv raus.

»Hey«, abwehrend hob Madison ihre Hände an, »ich habe nie behauptet, dass die Aufgaben leicht sind. Außerdem kann jeder frei entscheiden, welche Aufgabe er löst oder eben nicht. Wenn wir irgendwann mit allen Fragen durch sind und es keinen Gewinner gibt, dann fangen wir von vorn an.«

»Gab es diesen Fall schon mal?«

Sie schüttelte den Kopf. »Nicht bei den Preisen, die winken.«

»Hunderttausend Dollar«, murmelte ich. Wäre ich für diese Summe bereit, blankzuziehen?

»Und wie kannst du sicher sein, dass ich die Aufgabe erfüllt habe?«, fragte ich.

»Nehmen wir jetzt wirklich mal als Beispiel *nackt auf dem Campus.* Und ja, du musst, um die Aufgabe zu erledigen, wirklich blankziehen. Bedeutet: kein Stück Kleidung mehr an deinem Körper. Und das in der Öffentlichkeit.«

»O mein Gott.« An Ort und Stelle ließ ich mich auf den Boden sinken.

»Um die Aufgabe zu erledigen, musst du das vor mir machen, wobei du dich jetzt nicht in unserem Zimmer ausziehen kannst. Es muss ein öffentlich zugängiger Raum oder Platz sein.«

»Wie ein Vorlesungssaal?«

»Du denkst viel zu kompliziert. Du kannst dich auch mitten in der Nacht nackt vor die Tür des Cafés stellen. Wenn ich auf einem Foto das Schild erkenne oder gemeinsam mit dir dort bin, dann gilt die Aufgabe als erfüllt.«

Ich vergrub mein Gesicht in den Händen. »So was schaffe ich nicht«, murmelte ich.

»Dann ist es auch in Ordnung. In so einem Fall lässt du die Aufgabe aus und konzentrierst dich auf die nächste. Alles ist absolut freiwillig. Und solltest du so eine Aufgabe unbedingt durchziehen wollen, musst du ja auf dem Beweisbild nicht unbedingt ganz drauf sein.«

Vielleicht dachte ich wirklich zu kompliziert. Oder ich hatte mir einfach die schlimmste Aufgabe von allen rausgepickt. Meine No-go-Aufgabe.

Sachen wie *Schreibe einen Liebesbrief* klangen bei Weitem nicht so beängstigend. Zumindest, wenn man jemanden hatte, dem man einen Liebesbrief schreiben konnte.

»Und du bist heiß darauf, deine Verbindungsbrüder und -schwestern nackt zu sehen?«, fragte ich Madison.

Ihr Lächeln verschwand von ihrem Gesicht. »Okay, die Aufgabe ist vielleicht nicht glücklich gewählt. Möglicherweise lasse ich diesen Zettel heimlich verschwinden, damit wir nicht in diese Situation kommen.«

Ich zog die Augenbrauen hoch. »Wäre das nicht Betrug?«

»Manipulation wohl eher. Aber ich war verzweifelt. Lass dir mal fünfundzwanzig Aufgaben einfallen, die weder selbstgefährdend noch allzu illegal sind.« Madison kam zu mir und nahm mir die beiden Bingo-Karten ab, um sie zu den anderen zu legen.

»Mir würden nicht mal fünf einfallen«, gab ich zu.

Meine Mitbewohnerin ging zu einer großen Tasche, in die sie die Bingo-Karten legte. Danach setzte sie sich wieder auf den Boden, um die letzten Lose zu falten und ins Gefäß zu legen. In der Zwischenzeit ging ich in mein Zimmer und zog mich um. Außerdem trug ich ein wenig Foundation und Puder auf, wie Yuna mir aufgetragen hatte.

Als ich fertig war, ging ich wieder rüber zu Madison, die ihr Gefäß mit den Losen ebenfalls in die Tasche stellte. »Fertig.«

»Ich bin nervös.«

Sie nickte. »Mir geht es nicht anders. Ich fühle mich wie der Spielmacher bei *Die Tribute von Panem*.«

»So schlimm wird es ja hoffentlich nicht werden.«

»Das hoffe ich auch. Ich muss mich noch kurz umziehen, dann können wir los.« Sie lief in ihr Zimmer. »Du siehst übrigens hübsch aus. Wenn sich heute kein Kerl für dich interessiert, dann weiß ich auch nicht.«

»Ich bin nicht in der Verbindung, um jemanden kennenzulernen«, stellte ich klar. Ich war aber auch nicht abgeneigt.

»Ja klar, du bist nur dabei, um das Spiel zu gewinnen.« Damit hatte sie recht. Madison tauchte in einem hübschen weiß geblümten Kleid vor mir auf. »Aber ich werde dich daran erinnern, wenn du dann in zehn Jahren gemeinsam mit deinem steinreichen *Crossbones*-Ehemann den neuen Tesla als Gewinn für Bullshit-Bingo zur Verfügung stellst.«

»Ehrlich gesagt könnte ich jetzt schon einen reichen Ehemann gebrauchen. Der dürfte dann auch gern die Studiengebühren für mich bezahlen.«

Madison lachte. Leider hatte ich keinen Witz gerissen. »Man braucht eben immer einen Plan B«, sagte sie. Oder C und D.

»Lass uns losgehen. Ich weiß, dass du das Spiel rocken wirst und sich all deine Probleme in Luft auflösen.« Schön wär's. Mein bisheriges Leben hatte mir nur gezeigt, dass das in meinem Fall eher selten passierte.

KAPITEL 12

Mit offenem Mund stand ich vor dem Verbindungshaus. »Das … wow.« Ich drehte mich zu Madison. »Das ist einfach … wow.«

»Groß, oder?«

»Und beeindruckend. Ich habe mir Verbindungshäuser immer anders vorgestellt. Du weißt schon, wo irgendeine durchgeknallte Bruderschaft in eine ruhige Nachbarschaft zieht und dann Partys feiert.«

»Wir feiern auch Partys.«

»Nur in einem Gebäude, das irgendwie … so Ehrfurcht einflößend aussieht.« Das Gebäude lag von Bäumen umgeben ein wenig versetzt hinter der Universitätsbibliothek und war unbeschreiblich groß. Es musste mindestens drei Stockwerke haben und erinnerte mehr an ein Schloss oder eine Villa als an das Haus einer Studentenverbindung. Wir hatten es durch einen kleinen Parkweg erreicht, und ein wenig hatte ich mich wie Dorothy gefühlt, die der Straße nach Oz gefolgt war. Nur bestand diese hier nicht aus gelbem Backstein, sondern aus rotem. Genauso wie das Gebäude.

»So wie alles an der *Penn*«, murmelte sie.

»Stimmt eigentlich.«

»Aber glaub mir, wenn du erst mal eine Weile hier studierst, dann gewöhnst du dich irgendwann an die Fülle an Backstein. Wollen wir hineingehen?«

»Unbedingt.« Ich war sehr gespannt, wie es drinnen aussehen würde.

Madison ging voraus und öffnete die große Eingangstür. Das fühlte sich irgendwie falsch an. Keine Ahnung, was ich erwartet hatte. Einen Butler, Harfenmusik oder Leute in Anzügen, die sich an Käsehäppchen bedienten und mit einem Weinglas in der Hand Konversation führten. Aber keine Studenten in *Penn*-Shirts und Pullis, die um ein Bierfass herumstanden und *trink, trink, trink* schrien. Ich war in meinem blauen Kleid eindeutig overdressed. Genau wie Madison.

»Hab ich es dir nicht gesagt?« Sie strahlte mich an. »Eine Verbindung wie jede andere.« Nur mit deutlich mehr Kohle, wenn man die Ledersofas, schweren Teppiche und alten Bilder an den Wänden so betrachtete.

Ein wenig überfordert nickte ich.

»Komm, wir suchen Colton und Piper. Die beiden stecken meistens in der Bibliothek.«

»Hier gibt es eine eigene Bibliothek? Eine Bibliothek im Gebäude *hinter* der Bibliothek? Was für ein Luxus. Ich fühle mich, als wäre ich in irgendeinem europäischen Schloss, in dem trinkwütige Adelige eine Party schmeißen.«

»Meinst du, die zocken auch *Mario Kart* auf der Switch?«, fragte sie mich, während ich ihr durchs Haus folgte.

»Wieso? Wer zockt wo *Mario Kart?*«

Die Antwort bekam ich, als wir gemeinsam durch die offenen Türen der Bibliothek traten, die im hinteren Teil des Erdgeschosses lag. Der Raum hatte hohe Wände und – keine große Überraschung – es befanden sich zahlreiche gut gefüllte Bücherregale darin. Für die schien sich allerdings niemand zu interessieren, denn alle Anwesenden sammelten sich rund um eine braune Ledercouch, die vor einem riesengroßen Fernseher stand. Und natürlich wurde gerade *Mario Kart* gespielt. Die Prinzessin Peach war auf Platz eins, Yoshi gab sich ein erbittertes Rennen mit ihr, während Donkey Kong fest an seinen Fersen klebte. Abgeschlagen auf dem fünften Platz kämpfte Bowser darum, aufzuholen.

Madison ging auf die Couch zu und drückte Colton, der am Rand saß und einen Controller in der Hand hielt, einen Kuss auf die Wange. »Lenk mich nicht ab, Baby. Yoshi und ich hängen Adam am Arsch. Gleich hab ich ihn.« Liebevoll tätschelte Madison ihrem Freund den Kopf, aber mein Blick wanderte automatisch über die anderen Spieler hinweg. Piper spielte ebenfalls mit, genauso wie ein Kerl, den ich noch nicht kannte. Und natürlich Adam, der offensichtlich Peach gewählt hatte, was mich verwirrte. Früher hatte er mich damit aufgezogen, dass ich immer die Prinzessin spielen wollte. Vielleicht hatte er sie einfach immer selbst gewollt?

»Wer ist wer?«, fragte Madison.

Der Kerl, den ich nicht kannte, antwortete, klang aber dabei abgelenkt: »Adam ist Peach, Colton Yoshi, Piper spielt passenderweise Bowser und ich bin Donkey Kong.«

Dafür kassierte er von ihr einen Rempler mit dem Ellbogen von Piper. »Halt die Klappe, Javier.«

»Hey«, murmelte Adam. »Wenn der Schuh passt.«

Bestätigend nickte Javier. »Genau. Oder wer sprüht immer Feuer, wenn ihr etwas nicht passt?«

Piper schnaubte. »Stimmt doch gar nicht. Ich ruhe in mir selbst.« Alle lachten. »Außer, Adam kommt mir in die Quere.« Im nächsten Moment lehnte Piper sich weit nach vorn. »Blaue Schildkröte. Nimm das, Carter.«

Kurz darauf jaulte Colton auf. »Piper, verdammt. Ich hab ihm gerade den ersten Platz abgeluchst, da machst du wieder alles zunichte, indem du den Stachi-Panzer auf mich wirfst? Nicht nett.«

»Er sollte Adam treffen, nicht dich«, murrte Piper. »Javier, streu nicht überall Bananenschalen auf die Fahrbahn!«

»Wieso denkst du, dass ich das war? Weil ich Donkey Kong spiele?«, beschwerte er sich. »Ist das nicht ein wenig oberflächlich, Piper?«

Adam sprang auf. »Sieger«, jubelte er laut, während Colton und Javier gleich hintereinander »Zweiter« und »Dritter« brüllten.

»Siebte«, murrte Piper und stand auf. Sie drehte sich um und hielt ihren Controller in die Menge. »Wer will?«

Ich hob die Hand. »Ich würde gern mitspielen.«

Als sie mich erkannte, verzog sich ihr Gesicht zu einem Lächeln. »Haley! Schön, dass du da bist. Nimm ruhig meinen Platz.«

Sekunden nachdem Piper meinen Namen ausgesprochen hatte, drehte Adam sich in meine Richtung. Seinen Gesichtsausdruck konnte ich nicht deuten. Vielleicht wurde ihm ja schlagartig klar, dass er seinem Endgegner gegenüberstand.

»Hey, Leute, wir fangen in fünf Minuten mit Bullshit-Bingo an«, verkündete Madison. »Kommt doch alle ins Wohnzimmer.«

Ich saß auf der Kante der Couch und ging in jeder Kurve mit meinem ganzen Körper mit, aber ich würde Adam nicht gewinnen lassen.

»Keine Zeit«, murmelte ich und konzentrierte mich wieder auf den Bildschirm.

»Du wirst mich nicht schlagen«, brummte Adam. »Nicht, wenn ich mit deiner Prinzessin im Rennen bin.«

»Adam, ich ziehe dich auch mit jeder anderen Figur ab.« Das war nur die Wahrheit. Zumindest fast. Denn Colton, Javier und ich hatten uns verbündet und taten alles, um Adam zu sabotieren. Was in diesem Fall zu meinem Vorteil war, denn ich führte. Und das Ziel war bereits in Sichtweite.

»O nein«, schrie Javier. »Roter Panzer. Roter Panzer. Roter Panzer.«

Ich schloss die Augen. »Bitte nicht mich, bitte nicht mich, bitte nicht mich.« Ich hörte den Aufprall und öffnete die Augen. Genau in der Sekunde, in der ich mit Rosalina über die Ziellinie fuhr. Colton jammerte, weil er getroffen wurde. Somit wurde Javier zweiter, Adam dritter und Colton vierter.

»O mein Gott.« Ich drehte mich zu Adam um und grinste ihn an. »Man braucht nicht unbedingt Peach, um zu gewinnen. Es genügt einfach eine andere Prinzessin.«

Adam starrte mich an. Nicht wütend, nur … keine Ahnung. »Was ist los?«, fragte ich ihn. »Hab ich was im Gesicht?«

»Nur gerötete Wangen.«

Ich legte den Controller zur Seite und betastete mein Gesicht. Es glühte tatsächlich vor Aufregung.

»Außerdem warte ich auf deinen Siegestanz«, sagte Adam.

»Den werde ich nicht hier vor lauter Fremden machen.«

»Wo dann? Es ist kein Sieg, wenn ich dich nicht den alten Gewinner-Verlierer-Song singen höre.« Er rutschte näher an mich heran und plötzlich war es, als würde die Luft zwischen uns vibrieren.

Ich schluckte, und dann brachte ich meinen Mund näher zu seinem Ohr. »Gewinner, Verlierer«, sang ich leise hinein.

Adam blieb dicht bei mir, schob mir eine Haarsträhne zur Seite und raunte: »Es ist nicht das Gleiche, wenn du dabei nicht vor mir herumspringst und deine Cheerleader-Moves machst.«

Sein Atem strich über meine Wange und ein Schauder lief mir über meinen Rücken. »Ich war nie Cheerleaderin«, wisperte ich.

»Dafür war deine Performance aber immer außerordentlich gut.«

Ein Räuspern ließ uns auseinanderfahren. Ertappt sah ich auf. Javier stand vor mir und streckte mir seine Hand entgegen.

»Komm, Rotkäppchen, ich rette dich vor dem bösen Wolf.«

Ich lachte auf und ließ mich von ihm hochziehen. »Glaub mir, vor Adam musst du mich nicht retten. Ich kenne ihn schon mein ganzes Leben lang, und wenn ich eines gelernt habe, dann, dass …«

Adam sprang auf. »Psssst. Verrate doch nicht meine Geheimnisse, Haley.« Er verschränkte unsere Finger miteinander und zog mich hinter sich her ins Wohnzimmer. Ich lachte die ganze Zeit, auch noch, als er im Wohnzimmer hinter zahlreichen wartenden Studenten stehen blieb.

»Also?«, fragte er und löste unsere Hände. »Was wolltest du gerade zu Javier sagen?«

»Dass ich weiß, dass du nett sein kannst. Wenn du willst.«

Er nickte. »Ja, das kann ich.«

»Außerdem weißt du auch ganz genau, wie nachtragend ich bin. Ich würde dir keine dritte Chance mehr geben, nachdem du mich bereits einmal enttäuscht hast.«

Schlagartig wurde er ernst. »Ich versau es diesmal nicht.«

»Fingerschwur?«

»Versprochen!« Ich streckte ihm meinen kleinen Finger hin.

Er hakte seinen Finger ein.

»Na, dann steht unserer Freundschaft ja nichts mehr im Weg.«

Kurz darauf gesellte sich auch Javier wieder zu uns. Er hatte zwei Bierflaschen in der Hand. Eine davon reichte er mir.

»Danke«, sagte ich, nahm sie entgegen und betrachtete sie argwöhnisch.

»Brauchst du Hilfe beim Öffnen?«, fragte Adam.

Erst jetzt bemerkte ich, dass die Bierflasche noch geschlossen war. Sehr sympathisch von Javier, denn ich hatte genug Teenie-Filme gesehen, um zu wissen, dass es keine gute Idee war, geöffnete Flaschen oder Becher von Fremden anzunehmen.

»Ja bitte.«

Javier zog ein Feuerzeug aus der Hosentasche und Adam nahm es ihm ab, um meine Flasche damit zu öffnen. »Du hättest mir auch was zu trinken mitbringen können«, brummte Adam an seinen Verbindungskollegen gewandt.

Der zuckte nur mit den Schultern. »Nachdem du einfach mit meinem Rotkäppchen geflüchtet bist? Wohl kaum.« Ich sah zu Javier und musste feststellen, dass er mir wirklich gut gefiel. Er hatte schwarze Haare und ausdrucksstarke braune Augen, die von verdammt langen Wimpern umrahmt wurden. Außerdem war seine Figur auch nicht unbedingt zu verachten. Er war definitiv Sportler.

»Und wer bist du in diesem Vergleich? Der Jäger oder die Großmutter?«, frage ich ihn.

Adam trank von meiner Bierflasche und reichte sie dann an mich weiter.

»Eindeutig der Jäger«, brummte Adam. Javier und er sahen aus, als würden sie irgendeinen stummen Kampf miteinander ausfechten.

»Schön, dass ich nicht wirklich Rotkäppchen bin, sondern die Prinzessin, die euch eben bei Mario Kart so richtig den Arsch aufgerissen hat«, sagte ich, um dieses Gesprächsthema zu beenden. »Also, warum stehen wir hier rum?«

Javier antwortete sofort: »Weil wir gleich ein anderes Spiel spielen werden.« Was mir natürlich klar war.

»Bierpong?«, fragte ich und stellte mich absichtlich dumm. Immerhin durfte ich als neues Mitglied vermutlich noch nichts von Bullshit-Bingo wissen.

Adam runzelte die Stirn und betrachtete mich mit nachdenklichem Gesichtsausdruck, blieb aber stumm.

»Viel besser«, versprach Javier. »Unsere Verbindung spielt schon seit ein paar Jahren ein verbindungsinternes Spiel.« So konnte man es natürlich auch nennen. »Es heißt Bullshit-Bingo und Madison erklärt bestimmt gleich, worum es geht.«

Kurz darauf drehten sich die Verbindungsmitglieder vor uns um und reichten uns einige Zettel. Die Bullshit-Bingo-Spielkarte erkannte ich sofort wieder. Es war aber noch ein weiterer Zettel mit den Spielregeln dabei. Ich nahm beides, denn ich hatte ja immer noch vor, zu gewinnen. Also studierte ich die Spielregeln akribisch.

BULLSHIT-BINGO

Die wichtigsten drei Regeln:

Du spielst das Spiel? In Ordnung, aber du verlierst außerhalb der Verbindung kein Wort über Bullshit-Bingo!

Du hast die Aufgabe gelöst? Schön für dich, es zählt aber nur, wenn du auch einen Beweis dafür hast.

Du rufst Bingo? Dann leg die Karten auf den Tisch und offenbare, wie du es geschafft hast, alle Aufgaben zu lösen.

Das Spiel beginnt:

Der **Caller** zieht jeden zweiten Freitag eines der vorbereiteten Lose (25 Lose = 25 Aufgaben).

Keine Aufgabe *muss* erfüllt werden. Bist du nicht bereit, eine Aufgabe zu erfüllen, dann setzt du einfach aus.

Stellst du dich einer Aufgabe, steht dir ein Zeitfenster von Freitag, ab dem Zeitpunkt der Ziehung, bis Sonntag, 23.59 Uhr zur Verfügung.

Die Aufgabe gilt nur als erfüllt, wenn du auch einen **Beweis** erbringst. Dies kann sein: ein Foto, ein Video oder die Aufgabe wird direkt vor den Augen des Callers (Madison) erfüllt.

Sobald der/die erste Teilnehmer*in auf seiner/ihrer Spielkarte **5 Aufgaben** in einer **waagerechten, senkrechten** oder **diagonalen** Reihe markieren konnte, ruft er/sie auf der nächsten Verbindungsparty laut und vernehmlich: **B I N G O.** Damit ist das Spiel beendet und der/die Gewinner*in steht fest.

Sollten zwei oder mehrere Personen gleichzeitig Bingo rufen, müssen sie eine finale Aufgabe lösen.

Wurden alle 25 Aufgaben gezogen und es gab kein BINGO, beginnt das Spiel mit neuen Aufgaben von vorn.

Der Gewinn: 100.000 Dollar

Als die Verbindungsmitglieder beim Punkt Gewinn ankamen, ging kollektives Geraune und Getuschel durch das Wohnzimmer.

»Hunderttausend Dollar?« Auch Javier klang erschrocken. »Das … ist mal ein Ansporn, das Spiel ernst zu nehmen.« Zur Beruhigung trank er von seinem Bier. Adam nahm mir meine Flasche ab und folgte seinem Beispiel.

»Mach mal langsam, Adam. Das ist mein Getränk.«

»Sorry, aber auf den Schock brauche ich Alkohol.«

»Ich auch, aber du nuckelst ständig an meiner Bierflasche herum.« Ich hatte im Gegensatz zu ihm noch kein einziges Mal getrunken.

»Mit hunderttausend Dollar könnte ich mir auch so eine Angeberkarre wie deine kaufen«, sagte ich zu ihm. »Oder hast du deinen SUV Land Cruiser nicht mehr?« Ich faltete das Blatt mit den Spielregeln zusammen und stopfte es in meine Tasche. Natürlich verschüttete ich dabei etwas Bier, was mir einen Blick mit hochgezogenen Augenbrauen von Adam einbrachte.

»Fahre ich immer noch.«

Javier murmelte immer und immer wieder: »Hunderttausend Dollar …« Vermutlich wäre ich genauso baff, wenn ich erst in diesem Moment von der Geldsumme erfahren hätte. Ich sah mich um und entdeckte dabei einige sehr entschlossene Gesichter. Vermutlich war ich nicht die Einzige, bei der sich im Falle eines Gewinns schlagartig ein Problem in Luft auflösen würde.

Adam stieß mich leicht mit dem Ellbogen an, öffnete den Mund, um etwas zu sagen, als Madison auf einen Gong schlug. Ich musste darüber lachen, denn … ganz ehrlich, es war ein Gong. Und Madison stand auf einem Tisch, wirkte aber eher, als würde sie auf einer Bühne stehen. Die ganze Situation war einfach vollkommen surreal.

»Ich glaube, die Verbindung hat sich schon die richtige Person als Callerin ausgesucht«, sagte ich.

Adam nickte. »Definitiv. Sie geht richtig in ihrer Rolle als Spielmacherin auf.«

Madison klatschte in die Hände und hielt eine kleine Ansprache, der alle lauschten. Alle, außer Adam. Der stellte sich dicht zu mir und flüsterte in mein Ohr: »Und, wirst du an dem Spiel teilnehmen?«, fragte er und warf einen Blick auf meine Bingo-Karte. Erst jetzt fiel mir auf, dass Adam im Gegensatz zu mir keine in der Hand hielt.

»Werde ich disqualifiziert, wenn ich jetzt darauf antworte?«, fragte ich.

»Natürlich nicht, ich gehöre immerhin zur Verbindung.«

»Okay, dann ja. Ich werde auf jeden Fall mitmachen. Du weißt, woher ich komme. Und dass Geld eine große Sache in meinem Leben ist, weil wir nie genug davon hatten.«

»Verstehe.«

Ich war mir nicht sicher, ob er das wirklich tat. Immerhin hatte er sich sein ganzes Leben lang noch nie Gedanken darüber machen müssen.

Gerade als ich fragen wollte, ob er auch teilnehmen würde, wurde laut applaudiert. Ich sah zu Madison, die zu ihrem Lostopf ging, den Piper in der Hand hielt. Meine Mitbewohnerin machte eine Show daraus, in dem Gefäß zu wühlen, und zog schlussendlich ein Los heraus. »Die erste Aufgabe lautet«, Madison faltete das Stück Papier auseinander, »Roadtrip in einen anderen Bundesstaat!«

Alle lachten, denn Philadelphia lag an der Staatsgrenze zu New Jersey. Von der Uni aus wäre man sogar zu Fuß innerhalb einer guten Stunde beim Delaware River, der die Grenze zwischen New Jersey und Pennsylvania bildete. Zumindest theoretisch. Wenn man eine gute Orientierung hatte. Oder Google Maps. Doch natürlich machte Madison es uns nicht so leicht und streckte den Zeigefinger in die Luft. »Die einzigen Ausnahmen: New Jersey, New York, Maryland und Delaware.« Kollektives Aufstöhnen folgte. Warum es einfach machen, wenn es auch schwieriger ging?

Natürlich stellte es mich vor ein Problem, dass die Nachbarstaaten ausgenommen waren. Ich drehte mich zu Javier.

»Du hast nicht zufällig ein Auto?«

»Nope.«

»Mist.«

Einige der Anwesenden gingen bereits nach draußen, ich drehte mich allerdings zu Adam und lächelte ihn an. »Lust auf einen Roadtrip?«

»Mit dir?«, fragte er.

»Ja, mit mir.«

Ein Grinsen stahl sich auf Adams Gesicht. »Warum eigentlich nicht?«, sagte er mehr zu sich selbst als an mich gewandt. Er drückte Javier die angebrochene Bierflasche in die Hand, verschränkte unsere Finger miteinander und verließ mit mir gemeinsam das Verbindungshaus.

KAPITEL 13

»Auf nach Connecticut«, sagte Adam, warf meinen Rucksack in den Kofferraum und schlug die Heckklappe zu. Während ich nach der Ziehung schnell nach Hause gelaufen war und gepackt hatte, war auch Adam kurz in seiner Wohnung gewesen und hatte ebenfalls ein paar Utensilien für unseren Roadtrip zusammengesucht. Wir standen uns im Schein einer Straßenlaterne gegenüber, und ich streckte Adam eine von zwei Red-Bull-Dosen entgegen, die er mir grinsend abnahm. Unsere Getränke gaben ein zischendes Geräusch von sich, als wir sie öffneten, und sofort nahmen wir einen Schluck des Energydrinks, der uns hoffentlich dabei helfen würde, nicht einzuschlafen. Aber so aufgekratzt, wie ich war, würde mir das sowieso nicht passieren. »Meinst du, es ist eine gute Idee, wenn wir heute noch losfahren?«, fragte ich.

»Es ist unsere einzige Chance, denn wir müssen morgen früh um elf Uhr wieder zurück sein«, entgegnete er. »Dann beginnt deine Schicht im Coffeeshop.« Und weil das nicht kompliziert genug war, hatte Adam am Sonntag noch die Frühschicht.

»Okay.« Ich hielt ihm die Hand zum Einschlagen hin. Er tat mir den Gefallen und gab mir ein High Five. »Dann lass uns losfahren. Darf ich? Immerhin hast du mein Bier getrunken.«

Obwohl ich mit Protesten gerechnet hatte, legte er mir den Schlüssel in die Hand.

»Ist vermutlich besser. Du fährst, ich navigiere und unterhalte dich.«

»Klingt nach einem verdammt guten Plan.« Vor allem, da ich mich trotz Navi gern verfuhr. Aber manchmal gab die vermeintlich nette Dame von Google Maps einfach die falschen Anweisungen. Möglicherweise nahm ich aber auch immer eine Abzweigung zu früh.

Ich umrundete Adams SUV und stieg ein. Meine Handtasche warf ich in den Fußraum der Beifahrerseite und stellte mein Red Bull im Getränkehalter ab. Dann nahm ich mir die Zeit, um den Sitz und alle Spiegel richtig einzustellen.

»Wir fahren aber schon heute noch los?«, fragte Adam, der natürlich schon fertig angeschnallt neben mir saß.

»Ja.« Auch ich gurtete mich an und startete den Wagen.

»Hast du das Navi schon vorbereitet?«

»Ähm, nein? Fahr einfach mal auf den Highway, und dann suche ich entspannt die Route raus.«

»So funktioniert das nicht. Du suchst *jetzt* die Adresse im Navi und sagst mir dann immer, wo ich abbiegen muss.«

»Haley, das sagt dir das Navi.« Er klang genervt. »Wer soll jetzt navigieren, ich oder die Google-Maps-App?«

»Ihr beide zusammen! Ich bin mir sicher, ihr seid ein unschlagbares Team.«

Beschwichtigend hob er die Arme. »Ich bereue schon, dass ich dich fahren lasse, aber gut; wir machen das auf deine Art.«

Er tippte auf seinem Smartphone herum. »Wir nehmen die Interstate 95 nach … Greenwich. Das klingt doch nett, meinst du nicht auch?«

»Nur wenn es gleich nach der Bundesgrenze liegt.«

»Tut es.«

»Zweieinhalb Stunden klingt auch machbar für eine Strecke«, murmelte er. »So, fertig.« Er steckte sein Smartphone in die dafür vorgesehene Halterung.

Ich kontrollierte noch mal, ob ich richtig saß, und dann fuhr ich los.

»Wir brauchen noch die passende Musik. Hast du dein Smartphone dabei?«, fragte Adam.

»In meiner Tasche«, antwortete ich konzentriert, während mich das Navi vom Campus leitete. Bis jetzt war alles easy.

Plötzlich ertönte *Shut Up And Drive* von Rihanna aus den Lautsprechern.

»Ernsthaft?« Ich warf Adam einen skeptischen Blick zu. »Das ist deine Vorstellung der passenden musikalischen Untermalung für einen Roadtrip?«

»Warte mal ab«, sagte er begeistert. »Ich hab auf Spotify 'ne ganze Playlist gefunden, die uns die Fahrt versüßen wird.«

»Lass mich raten: *The Proclaimers* sind auch dabei?«

»Das hoffe ich doch stark. Man kann keinen Roadtrip machen, ohne einmal diesen Song gesungen zu haben.« Wo er recht hatte …

Trotzdem verdrehte ich die Augen, ignorierte Adam samt seiner Playlist und konzentrierte mich stattdessen darauf, die Auffahrt auf die Interstate nicht zu verpassen. Zum Glück gab er mir hilfreiche Tipps, und bald fädelte ich mich in den Verkehr auf der Interstate ein.

»Also«, sagte ich nach einer Weile zu ihm. »Irgendwie habe ich bis heute nicht daran geglaubt, dass du wirklich in der Verbindung bist. Und dann warst du plötzlich da, mit einem Controller in der Hand.«

»Und das verwirrt dich?«, fragte er, und ich spürte, dass er mich intensiv von der Seite betrachtete. »Dachtest du, Leute in Verbindungen spielen keine Konsolenspiele und ich darf deshalb nicht mitmachen?«

»Keine Ahnung, warum ich dich nicht für einen Verbindungstypen gehalten habe. Vielleicht weil ich bis vor Kurzem auch der Meinung war, dass ich ebenfalls nicht unbedingt dafür geschaffen bin.«

»Was mich zu der Frage bringt: Warum bist du in der Verbindung?«

»Warum nicht?«

»Ja, warum eigentlich nicht?«, murmelte er. »Möglicherweise, weil du es hasst, wenn du zu viele Menschen um dich hast?«

»Kann ja nicht jeder so ein Socializer wie du sein.«

»Es ist ein gottgegebenes Talent, dass alle mich lieben und gern Zeit mit mir verbringen.«

»Darf ich dich an Piper erinnern? Ich bin mir ziemlich sicher, dass sie nicht besonders gut auf dich zu sprechen ist. Und ich glaube, Javier ist auch nicht gerade dein bester Freund. Habt ihr irgendein Konkurrenz-Ding am Laufen?« Die Antwort auf diese Frage interessierte mich brennend.

»Du meinst irgendeinen kranken Wettstreit, wer die meisten Frauen ins Bett bekommt?«

»Ja, so was könnte durchaus zu dir passen.«

»Du stellst mich wie einen Fuckboy hin«, beschwerte er sich. »Und das nur, weil ich nicht Piper zusammen sein wollte und ich bei unserem Wiedersehen gerade aus einem Wohnheimzimmer gesprungen bin. Das macht gerade mal zwei Frauen, von denen du weißt.«

Verlegen biss ich mir auf die Unterlippe. Denn er hatte recht. Zu meiner Verteidigung musste ich sagen, dass es eine gewisse Vorbelastung in unserem Verhältnis gab, die mich dazu tendieren ließ, Adam in die Arschloch-Schublade stecken zu wollen.

»Tut mir leid«, murmelte ich. »Aber dein Ruf ist dir vorausgeeilt und ich habe mich vielleicht ein wenig davon beeinflussen lassen.«

»Schon okay. Aber du weißt selbst, dass meistens nur zehn Prozent Wahrheit im Getratsche der anderen steckt.« Natürlich wusste ich, wie das ablief – ich kam aus einer Kleinstadt. »Und nein, es gibt keinen Wettstreit zwischen Javier und mir. Aber ich glaube, dass ihn deine *Mario-Kart*-Fähigkeiten sehr beeindruckt haben.«

»Na, wer weiß, mit was ich ihn noch alles beeindrucken könnte«, sagte ich grinsend.

»La, la, la, la.« Adam steckte sich die Finger in die Ohren. »Ich will das gar nicht hören.«

»Wieso? Eifersüchtig?«

»Und wenn es so wäre?«

Ich warf ihm einen schnellen Blick zu. Er lehnte entspannt auf dem Beifahrersitz und hatte den Kopf auf seiner Hand abgestützt. »Verarschst du mich gerade?«

»Denk mal darüber nach: Warum sollte ich mit dir wegen eines dämlichen Verbindungsspiels nach Connecticut fahren?«, stellte er eine Gegenfrage, die mich verwirrte. Ja, warum eigentlich?

»Ähm … weil wir Freunde sind.« Mit den Fingern trommelte ich auf dem Lenkrad herum. »Sind wir doch, oder?« Mein ganzes Leben lang hatte ich nie in Erwägung gezogen, dass zwischen Adam und mir etwas laufen könnte, aber nun ließ er es so klingen, als würde er das wollen. Oder hatte ich ihn falsch verstanden?

Wir waren Nachbarn gewesen. Kinder, die im Frühling im Wald herumgetollt waren und gemeinsam im Sommer im Fluss badeten. Die im Herbst zusammen auf die Bäume kletterten und sich im Winter mit Schneebällen bewarfen. Und dann ungelenke Jugendliche, die immer noch jeden Tag miteinander verbracht hatten, bis … sich alles geändert hatte.

Adam tätschelte mir das Knie, was ein eigenartiges Kribbeln in mir auslöste. Es wanderte durch meinen ganzen Körper, breitete sich aus und setzte sich irgendwo in meinem flatternden Herzen fest.

»Klar sind wir das, Haley.«

Mit einem lauten Gähnen zog ich den Schlüssel aus der Zündung.

»Geschafft«, sagte ich. Adam und ich hatten uns die ganze Fahrt über unterhalten. Über unsere gemeinsame Kindheit. Über die Uni. Ich hatte auf der Fahrt hierher wieder einmal festgestellt, wie sehr ich Adam mochte. Und schon immer gemocht hatte, bis auf die kleine pubertäre Ausnahmezeit, in der wir uns gehasst hatten. Oder vielmehr: er mich. Aber ich hatte auch beschlossen, endlich damit abzuschließen. Ihm zu verzeihen. Ein großer Schritt für mich. Aber auch ein wichtiger.

Meiner Mom hatte ich nie verziehen, dass sie meinen Bruder und mich bei meinem Dad zurückgelassen hatte, aber ich wollte Adam verzeihen. Unbedingt. Meine Wut und meine Angst, erneut von jemandem verlassen und ignoriert zu werden, den ich liebte, sollte ich nicht auf ihn projizieren. Denn wenn ich ehrlich zu mir war, dann war Adam die meiste Zeit ein wirklich guter Freund. Die Geschichte zwischen Adam und mir war eine komplett andere als die zwischen meiner Mom und mir und sollte keinen Einfluss auf meine heutigen Entscheidungen mehr haben.

»Machen wir jetzt das Foto und fahren wieder zurück?«

»Keine Ahnung, wie es dir geht, aber ich glaube nicht, dass wir die Fahrt zurück ohne eine Portion Schlaf schaffen.«

Wie so oft riet mir mein Instinkt, mich gegen Adams Worte aufzulehnen, nur leider hatte er recht: Ich war todmüde.

Sofort schüttelte er den Kopf. »Ich hab eine bessere Idee.« Er stieg aus dem Auto, warf die Tür in Schloss, öffnete dafür aber die Hintertür, wie ich über meine Schulter hinweg beobachtete. »Was tust du da?«

»Ich klappe die Rücksitze um, damit wir ein wenig bequemer schlafen können. Und morgen früh machen wir dann das Bild und fahren zurück, damit du rechtzeitig zu deiner Schicht im Café da bist.«

Ich schnallte mich ab und stieg ebenfalls aus, während Adam auf meine Seite kam. Wir blieben dicht voreinander stehen, und ich drückte ihm den Autoschlüssel in die Hand. »Du hast das richtig gut durchdacht«, sagte ich zu ihm.

»Ich schlafe ja auch nicht das erste Mal in meinem Wagen.«

»Nicht?«

»Nein. Ich habe schon öfter solche Touren gemacht. Einfach raus. Wegfahren.«

Nachdenklich betrachtete ich ihn. »Ehrlich gesagt hätte ich dich eher für einen Hotelzimmer-Typen gehalten.«

»Offensichtlich bin ich manchmal auch für eine Überraschung gut.« Er trat einen Schritt zurück. »Darf ich?«

»Was denn?«

»Du stehst vor der Hintertür. Ich muss die Rückbank umklappen.«

Sofort trat ich zur Seite. »Sorry.«

Er zwinkerte mir zu, was ich dank der guten Parkplatzbeleuchtung sehen konnte. Ich beobachtete ihn dabei, wie er mit wenigen Handgriffen unser Nachtlager vorbereitete. Er wirkte so in seinem Element, dass ich mich nicht einmischte. Vermutlich würde ich ihm sowieso wieder nur im Weg herumstehen. Ich drehte mich um und ging auf das kleine Wäldchen zu, das an den Parkplatz des *Greenwich Boat & Yacht Clubs* angrenzte.

»Wo willst du hin?«, rief Adam mir hinterher.

»Aufs Klo.«

»Warte, ich komme mit«, sagte er zu mir. »Ich will nicht, dass du allein im Dunkeln herumläufst.«

Ich blieb stehen und drehte mich zu ihm um. »Ganz bestimmt nicht.«

Er schloss zu mir auf. »Haley, ich lasse dich hier nicht allein herumlaufen.« Seine Stimme klang fest und ließ keinen Spielraum für irgendwelche Proteste. Und er hatte ja auch irgendwie recht. Ich hatte keine Ahnung von der Umgebung, und dieser Parkplatz könnte schließlich auch so etwas wie ein geheimer Treffpunkt für Drogenhandel sein. Was ich allerdings bei den zwei anderen Autos, die hier herumstanden, bezweifelte.

Ich seufzte. »Okay.«

»Keine weiteren Beschwerden?«

»Na ja«, sagte ich, »ich fühle mich natürlich in der Dunkelheit in Begleitung sicherer.« Ich wusste nicht, ob es Menschen gab, die nachts gern allein unterwegs waren, aber wenn, dann war ich definitiv keiner davon.

»Ich auch.«

»Ernsthaft? Der große Adam Carter fürchtet sich im Dunkeln?«

»Du kannst jederzeit jemandem in die Arme laufen, dem irgendetwas an dir nicht passt.« Wie recht er hatte.

Wir hatten bereits das kleine Wäldchen erreicht. »Okay, dreh dich wieder Richtung Parkplatz. Und dann sieh zu deinem Auto, und am besten hältst du dir auch noch die Ohren zu, während ich pinkle.«

»Ihr Frauen macht das immer ganz schön kompliziert.«

»Es ist kompliziert, weil wir nicht einfach die Hose aufknöpfen und den Pillermann rausholen können.«

Adam schnaubte belustigt, drehte sich aber wie befohlen um, während ich um einen Busch herumging. Der perfekte Sichtschutz. Ich pinkelte so schnell wie möglich und lief dann wieder zurück zu Adam. »Fertig.«

»Wartest du auch auf mich?«, fragte er grinsend.

»Natürlich. Und ich rette dich sogar, solltest du in irgendwelche Schwierigkeiten geraten.«

»Das ist lieb von dir.« Anders als ich ging Adam nicht hinter den Busch, sondern drehte sich einfach nur um.

»Weißt du, was nett von dir wäre? Wenn du während des Pinkelns einen Mindestabstand von fünf Fuß einhalten würdest.« Meine Stimme vibrierte vor Empörung.

»Ist das die Komfortzone, die du brauchst?«, lautete seine nächste Frage.

Ich ging ein paar Schritte von ihm weg. »O ja.«

Kurz darauf stand er wieder neben mir. »Gilt die nur fürs Pinkeln oder generell? Ich frage nur, weil es sonst schwierig werden könnte, wenn wir nebeneinander im Auto schlafen.« Obwohl ich ihn nicht ansah, hörte ich deutlich die Belustigung in seiner Stimme.

»Wir haben auch schon gemeinsam im Garten gezeltet. Nebeneinander in deinem Wagen zu schlafen dürfte also durchaus möglich sein.«

Gleichzeitig setzten wir uns wieder in Bewegung Richtung Parkplatz. »Gut zu wissen«, murmelte er. »Und vor allem sollest du mir dankbar sein, weil ich uns einen so großartigen Schlafplatz vorbereitet habe.«

»Übertreibst du nicht etwas?«

»Sieh doch selbst.« Wir erreichten den Wagen und ich blieb vor dem offenen Kofferraum stehen.

»Wow«, entkam es mir, denn ich hatte nicht damit gerechnet, dass wir es so bequem haben würden. Die Sitze waren komplett umgeklappt, sodass daraus eine großzügige Liegefläche geworden war. Außerdem hatte Adam eine dünne Matte ausgebreitet, auf der zwei ausgerollte Schlafsäcke lagen. Sogar zwei Kissen hatte er dabei. »Du machst das wirklich nicht zum ersten Mal«, sagte ich anerkennend. »Ich bin beeindruckt.«

»Danke.« Er machte eine einladende Geste. »Such dir deinen Schlafplatz aus.«

Sofort kletterte ich auf die linke Seite, Adam folgte mir und schloss dann von innen die Klappe des Kofferraums. Außerdem zog er den Autoschlüssel aus der Hosentasche und verriegelte den Wagen. Wir streiften uns die Schuhe von den Füßen und dann wurde es dunkel, als sich die Innenbeleuchtung automatisch abschaltete.

Erst jetzt wurde mir bewusst, dass ich noch immer mein Kleid trug. Warum zur Hölle war ich nicht auf die Idee gekommen, mich vor dem Roadtrip umzuziehen? Klar, ich hatte ein T-Shirt eingepackt und Shorts, aber irgendwie hatte ich nicht daran gedacht, dass ich in die Verlegenheit kommen würde, mich vor Adam umziehen zu müssen.

»Brauchst du etwas?«, fragte er leise neben mir.

»Hmm … im Moment einen Gentleman, der sich die Augen zuhält, während ich mich umziehe.« Es war zwar relativ dunkel, aber sicher war sicher.

»Tut mir leid, den habe ich leider nicht im Angebot«, sagte er. »Aber ich lege mir gern ein Kissen über den Kopf, obwohl ich vermutlich sowieso nichts sehen könnte. Es ist stockdunkel hier drinnen.«

»Trotzdem.« Rationalität war keine meiner Stärken.

»Früher haben wir nackt zusammen gebadet.« Seine Stimme klang gedämpft, und nach einem kurzen Blick in seine Richtung stellte ich fest, dass er sich wirklich ein Kissen über das Gesicht gelegt hatte.

Ich holte das T-Shirt aus meinem Rucksack und zog mir das Kleid über den Kopf. »Damals waren wir Kinder, Adam.« Ich warf das Kleid über ihn und dann zog ich mir das XXL-Shirt über. Es war ein altes von East. »Das war vollkommen unschuldig.«

Sobald ich fertig war, schlüpfte ich in den Schlafsack, legte mich neben ihn und zog ihm zuerst das Kleid, dann das Kissen vom Kopf.

»Und heute ist das nicht mehr so unschuldig? Denn Haley, ich darf dich daran erinnern, dass Männer und Frauen auch einfach nur miteinander befreundet sein können. Es muss nicht immer automatisch etwas zwischen ihnen laufen.«

»Stimmt. Wir sind ja das beste Beispiel dafür.«

»Genau.« Adam schnappte sich sein Kissen und drückte es in Form. Auch ich machte es mir bequem, blieb aber mit dem Gesicht ihm zugewandt liegen. Genau wie er.

Aufgrund der Dunkelheit konnte ich nur schwache Umrisse wahrnehmen, doch erst als wir nicht mehr miteinander sprachen, wurde ich mir Adams Nähe so richtig bewusst. Sein Atem ging gleichmäßig und gab mir ein gutes Gefühl, doch er kitzelte mich auch an meinen Armen und ließ angenehme Schauder über meinen Körper wandern.

»Adam?«, flüsterte ich.

»Ja?«, wisperte er zurück.

»Danke, dass du das mit mir machst. Und …«, ich holte tief Luft, »ich bin froh, dass wir wieder Zeit miteinander verbringen.« Seine Hand berührte meinen Unterarm, und er streichelte vorsichtig mit dem Daumen über meine bereits mit Gänsehaut überzogene Haut. Und plötzlich rumpelte auch mein Herz gefährlich in meiner Brust.

»Ich auch, Haley. Ich auch.«

Es dauerte eine Ewigkeit, bis ich eingeschlafen war. Das Pochen in meiner Brust hatte mich eine ganze Weile wach gehalten.

KAPITEL 14

Ich saß im Hinterzimmer des Cafés, frisch geduscht, doch immer noch extrem müde. Den Titel Frühaufsteherin des Jahres würde man mir vermutlich in diesem Leben nicht mehr verleihen. Gerade war ich dabei, die Fotos von Adam und mir an Madison zu schicken. Er hatte darauf sein Smartphone in der Hand, auf dem das heutige Datum und die Uhrzeit zu erkennen waren. Sein anderer Arm lag über meiner Schulter, während wir neben einem grünen Schild posierten, auf dem deutlich der Ortsname zu sehen war. Zur Sicherheit hatte ich mir auch wieder das Partykleid angezogen, schließlich wollte ich den ersten Stempel auf meiner Bingo-Karte haben.

Haley:
Erste Aufgabe erfolgreich gelöst.

Glücklich und auch ein wenig stolz stopfte ich das Smartphone in meinen Spind und machte mich an die Arbeit. Nachdem ich mir einen großen Cappuccino mit extra Milchschaum und Karamellsirup gemacht hatte, fühlte ich mich auch nicht mehr ganz so müde. Trotzdem würde ich heute Abend früher als sonst ins Bett gehen, denn die Nacht war weder lang gewesen noch hatte ich besonders gut geschlafen. Adams unmittelbare Nähe und sein gleichmäßiger Atem hatten mich aufgewühlt. Ich hatte mich sogar einmal dabei erwischt, wie ich kurz davor war, ihm eine Haarsträhne aus dem Gesicht zu streichen. Und noch viel schlimmer: Ein anderes Mal wollte ich mit dem Finger über die Tattoos auf dem Arm wandern und jeden Superhelden einzeln nachziehen.

Dabei waren Adam und ich uns doch einig gewesen, dass wir nur Freunde sind. Nicht mehr. Aber warum kribbelte es dann immer noch in meinem Bauch, wenn ich an die letzte Nacht dachte?

Oder daran, wie selbstverständlich Adam mich zuerst zum Wohnheim gefahren und mich dann sogar noch bis vor meine Zimmertür gebracht hatte. Irgendetwas veränderte sich zwischen uns, und ich war mir nicht sicher, ob ich dafür bereit war.

»Huhu.« Plötzlich wedelte jemand mit der Hand vor meinem Gesicht herum.

»Madison«, rief ich erstaunt. »Was machst du hier?«

»Hallo? Du kannst deiner Mitbewohnerin nicht ein Foto von Adam und dir schicken und dann nicht mehr antworten.«

»Sorry, ich musste arbeiten.«

»Ehrlich gesagt sah es gerade aus, als würdest du vor dich hin träumen.«

»Hab ich nicht.«

»Machst du mir eines dieser fancy Teegetränke und erzählst mir dann alles? Ach ja ...« Sie lehnte sich über den Tresen und flüsterte: »Und herzlichen Glückwunsch zur bestandenen ersten Aufgabe.«

Ich warf einen Blick zu Francesco, mit dem ich heute zusammenarbeitete. »Ist es okay, wenn ich kurz Pause mache?«

»Klar doch«, sagte er mit seinem Akzent, den ich unglaublich niedlich fand. Er war Italiener und dank eines Auslandssemesters hier. »Ist sowieso gerade nichts los. Ich rufe nach dir, wenn ich Hilfe brauche, *Ciccina.*« Francesco nannte *alle* Ciccina oder Ciccino, wie mir bereits aufgefallen war. Und ich sollte ihn unbedingt fragen, was das bedeutete.

Ich bereitete Madisons Getränk zu. Sie wartete auf der anderen Seite des Tresens, schnappte sich ihren Tee und zog mich am Unterarm mit sich zum erstbesten freien Tisch. »Sag mal, sprühst du dich mit irgendwelchen Lockstoffen ein, oder warum fahren alle Kerle auf dich ab?«, fragte sie, sobald wir saßen.

»Hä? Wer denn?«

»Na, der Typ hinter dem Tresen.«

»Francesco?« Ich lachte. »Nee, der hat mir zuvor von seinem Freund erzählt, der ihn später abholt.«

»Oh. Und was war gestern mit Javier? Ich hab euch nebeneinanderstehen gesehen.«

»Von deinem Couchtisch-Podium aus?«, fragte ich.

»Haha, ja, genau.«

»Zwischen Javier und mir war nichts. Wir haben uns nur unterhalten, er hat mir ein Bier gebracht und dann sind Adam und ich auch schon losgezogen, um die Aufgabe zu lösen.«

»Was uns zum spannenden Teil dieses Gesprächs bringt. Adam Carter.« Sie schlürfte einen Schluck Tee mit ihrem Strohhalm. »Lecker.«

Ich sah meine Mitbewohnerin mit gerunzelter Stirn an. »Wieso nennst du ihn eigentlich immer bei Vor- und Nachnamen?«

»Tu ich das?«

»Ja. Es klingt, als würdest du von einem Popstar oder so sprechen. Sieh mal, da vorn steht Harry Styles.«

Sofort drehte Madison sich um. »Wo?«

Ich lachte laut los. »Das war nur ein Beispiel. Ersetz Harry Styles durch Adam Carter und du verstehst mich.«

»Man bricht keine armen Fanherzen, indem man erzählt, dass Harry Styles hier irgendwo herumläuft!«

»Ich bin ja mehr der Louis-Tomlinson-Fan«, sagte ich mit einem Schmunzeln.

»Ich wusste ab dem ersten Moment, warum du mir so sympathisch bist«, sagte Madison.

»Danke.«

»So, und jetzt hör auf abzulenken und erzähl mir, was mit Adam gelaufen ist.«

»Zwischen uns ist gar nichts gelaufen. Wir sind gemeinsam mit seinem Wagen nach Greenwich, haben dort im Auto geschlafen, am nächsten Morgen das Foto geschossen und sind wieder zurück an den Campus, weil ich – tada – heute arbeiten muss.«

Sie trommelte mit ihren Fingernägeln auf dem Tisch herum. »Und das war alles? Kein Rumknutschen? Nichts?«

Eine Gänsehaut kroch über meinen Körper. Genau in dem Moment, als ich an die unweigerliche Nähe im Auto dachte. Wie aufregend, aber doch vertraut es gewesen war, neben ihm zu schlafen. Und wie schnell mein Herz geklopft hatte, nur weil er neben mir gelegen hatte. »Nein. Einfach nur zwei Freunde, die gemeinsam die erste Aufgabe bei Bullshit-Bingo gelöst haben.«

»Adam hat mir kein Foto geschickt. Er wird also eher deinetwegen den Roadtrip gemacht haben und nicht wegen des Spiels. Das sind doch gute Nachrichten, oder?«

»Was habe ich nicht?« Natürlich musste Adam mal wieder wie aus dem Nichts hinter Madison auftauchen. Wie machte er das? Lag er den ganzen Tag irgendwo auf der Lauer?

»Adam.« Meine Mitbewohnerin wirbelte herum. »An Bullshit-Bingo teilgenommen.« Sie drehte sich wieder zu mir um. »Warum sagst du mir nicht, dass er hinter mir steht?«

Entschuldigend hob ich meine Hände an. »Er kam aus dem Nichts. Wie ein Zauberer.«

Adam grinste, und nicht zum ersten Mal fiel mir auf, wie gut er aussah. Mein Bauch machte auch wieder diese kribbeligen Sachen. Vielleicht hatte ich mir einen Bandwurm oder so eingefangen.

»Ich bin eben ein ziemlich magischer Kerl.«

»Und verdammt eingebildet«, sagte Madison. »Aber danke, dass du Haley sicher nach Greenwich und wieder zurück gebracht hast.« Danach schlug sie sich die Hand vor den Mund. »Eigentlich darf ich ja gar nicht verraten, wer beim Spiel mitmacht.«

»Nicht?«, fragte ich verwirrt nach.

»Geheimhaltung und so.«

»Na ja, Adam war dabei, als ich die Aufgabe gelöst habe. Ich denke, er hat also durchaus mitbekommen, dass ich am Spiel teilnehme.«

Sie winkte ab. »Jaja, ich weiß. Nur *ich* darf nicht rumposaunen, wer welche Aufgabe gelöst hat, oder in der Verbindung rumerzählen: *Haley macht beim Spiel mit.*«

»Du nimmst die Sache echt ziemlich ernst«, sagte Adam zu ihr. »Und um auf deinen Dank zurückzukommen: Es war selbstverständlich, dass ich Haley begleite. Wir sind gute Freunde. Da macht man so etwas. Auch wenn es eine ziemlich lahme Aufgabe bei einem noch lahmeren Spiel war.«

»Was willst du mir damit sagen, Carter? Dass du meine Organisation schlecht findest?«

Zum Glück rief Francesco nach mir, da sich vor dem Tresen eine lange Schlange gebildet hatte, und ich musste mir Madisons und Adams gleich folgendes Wortgefecht nicht anhören. »Ich lasse euch beide das in Ruhe ausdiskutieren«, sagte ich und sprang auf. »Francesco braucht meine Hilfe.«

Ich winkte ihnen und drehte mich um, hörte sie aber noch reden. »Wie hast du es bei den lahmen Fragen geschafft, überhaupt jemanden zum Mitspielen zu animieren? Oder sind nach der gestrigen Ziehung alle ins Bett gegangen, weil sie die Aufgabe zu öde fanden?«, fragte Adam.

»Ich hab es kapiert, Carter. Du findest das Spiel lächerlich und meine Aufgaben ebenfalls.«

Kopfschüttelnd lief ich zu Francesco, war aber in Gedanken immer noch bei Madison und Adam. Ob die beiden sich jemals vertragen würden?

KAPITEL 15

»Gleich schlafe ich ein«, murmelte Yuna. Sie lehnte ihren Kopf gegen meine Schulter.

»Setz dich gerade hin«, flüsterte ich zurück. »Ich schreibe für dich mit, aber nur, wenn du nicht schnarchst.«

Ich studierte nun bereits über einen Monat an der *Penn*. Und ich liebte alles daran. Vor allem die Vorlesungen, die ich gemeinsam mit Yuna besuchte. Nur leider lenkte sie mich manchmal zu sehr vom Unterricht ab, und obwohl sie mir lieber von ihren Dates mit Alma erzählte, als sich auf den Dozenten zu konzentrieren, war sie meine beste Freundin geworden und ich verbrachte auch außerhalb des Vorlesungssaals viel Zeit mit ihr. Da Madison oft im Verbindungshaus bei Piper oder Colton war, fand ich es gut, dass ich noch eine Freundin außerhalb der Verbindung hatte. Auch mit den Leuten im Coffeeshop verstand ich mich gut, allen voran Adam. Wahrscheinlich, weil ich die meisten Schichten gemeinsam mit ihm hatte. Was mir gut gefiel. Wir harmonierten perfekt hinter dem Tresen, und wir hatten zu unserer alten Freundschaft zurückgefunden. Dieses hin und wieder aufkeimende Kribbeln ignorierte ich weiterhin hartnäckig. Vielleicht sahen wir uns zu oft? Er lief mir auf dem Campus über den Weg, er war Mitglied in der Verbindung und wir arbeiteten zusammen. Und das Schlimmste daran war: Ich *wollte* ihn ständig um mich haben. Weil er ein Stückchen Heimat war.

Mir fiel der Stift aus der Hand. Mist. Jetzt war ich mit meinen Gedanken abgedriftet. Von wegen, ich schrieb für Yuna und mich mit.

Der Dozent warf mir einen kurzen Blick zu, fuhr dann aber mit seinen Ausführungen fort, und ich konzentrierte mich bis zum Ende der Stunde wieder auf das Wesentliche: mein Studium. Die Vorlesung endete schneller als gedacht, und nachdem ich Yuna mit einem Ellbogenrempler aus ihrer Trance geholt hatte, fing sie endlich an, ihre Sachen zusammenzupacken. »Vielleicht bin ich doch nicht zum Studieren geboren«, murmelte sie.

»Ich glaube eher, du sollest nicht bis spät in die Nacht mit Alma rumknutschen.«

»Aber sie küsst so gut«, jammerte Yuna.

»Erzähl das bitte nicht mir. Ich wurde das letzte Mal auf dem Abschlussball von Will geküsst. Danach ist in diese Richtung absolut nichts mehr passiert.« Was traurig war. Ich war jung, Single und außerdem am College.

Yuna schulterte ihren Rucksack und ich meine Tasche. »Bist du noch traurig wegen der Trennung?« Gemeinsam machten wir uns auf den Nachhauseweg.

»Nein.« Das war ich wirklich nicht. »Aber ich vermisse es irgendwie, in einer Beziehung zu sein. Will und ich sind früh zusammengekommen. Wir haben alle unsere ersten Male miteinander erlebt, aber der zu erwartende Herzschmerz nach dem Beziehungsaus ist irgendwie ausgeblieben. Ich hatte nie das Gefühl, mich heulend ins Bett zu legen und tonnenweise Eiscreme in mich hineinstopfen zu müssen.« Zumindest nicht mehr Eis als sonst.

»Du Glückliche.« Yuna seufzte laut. »Vermutlich, weil ihr euch im Guten getrennt habt.«

»Kann sein.«

»Telefoniert ihr noch?«

Ich schüttelte den Kopf. »Wir simsen. Reden über die Uni, unsere neuen Freunde.«

»Hast du ihm von Adam erzählt?«

»Wieso sollte ich?«

»Weil ihr alle aus der gleichen Kleinstadt kommt? Er kennt ihn doch bestimmt.«

»Ja, sie waren jedoch nie miteinander befreundet«, murmelte ich ausweichend. Ich wollte jetzt nicht mit der Geschichte anfangen, dass Adam sich vor seinem Weggang an die Uni wie ein Arsch aufgeführt hatte und Will und er sich wegen Adams unmöglicher Art mir gegenüber nicht gemocht hatten. »Aber reden wir nicht mehr über Adam.« Er nahm sowieso schon einen viel zu großen Platz in meinem Herzen ein.

»Also, steht heute wieder eines eurer freitäglichen Verbindungstreffen an?«, fragte Yuna. »Oder hast du Zeit für einen Netflix-Abend?«

»Verbindungstreffen.«

»Und du willst mir nicht erzählen, was ihr da immer macht?«

»Natürlich will ich es dir erzählen. Ich darf aber nicht.«

»Solange ihr keine Tieropfer bringt, kann es nicht so schlimm sein«, sagte sie.

Ich lachte laut auf. »Ich bin immer noch keinem religiösen Geheimbund beigetreten, sondern nur einer Studentenverbindung. Was geht in deinem Kopf vor?«

»Einiges.« Dann stieß sie mich mit der Hüfte an. »Und jetzt lass uns nach Hause gehen und ein cooles Outfit für die Party raussuchen.«

Dieses Mal stand ich ganz allein vor dem Verbindungshaus, da Madison den Nachmittag mit Colton verbracht hatte. Ich starrte auf die imposante Eingangstür und schaffte es einfach nicht, den Türknauf zu drehen.

»Na, traust du dich nicht rein?«

Ich wirbelte herum und sah mich Javier gegenüber, der mich verschmitzt anlächelte.

»Whoa«, rief ich laut aus. »Hast du mich erschreckt.«

»Sorry, wollte ich nicht.« Er kam näher. »Lange nicht gesehen.«

Zwei Wochen, um genau zu sein. »Du weißt, dass du nicht nur zu den Partys hierherkommen darfst, oder?«

»Klar.« Ich wollte nur nicht.

»Ich mache gern meine Hausaufgaben hier in der Bibliothek. Wenn nicht gerade jemand auf die Idee kommt, eine Partie *Mario Kart* anzuzetteln, lernt es sich entspannter als auf dem Campus.«

Ich betrachtete ihn neugierig. »Du wohnst also nicht hier?« Irgendwie hatte ich das angenommen.

»Das tun die wenigsten, außer man engagiert sich. Wie zum Beispiel der Verbindungspräsident. Seine Stellvertreterin. Der Kassierer. Schriftführer und so weiter.«

»Klingt anstrengend.«

»Finde ich auch. Deshalb bin ich lieber nur normales Mitglied und helfe höchstens beim Aufräumen nach einer Party.«

»Ich denke, deine Strategie ist auch etwas für mich.«

Er zwinkerte mir zu. »Also, wollen wir reingehen?«

»Okay.«

Javier ging voraus, öffnete die Tür und ließ mir dann den Vortritt. Im Inneren des Verbindungshauses war schon eine Menge los, aber ich sah keine bekannten Gesichter.

»Was wollen wir machen, bis es losgeht?«, fragte er mich. »Ich würde sagen, dass wir uns ein Bier holen könnten, aber dann muss man vielleicht wieder den Bundesstaat verlassen, was alkoholisiert etwas schwierig wird. Besser wir trinken erst nach der Ziehung.«

»Guter Plan«, sagte er. »Hast du die erste Aufgabe gelöst?«

»Darf ich das verraten? Oder ist das gegen die Spielregeln?«

»Vermutlich ist es besser, wir halten uns so bedeckt wie möglich.« Er beugte sich verschwörerisch zu mir hinab. »Nicht dass uns noch jemand unsere Bingo-Karte klaut, nur weil wir in Führung liegen.« Man sah Javier an, dass er die hunderttausend Dollar unbedingt gewinnen wollte. Und da war er nicht der Einzige. Wahrscheinlich wollte jeder den Gewinn einsacken, der nicht in eine Familie mit ein paar Millionen auf dem Konto geboren worden war. Wobei reiche Leute sicherlich auch teilnahmen – wegen des Nervenkitzels.

»Hast recht«, stimmte ich ihm zu. »Meinst du, wir schaffen noch eine Runde *Mario Kart?* Zur Beruhigung?«

»Glaub mir, mich stachelt das eher an. Aber ich sehe gern zu.«

Gemeinsam gingen wir zur Bibliothek, und noch bevor ich den Raum betrat, wusste ich, dass Adam sich darin befand. Allerdings spielte er nicht, sondern lehnte an einem der Bücherregale und wischte auf seinem Smartphone herum. Er trug ein kurzes schwarzes T-Shirt und seine Oberarme spannten sich bei jeder Bewegung an. Ich konnte meinen Blick einfach nicht von ihm abwenden.

»Wie ich sehe, ist *Mario Kart* gerade uninteressant geworden«, sagte Javier.

»Was? Wieso?« Verwirrt sah ich zu ihm auf.

»Na ja, so wie du Adam anstarrst …«

Ich stemmte die Hände in die Hüften. »Ich starre ihn so was von überhaupt nicht an. Er ist eben einfach ziemlich auffällig mit den bunten Tattoos auf den Armen«, versuchte ich mich rauszureden. »Und ich mag Marvel.«

»Seit wann, Prinzessin?« Ich wirbelte herum und stand nun plötzlich Adam gegenüber. Warum tauchten immer alle Leute wie aus dem Nichts auf? Oder war das eher so eine typische Adam-Sache?

Mit dem Finger pikste ich ihm in die Brust, die sich verdammt fest anfühlte. »Musst du dich so anschleichen?«

»Ich bin nicht geschlichen, sondern einfach ganz normal gegangen«, sagte er. »Aber mal ernsthaft: Seit wann magst du Marvel?«

»Seit East mich auf den Geschmack gebracht hat.«

»Und was ist mit dem Disney-Kram?«

»Man kann doch auch Flynn Rider und den Winter Soldier mögen.«

»Du stehst also auf die Bösen?«, fragte er.

»Bucky ist nicht böse. Genauso wenig wie Flynn.«

»Wer auch immer das ist.«

»Du … du kennst *Rapunzel* nicht? Mal ernsthaft, was läuft bei dir schief?«

Er verschränkte die Arme vor der Brust. »Ich stehe eben nicht auf Kinderfilme.«

Kinderfilme?

»Adam«, fauchte ich, »ich glaube, ich habe dir schon hundertmal erklärt, dass Disney eine Lebenseinstellung ist.«

Er lächelte dieses arrogante Lächeln, das ich so sehr an ihm hasste. »Klar doch.«

Ich drehte mich zu Javier um, der Adam und mich neugierig betrachtete. »Unglaublich, dieser Kerl!«

»Ich finde eher euch beide in Kombination unglaublich.«

»Hä, warum?«

»Ach, nur so. Ich hole mir mal was zu trinken.« Er drehte sich um und lief davon.

»Na toll.« Ich wandte mich wieder Adam zu. »Jetzt hast du ihn verjagt. Er ist der einzige Kerl hier, der bisher so etwas Ähnliches wie Interesse an mir gezeigt hat. Vielleicht wäre er meine große Liebe geworden.«

Adams Augenbrauen verschwanden beinahe unter seinem Haaransatz. »Sag mal, spinnst du? Du schaffst es ganz allein, Leute zum Flüchten zu bringen. Ich hab damit nichts zu tun.«

»Was willst du mir damit sagen?«, fragte ich gefährlich leise und ballte meine Hände zu Fäusten.

Beschwichtigend hob Adam seine Hände. »Gar nichts. Nur dass du manchmal so eine Art an dir hast, die es anderen …«

»Was?«, blaffte ich ihn an. »Es ihnen leicht macht, mich zu verlassen?« Keine Ahnung, warum ich plötzlich so überreagierte, aber hin und wieder war Adam immer noch wie ein rotes Tuch für mich. Und ich der Stier, der einfach ohne ersichtlichen Grund wütend wurde.

Adam sah aus, als hätte ich ihn geschlagen. Er öffnete immer wieder den Mund, doch kein Ton kam heraus.

»Weißt du, was?«, schrie ich. »Du hast recht. Sogar meine eigene Mom ist vor mir davongelaufen. Du ebenfalls. Und dann noch Will. Meine Bilanz, Leute zu vergraulen, ist wirklich erschreckend hoch.«

»Hey, Haley«, flüsterte Adam und zog mich zur Seite. Die ersten Leute starrten uns schon an, und ich war Adam dankbar dafür, dass er mich aus der Schusslinie brachte. »Vergiss, was ich gesagt habe. Du bist ein großartiger Mensch, und jeder, der das nicht kapiert, hat dich sowieso nicht verdient. Es tut mir leid.«

Ich kaute auf meiner Unterlippe herum, unfähig, irgendetwas zu erwidern. Doch das war auch nicht nötig, denn Adam übernahm das Sprechen für mich. »Deine Mom hat es versaut. Und ich ebenfalls, aber bei einer Sache kannst du dir sicher sein: Ich mache den gleichen Fehler kein zweites Mal, okay? Ich werde nicht wieder auf Abstand gehen.«

»Wirklich?« Alles in mir sträubte sich davor, Adam zu glauben. Doch ich wollte es. So, so sehr.

»Versprochen.«

»Danke«, flüsterte ich leise.

Adam griff nach meiner Hand. »Alles wieder gut zwischen uns?«

»Ja, ich denke schon. Mir tut es übrigens auch leid. Ich bin wirklich gut im Austeilen, aber erstaunlich mies im Einstecken.«

Mit dem Daumen streichelte er über meinen Handballen. »Jeder hat seine Schwachstellen. Und ich weiß, dass du bei diesem Thema etwas empfindlich bist. Ich hätte nichts sagen sollen.«

»Wenn man sich so gut kennt, ist es leicht, den anderen genau dort zu treffen, wo es wehtut.«

Adam zog mich in eine Umarmung und ich ließ mich darauf ein. »Glaubst du mir, wenn ich dir sage, dass ich es nicht mit Absicht getan habe?« Ich spürte, dass er mir einen Kuss aufs Haar drückte.

»Natürlich weiß ich das.« Und dann schlang ich meine Arme um ihn. Scheiß auf die Zehn-Sekunden-Regel. Adam war es wert, sie zu brechen.

KAPITEL 16

Als das Spiel losging, führte Adam mich ins Wohnzimmer. Nachdem wir uns lange umarmt hatten, standen wir nun mit einem gewissen Abstand nebeneinander. Den brauchte ich auch, denn mein ganzer Körper sehnte sich nach seiner Nähe. Und das war nicht gut. Gar nicht gut.

Dieses Mal machte Madison keine so große Show aus der Ziehung, sondern langte einfach in den Lostopf und las die nächste Aufgabe laut vor. »Verbringe vierundzwanzig Stunden mit einer Person, die dich an deine Grenzen bringt.«

»Was soll das bedeuten?«, rief jemand.

Madison wirkte ein wenig genervt von der Zwischenfrage. »Na, dass du dich nicht mit deiner besten Freundin zusammenkettest, sondern mit jemandem, vor dem du die meiste Zeit am liebsten davonlaufen würdest.«

»Definiere zusammenketten?«, fragte jemand anderes.

Nun grinste Madison und stieg vom Couchtisch. Kurz darauf stand sie mit Handschellen in der Hand da. »Der Schlüssel bleibt bei mir. Ihr dürft ihn nach den vierundzwanzig Stunden wieder abholen.«

Kollektives Raunen ging durch den Raum, und komischerweise stürzte niemand auf sie zu, um die Aufgabe zu lösen.

»Irgendwie …« Ich erkannte Javiers Stimme und sah mich nach ihm um. Er stand ein paar Meter von mir entfernt neben Piper. »… habe ich das System noch nicht verstanden. Heißt das zum Beispiel, wir ketten Carter und Haley aneinander, weil die beiden, weil die beiden ständig streiten?«

»Ja, genau. Oder Adam und Piper.« Madison klimperte mit den Handschellen. »Oder alle drei.« So ziemlich jeder im Raum lachte. Außer Adam, Piper und ich.

»Okay«, sagte Adam leise zu mir. »Dieses Spiel ist lächerlich, und ich finde, du solltest nicht daran teilnehmen. Aber du wärst heute nicht hier, wenn du nicht vorhättest, die Aufgabe zu lösen.« Vor meinem geistigen Auge blinkte die Zahl 100.000 in Neon auf. »Ich bin deine beste Option, denn niemand ärgert dich mehr als ich. Und ich weiß, dass auch Piper dieses Spiel spielt. Wenn ich also nicht in ungefähr fünf Sekunden gemeinsam mit dir in den Handschellen stecke, werde ich davonlaufen, damit niemand anderes auf die Idee kommt, sich an mich zu ketten. Mir ist diese Aufgabe nämlich scheißegal, und ich werde mich bis Montag auch gern in meiner Wohnung verstecken, wenn es notwendig ist.«

Ich packte ihn bei der Hand. »O nein, Adam. Du läufst jetzt nicht davon, bis wir das nicht ordentlich durchdacht haben.«

Er schnaubte spöttisch. »Willst du 'ne Pro-und-Kontra-Liste machen?«

»Warum nicht? Man kann nicht immer alles einfach spontan entscheiden. Manche Entscheidungen haben weitreichende Folgen.«

»Aber sich für vierundzwanzig Stunden aneinanderfesseln zu lassen zählt definitiv nicht dazu.«

Warum machte mich Adam immer so wütend? »Das sagst du nur, weil dir dein Leben lang immer alles in den Schoß gefallen ist.«

»Hallo? Denkst du, dass ich mir nicht den Arsch aufreißen muss? Für mein Studium? Für die Zukunft?«, blaffte er mich an.

Ich bemerkte schon wieder die Blicke der Umstehenden auf mir, aber es war mir egal, was sie davon hielten, dass Adam und ich ständig aneinandergerieten. So war das eben mit uns.

»Ehrlich gesagt denke ich genau das.«

»Ernsthaft? Und als Nächstes behauptest du wahrscheinlich noch, dass ich mit meinen Dozentinnen schlafe, um gute Noten zu bekommen.«

Ich verdrehte die Augen. »Hab ich nie gesagt.«

»Aber gedacht.«

»Und selbst wenn, wirst du es nie erfahren.«

»Manchmal frage ich mich ernsthaft, warum wir befreundet sind.«

»Komm schon, tief in dir drin weißt du, dass es dir Spaß macht, dich mit mir zu streiten.«

Er biss sich auf die Unterlippe und schwieg. Ich starrte ihn an und dachte darüber nach, was ich tun sollte. Im Leben gab es Momente, die stellten die Weichen für die Zukunft. Und wenn sowieso schon alle in der Verbindung dachten, dass mich vierundzwanzig Stunden mit Adam an meine Grenzen bringen würden, dann könnte ich mich ja tatsächlich darauf einlassen. Denn ich wüsste nicht, wer sonst dafür infrage kam. Eigentlich niemand, wenn ich ehrlich war. Deshalb packte ich Adam beim Unterarm und zog ihn mit mir nach vorn zu Madison.

»Was hast du vor?«, zischte Adam, der hinter mir herstolperte. »Willst du mich draußen verprügeln?«

»Hey, du weißt, als Kind war ich der allerbeste Ninja überhaupt. Du solltest dich also nicht mit mir anlegen.« Madisons Blick fiel auf mich, während ich Adam hinter mir her in ihre Richtung zog. »Wir machen es«, rief ich.

Sie sah mich zweifelnd an. »Sicher?«

Ich nickte.

»Du auch, Adam?«

Er grinste mich an. »Für Haley tu ich doch alles.«

»Okay, dann habe ich euer beiderseitiges Einverständnis.« Danach wandte sie sich an die umstehende Menge. »Hat jemand Einwände? Ich denke, die beiden haben demonstriert, dass sie sich in den nächsten vierundzwanzig Stunden nichts schenken werden.«

Von Weitem hörte ich Javier lachen. »O mein Gott. Das ist zu gut. Ich wünschte, jemand würde eure gemeinsame Zeit mit versteckter Kamera filmen.«

Madison zischte: »Wir machen definitiv keine Realityshow aus diesem Spiel.«

Daraufhin zuckte er mit den Schultern und kam näher zu uns. »Ich hoffe, du überlebst das, Bro«, sagte er zu Adam.

»So schlimm bin ich auch wieder nicht.« Beleidigt schob ich meine Unterlippe vor.

»Verstehe mich nicht falsch«, rechtfertigte sich Javier. »Du bist großartig. Und Adam ist … eben Adam, aber ihr beide zusammen.« Er deutete eine Explosion an. »Ihr bleibt doch noch ein wenig und haut nicht sofort ab, oder?«

»Natürlich. Denn dann ist Madison in der Nähe und kann uns befreien.«

»Sehr gut, denn ich werde die Adam-und-Haley-Show sehr gespannt verfolgen.« Nun wackelte Javier auch noch dämlich mit seinen Augenbrauen.

Madison wedelte grinsend mit den Handschellen. »Der Schlüssel bleibt zwar bei mir, aber ich komme jederzeit vorbei, um euch voneinander loszumachen. Ein Anruf genügt.«

»Versprochen?«

»Natürlich.«

»Dann lass es uns tun.« Adam und ich streckten ihr unsere Hände entgegen und kurz darauf klickten die Handschellen.

Eine Stunde später wurde mir klar, dass ich die Sache nicht gut durchdacht hatte. Ich hatte zwei Bier getrunken. Colton war gerade unterwegs, um uns Nachschub zu holen, doch das war keine gute Idee, denn ich sollte nichts mehr trinken. Nie wieder. Oder zumindest nicht in den nächsten vierundzwanzig Stunden. Denn die Getränke mussten ja auch wieder irgendwie aus meinem Körper raus. Und das eher früher als später. Jetzt, um genau zu sein, denn ich musste auf die Toilette. Dringend.

»Warum zappelst du so herum?«, fragte Adam, der lässig an einer Wand lehnte. Es sollte verboten sein, dabei so gut auszusehen.

»Ich muss aufs Klo.«

»Oh.« Kurz sah er mich schockiert an, dann lachte er. »Scheiße, daran habe ich nicht gedacht.« Er warf den Kopf in den Nacken, und dann brüllte er so richtig los. »Ich kann es nicht glauben.«

»Schön, dass du dich so amüsierst.«

»Aber es ist so witzig. Letztens musste ich mich mindestens fünf Fuß von dir entfernen und mir die Ohren zuhalten, während du hinter einen Busch gepinkelt hast. Wie soll das heute funktionieren?«

»Das weiß ich auch nicht«, grummelte ich und atmete tief durch. »Ich werde es ... einfach rausschwitzen.«

Meine Worte brachten Adam nur noch mehr zum Lachen. »Du weißt, dass das nicht funktioniert?«

»Es ist zumindest einen Versuch wert.«

Er stieß sich von der Wand ab. »Komm schon, wir gehen die Sache lieber früher als später an.« Und weil ich keine Wahl hatte, außer ihm zu folgen, ließ ich mich von ihm zu einer Toilette im ersten Stock führen. Er öffnete die Tür, ich durfte sogar zuerst hindurchgehen, und dann schloss er hinter uns ab.

»Okay, wie machen wir das?«, fragte er mich.

»Keine Ahnung.«

»Soll ich zuerst?«

Ich riss die Augen auf. »Du musst auch?«

»Na, wenn ich schon mal hier bin.« Er führte beide Hände zu seinem Hosenknopf, und weil ich ja mit einer Hand mit dranhing, befanden sich meine Finger in unmittelbarer Nähe seines Reißverschlusses.

»Adam?«

Er hielt inne. »Ja?«

»Falls ich dich irgendwo unsittlich berühre, tut es mir leid.«

Ich sah ihm ins Gesicht und entdeckte, dass seine Mundwinkel zuckten. »Glaub mir, damit komme ich klar.«

»Okay, dann mach weiter.« Ich schloss die Augen und ließ ihn an seiner Hose herumfummeln.

»Ich muss mich jetzt umdrehen.« Seine Stimme war leise und sanft. Und es klang, als würde er mir die Worte direkt ins Ohr flüstern.

Ich konnte nicht glauben, dass diese Situation tatsächlich genau so passierte. »Jaja, mach nur.« Ich öffnete meine Augen einen Spalt und sah, dass er die Hand, an der wir verbunden waren, hinter seinem Rücken hielt. Ich machte einen Schritt zurück, um ihn so viel Privatsphäre wie nur möglich zu geben. Kurz darauf hörte ich das typische Plätschern. »Du pinkelst also im Stehen?«

»In meiner Wohnung beschwert sich niemand darüber.« Es folgte ein belustigtes Schnauben. »Und normalerweise bin ich dabei sogar allein.«

Er spülte und ich spürte, wie er an seiner Hose herumzerrte. »Ich hoffe, ich kugle mir nicht die Schulter aus.« Erst danach drehte er sich zu mir um und sah nach unten. »Ich müsste dann mal wieder.«

»Was?«

»Die Hose zumachen.«

»Das ist das seltsamste Gespräch, das ich jemals geführt habe«, sagte ich.

»Dito.« Er führte die Hand wieder zu seinem Reißverschluss und machte ihn zu.

»Und jetzt?«, fragte ich.

»Bist du dran.«

Ich seufzte laut. »Ich hoffe, wir sind bis morgen ein gut eingespieltes Team.« Zum Glück trug ich wieder ein Kleid, weshalb ich nur mein Höschen nach unten ziehen musste. »Bist du so freundlich und schließt die Augen?«

»Natürlich, Prinzessin.« Er wandte sogar den Kopf in die andere Richtung. Ich schob meine Unterhose nach unten und setzte mich. Ich atmete ein paarmal tief durch und dann legte ich los. Mir entkam ein Seufzer der Erleichterung.

»So gut?«, fragte Adam mit deutlich hörbarer Belustigung in der Stimme.

»Besser«, sagte ich. »Und jetzt halt die Klappe, damit ich vergesse, dass ich gerade mit dir auf der Toilette bin.« Ich wollte die Sache nur schnell hinter mich bringen. Einhändig Klopapier abzurollen war eine Sache, die ich dringend trainieren sollte, aber ich schaffte es zum Glück. Genauso wie im Anschluss zu spülen und mich einhändig wieder anzuziehen.

»Fertig.« Ich sah an mir runter. »Ich hoffe, mir steckt das Kleid nicht in der Unterhose«, murmelte ich.

»Erinnert mich an alte Zeiten«, sagte er.

»Manchmal bereue ich, dass wir uns hier wiedergetroffen haben.«

»Belüg dich nicht selbst.« Wir gingen zum Waschbecken und wuschen uns gemeinsam die Hände, was mich mehr amüsierte, als es sollte. Adam zwinkerte mir aus dem Spiegel entgegen und wirkte mindestens so gut gelaunt wie ich. »Bis morgen sind wir Profis«, sagte er.

»Das will ich doch hoffen.« Ich sah Adam durch den Spiegel an. »Und jetzt?«

»Holen wir uns das Bier, mit dem Colton bestimmt schon auf uns wartet.« Wir verließen die Toilette und gingen dann zurück zu der Wand, an der Adam zuvor so lässig gelehnt hatte. Dort standen Colton und Madison.

»Naaaa?«, fragte meine Mitbewohnerin, als wir wieder zu ihnen kamen. »Kleiner Quickie auf dem Klo?«

»Schön wär's gewesen«, murmelte ich. »So war es einfach nur peinlich. Was zur Hölle hast du dir bei diesen Aufgaben gedacht? Hattest du bei der Planung so eine Situation im Kopf?«

Madison hielt mir eine Bierflasche entgegen. »Ehrlich gesagt nicht.« Sie grinste.

Adam streichelte mit seinem Daumen über meinen Handrücken. »Können wir mal über die Sache mit dem Quickie sprechen? Für mich hat sich das eben so angehört, als wärst du nicht ganz abgeneigt gewesen.«

Ich verdrehte nur die Augen. »Das werden verdammt lange vierundzwanzig Stunden.«

Colton klopfte ihm auf die Schulter. »O ja, das denke ich auch.« Er reichte Adam die Bierflasche, die er für ihn besorgt hatte.

»Danke. Das kann ich brauchen«, sagte er.

Wir stießen an. »Keine Ahnung, auf was wir trinken sollen«, sagte Madison. »Dass Haley und Adam sich nicht umbringen?«

Ihr Freund lachte.

Adam neigte den Kopf und sah mich mit einem liebevollen Gesichtsausdruck an. »Ach, wir schaffen das schon. Da bin ich mir ganz sicher.«

Ganz so zuversichtlich wie er war ich leider nicht, aber zumindest war ich motiviert. Diesen Effekt hatte die Aussicht auf hunderttausend Dollar auf mich.

KAPITEL 17

»Weißt du«, sagte ich zu Adam, als wir gemeinsam die WG betraten, »eigentlich nehme ich Jungs nicht beim ersten Date mit auf mein Zimmer, aber bei dir mache ich eine Ausnahme.« Mir würde ja auch gar nichts anderes übrig bleiben. Immerhin waren wir beide immer noch aneinandergekettet.

»Einspruch.« Adam blieb vor der Tür zu meinem Zimmer stehen und ich drehte mich zu ihm um.

»Wogegen?«

»Es ist unser drittes Date. Nummer eins: *Blue Cross RiverRink Summerfest.* Nummer zwei: unser Ausflug nach Greenwich. Nummer drei: der heutige Abend.«

Ich lachte auf. »Das zählt alles nicht.«

»Klar doch.«

»Aber wir waren uns einig, dass das keine Dates waren. Vor allem nicht die Sache mit dem Rollschuhfahren.«

»Du warst dir einig. Ich hab nur zugestimmt, damit du nicht jammerst.«

Ich pikste ihm mit der Hand, an der wir verbunden waren, in die Brust. »Das stimmt nicht. Ich jammere nie.«

»O doch. Und du merkst es nicht mal.« Er leckte sich mit der Zungenspitze über die Lippen, und ich starrte möglicherweise einen Moment lang sehr intensiv auf seinen Mund.

»Kann ich ja auch gar nicht«, sagte ich abgelenkt. »Weil ich nicht jammere.«

»Rede dir das nur ein, Prinzessin.« Er hob die Hand und streichelte mit den Fingern über meine Wange. »Aber weißt du, was?«

Ich schüttelte den Kopf, da mir das Reden plötzlich schwerfiel. Wenn Adam mich so durchdringend musterte, schaltete mein Gehirn offensichtlich ab.

»Ich mag unsere Wortgefechte. Und auch, weil du anders als die anderen Mädchen bist.«

»Bin ich das?«, fragte ich flüsternd.

»Ja.«

Für eine Sekunde schlug ich die Augen nieder, weil ich der Intensität seines Blickes entkommen wollte. »Und wie bin ich?« Ich konnte nicht anders, ich musste einfach nachfragen.

Adam legte die Finger unter mein Kinn und mit sanftem Druck forderte er mich dazu auf, ihn wieder anzusehen. »Du bist einfach *meine* Haley. Laut. Manchmal chaotisch. Aber verdammt liebenswert.«

Ich wusste nicht, was ich auf seine Worte erwidern sollte. Und noch viel weniger, wie ich damit umgehen sollte, dass mich Adams Lippen wie magisch anzogen. Mein klopfendes Herz übernahm die Kontrolle über meinen Körper, ich stellte mich auf die Zehenspitzen und war seinem Mund plötzlich ziemlich nahe. Auch meine freie Hand verselbstständigte sich, wanderte in seinen Nacken, und dann zog ich ihn zu mir und überwand die letzte Distanz zwischen uns. Das erste Aufeinanderprallen unserer Lippen war nicht besonders geschickt. Ich würde es nicht einmal romantisch nennen. Geschockt von mir selbst, wollte ich mich zurückziehen, doch Adam schüttelte den Kopf. »Tu das nicht.«

Sein Atem streichelte über mein Gesicht. »Was denn?«, wisperte ich.

»Einen Rückzieher machen.« Und dieses Mal war er derjenige, der die Initiative ergriff. Er verschloss meinen Mund mit seinem, und ich genoss das Gefühl seiner weichen Lippen auf meinen, genauso wie das Kribbeln, das über meinen Körper wanderte, als er seine Zunge in meinem Mund schob. Mit meinen Fingern wühlte ich in seinem Haar herum. Ich war vielleicht etwas grob, aber ich musste mich einfach irgendwo festhalten, um nicht den Boden unter den Füßen zu verlieren.

Kein erster Kuss hatte sich jemals besser angefühlt als dieser hier. Vor allem nicht, als Adam mutiger wurde und meine Zunge zum Spielen aufforderte. Wir klammerten uns aneinander fest, während wir unsere aneinandergeketteten Hände zwischen unsere Körper schoben. Ich krallte mich in den Stoff seinen T-Shirts, genauso wie Adam sich an meinem Kleid festklammerte. Vielleicht brauchten wir beide diese groben Berührungen, um uns zu vergewissern, dass keiner von uns beiden aufhören würde. Davonlaufen war in unserem Zustand zwar keine Option, genauso wenig wie eine Flucht aus dem Fenster. Dennoch musste ich den Stoff unter meinen Händen spüren, ich brauchte irgendetwas Greifbares, an dem ich mich festhalten konnte.

Adam küsste sich über meinen Mundwinkel, über meine Wange bis zu meinem Hals und entlockte mir damit ein Stöhnen.

»Verdammt, Haley«, knurrte er und schob mich in Richtung meines Zimmers.

»Was hast du vor?«

»Einen geeigneteren Ort finden, an dem wir das hier fortführen können.« Er verschloss meinen Mund erneut mit seinem, und in meinem Kopf gab es nur mehr einen Gedanken: Wenn dieser Kerl schon so verdammt gut küssen kann, wie würde es erst sein, mit ihm zu schlafen?

Wir machten kein Licht an, dennoch fanden wir küssend und mit geschlossenen Augen den Weg zu meinem Bett. Ich stieß mit den Waden gegen den Bettrahmen und beendete den Kuss schwer atmend. Auch Adams Atem ging erheblich schneller, und er machte die Nähe zwischen uns noch perfekter, indem er seine Stirn gegen meine lehnte.

»Was passiert hier gerade?«, flüsterte ich.

»Etwas verdammt Großartiges«, lautete seine schlichte Antwort.

Ich wollte protestieren, doch wie hätte ich das tun können, wenn es sich für mich genauso anfühlte? »Wir machen also keinen Fehler?«

»Fühlt es sich wie ein Fehler an, mich zu küssen?«

»Nein.«

»Dann ist es auch keiner.« Er sprach die Worte mit einer solchen Endgültigkeit aus, dass ich ihm glaubte. Ich zog ihn mit mir aufs Bett, und wir mussten lachen, als wir ziemlich unsanft darauf landeten. »Und, Haley?«

»Ja?«

»Wir werden heute nichts tun, was dich in irgendeiner Weise dazu bringen könnte, diese Nacht zu bereuen. In Ordnung?«

Konnte ein Mann noch perfekter sein?

»Okay.«

Ich konnte es kaum erwarten, seine Lippen wieder auf meinen zu spüren. Gespannt hielt ich den Atem an, bis er mich erneut küsste, und mich mit seinen Lippen um den Verstand brachte.

Vielleicht war es dumm, aber ich schwor ich mir, nicht darüber nachzudenken, was in diesem Moment zwischen uns passierte. Dafür war es einfach zu schön.

Lautes Klingeln riss mich aus dem Schlaf. Es drang in meinen Kopf, setzte sich dort fest, aber ich schaffte es einfach nicht, richtig aufzuwachen. Dafür lag ich viel zu bequem. Und obwohl ich irgendwo zwischen Wachsein und Schlaf feststeckte, wusste ich genau, dass ich, seitdem ich hier am College war, keine einzige Nacht so tief geschlafen hatte.

In einem Wohnheim war es nie richtig leise. Und wenn man in einem Zimmer lebte, das zur Straße hin lag, kam auch noch der Verkehrslärm dazu. Es gab immer irgendeinen Arsch, dem die Uhrzeit egal war. Doch diese Nacht war ich kein einziges Mal hochgeschreckt.

Das nervige Klingeln meines Smartphones stoppte, fing aber gleich darauf wieder an.

»Willst du nicht rangehen?«, fragte Adam mit vom Schlaf rauer Stimme.

Adam!

Er hatte hier geschlafen – nachdem wir wild miteinander rumgeknutscht hatten. Und jetzt waren wir ein Knäuel aus verschlungenen Gliedmaßen. Wir lagen einander zugewandt da, die Hände, an denen immer noch die Handschellen hingen, lagen über unseren Köpfen. Aber nicht einfach nur nebeneinander. Nein, wir hielten Händchen!

Außerdem hatte ich mich dicht an Adams Körper geschoben, sogar ein Bein über seine geschlungen, während er seinerseits den Arm um mich gelegt hatte.

»Würde ich ja gern«, antwortete ich etwas verspätet. »Aber ich kann mich nicht bewegen.«

Das Klingeln hörte wieder auf.

»Na ja, jetzt ist es ja auch schon egal«, murmelte er und drückte mir einen Kuss auf die Stirn. »Guten Morgen, Prinzessin.«

Ich vergrub mein Gesicht an seiner Brust und er lachte. »Versteckst du dich gerade vor mir?«

»Davonlaufen kann ich ja nicht«, sagte ich und versuchte zu verdauen, warum ich mich in Adams Armen so gut fühlte. So geborgen.

»Bereust du, dass wir uns gestern geküsst haben?«, fragte er mich.

»Nein«, flüsterte ich leise. »Du?« Nervös hielt ich die Luft an.

»Ich auch nicht. Es war schön, und ich habe mir das schon …«

Das Klingeln des Telefons hielt Adam davon ab, seinen Satz zu beenden. Dabei hätte ich so gern gewusst, was er mir sagen wollte.

Laut seufzte ich. »Ich sollte dringend rangehen.«

Adam nickte und wir machten uns voneinander los. Da er am Rand lag, streckte er seine Hand aus dem Bett und kurz darauf landete meine Handtasche auf meinen Bauch.

»Charmant wie immer.« Ich nahm das Smartphone aus der Tasche. Eastons Name stand auf dem Display.

»Hey«, begrüßte ich ihn. »Ich hab noch geschlafen. Wieso rufst du ständig an?«

»Haley, es ist mittags. Studentenleben hin oder her, aber wenn man bei der Schwester anruft und sie geht mittags nicht ans Telefon, dann macht man sich eben Sorgen.« Was irgendwie süß war.

»Du weißt aber schon, dass ich einen Job habe und da zum Beispiel auch nicht ständig ans Telefon gehen kann?«

»Ja, Superhirn.« Er schnaubte. »Aber du hast mir gestern gesimst, dass du das ganze Wochenende frei hast«, beschwerte er sich. »Ich war kurz davor, Adam zu fragen, ob er bei dir vorbeifahren kann.«

Ich fing Adams Blick auf, der einfach nur grinste, sich aber sonst erstaunlich ruhig verhielt. »Jetzt bin ich ja rangegangen.«

»Zum Glück.«

»Was wolltest du überhaupt?«

»Einfach nur quatschen. An den Wochenenden ist es langweilig, seit du nicht mehr zu Hause wohnst.« Das war so etwas wie die Easton-Version eines Ich-vermisse-Dich. Und das gab mir ein gutes Gefühl, denn ich vermisste ihn auch. Wir hatten immer schon viel Zeit miteinander verbracht. Er war nicht nur mein großer Bruder, sondern auch mein bester Freund. Deshalb war es für uns beide nicht leicht, dass wir nun mehrere Autostunden voneinander entfernt wohnten.

»Was hältst du davon, wenn du mal ein Wochenende zu Besuch kommst?«

Für einen Moment blieb es am anderen Ende der Leitung still.

»Das ist eine gute Idee.«

»Aber?« Irgendetwas schwang in seiner Stimme mit.

»Ich weiß nicht, ob es im Moment eine gute Idee ist, Dad allein zu lassen.«

Nervös schielte ich rüber zu Adam, denn ich wollte nicht, dass er etwas von den Problemen zu Hause mitbekam. Seine Eltern und Großeltern wohnten neben uns, und ich wusste, dass weder Easton noch mein Dad davon begeistert wären, wenn sie ihre Hilfe anbieten würden. »Was meinst du damit?«, fragte ich vorsichtig nach.

Easton sprach leise weiter. »Ich hatte gehofft, dass ihn der Verlust seines Jobs ein wenig wachgerüttelt hat, aber im Moment ist das mit der Trinkerei schlimmer als zuvor.«

Ich musste schlucken. »Das ist …«

»… verdammt beschissen«, beendete East den Satz für mich. »Aber mach dir keine Gedanken. Ich gebe mein Bestes und bekomme das hin.«

»Bist du dir sicher?«

»Ja.« Nach einem Moment der Stille sprach er weiter. »Ich hätte nichts sagen sollen. Jetzt machst du dir nur unnötige Sorgen.«

Mein Blick wanderte wieder zu Adam, der ebenfalls sein Smartphone aus der Hosentasche geholt hatte und darauf herumscrollte. Vielleicht war das seine Art, mir ein wenig Privatsphäre zu gönnen.

»Ich habe ein schlechtes Gewissen, weil ich nicht da bin. Meinst du, es hilft, wenn ich ein Wochenende nach Hause komme?«

Easton seufzte laut. Und klang dadurch so gar nicht mehr wie der East, den ich kannte. »Gib mir bis Thanksgiving Zeit. Ich bekomme das hin. Versprochen.«

»Aber du meldest dich, wenn du mich brauchst.« Wenn Dad mich braucht. Aber das konnte ich nicht laut aussprechen. Nicht, solange Adam neben mir saß. »Und wenn du mal ein Wochenende rausmusst, dann kommst du hierher«, sagte ich. »Okay?«

»Auf jeden Fall. Hab dich lieb, Superhirn.«

»Ich dich auch, Rockstar.«

Ich legte auf und ließ das Smartphone in meinen Schoß fallen.

»Ist mit Easton alles in Ordnung?«, fragte Adam und schmiss sein Smartphone neben mein Bett.

Ich runzelte die Stirn. »Mit East?«

»Ja. Es klang, als würdest du dir Sorgen um ihn machen. Und auch ein wenig, als würde er eine Auszeit brauchen.« Er hatte also wirklich nur meine Teile des Gesprächs mitbekommen, was einerseits gut war. Andererseits machte er sich jetzt Sorgen um meinen Bruder.

»Nein, es geht ihm gut.«

Adam zog mich wieder dichter an sich heran. »Sicher? Früher wollte er auch immer weg aus Sheffield, und jetzt ist er der Einzige von uns, der noch immer dort lebt.«

Ich musste lächeln, während ich an den Easton von damals dachte. »Er hatte immer die Hoffnung, dass er mal entdeckt werden würde. Es gibt immer noch tausend Videos von ihm auf sämtlichen Plattformen, in denen er Musik macht.«

Adam nickte. »Leider ist er immer noch nicht der neue Justin Bieber.«

»*Irgendwann, Haley*«, parodierte ich meinen Bruder mit verstellter Stimme, »*werde ich so berühmt sein wie Justin. Und dann haben wir es geschafft.*« Das wäre auch wirklich zu perfekt, wenn ausgerechnet jetzt ein Video von ihm viral gehen und er sich um meine Studiengebühren kümmern konnte. Leider auch utopisch, wenn man seine bisherige Erfolgsquote betrachtete. Da war es noch wahrscheinlicher, dass ich das Bullshit-Bingo gewann. Oder im Lotto.

Plötzlich lachte Adam auf. »Ist dir eigentlich jemals aufgefallen, dass East wie Justin Bieber sein will und du dann seine Haley bist?«

»Erstens: Die schreibt man aber H-A-I-L-E-Y. Und zweitens finde ich den Vergleich daneben. Die beiden sind verheiratet.« Ich verzog das Gesicht. »Irgs.« Und dann schnippte ich Adam mit den Fingern gegen die Nase. »Du bist ein Freak, Carter.«

»Sorry, Prinzessin.«

»Ich kann damit umgehen.«

»Wer sonst, wenn nicht du?« Er grinste mich an. »Also, ist mit East alles okay?«

»Ja.« Nachdenklich sah ich Adam an. »Aber weißt du, was mich wirklich wundert?«

»Was denn?«

»Du hast dich während des Telefonats erstaunlich ruhig verhalten. Das bin ich nicht von dir gewohnt.«

Er verdrehte die Augen. »Mit was hast du denn gerechnet? Dass ich lautstark durch Telefon brülle, dass ich mit dir im Bett liege?«

»So ungefähr.«

»Haley, ich bin doch nicht dumm. Wenn East wüsste, dass ich mit dir in einem Bett geschlafen habe, würde er mich töten.«

»Ähm, nein. Ganz sicher nicht.« So war mein Bruder nicht. Er hatte auch niemals ein Problem damit gehabt, wenn Will bei mir geschlafen hatte. »Das bildest du dir ein.«

»Gut, vielleicht würde er mich nicht gerade töten, aber bestimmt eindringlich darauf aufmerksam machen, dass ich meine Finger von dir lassen soll.«

Auch das könnte ich mir nicht wirklich vorstellen, deshalb schüttelte ich den Kopf. »Nein.«

»Haley.« Er sprach meinen Namen sehr sanft aus. »East will definitiv nicht, dass zwischen uns etwas läuft, weil er es mir gesagt hat.«

Schockiert sah ich ihn an. »Wann?«

»Ist schon eine Weile her.«

»Definiere eine Weile. Stunden? Tage? Monate?«

Adam kämmte sich mit den Fingern durchs Haar. »Jahre.«

»Wie bitte?« Ich konnte Adam nur geschockt anstarren. »Jahre?«, wiederholte ich und glotzte ihn nur weiterhin dämlich an, da ich seine Worte zwar hörte, aber nicht verstand.

»Jetzt schau nicht so.«

»Wie denn?«

»Schockiert.«

»Aber ich bin schockiert.«

Adams wanderte mit seiner Hand zu meinem Gesicht und er strich mir eine Haarsträhne aus der Stirn. »Ist es so schwer zu glauben, dass ich dich toll finde?« *Finde.* Nicht fand.

»Ich ... Adam, ich bekomme das in meinem Kopf echt nicht zusammen. Du hast nie so gewirkt, als würdest du mich mögen.« Klar, als Kinder waren wir ständig zusammen gewesen. Es hatte keinen Tag gegeben, den wir nicht miteinander verbracht hatten. Wir waren beste Freunde gewesen, doch dann hatte sein dummes Verhalten unsere jahrelange Freundschaft zerstört. Ich meine, war es möglich, dass er den Kontakt zu mir nur abgebrochen hatte, weil ... nein. Oder?

Ich musste mich wirklich zusammenreißen, um nicht laut loszubrüllen. »Bitte sag mir, dass dein unmögliches Verhalten nicht deine Art war, mich nicht mehr toll zu finden.« Meine Stimme klang leise. Gefährlich leise. Doch in mir drin war alles laut. Adam wollte mir doch nicht ernsthaft weismachen, dass er sich nur so dämlich verhalten hatte, weil er mich gut gefunden hatte? Oder vielleicht sogar in mich verliebt gewesen war?

»Puh.« Adam schnaubte. »Klar könnte ich dir jetzt diesen Gefallen tun, aber ich möchte dir nicht ins Gesicht lügen.«

Gerade verfluchte ich die Handschellen, denn ich wäre bereit, einfach davonzulaufen. Um meine Gedanken zu ordnen. Und einfach, um von Adam wegzukommen. »Ich würde dich gerade verdammt gern schlagen, Adam Carter.« Man hörte mir die Fassungslosigkeit deutlich an, und ich tat mich wirklich schwer damit, das Gehörte zu verarbeiten. In meinem Kopf leuchteten gerade zahlreiche rote Warnlampen auf.

»Eine nachvollziehbare Gefühlsregung«, sagte er und lächelte sein typisches Adam-Lächeln. »Wirst du es tun?«

»Natürlich nicht.« Allerdings setzte ich mich auf, denn weiterhin neben Adam zu liegen kam mir falsch vor. Er folgte meinem Beispiel, allerdings griff er nach meinen Händen. »Haley, es tut mir leid. Ich will es dir erklären.«

»Ich kann ja nicht abhauen, also leg los«, murrte ich. Natürlich tat ich nur so obercool. In Wirklichkeit klopfte mein Herz bestimmt doppelt so schnell wie sonst.

»Danke. Aber sicher, dass du das alles hören willst?«

»Mach jetzt keinen Rückzieher, Adam. Ich stehe jetzt so kurz davor, eine Erklärung für dein dämliches Verhalten zu bekommen. Ich will es jetzt einfach wissen.«

»Verständlich.« Adam wirkte, als müsste er sich kurz sammeln. »Damals«, begann er nach einiger Zeit, »kurz vor deinem sechzehnten Geburtstag, saßen wir an einem Freitagabend gemeinsam vor der Glotze. East war … irgendwo und dein Dad war auch nicht zu Hause. Wir haben uns einen Film angesehen. Ich weiß nicht mal mehr, welcher Film es war.« Vermutlich irgendein Teenager-Drama. »Aber als die beiden Hauptdarsteller sich plötzlich küssten, wollte ich dich ebenfalls küssen.«

»Du hast es aber nicht getan«, sagte ich zu ihm.

»Leider. Hätte ich aber tun sollen.« Er rieb über seine Stirn. »Dieses Gefühl ist einfach nicht mehr weggegangen. Ich habe deine Nähe regelrecht gesucht und dir …«

»… und mir ist es nicht einmal aufgefallen«, beendete ich den Satz für ihn. War ich früher so an seine ständige Anwesenheit gewöhnt gewesen, dass mir sein Interesse nicht einmal aufgefallen war? Aber er hatte sich doch nie anders mir gegenüber verhalten. Na ja … bis er eben auf Abstand gegangen war. Allerdings konnte ich nicht abstreiten, dass er, seit wir beide in Philadelphia waren, oft in meiner Nähe war. Man könnte schon fast meinen, dass er mein Handy irgendwie angezapft hatte, so oft, wie er wie aus dem Nichts auftauchte.

»Genau. Aber East hat mich gefragt, was los sei. Und dann habe ich es ihm erzählt. Na ja, das stimmt jetzt nicht so ganz, aber ungefähr so ist es abgelaufen.«

»Und er fand es nicht gut?«

»Ganz und gar nicht. Du hattest gerade angefangen, Will zu daten, und er war der Meinung, ich solle mich da nicht hineindrängen.« Er senkte den Blick. »Aber verdammt, Haley, ich wollte mich da hineindrängen. Dich mit ihm zu sehen war die Hölle für mich. Und irgendwie wurde es leichter, als ich mich dir gegenüber beschissen verhalten habe.«

»Aber warum?« Hatte Adam mich absichtlich leiden lassen, nur damit es ihm besser ging? Er hätte doch zu mir kommen und mit mir sprechen können. Wir waren Freunde gewesen. Und wir waren es noch. Gemeinsam hätten wir damals bestimmt eine Lösung gefunden, bei der niemand verletzt worden wäre. Zudem konnte es für ihn nicht leicht gewesen sein, Will und mich zusammen zu sehen. Hätte ich von Adams Gefühlen gewusst, dann hätte ich darauf Rücksicht nehmen können, anstatt Will vor seinen Augen zu küssen, um ihm zu demonstrieren, dass es Menschen gab, die mich nicht mieden, als hätte ich die Pest.

»Weil du mir immer Kontra gegeben hast. Und das hat wiederum mir dabei geholfen, die Vorstellung von dir und mir – zusammen – zu vergessen. Der Umzug aufs College hat sein Übriges getan.« Dieses Satz brach mir das Herz. In einem anderen Leben hätten Adam und ich uns an der Highschool ineinander verliebt und wären zusammengekommen. Hätten alle unsere ersten Male miteinander erlebt. Aber damals war Adam nur ein guter Freund – beinahe wie ein Bruder – für mich gewesen. Aber zwischen uns hatte sich etwas verändert, denn nun hatte auch *ich* Interesse an ihm.

In meinem Hals befand sich ein dicker, fetter Kloß, der einfach nicht verschwinden wollte. Ich brachte kein einziges Wort heraus, denn in meinem Kopf wirbelten die Gedanken nur so durcheinander. Früher hatte ich keinen einzigen Gedanken daran verschwendet, dass etwas zwischen Adam und mir laufen könnte. Aber jetzt … jetzt war das anders. *Wir* waren anders. Zwischen uns war es anders, obwohl wir immer noch die Gleichen waren. Es war verdammt verwirrend. Und kompliziert. Aber ich wollte das, was sich zwischen uns aufgebaut hatte und immer noch entfernt an unsere Freundschaft von früher erinnerte, aber so viel mehr war.

»Was bedeutet das nun für dich?« Zur Erinnerung sagte ich: »Wir haben uns geküsst.«

Adam atmete tief durch. »Keine Ahnung.« Zumindest war er ehrlich. »Aber ich würde es gern herausfinden.«

»Ich auch.« Ich verschränkte unsere Hände miteinander. »Aber nur, wenn es nicht komisch zwischen uns wird, sollte es schiefgehen.« Denn ich wollte nicht riskieren, dass Adam mich wieder ignorierte, wenn sich die Sache zwischen uns nicht so entwickelte, wie er sich das vorstellte. Er hatte unsere Freundschaft aus diesem Grund schon einmal in den Sand gesetzt. Vielleicht wusste ich deshalb eine Sache ganz genau: Ich wollte Adam nicht noch einmal verlieren, sondern ihn weiterhin in meinem Leben haben.

»Wird es ganz bestimmt nicht.«

»Sicher?«

»Ich verspreche es.«

Er lehnte seine Stirn gegen meine, und diese Geste war viel besser, als ein Kuss es jemals sein könnte.

KAPITEL 18

»Und du findest wirklich diesen Flynn Rider gut?« Adam und ich lagen gemeinsam im Bett und kümmerten uns um seine Bildungslücke in Sachen Disney.

»Hm-hm.« Ich griff nach einer Packung Butter Cups und riss sie auf. Eine meiner beeindruckendsten Fähigkeiten war es, mir einen ganzen Butter Cup in den Mund schieben zu können. Adam beobachtete das Schauspiel mit hochgezogenen Augenbrauen.

»Sehr eindrucksvoll, Haley.« Der Sarkasmus in seiner Stimme war unüberhörbar.

»Danke.«

»Kaust du die Schokolade auch, oder schluckst du das Teil gleich wie eine Anakonda im Ganzen nach unten?«

Ich griff nach meiner Dr Pepper und spülte damit nach. »Ich kaue.« Danach drehte ich mich wieder zu meinem Laptop. »Und um auf Flynn zurückzukommen: Er sticht eben aus der Masse an Prinzen positiv heraus.«

»Er ist ein Dieb. Außerdem egoistisch und ziemlich von sich selbst überzeugt.«

Ich warf Adam einen provokanten Blick zu. »Aber Flynn ist auch gutmütig, hilfsbereit und kann ziemlich charmant sein.« Erst nachdem ich die Worte laut ausgesprochen hatte, wurden mir die Parallelen zwischen Adam und Flynn erst richtig bewusst. Gut, bis auf die Diebessache.

»Das überzeugt mich nicht.«

Ich warf ein Kissen nach ihm. »Schau einfach weiter.«

Er seufzte theatralisch, konzentrierte sich dann aber wieder auf den Film.

Leider konnte ich jedoch meine Klappe nicht halten. »Wusstest du, dass neben Rapunzel nur Pocahontas und Aurora ebenfalls keine Schuhe getragen haben?«

»Sie trägt keine Schuhe? Ist mir gar nicht aufgefallen.« Banause.

Wir schauten weiter, dann fiel mir ein anderer Funfact ein. »Rate mal. Wer aus dem Disney-Universum durfte außer Rapunzel ebenfalls nicht das Haus verlassen?«

Sofort antwortete er: »Schneewittchen.«

»Nope. Willst du weiterraten?«

»Lieber nicht.«

»Spielverderber. Aber ich bin mal nicht so. Es war Quasimodo.«

»Ah, der Typ aus Notre Dame. Hat der eigentlich das Mädchen bekommen?«

»Nein.«

»Siehst du, die Kerle, die es wirklich verdienen, bekommen das Mädchen nie. Alle wollen lieber Männer wie diesen Flynn.«

»Dann müsstest du dich doch freuen.«

Er runzelte die Stirn. »Wieso?«

»Du bist quasi der Real-life-Flynn.«

Daraufhin sah er mich nur völlig schockiert an. »Ich bin überhaupt nicht wie er.«

»Ganz sicher?«

»Ja«, grummelte er und konzentrierte sich wieder auf den Bildschirm.

Ich konnte nicht anders, als ihn von der Seite zu betrachten. Die zusammengezogenen Augenbrauen, die kleine Falte an seiner Stirn, den Schmollmund. Es fiel mir schwer, mich in diesem Moment nicht zu ihm zu lehnen und ihn zu küssen, aber ich tat es nicht, denn Adam hatte heute bisher keinen Annäherungsversuch unternommen.

Gerade als der Film richtig spannend wurde, klopfte es an der Tür. »Ich würde ja sagen, ich gehe, aber …« Demonstrativ hob ich unsere Hände an.

»Jaja, ich weiß schon.« Wir standen auf, und gemeinsam gingen wir in Richtung der Eingangstür. »Erwartest du Besuch?«, fragte er mich.

»Nein. Ich habe keine Pläne für heute.«

Ich öffnete die Tür und stand Yuna gegenüber. Sie trug schwarze Leggings, ein enges Shirt und einen seidenen Kimono, hatte eine Tüte Chips unter den Arm geklemmt und eine Wasserflasche in der Hand. »Lust auf …« Die Worte blieben ihr im Hals stecken, als ihr Blick auf Adam fiel, weiterwanderte und schlussendlich an unseren zerknitterten Klamotten und den Handschellen hängen blieb.

Ihr Mund formte sich zu einem stummen O. »Zu behaupten, ich bin etwas irritiert, ist wohl etwas untertrieben. Wieso seid ihr aneinandergefesselt?«

Ich zuckte mit den Schultern. »Lange Geschichte.«

»Braucht ihr Hilfe?« Fragend sah sie von mir zu Adam. »Eine Büroklammer? Einen Draht? Oder vielleicht eine Säge?«

»Nein danke. Alles in Ordnung«, sagte Adam an meiner Stelle.

Yuna ignorierte ihn und stellte wieder Blickkontakt zu mir her. »Sicher?«

Ich lächelte sie beruhigend an. »Es ist wirklich alles in bester Ordnung.«

»Und bekomme ich dafür eine Erklärung?«, bohrte sie weiter und zeigte in Richtung Handschellen.

»Tut mir leid«, sagte ich. »Aber es hat mit den freitäglichen Verbindungstreffen zu tun.« So viel durfte ich doch verraten, oder?

»Aha.« Yuna schob mich zur Seite und betrat meine WG. Ich schloss die Tür hinter ihr.

Sie wirbelte zu uns herum. »Ihr macht da aber nicht irgendwelche geheimen Paarungsrituale oder so?«

Nun musste ich lachen. »Nein, mach dir keine Gedanken.«

»Ich versuche es. Und ich hoffe, spätestens wenn das College vorbei ist, erzählst du mir, was im Keller des Verbindungshauses abläuft.«

Adam wirkte irritiert. »Warum im Keller? Was erzählst du deiner Freundin für Sachen über die Verbindung?«

»Ich bin unschuldig. Yuna spinnt sich das alles selbst zusammen.«

»Ja, sorry. Ich hab 'ne sehr ausgeprägte Fantasie. Die wird durch Handschellen nur noch angestachelt.«

»Flirtet sie mit mir?«, fragte Adam an mich gewandt. Er wirkte ein wenig irritiert von Yunas Redefluss.

»Natürlich nicht.«

»Ich bin offensichtlich aus der Übung. Wenn man länger mit dir abhängt, verlernt man offenbar, Signale zu deuten.«

Ich wirbelte zu ihm herum. »Was willst du mir damit sagen, Adam?«

»Dass du …«

Lautes Klatschen unterbrach uns. »O mein Gott. Das ist so aufregend. Ihr beide«, Yuna fächelte sich Luft zu, »seid besser als jede Fernsehserie. Gibt's irgendwo Popcorn?«

»In meinem Zimmer.« Sofort stürmte Yuna los.

»Hey, warte«, rief ich ihr hinterher, und sie blieb im Türrahmen stehen. »Was soll das mit der Fernsehserie bedeuten?«

»Ach, nichts.« Dann verschwand sie in meinem Zimmer.

Perplex sah ich ihr hinterher. »Und jetzt?«, fragte Adam.

»Ich schätze, wir werden wohl den Nachmittag mit ihr verbringen.«

»Zumindest ist sie unterhaltsam«, sagte er, und gemeinsam folgten wir Yuna in mein Zimmer.

Gegen Abend wurde die Tür zu unserer WG aufgestoßen und Madison stürmte herein, gefolgt von Colton. Yuna, Adam und ich zuckten gleichermaßen zusammen. Im Türrahmen zu meinem Zimmer blieb sie stehen, ihre Schultern sackten nach unten. »O mein Gott, ihr lebt noch.« Sie stieß den Satz erleichtert hervor und wirkte, als würde sie Adam und mich gern umarmen.

Adam zog die Augenbraue hoch. »Und das überrascht dich?«

Colton legte den Arm um seine Freundin. »Sie hat sich Sorgen gemacht, weil ihr nicht ins Verbindungshaus gekommen seid, als eure vierundzwanzig Stunden vorbei waren. Deshalb hat sie mich hierhergeschleift.«

Die vierundzwanzig Stunden waren bereits abgelaufen? Adam und ich warfen uns einen Blick zu. Ich wollte nicht, dass unsere gemeinsame Zeit vorbei war, doch mit den anderen im Raum wollte ich das nicht aussprechen.

»Keine Sorge, ich habe auf die beiden aufgepasst«, sagte Yuna und klopfte sich selbst auf die Schulter. »Auch wenn ich immer noch nicht verstehe, was für eigenartige Dinge in eurer Verbindung abgehen.«

»Und das wird auch so bleiben«, murmelte ich leise. Fragend sah ich Madison an. »Solltest du nicht im Verbindungshaus auf die anderen Pärchen warten?«

Sie winkte ab. »Ach, so viele waren das gar nicht. Und noch viel mehr Leute haben sich, spätestens als sie auf die Toilette mussten, voneinander losmachen lassen.« Verstohlen sah ich wieder zu Adam. Und er zu mir.

Die anderen ließen unseren Blickwechsel glücklicherweise unkommentiert.

»Also, wollt ihr weitere vierundzwanzig Stunden zusammenbleiben, oder soll ich euch losmachen, bevor wir wieder zurückgehen?«, fragte sie.

Adam lehnte sich zu mir. »Ich würde weitere vierundzwanzig Stunden mit dir nehmen«, flüsterte er in mein Ohr. »Aber lieber ohne Handschellen.«

Mein Herzschlag beschleunigte sich, und als Adam mit seiner Nase zärtlich über meine Wange streifte, setzte es sogar für eine Sekunde aus. Er zog sich zurück, und ich konnte ihn einfach nur anstarren.

»Okay.« Yunas Stimme brach den Bann zwischen uns. »Ich glaube, ich gehe dann mal, bevor das Bett in Flammen aufgeht, weil Adam und Haley es einfach nicht lassen können, sich heiße Blicke zuzuwerfen.«

Colton schmunzelte, Madison murmelte irgendetwas in Richtung von »Nicht witzig« und Yuna sprang auf. »War ein schöner Tag mit euch.« Sie streckte Adam die Faust hin und er stieß mit seiner dagegen. »Ich bin Cheerleaderin im Team Adley.«

»Hä?« Wie immer drückte ich mich äußerst eloquent aus.

»Sie hat uns einen Shippingnamen gegeben«, erklärte Adam.

Das Grinsen auf Coltons Gesicht wurde immer breiter, während Madison etwas verkniffen zu Yuna sah. Die ging leise pfeifend auf die beiden zu, streckte auch Colton und Madison die Faust entgegen. »Schönen Abend noch.« Es wunderte mich, dass sie bei ihrem Abgang nicht von einer Horde singender Vögel verfolgt wurde, da sie so gute Laune versprühte.

Als die Tür hinter ihr ins Schloss fiel, fragte Madison: »Soll ich euch jetzt losmachen?«

Ich nickte und stand ebenfalls auf. Adam folgte mir, und kurz darauf waren wir wieder frei. Allerdings fühlte sich diese Tatsache nicht so gut an, wie ich erwartet hatte. Etwas neben mir stehend betrachtete ich meine Hand und schüttelte sie aus. Ich hatte das Gefühl, irgendetwas sagen zu müssen. »Waren gute vierundzwanzig Stunden, Carter.«

»Finde ich auch.« Seine Zustimmung kam sofort und ohne Zögern.

Colton räusperte sich. »Ich hatte mit mehr Action zwischen euch gerechnet.«

»Oh, glaub mir«, murmelte ich, »Action gab es genug.«

Madison machte große Augen. »Was meinst du damit?«

Ich winkte ab. »Ach, nichts.« Gleichzeitig fragte ich mich, warum ich ihr nichts von dem Kuss zwischen Adam und mir erzählen wollte. Möglicherweise, weil Adam neben mir stand. Wahrscheinlicher war jedoch, weil ich noch nicht bereit war.

»Okaaaaay.« Madison machte einen Schritt zurück. »Ich sollte dann wieder ins Verbindungshaus. Kommt ihr mit?«

Sofort schüttelte ich den Kopf. »Ich brauche erst mal eine Dusche und neue Klamotten.«

»Dito.«

»Falls ihr später Lust habt, könnt ihr vorbeischauen. Ich glaube, es steht heute ein Filmabend auf dem Programm.«

»Ich passe«, sagte Adam. »Für heute habe ich schon genug Filme gesehen.«

»Na dann.« Colton führte Madison zur Tür. »Schönen Abend noch.«

»Danke«, rief ich ihnen hinterher, und dann fiel auch schon die Eingangstür hinter ihnen ins Schloss. Ich drehte mich zu Adam um. »Und jetzt?«

»Ich würde sagen, du springst unter die Dusche, und dann begleitest du mich in meine Wohnung. Es würde mich freuen, wenn wir die ganze Nacht zocken wie früher.« Mich auch, denn ich hatte unsere *Mario-Kart*-Battles immer geliebt. Ohne Adam hatte es in den letzten Jahren nur halb so viel Spaß gemacht. Dass er mehr Zeit mit mir verbringen wollte, schmeichelte mir natürlich auch. Nun, wo ich nicht mehr abstreiten konnte, dass sich die Dynamik zwischen uns veränderte. Sie war immer noch freundschaftlich, doch es hatte sich auch eine neue Nuance dazugeschlichen. Etwas Kleines, Fragiles, das ich noch nicht ganz benennen konnte, von dem ich aber unbedingt mehr wollte.

Ich klatschte begeistert in die Hände. »Bin dabei.«

KAPITEL 19

»Wow«, sagte ich und stellte meine Handtasche und die Tüte mit den Burritos auf dem Esstisch ab. »Ich beneide dich um deine Wohnung.« Hier würde ich sofort einziehen.

»Kleine Führung?«

»Unbedingt.« Ich trat mir die Schuhe von den Füßen, was Adam mit einem Schmunzeln zur Kenntnis nahm.

»Fühl dich wie zu Hause«, sagte er, legte mir die Hand an den Rücken und führte mich zu der Kochnische. Zuerst waren wir einen kurzen Flur, von dem drei Türen abgingen, entlanggegangen und ich war neugierig gewesen, was sich dahinter befand, doch ich hatte mich geduldet, denn offensichtlich wollte Adam seine Führung in der Wohnküche beginnen. »Wie du siehst, ist meine Küche nicht besonders groß, aber es gibt hier alles, was ein Student zum Überleben braucht.«

»Ich tippe darauf, dass du den Ofen und die Mikrowelle meinst?«

»Genau. Wobei ich gar nicht so ein schlechter Koch bin. Nudelgerichte bekomme ich auf jeden Fall hin.«

»Vielleicht können wir ja mal zusammen kochen. Es fehlt mir, in der Küche zu stehen.« Die Küche im Wohnheim war meistens besetzt, und ich hatte keine Lust, mich mit fünf anderen um den Herd zu prügeln. Mittags aß ich eigentlich immer mit Yuna in der Mensa. Abends gönnte ich mir entweder eines meiner 99-Cent-Nudelgerichte, während ich über meinen Büchern und Mitschriften hing, oder wenn ich Glück hatte, kam Madison mal wieder mit zahlreichen Speisen von irgendeinem Lieferdienst nach Hause. Ich war mir nicht sicher, ob ich wirklich glauben sollte, dass sie eben gern eine große Auswahl hatte, aber wir taten beide so, als würde sie mich nicht heimlich mit durchfüttern.

»Jederzeit, Prinzessin«, sagte er, nahm meine Hand und vollführte dann wie ein Tanzprofi eine halbe Drehung mit mir. »Den Esstisch hast du ja bestimmt schon beim Betreten des Raums gesehen.« Im Anschluss deutete er auf eine Couch und einen Fernseher. »Mehr gibt es hier auch nicht wirklich.«

Er verschränkte unsere Finger miteinander und zog mich zurück auf den Flur. »Hier ist das Badezimmer.« Danach ging er weiter und öffnete eine Tür. »Und ein Arbeitszimmer.«

Ich betrat den Raum hinter Adam und sah mich staunend um. »O mein Gott.« Das Zimmer war vollgestopft mit allen erdenklichen Technikgeräten. Es gab einen riesengroßen Schreibtisch mit drei Bildschirmen, allerhand Kabel, Schränke, und eine der Wände war zu einem überdimensionalen Memoboard umgewandelt worden. »Das sieht so aus, als hättest du eine Ahnung von dem, was du tust.«

»Das hoffe ich doch. Immerhin will ich bald mit Software-Entwicklung mein Geld verdienen.«

Es war beeindruckend, dass Adam offensichtlich genau wusste, was er in Zukunft mit seinem Leben anfangen wollte, während ich keine Ahnung hatte, für welchen Studiengang ich mich entscheiden würde, und vor allem, ob ich überhaupt die Chance haben würde, mich festzulegen.

»Arbeitest du hier am neuen Instagram?«, fragte ich mit hörbarer Belustigung in der Stimme.

»Nein, eine ganz andere Richtung, wobei es auf jeden Fall in den App-Stores erhältlich sein soll.«

»Irgendwas mit Shopping?«

»Auch nicht.«

»Was dann?«, fragte ich nach.

»Eigentlich spreche ich nicht über meine Idee«, sagte er und klang dabei ein wenig paranoid. »Weil ich Angst habe, dass sie jemand klaut.« Ja, das hatte ich an seiner angespannten Körperhaltung und den hin und her schweifenden Blicken schon ganz gut mitbekommen. Ein wenig wunderte ich mich, dass er mich nicht auch noch auf Wanzen gefilzt hatte, bevor er mich in sein Heiligtum geführt hatte.

»Hallo?« Ich deutete auf mich. »Sehe ich aus, als würde ich mich zu Hause vor den Laptop klemmen und versuchen, eine App zu programmieren?«

»Eher nicht.« Dennoch zögert er einige Sekunden, bevor er einknickte. »Okay. Aber du musst mir schwören, dass du es niemandem erzählst.«

Ich hob meine Hand feierlich zum Pfadfindergruß. »Ich schwöre auf … Easton und Dad.« Niemand bedeutete mir mehr als die beiden, und Adam wusste das, denn er nickte zufrieden.

»Also, ich will eine App programmieren, bei der sich alle Sportzentren anmelden können, damit man bei ihnen zum Beispiel den Fußballplatz reservieren kann. Oder eine Squash-Halle. Oder einen Tennisplatz.«

Ich runzelte die Stirn. »Aber gibt es so was denn nicht schon?«

»Doch, aber das Ziel ist es, die Plattform so bekannt zu machen, dass du nicht mehr daran vorbeikommst. Bisher laufen Online-Buchungen meistens alle über die Websites der Anbieter ab. Du musst dir also zuerst einen Tennisplatz in deiner Nähe suchen, dann nachsehen, ob du den online buchen kannst, und wenn nicht, dir noch die Nummer raussuchen und dort anrufen. Wenn du aber die App hast, findest du gleich den Tennisplatz in deiner Nähe, kannst über die App aber nicht nur diesen Tennisplatz buchen, sondern auch eine Yogastunde, einen Trainer im Fitnessstudio und so weiter.«

»Das klingt genial. Wenn ich so eine App hätte, würde ich vielleicht auch nachsehen, ob nicht irgendein Work-out in der Nähe stattfindet, das in meinen Zeitplan passt, und hingehen.«

»Genau das. Man könnte auch gleich die Bezahlung über das System regeln.« Seine Stimme überschlug sich beinahe, und man merkte ihm deutlich an, wie sehr er seine Idee liebte. »Durch Direktzahlung mit Kreditkarte und so weiter spart man sich Knebelverträge, da einfach pro Einheit abgerechnet wird.«

Seine Begeisterung für sein Projekt schlug auch auf mich über. »Adam, ich finde das wirklich genial. Ich glaube, dass deine Idee auch den Zeitgeist trifft, weil man viele Sachen ausprobieren kann, ohne sich festlegen zu müssen.«

»Tja, vielleicht hat mich das Leben am College zu diesem Denkansatz inspiriert«, antwortete er lachend.

Ich verdrehte die Augen über ihn. »Aber ernsthaft. Ich finde, du solltest da unbedingt dranbleiben. Das klingt nach einer Sache, die Zukunft haben könnte.«

Adam schloss mich in die Arme. »Ich freue mich, dass du es gut findest.«

»Tu ich. Wirklich. Und vor allem bin ich beeindruckt.«

Eine Weile verharrten wir so. »Du riechst gut«, sagte er.

»Sorry, wenn ich das Kompliment nicht zurückgeben kann, aber ich glaube, du warst schon eine Weile nicht mehr duschen.«

Adam löste die Umarmung. »Entschuldigung. Essen wir zuerst die Burritos, dann springe ich unter die Dusche, und im Anschluss werde ich dich bei *Mario Kart* fertigmachen. Deal?«

»Deal!«

»Gewinner«, brüllte ich und sprang auf. Außerdem führte ich meinen kleinen Siegestanz auf, so sehr freute ich mich, dass ich bisher jedes einzelne Rennen gewonnen hatte.

Adam legte seinen Controller zur Seite und massierte sich die Schläfen. »Ich verstehe es einfach nicht«, murmelte er. »Ich meine, wie machst du das nur?«

»Jahrelanges Training.«

»Das habe ich doch auch.« Er sah süß aus, wenn er so schmollte.

»Vielleicht bist du einfach zu abgelenkt.«

»Von deinem unwiderstehlichen Charme?«

»Ganz genau.« Fröhlich tanzte ich weiter, was Adam nicht nur zum Lachen, sondern auch zum Aufstehen brachte. Er griff nach meiner Hand und bewegte sich mit mir zum Takt des unverwechselbaren

Mario-Kart-Sounds. Irgendwann drehte er mich einmal im Kreis, und als ich wieder auf ihn zukam, zog er mich an seine Brust. Aus unserem Tanz wurde eher ein Schunkeln, und ich genoss unsere unerwartete Nähe. Ich sah zu ihm hoch, und für einen Moment hielten wir den Blick des jeweils anderen fest. Dann senkten sich unsere Lider und wir fanden zu einem Kuss zusammen.

Adams Lippen fühlten sich einfach perfekt auf meinen an, deshalb stellte ich mich auf die Zehenspitzen und intensivierte den Kuss. Ich wollte mehr. Mehr von seinem minzig frischen Zahnpastageschmack, mehr liebevolles Streicheln seiner Hände; und vor allem wollte ich mehr Adam. Ich drückte mich an seinen festen Körper und legte die Hände an seine Brust. Durch den dünnen Stoff seines T-Shirts massierte ich ihn. »Hast du darunter eigentlich auch Tattoos?«, fragte ich, als wir uns schwer atmend voneinander lösten.

»Find's heraus«, raunte er.

Oh, das würde ich. Sofort ließ ich meine Hände über den Stoff seines Shirts gleiten und zog es nach oben. Er half mir dabei, ihn auszuziehen, und warf das Oberteil im Anschluss zu Boden. Ich machte einen Schritt zurück und musste grinsen. »Irgendwie finde ich es enttäuschend, dass der Marvel-Cast keine Party auf deinem Oberkörper veranstaltet.«

»Würde doch niemand sehen.«

»Außer du.«

»Und du«, antwortete er. »Pass auf, dass du mich nicht zu lange ansiehst, sonst gewöhne ich mich noch daran.«

»Bei den definierten Bauchmuskeln muss man einfach genauer hinschauen. Ich kenne nicht besonders viele Stubenhocker, die einen so gut definierten Oberkörper wie du haben.«

»Prinzessin, du überhäufst mich ja heute nur so mit Komplimenten.«

»Aber mal ernsthaft. Wann findest du neben dem Café, der Uni, der Verbindung und deinem Computerprogrammierzeug auch noch Zeit für Sport?«

»Zweimal in der Woche Tennis, einmal Squash und jeden Morgen und Abend ein kleines Work-out zu Hause.«

»Beeindruckend.« Vor allem für so ein Couch-Potato wie mich.

»Wenn du über Nacht bleibst, kannst du mir morgen früh beim Training zusehen«, sagte er.

»Ist das ein unmoralisches Angebot?«

Daraufhin schüttelte er den Kopf. »Nein, nur ein Versprechen.« Und dann zog er mich wieder an sich und küsste mich erneut. Er schob die Zunge in meinen Mund und ich schlang die Arme um seinen Nacken, damit ich mich an ihm festhalten konnte. Ich war mir nämlich sicher, dass mir bald die Beine wegknicken würden, so sehr brachte er mich mit seinen Küssen um den Verstand. Und auch Adam wirkte, als könnte er einfach nicht genug von mir bekommen, so fieberhaft, wie er mit seinen Händen über meinen Körper strich.

»Adam?«, flüsterte ich zwischen zwei Küssen.

»Ja?«

»Zeigst du mir dein Schlafzimmer?«

»Bist du sicher?«, fragte er nach.

»Bin ich.«

Seine Hände legte er auf meinen Po und hob mich hoch, als würde ich nicht mehr als eine Feder wiegen. Und das, obwohl ich heute gefühlt die Hälfte meines Eigengewichts in Form von Süßigkeiten zu mir genommen hatte. Sofort schlang ich meine Beine um seinen Körper, und Adam drückte mich noch näher an sich.

»Offensichtlich zahlen sich deine Sporteinheiten aus«, wisperte ich in sein Ohr, was Adam zum Losprusten brachte. Ich liebte dieses Geräusch, denn sein hyänenartiges Lachen war nicht so makellos wie der Rest von ihm. Und das machte ihn irgendwie echter.

In seinem Schlafzimmer angekommen, warf er mich meinen Erwartungen zum Trotz nicht einfach aufs Bett, sondern stellte mich davor ab. »Du weißt, ich kann dich immer noch nach Hause fahren«, sagte er ernst.

»Und wenn ich in deinem Bett liege nicht mehr?«

»Du kannst immer gehen. Ich werde dich nicht festbinden.« Zum Glück, denn auch wenn ich alles andere als ein Problem damit hatte, mir Bücher und Filme à la *Fifty Shades of Grey* reinzuziehen, brauchte ich das nicht im realen Leben.

»Gut zu wissen.«

»Aber eine Sache noch.«

»Was denn?«

»Ich finde es ziemlich unfair, dass du mir quasi ein Kleidungsstück vom Körper gerissen hast, du aber noch vollständig bekleidet bist.«

Mit schräg gelegtem Kopf sah ich Adam an. »Quid pro quo«, sagte ich. »Du erwartest also eine angemessene Gegenleistung?«

»Ich erwarte gar nichts«, stellte er klar. »Aber ich würde mich nicht beschweren, wenn du dein Oberteil ausziehst.«

»Klingt einleuchtend.« Und es war ja nicht so, als hätte Adam mich noch nie im Bikini gesehen. In Unterwäsche vor ihm zu stehen war nichts anderes. Nur etwas intimer.

Mit einer flüssigen Bewegung zog ich mir mein T-Shirt-Kleid aus. Zum Vorschein kam mein Disney-Prinzessinnen-Sport-BH, was Adams Mundwinkel zum Zucken brachte.

»Lach nicht«, beschwerte ich mich. »Es gibt nichts Schlimmeres als einen Kerl, der seine Gesichtsmuskeln nicht im Griff hat, während sich eine Lady vor ihm auszieht.«

»Hey.« Beschwichtigend strich er mir über die Wange. »Ich grinse nur, weil mir eben ein dummer Gedanke kam.«

»Welcher denn?«

»Dass sich die Prinzessinnen bestimmt gut mit den Marvel-Helden auf meinen Armen verstehen werden.«

Belustigt schnaubte ich. »Warum ist mir das nicht eingefallen?«

»Vielleicht, weil ich derjenige bin, der gerade nicht den Blick von dir abwenden kann.«

Ich beugte mich für einen weiteren Kuss zu Adam und zog ihn mit mir aufs Bett. Gemeinsam rutschten wir auf ziemlich unelegante Weise hoch, bis mein Kopf auf dem Kissen lag, was nicht nur ihn, sondern auch mich zum Lachen brachte. Mit meinem Ex hatte ich nie so viel Spaß gehabt. Und schon gar nicht, während wir miteinander rumgemacht hatten. Es hätte auch nicht zu uns gepasst, aber mit Adam konnte ich es mir gar nicht anders vorstellen.

Zärtlich streichelte er mir über die Wange. »Ich kann es nicht fassen, dass du in meinem Bett liegst«, sagte er.

»Warum?«

»Ich hätte einfach nicht damit gerechnet. Das ist alles.«

»Ich auch nicht«, flüsterte ich. »Aber es ist doch gut, oder?«

»Mehr als das.« Er senkte seine Lippen auf meine, und meine Augen schlossen sich automatisch, als er seine Zunge in meinen Mund schob. Sie spielte mit meiner, tanzte mit ihr, und ich schlang meine Arme um Adam, weil ich ihn näher zu mir ziehen wollte. Musste.

Überall, wo ich ihn erreichen konnte, streichelte ich mit meinen Händen über seinen Körper. Unser Atem beschleunigte sich, je länger wir uns küssten, und ich bekam einfach nicht genug von ihm. Ich begann mich unter ihm zu bewegen, was Adam mit einem heiseren Stöhnen quittierte. Was genau das war, was ich in diesem Moment von Adam wollte. »Haley«, raunte er. »Du machst mich verrückt.«

»Das ist doch eine gute Sache«, wisperte ich.

»Nein, ist es nicht. Denn ich bin kurz davor, dir deine Unterwäsche vom Körper zu reißen.«

Eigentlich keine schlechte Idee. »Dann tu es doch.«

Er küsste mich auf den Mundwinkel und zog mit seinen Lippen eine Spur zu meinem Hals. »Wir haben uns gestern das erste Mal geküsst. Wir sollten heute noch nicht zu weit gehen.«

»Hast du Angst um meine Tugendhaftigkeit?«

»Nein, aber ich mache mir Gedanken, was du von mir hältst, wenn ich dich heute flachlege.«

Ich bewunderte Adam für seine Ehrlichkeit, aber auch dafür, dass sein Kopf im Gegensatz zu meinem noch richtig arbeitete. Denn vermutlich wäre ich bereit gewesen, mit Adam zu schlafen, hätte mich im Nachhinein jedoch ständig gefragt, ob es eine gute Idee gewesen war. Vor allem der Gedanke, ich könnte nur ein weiteres seiner Betthäschen sein, lauerte unter dem kribbeligen Gefühl, das seine Küsse in mir auslösten. Außerdem würde ich mich ständig fragen, ob wir unsere Freundschaft durch den Sex zerstörten. Denn bei einer Sache war ich mir mehr als sicher: Ich wollte Adam nicht mehr verlieren. Dass wir uns wieder verstanden, bedeutete mir mehr, als ich jemals zugeben würde, und ich wollte nicht riskieren, dass wir uns wieder voneinander entfernten.

»Adam?«

»Ja?«

»Danke.«

Er hörte damit auf, an meinem Hals zu knabbern, und sah mich stattdessen an. »Wofür?«

»Dass du nicht einfach mit mir schläfst«, murmelte ich. »Du weißt schon … um Druck abzubauen oder so.«

»Du bist nicht irgendein One-Night-Stand, Prinzessin. Wir haben eine gemeinsame Vergangenheit.« Die teilweise nicht ganz einfach gewesen war. »Die werde ich nicht für Sex aufs Spiel setzen.«

Irgendwie waren diese Worte besser als jede Liebeserklärung, die ich jemals bekommen hatte.

KAPITEL 20

»Und er hat wirklich nicht versucht, dich rumzubekommen?«, fragte Madison, vor der ich mein Geheimnis doch nicht allzu lange geheim gehalten hatte. Gemeinsam saßen wir auf der Wiese am Rande des Woodlands Community Garden, unweit des Coffee Therapy, und sahen Colton und Adam dabei zu, wie sie sich mit den Tennisschlägern auf dem Platz duellierten. Zuvor hatten wir noch etwas für die Uni getan, waren aber in der Zwischenzeit dazu übergegangen, miteinander zu reden.

»Nein, er war der totale Gentleman. Außer sehr intensivem Rummachen ist nichts passiert.« Und das, obwohl wir beide unverkennbar scharf aufeinander gewesen waren.

»Ich werde nicht wirklich aus ihm schlau«, sagte meine Freundin. »Aber ich weiß, dass ich nicht ewig sauer auf ihn sein kann, nur weil er meiner besten Freundin das Herz gebrochen hat. Zwischen ihnen hat es nicht funktioniert, und er hat sich eben nach anderen Frauen umgesehen. Daraus darf ich ihm keinen Vorwurf machen.«

»Aber?«

»Ich habe Angst, dass er auch dir das Herz bricht.« Entschuldigend sah sie mich an. »Das mit Adam und dir klingt zwar eher nach der Anfangszeit zwischen Colton und mir, also nach Stoff für eine ganz große Liebesgeschichte. Trotzdem … ach, ich weiß nicht. Tief in mir drin bin ich davon überzeugt, dass er ein guter Kerl ist, nur habe ich irgendeine innerliche Sperre.« Madison griff nach meiner

Hand und drückte sie leicht. »Pass einfach nur auf dein Herz auf, in Ordnung?«

Das war leichter gesagt als getan. Denn der Muskel in meiner Brust klopfte jedes Mal ganz aufgeregt, wenn Adam und ich aufeinandertrafen. Seit meinem Besuch bei Adam hatten wir einige gemeinsame Schichten im Café gehabt, doch außer ein paar Schlagabtauschen und einigen schlechten Witzen war es zu keinen nennenswerten Begebenheiten zwischen uns gekommen. Keine Küsse. Keine Berührungen. Und das verunsicherte mich. Adam war einfach wie immer. Leider reichte mir das nun nicht mehr aus.

»Mach dir keine Sorgen«, sagte ich zu Madison. »Ich bin nicht plötzlich unsterblich in Adam verliebt, nur weil wir uns geküsst haben. Allerdings kann ich auch nicht abstreiten, dass ich an ihm interessiert bin.«

»So direkt hast du das bisher noch nicht gesagt.«

Ich senkte den Blick und strich mit meinen Fingern durchs Gras. »Weil es mir bis vor Kurzem auch nicht wirklich klar gewesen ist.«

Neben East und Dad war Adam früher einer der wichtigsten Menschen für mich gewesen. Bis Will ihn irgendwann abgelöst hatte. Und im Moment kämpfte er sich gerade wieder in meine Top drei zurück. »Weißt du, ich habe irgendwann vergessen, dass Adam mal eine wichtige Rolle in meinem Leben gespielt hat. Und jetzt ist er wieder da. Wir haben die Zeit, in der wir uns voneinander entfremdet haben, hinter uns gelassen und stehen jetzt wieder auf Start. Nur dass wir dieses Mal vielleicht in eine andere Richtung gehen. Nicht nach links zur Freundschaft, sondern vielleicht nach rechts zur …« Ich schaffte es nicht, das Wort *Liebe* auszusprechen. Nur weil ich Adam unheimlich gern mochte, war ich nicht plötzlich unsterblich in ihn verliebt. Verknallt? Möglicherweise ein bisschen. Es gab auch eine unbestreitbare Anziehung zwischen uns, wir waren wie zwei Magnete, die immer wieder zusammenfanden. Anders konnte ich mir nicht erklären, warum ich im Oktober neben Madison im Gras saß, mich wegen des aufkommenden Windes etwas fester in meinen Cardigan wickelte und darauf wartete, dass Colton und Adam wieder zu uns kamen.

»Ich weiß, was du meinst«, sagte Madison. »Bei Colton und mir war es ähnlich. Die Anziehung war da, aber er war älter als ich, schon eine ganze Zeit lang auf dem College … da stürzt man sich nicht einfach Hals über Kopf in eine Beziehung, sondern man tastet sich langsam aneinander heran und versucht, sich nicht von dem heftigen Herzklopfen überrumpeln zu lassen.«

»Wir sind eben wirklich sehr rationale Menschen.«

»Tooootal. Und vor allem auch superernsthaft.« Kichernd bewarf sie mich mit ein paar Grashalmen.

»Hey«, beschwerte ich mich und zupfte mir die Halme aus den Haaren. »Wenn ich heute Abend im Verbindungshaus grüne Strähnen habe, bist du schuld.«

»Das merkt sowieso keiner. Im Moment sind alle gehypt vom Spiel und heiß auf die nächste Aufgabe.« Madison lehnte sich verschwörerisch zu mir. »Ich kenne alle Bingo-Karten, und ich kann dir also im Vertrauen erzählen, dass diejenigen, die bereits zwei Aufgaben erfüllt haben, noch keine zwei Felder neben- oder untereinander haben.«

Ich ebenfalls nicht, aber wenn ich Glück hatte, würde ich irgendwann die Diagonale vollmachen. Dafür fehlten mir nur noch drei Stempel.

»Du solltest dich nur nicht zu sehr auf Adam fokussieren, sondern lieber das Spiel im Auge behalten«, sagte Madison. »Er wird dir nämlich kein Zimmer im Wohnheim bezahlen können.«

»Das könnte ich auch niemals annehmen.« Vorher würde ich mir lieber einen Job suchen und wieder nach Hause zu Dad und East ziehen.

»Weiß ich doch. War auch nur so dahergesagt.«

»Schon gut. Aber du hast ja recht.« Ich richtete meinen Blick auf Adam, der gerade den Tennisball übers Netz zu Colton beförderte. Colton sprintete los, erwischte den Ball jedoch nicht mehr. Madisons Freund hob den Tennisball auf und ging dann in Richtung des Netzes. Dort traf er auf Adam und die beiden reichten sich die Hand.

Fragend sah ich zu meiner Mitbewohnerin. »Wer hat jetzt gewonnen?«

»Ich schätze, Adam, bin mir aber nicht sicher.« Wie sollte man das auch wissen, wenn der Gewinner keinen Siegestanz aufführte?

Sie verließen das Tennisfeld und machten sich auf den Weg zu uns. Adam griff nach dem Saum seines T-Shirts und tupfte sich damit den Schweiß von der Stirn. Leider – oder Gott sei Dank? – erhaschte ich dadurch einen Blick auf seinen durchtrainierten Bauch. Und natürlich erwischte Adam mich beim Starren, als er wieder aufblickte. Er blieb vor mir stehen und balancierte dabei spielerisch den Tennisschläger auf seiner Handfläche. »Na, hast du etwas gesehen, was dir gefallen hat?«

»Keine Ahnung, wovon du sprichst«, murmelte ich.

Adam grinste nur dämlich. »Schon klar.« Er hielt mir die Hand hin, ich ergriff sie und ließ mir von ihm aufhelfen. Dicht vor ihm blieb ich stehen. »Du siehst etwas erhitzt aus.«

»Du doch auch.« Flirtete Adam gerade mit mir?

»Da täuschst du dich aber.« Ich wickelte mich etwas fester in meinen Wollcardigan. Der Sommer war eindeutig vorbei. Doch die Message war noch nicht wirklich bei Adam angekommen, der in einem kurzärmeligen Shirt und Shorts vor mir stand.

Adam wollte gerade einen Schritt auf mich zu machen, als Colton ihn ansprach. »Adam, sehen wir uns später im Verbindungshaus?« Offensichtlich wollte er sich bereits auf den Weg nach Hause machen.

Anstatt ihm zu antworten, sah er mich an. »Wirst du dort sein?«

»Natürlich, es ist Bingo-Nacht.«

Über meinen Kopf hinweg sah er zu Colton. »Dann bis später.«

Colton winkte uns zu. »Bis dann«, sagte er, drückte Madison einen Kuss auf die Lippen, legte sich den Schläger über die Schulter und schlenderte lässig davon.

»Begleitest du deinen Freund gar nicht?«, fragte Adam an Madison gewandt.

»Nope, ich muss zurück ins Wohnheim. Du doch auch, oder, Haley?«

Ich nickte.

Adam griff nach meiner Hand und drückte sie leicht. »Dann sehen wir uns in zwei Stunden im Verbindungshaus. Ich freue mich auf dich.«

Er hielt meine Hand länger fest als nötig und machte sich im Anschluss auf den Heimweg. Madison und ich sahen ihm noch eine ganze Weile hinterher.

»Er wirkt verändert«, sagte sie. »Und das mag ich.«

Das Erste, was ich sah, als ich an diesem Abend das Verbindungshaus betrat, war Adam. Er lehnte an einer Wand im Eingangsbereich, und als sein Blick auf meinen traf, stieß er sich ab und kam sofort auf mich zu. »Lang nicht gesehen, Prinzessin.«

Früher hätte ich vermutlich so etwas wie »Nicht lang genug« entgegnet, aber das kam mir nun falsch vor. »Hattest du schon Sehnsucht nach mir?«, fragte ich stattdessen.

»Und wie! Lust auf ein Getränk?«

»Da wir vermutlich nicht schon wieder einen Roadtrip machen müssen, spricht eigentlich nichts dagegen.«

Madison, die neben mir stehen geblieben war, schnaubte. »Hallo, Adam. Schön, dass du nur Augen für Haley hast.«

»Hey, Madison.«

»Und es gibt kein weiteres *Verlasse-den-Bundesstaat*-Los. Also keine Sorge.«

Wie aus dem Nichts tauchte Javier auf. »Werden hier Insiderinformationen ausgetauscht?«

Madison schüttelte den Kopf. »Natürlich nicht.« Das war wohl Auslegungssache.

»Sorry, dass ich gefragt habe. Aber bei deiner Mitbewohnerin und dem besten Freund deines Freundes kann man ja nur davon ausgehen, dass die beiden bevorzugt werden.«

»Ernsthaft? Das denkst du?«, fragte ich an Javier gewandt.

Er zuckte mit den Schultern und Madison funkelte ihn böse an. »Wirfst du mir etwa Manipulation vor?«

»Möglicherweise kam mir der Gedanke.« Javier warf mir einen entschuldigenden Blick zu, dabei sollte er das lieber bei Madison machen.

»Weißt du, was?«, zischte diese. »Am besten ziehst du heute das Los, dann kannst du nur dir die Schuld geben, wenn du eine beschissene Aufgabe aussuchst.« Sie drehte sich um und stapfte davon.

»Jetzt ist sie sauer«, stellte Javier richtigerweise fest.

Adam stieß ihn mit der Schulter an. »Wundert dich das?«

»Irgendwie nicht.«

»Vielleicht solltest du sie später um Verzeihung bitten«, schlug ich vor. »Am besten, bevor du das Los ziehst.«

»Dafür muss ich mir aber zuerst Mut antrinken«, sagte er und starrte sehnsüchtig in Richtung der Küche.

Adam griff nach meiner Hand. »Wir begleiten dich. Haley und ich wollten uns sowieso gerade ein Drink gönnen.«

Zu dritt gingen wir in die Küche und bedienten uns am Kühlschrank. Adam und Javier entschieden sich für Miller Lite, ich griff nach einem White Claw mit Kirschgeschmack. Mir war mehr nach Alcopop als nach Bier. Wir stießen miteinander an und Javier entschuldigte sich für sein dummes Gerede. Wenn jemand wusste, dass der Mund manchmal schneller als der Kopf war, dann ich. Deshalb war ich ihm natürlich auch nicht böse. Danach unterhielten wir uns eine Weile über unsere Kurse, Freizeitaktivitäten und unsere Lieblingssüßigkeiten. Als Adam gerade eine zweite Runde Getränke für uns organisierte, tauchte Madison auf und deutete vielsagend auf Javier. »Los geht's, Vazquez. Dein großer Auftritt steht bevor.«

Sie wartete gar nicht auf eine Antwort, sondern wirbelte herum und marschierte davon. Natürlich lief Javier ihr sofort hinterher.

»Hast du Javier beleidigt, oder warum ist er eben so schnell abgehauen?«, fragte Adam, als er mit drei Bier zurückkehrte.

»Sehr witzig«, sagte ich und nahm ihm mein Getränk ab. »Er verfolgt Madison. Bestimmt will er noch seine Entschuldigung loswerden.«

»Er ist ein guter Kerl. Manchmal hat er eine große Klappe, aber ich mag ihn.«

»Irgendwie hatte ich bisher das Gefühl, ihr habt so ein Feindschafts-Freundschafts-Ding am Laufen.«

»Nur hin und wieder kleine Konkurrenzkämpfe«, sagte er leichthin.

»Aha.« Männer. »Gehen wir ins Wohnzimmer. Ich will nicht verpassen, wenn Javier die Frage zieht.«

Adam stellte eines der Biere auf dem Tresen ab und folgte mir. Es hatten sich bereits einige Leute rund um Madisons Couchtisch-Tribüne versammelt. Als sich unsere Blicke trafen, stieß sie Javier mit dem Ellbogen an und dieser pfiff laut, um die Anwesenden zur Ruhe zu bringen.

»Schön, dass ihr alle wieder so zahlreich erschienen seid«, begrüßte Madison die Menge. »Ihr fragt euch bestimmt, warum Javier Vazquez neben mir steht. Er darf das heutige Los ziehen.«

Irgendjemand fragte laut nach dem Warum.

Meine Mitbewohnerin warf Javier einen Seitenblick zu. »Damit alle sich überzeugen können, dass es mit rechten Dingen zugeht, darf jederzeit jemand ein Los ziehen. Ihr müsst nur Bescheid geben.« Danach streckte Madison dem armen Javier das Glas mit den Losen entgegen. »Spiel die Glücksfee für uns.«

Das ließ er sich nicht zweimal sagen und wühlte durch die Lose, bis er einen der Zettel herauszog und ihn an Madison übergab. »Bitte schön.«

Sie faltete das Stück Papier auseinander, zeigte es zuerst Javier und sagte dann laut: »Wiederhole den größten Fehler deines Lebens.«

Sie sah sich um. »Fragen dazu?«

»Wie willst du prüfen, was der größte Fehler unseres Lebens war?«

Sie zeigte auf das Mädchen, das die Frage gestellt hatte. »Guter Punkt, Ruby. Das Ganze wird so ablaufen, dass ihr euch jetzt Gedanken darüber macht und wir dann kurz darüber sprechen. Es gilt nicht, wenn mir jemand von euch erzählt, sein größter Fehler war der Kauf einer Schlaghose, und derjenige diese das ganze Wochenende trägt.« Was irgendwie klar war.

»Okay«, lautete Rubys Antwort. Ansonsten blieb es erstaunlich still im Raum. Vermutlich gingen bereits alle ihr Repertoire an Dummheiten durch, um sich im Anschluss daran für eine zu entscheiden.

Ich drehte mich zu Adam. »Und? Denkst du gerade über deinen größten Fehler nach? Du weißt schon, damals als du mich wie den Dreck unter deinen Schuhen zu behandelt hast.«

Adam starrte mich an, als hätte ich den Verstand verloren. »Wer sagt, dass ausgerechnet *das* der größte Fehler in meinem Leben war? Haben wir ein kleines Ego-Problem, Ms. Evans?«

»Ich … ich hab ganz bestimmt kein Ego-Problem.«

Madison tauchte neben mir auf. Offensichtlich waren alle Fragen geklärt. »Na, Ärger im Paradies? Haley, ich möchte nur anmerken, dass du dich bei Javier, der Glücksfee, für die heutige Aufgabe bedanken könnt.«

»Zwischen Haley und mir ist alles in Ordnung, aber danke der Nachfrage. Aber weil wir gerade über große Fehler reden: Was war denn deiner, Haley?«

Ich verschränkte die Arme vor der Brust. »Vielleicht, dass wir wieder miteinander reden.«

Madison wirkte, als würde sie gerade eine sehr interessante Netflixserie ansehen. Fehlte nur noch, dass sie sich Popcorn in den Mund stopfte.

»Komm schon, Haley. Streng dich etwas mehr an.«

Ich tippte mir in gespielt nachdenklicher Pose mit dem Zeigefinger aufs Kinn. »Es muss was wirklich Krasses sein, da es deiner Meinung nach wohl nicht ausreichend ist, einfach eine Person von einem auf den anderen Tag aus dem Leben zu streichen.«

Adam trank einen Schluck Bier. »Jetzt werd nicht unfair. Ich dachte, wir haben das geklärt.«

»Haben wir ja auch«, grummelte ich. »Eigentlich. Aber du regst mich gerade tierisch auf.«

»Offensichtlich habe ich dein Ego verletzt.«

»Offensichtlich«, zischte ich, »war dein Verhalten für mich einfach viel schlimmer als für dich.«

»Red dir das ruhig ein.«

»Musst du eigentlich immer eine Antwort parat haben? Von mir aus können wir unser Gespräch an dieser Stelle beenden.«

»Ganz bestimmt nicht«, sagte Adam, »denn ich will jetzt wissen, was dein größter Fehler war.«

»An die *Penn* zu gehen und dich wiederzusehen.«

»Mööööp.« Adams Imitation eines Buzzers war erstaunlich gut. »Neuer Versuch.«

»Dann … keine Ahnung.«

»Denk nach, Haley.«

Ich warf Madison einen *Adam-ist-so-blöd*-Blick zu, den sie hoffentlich richtig deutete. Ich ließ Adam – und zwangsläufig auch Madison – stehen, ging in die Bibliothek und setzte mich mit verschränkten Armen auf die Couch. Natürlich waren mir die beiden hinterhergelaufen. Adam setzte sich neben mich und klopfte mir auf den Oberschenkel, meine Mitbewohnerin blieb jedoch vor mir stehen. »Was ist los? Wieso stapfst du wütend davon?«

Ich zog es vor, zu schweigen. Adam, der sich besser ein Beispiel an mir genommen hätte, sah das allerdings anders. »Ich bin mir ziemlich sicher, dass Haley bereits weiß, was ihr größter Fehler war. Sie kann nur noch nicht darüber sprechen.«

Ich grummelte nur irgendetwas Unverständliches.

»Du musst die Aufgabe nicht lösen, Prinzessin«, sagte er zu mir und rieb mir beruhigend über den Oberschenkel.

Madison und ich tauschten einen Blick miteinander aus, denn sie wusste, dass ich eigentlich jede Chance nutzen sollte, die sich mir bot. Aber ich war wirklich nicht bereit, meinen größten Fehler zu wiederholen.

»So schlimm kann es doch nicht sein.« Madison hatte ja keine Ahnung.

»Das sagst du nur, weil deine Mom dich nicht als Säugling bei deinem Dad gelassen und sich nie wieder bei dir gemeldet hat.«

»Ich verstehe nicht …«, sagte Madison, während Adam nach meiner Hand griff und sie mit meiner verschränkte. Die Geste war seltsam tröstlich.

Tief saugte ich frische Luft in meine Lunge. »Meine Mom … ich hab sie einmal besucht, als ich vierzehn Jahre alt war. Ich hatte die Hoffnung, dass sie sich möglicherweise für mich interessieren könnte. Kontakt wollen würde.«

»Leider war es nicht so«, sagte Adam mit sanfter Stimme. Ich war froh darüber, denn ich hätte die Worte nicht über meine Lippen gebracht.

»Scheiße«, flüsterte Madison und setzte sich auch neben mich. »Das tut mir echt leid.«

»Du kannst doch nichts dafür.«

»Trotzdem …« Sie lehnte ihren Kopf an meine Schulter.

So saßen wir eine Weile da, bis ich mir auf die Schenkel klopfte. »Wisst ihr, was?«

»Was denn?«, fragten Adam und Madison gleichzeitig.

»Ich finde, ich sollte Mom mal wieder an meine Existenz erinnern.«

Adam, der wusste, dass ich nach der ersten Kontaktaufnahme wochenlang geheult hatte, schüttelte den Kopf. »Das ist keine gute Idee, Haley.«

»O doch«, widersprach ich.

»Vielleicht ist es wirklich keine schlechte Idee.« Madison klang zuversichtlich. »Wenn sie sieht, was für eine starke junge Frau aus dir geworden ist, bereut sie ihr Verhalten womöglich.«

»Und wenn nicht, kann sie mir nicht noch einmal das Herz brechen«, sagte ich.

»Sei dir da nicht so sicher«, wisperte Adam. »Herzen sind fragiler, als man denkt.«

KAPITEL 21

»Danke, dass du mitgekommen bist«, sagte ich einen Tag später zu Adam und starrte auf die Fassade der imposanten Luxusimmobilie, die nicht weit entfernt vom New Yorker Central Park lag. Dieses Mal waren wir nicht überstürzt nachts aufgebrochen, sondern am nächsten Morgen. Die ungefähr zweistündige Fahrt hatten wir dank Adams Roadtrip-Spotify-Liste und zahlreichen Gesprächen schnell hinter uns gebracht. In Momenten wie diesen konnte ich nicht glauben, dass Adam und ich uns geküsst hatten, weil wir immer wieder mühelos in den Freundschaftsmodus wechselten. Das war einerseits schön, andererseits überforderte es mich, weil ich mir Adam und mich nicht in einem Friends-with-benefits-Szenario vorstellen konnte. Nicht, nachdem er mir von seinen früheren Gefühlen für mich erzählt hatte. Aber ich wollte das alles nicht zerdenken, da wir uns ja darauf geeinigt hatten, gemeinsam herausfinden zu wollen, wie es mit uns weitergehen würde. Dass ein solches Unterfangen Zeit brauchte, war keine Überraschung. Schon gar nicht, wenn man irgendwo zwischen Friendzone und zarter Verliebtheit herumtänzelte.

Ich legte mir die Hand über die Augen, da es heute verdammt hell war und ich das Haus näher in Augenschein nehmen wollte. Die Sonne strahlte vom Himmel, obwohl Regentropfen viel angemessener wären. Zumindest würden sie besser zu meiner Stimmung passen. Obwohl sich die Bäume bereits herbstlich verfärbt hatten, fühlte sich der heutige Tag eher nach Spätsommer an.

»Als hätte ich dich allein zu dieser Frau fahren lassen. Und ich glaube, Madison wäre ebenfalls am liebsten mitgekommen.«

»Sie ist eine verdammt gute Freundin.« Das stellte ich nicht das erste Mal fest.

»Finde ich auch. Ich bin froh, dass du mit ihr zusammenlebst.«

»Ich auch.« Wenn man bedachte, dass Yuna in ihrer WG nicht besonders glücklich war, lag die Wahrscheinlichkeit, mit jemandem zusammenzuwohnen, den man richtig gut leiden konnte, nicht besonders hoch.

»Können wir weiter?«, fragte Adam. »Oder willst du noch eine Weile dieses Haus anstarren? Spoilerwarnung: Wir werden uns so was nie leisten können.«

»Du möglicherweise schon, wenn du mit deiner App superreich wirst.«

»Dann schreibe ich es auf meine *Immobilien-für-später*-Liste.«

»Gute Idee. Meine Mom würde dich hassen, wenn du ihrem Mann sein Haus abschwatzt.«

Adams Augen weiteten sich. »Du willst mir jetzt aber nicht erzählen, dass deine Mom da drin wohnt?«

»Leider doch.«

Nun starrte Adam das Gebäude ehrfürchtig an. Es war relativ schmal, aber vier Stockwerke ragten hinauf in den Himmel. Die weiße Fassade hob sich nicht von den anderen Häusern in der Straße ab, jedoch tat es der imposante Eingangsbereich. Breite Steinstufen führten zu einer doppelflügeligen Tür und verliehen ihm den typischen New Yorker Stadthausflair. »Sie muss jetzt eine Menge Kohle haben.« Sein Blick wanderte auf meine Jeans und den *Never-grow-up*-Pullover, den ich trug. »Easton und du bekommt wohl nicht wirklich oft Geld von ihr zugeschickt.« Man sollte das *nicht oft* im Satz gegen ein *nie* tauschen.

Ich verschränkte die Arme vor der Brust. »Was willst du mir damit sagen, Carter?«

»Nur, dass du eben selten etwas von Gucci oder Prada trägst.«

»Genauso wenig wie du.«

»Meine Eltern sind aber nicht multimillionärsreich.«

»Dad auch nicht. Du kennst unser Haus.« Ich deutete auf Moms Luxusimmobilie. »Das passt hier bestimmt zehn Mal rein.«

»Wenn nicht öfter«, murmelte er. »Aber mal ernsthaft, wie konnte ich das nicht wissen?« Er fuchtelte mit seiner Hand herum. »Und vor allem: Warum machst du überhaupt bei diesem Spiel mit, wenn deine Mom quasi die ganze Universität kaufen könnte?«

Ich schnaubte. »Wie wir ja bereits dank meines Outfits festgestellt haben, besitze ich nicht einmal genügend Geld, um mir ein zweites Semester an der *Penn* leisten zu können. Dad hat seinen Job verloren und East rackert sich den Arsch ab, um mir irgendwie unter die Arme zu greifen, aber es reicht nicht. Möglicherweise könnte ich eine Niere verkaufen, aber das würde ich nur im äußersten Notfall tun. Darum nehme ich am Spiel teil, Adam. Ich brauche diese hunderttausend Dollar, sonst kann ich mir meinen Traum vom Studium abschminken.«

»Scheiße.« Mehr sagte er daraufhin nicht, er sah mich nur mitleidig an. Da er nicht geschockt wirkte, nahm ich an, dass er bereits wusste, dass Dad arbeitslos war. Es sollte mich nicht wundern, da unsere Eltern befreundet waren. Bestimmt funktionierte der Buschfunk von Sheffield nach Philadelphia ausgezeichnet. Allerdings machte er einen Schritt auf mich zu und umarmte mich fest. »Und deine Mom … ?«, flüsterte er.

»Warum sie mir nicht unter die Arme greift?«, fragte ich und machte mich wieder von ihm los.

»Ja, genau.«

»Oh, das werde ich dir gleich anhand eines praktischen Beispiels zeigen.« Ich griff nach Adams Hand und zog ihn mit zur Eingangstür. Nachdem ich geklingelt hatte, warteten wir stumm nebeneinander.

Die Tür wurde geöffnet, aber nicht meine Mom stand vor uns, sondern ein junges Dienstmädchen. Klischeehaft bekleidet mit einem schwarzen Kleid und weißer Schürze. »Kann ich Ihnen weiterhelfen?«, fragte sie uns.

»Ich würde gern mit Victoria Schwarzman sprechen.«

»Haben Sie einen Termin?«, fragte die Bedienstete meiner Mom.

»Nein, aber richten Sie ihr bitte aus, dass Haley Evans sie sprechen möchte.«

Sie wirkte etwas verunsichert. Offensichtlich wusste sie nicht so recht, was sie mit Adam und mir anfangen sollte. »Ich werde Sie und Ihren Begleiter …«

Auffordernd sah sie mich an.

»Adam Carter«, sagte er an meiner Stelle.

»… Mr. Carter ankündigen. Warten Sie bitte hier.« Kurz darauf wurde uns die Tür vor der Nase zugeschlagen.

»Nett.« Adam schnaubte. Hatte er etwas anderes erwartet?

»Ich bin nicht überrascht. Beim letzten Mal lief es genauso ab. Nur dass ich hier draußen im Regen stand und keinen Schirm hatte.« Adam drückte meine Hand, und ich mochte, wie er mir mit dieser kleinen Geste symbolisierte, dass er an meiner Seite war.

»Adam?«

»Ja?«

»Wo lernt man denn eigentlich Multimillionäre kennen?«

Er schmunzelte. »Fragst du für eine Freundin?«

»Schön wär's. Ehrlich gesagt wäre ich eher dafür zu haben, einen reichen alten Sack zu heiraten, anstatt irgendwelche Organe zu spenden.«

»Ich würde mal behaupten, wenn du dein Herz verkaufst, hat sich das mit dem College auch erübrigt.«

»Ich dachte eher an eine Niere.«

»Haley, in manchen Momenten wäre es wirklich besser, du würdest die Klappe halten.«

»Sorry, bin etwas nervös. Da neige ich dazu, Bullshit zu labern.«

»Ist mir noch gar nicht aufgefallen.« Kurz schwiegen wir, dann sagte er: »Weißt du, du solltest nicht so kompliziert denken. Warum muss es Organhandel sein? Du könntest ja auch strippen.«

»Hast du mich schon mal tanzen gesehen?«

»Okay, schlechte Idee. Ich glaube, das würde mit den Bewegungsabläufen nicht wirklich hinhauen. Escortservice?«

Ich winkte ab. »Die wollen doch lieber kultivierte Menschen. Wenn ich zu einem Geschäftsessen müsste, würde ich mit meinem Kopf nach einer halben Stunde auf die Tischplatte fallen.«

»Verständlicherweise. Wie ich sehe, bleibt uns nur noch eine Sache.«

»Uns?«, fragte ich nach.

»Hey, ich lasse dich doch nicht hängen«, sagte er zu mir.

Überrascht sah ich ihn an. »Nicht?«

»Natürlich nicht.«

Ich musste mich räuspern. »Und was ist die letzte Sache, die uns noch bleibt?«

»Wir müssen gemeinsam Pornos drehen.«

Ich lachte los und Adam stimmte mit ein. Genau in diesem Moment war ich mir verdammt sicher, dass ich mich ohne Wenn und Aber in ihn verliebt hatte. Mir war klar, dass er seine Worte nicht ernst meinte, sondern nur nach einem Weg suchte, mich abzulenken. Und das hatte er geschafft, denn ich vergaß, dass mir eigentlich speiübel war. Immerhin war ich dumm genug, um ein weiteres Mal auf meine Mom zuzugehen, nachdem sie mich bereits einmal abgewiesen hatte.

Die Tür öffnete sich erneut und Adam und ich verstummten. Dieses Mal stand nicht das Dienstmädchen vor mir, sondern der Teufel … ich meinte, meine Mom höchstpersönlich. Auch wenn es dumm war, aber jedes Mal, wenn ich vor ihr stand, zog sich mein Herz erwartungsvoll zusammen. Ich traute mich kaum zu atmen und nahm innerhalb eines Wimpernschlag jedes noch so kleine Detail an ihr wahr. Das teure Outfit, die hochhackigen Schuhe, die sorgfältig frisierten Haare. Ihr Anblick gab mir immer das Gefühl, unzulänglich zu sein. Vielleicht lag es aber auch mehr an ihrem teilnahmslosen Blick. Natürlich hätte ich gern behauptet, dass es mich absolut kaltließ, meine Mom zu sehen. Doch das wäre gelogen, denn ich hasste sie nur aus dem einen einzigen Grund: Weil sie mich nicht liebte und ich ihr egal war.

Ich zog die Hand zurück und löste somit Adams tröstliche Berührung.

»Haley«, sagte sie mit scharfem Tonfall. »Ich dachte, ich hätte mich bei meinem letzten Mal klar ausgedrückt.«

»Möglicherweise warst du nicht besonders deutlich.«

»Dann sollte ich mich vielleicht dieses Mal so ausdrücken, dass du es auch verstehst«, blaffte sie. »Du bist hier nicht willkommen.«

Obwohl ich mich mental auf genau so eine Situation eingestellt hatte, tat es dennoch weh, ihre Worte zu hören. Vor allem, da sie mich mit der Wucht eines Baseballschlägers direkt in den Magen getroffen hatten.

Ich konnte nicht anders, als die Frau, die mir das Leben geschenkt hatte, schockiert anzustarren. Selbst wenn ich gewusst hätte, was ich zu ihr sagen sollte, hätte ich es nicht geschafft, auch nur einen Laut über meine Lippen zu bekommen, da sich alles in meinem Kopf drehte. Ich warf Adam einen um Hilfe suchenden Blick zu und bemerkte, dass er sein Smartphone in der Hand hielt und die Szene unauffällig mitfilmte. Am liebsten hätte ich ihm sein Telefon aus der Hand geschlagen, denn ich wollte diesen demütigenden Augenblick nicht für die Ewigkeit festgehalten haben. Doch mir war klar, dass Adam mir eigentlich einen Gefallen damit tat, da ich Madison glaubhaft beweisen musste, dass ich die Aufgabe erfüllt hatte.

»Ich …« Weiter kam ich nicht, da ein ziemlich stark geschminktes Mädchen, das ungefähr so alt wie ich oder vielleicht ein wenig jünger sein musste, hinter meiner Mom auftauchte.

»Wer ist das, Mom?«, fragte sie, und ich machte taumelnd einen Schritt zurück.

Für eine Sekunde entgleisten die Gesichtszüge meiner Mom. Vermutlich ebenso wie meine. Doch dann drehte sie sich mit einem Lächeln im Gesicht zu ihrer Tochter herum. »Das sind nur zwei Freiwillige von diesem karitativen Projekt, von dem ich dir erzählt habe.« Karitatives Projekt? Von ihrer Wohltätigkeit hatte ich in den letzten achtzehn Lebensjahren nicht viel mitbekommen.

»Das mit den mittellosen Jugendlichen?«, fragte sie nach.

Karikatives Projekt? Mittellose Jugendliche?

»Genau das.«

Das Mädchen winkte. »Schön, euch kennenzulernen.« Im Gegensatz zu meiner Mom schien sie tatsächlich Manieren zu besitzen. »Ich heiße Amy.«

Im Gegensatz zu mir schaffte Adam es, uns vorzustellen. »Hi, Amy. Das hier ist Haley. Und mein Name ist Adam.«

»Wollt ihr nicht reinkommen?«, bot Amy an.

Meine Mom und ich schüttelten gleichzeitig den Kopf.

»Nein danke«, krächzte ich. »Wir hatten nur etwas zu besprechen, aber jetzt müssen Adam und ich wieder los.« Ich wollte nur weg von hier. Weg von meiner Mom, die mich nie geliebt hatte. Und von ihrer Tochter, die sie im Gegensatz zu mir nicht verlassen hatte.

Ohne mich zu verabschieden, drehte ich mich um und lief davon. Ich wollte einfach so viel Abstand wie möglich zwischen uns bringen. Es war mir egal, dass ich Adam einfach stehen ließ, und ich scherte mich auch nicht darum, dass ich meine Mom und meine Halbschwester – das war sie doch, oder? – stehen gelassen hatte.

»Haley.« Adam rief nach mir, doch ich ignorierte ihn, rannte durch die Straßen, drängte mich an Passanten vorbei, während erste Tränen über meine Wangen tropften.

Was hatte Amy, was mir fehlte? Warum hatte meine Mom *mich* verlassen, sie aber nicht? Was stimmte nicht mit mir? War ich ihr nicht gut genug? Oder lag es einfach daran, dass mein Dad ihr keine millionenteure Immobilie mitten im New York bieten konnte?

Ich erreichte den Eingang des Central Parks, lief weiter und blieb erst auf einer Brücke stehen, die über einen kleinen Teich führte. Schwer atmend hielt ich mich an der Steinmauer fest und starrte auf das Wasser, in dem sich die Sonnenstrahlen brachen. Diese Idylle war beinahe nicht auszuhalten. Nicht, während in meinem Inneren ein Sturm tobte.

»Prinzessin.« Adam tauchte dicht neben mir auf und legte mir einen Arm um die Schulter.

»Du bist mir gefolgt«, flüsterte ich und drückte mich dichter an ihn.

»Ja. Und wenn ich dir eine Sache sagen darf«, im Gegensatz zu mir war er kein bisschen außer Atem, »so unsportlich, wie du immer tust, bist du gar nicht.«

Nun weinte und lachte ich gleichzeitig. »Weißt du«, die Worte wollten meinen Mund kaum verlassen, »ich hatte bis heute keine Ahnung, dass sie nach East und mir noch weitere Kinder bekommen hat. Jahrelang habe ich versucht, mir einzureden, dass sie vielleicht einfach nicht der Typ Mensch für eine Familie sei. Aber die Wahrheit ist, dass sie einfach nur Dad, East und mich nicht wollte.«

»Haley.« Adam drückte mir einen Kuss aufs Haar. »Jeder, der dich auf Abstand hält, ist ein Dummkopf. Denn du bist der wundervollste Mensch, den ich kenne.«

Ich schlang die Arme um ihn und versteckte mein Gesicht an seiner Brust. Und dann weinte ich eine sehr lange Zeit wegen der Frau, die eigentlich keine einzige meiner Tränen verdient hatte.

KAPITEL 22

Wir fuhren an diesem Tag nicht zurück an die Uni. Stattdessen hatte Adam uns ein Hotelzimmer in New York gebucht und mich danach in einen Club geschleift. Dort lehnten wir nebeneinander an der Bar und ich starrte die Shots an, die Adam für uns bestellt hatte. Ich konnte immer noch nicht glauben, dass der Barkeeper uns immer wieder Drinks über den Tresen hinweg zuschob, ohne sich über unser Alter Gedanken zu machen. Allerdings sollte ich mich auch nicht wundern, denn wir waren in keiner fancy Bar, sondern in irgendeinem Nachtclub, vor dessen Eingang nicht einmal ein Türsteher unsere ID-Cards kontrolliert hatte.

»Willst du jetzt darüber reden?«, fragte Adam.

»Nein.« Ich griff nach dem ersten Shot, prostete Adam zu und dann exte ich ihn. Während ich mich schüttelte und versuchte, das Teufelszeug unten zu behalten, tat Adam es mir gleich. Er wirkte im Gegensatz zu mir allerdings nicht so, als würde er sich jede Sekunde übergeben müssen.

»Weißt du, was? Ich glaube, ich möchte jetzt doch darüber sprechen.«

Adam stupste mich mit dem Ellbogen an. »Lockert der Alkohol schon deine Zunge?«

»Tut er nicht.«

»Beim nächsten Getränk dann.«

Ich lehnte meinen Kopf gegen Adams Schulter. »Aber mal ehrlich, wie kann sie in diesem übertrieben großen Haus mit ihrem millionenschweren Ehemann und ihrer perfekten Tochter leben und sich einen Scheiß darum kümmern, wie es Dad, East und mir geht?« Ich hatte mir diese Frage bereits nach meinem ersten Besuch bei ihr gestellt. Allerdings hatte ich damals noch nicht gewusst, dass sie ein weiteres Kind hatte. Ein Kind, das ihr nicht egal war, das sogar bei ihr wohnte. Jeden Tag mit ihr zu Abend aß. Vielleicht sogar ihre Hilfe bei den Hausaufgaben brauchte – und diese auch bekam.

»Ich behaupte jetzt einfach einmal, dass sie kein Gewissen hat. Und sie vermutlich mehr Wert auf ihr eigenes Wohl als auf deines legt.«

Was sollte ich darauf antworten? Ich hatte keine Ahnung. Stattdessen drückte ich mich noch dichter an Adam. »Kannst du fassen, dass ich eine Halbschwester habe?«

»Ich dachte eigentlich immer, dich gibt es nur einmal. Und dann steht da plötzlich eine jüngere Version von dir.«

»Findest du, dass sie mir ähnlich sah?«

Adam schob einen weiteren Shot zu mir. »Ein wenig. Wie eine Cousine.« Sie hatte ja auch einen anderen Dad.

»Adam?« Ich brachte ein wenig Abstand zwischen uns, damit ich ihn ansehen konnte. »Meinst du … Amy weiß, dass sie zwei Halbgeschwister hat?«

Adam schnaubte. »So schnell, wie deine Mom dich loswerden wollte? Bestimmt nicht.«

»Nenn sie nicht meine Mom«, sagte ich giftig. »Sie ist einfach nur die Frau, die mich geboren hat.«

»Darauf trinken wir.« Gleichzeitig griffen wir nach dem nächsten Shotglas und stießen miteinander an. Genauso synchron hoben wir die Gläser an unsere Lippen und tranken.

»Whoa«, sagte ich und schüttelte den Kopf so stark, dass sich eine Haarsträhne aus meinem Dutt löste. Adam strich sie aus meinem Gesicht. Danach beugte er sich zu mir und küsste mich. Es war nur ein zärtlicher Kuss auf die Lippen. Dann folgte einer auf meine Wange. Langsam zog er eine Spur bis zu meinem Ohr. »Es tut mir leid, dass deine Erzeugerin so eine Enttäuschung ist.«

»Das war mir leider schon eine Weile klar. Nur die Sache mit Amy hat mich unvorbereitet getroffen. Vorher konnte ich mir einfach gut einreden, dass sie eben nicht für eine Familie und Kinder geschaffen war.«

Adam sah mir fest in die Augen. »Haley Evans, du bist wirklich der stärkste Mensch, den ich kenne.«

»Und du bist ... *mein* Adam«, krächzte ich und musste schlucken, weil sich ein Kloß in meinem Hals bildete. »Du hast innerhalb so kurzer Zeit wieder einen verdammt großen Stellenwert in meinem Leben eingenommen, dass ich gar nicht weiß, wie ich jemals ohne dich klargekommen bin. Du bist immer an meiner Seite und für mich da und ...«

Adam ließ mich nicht aussprechen, sondern küsste mich erneut. Dieses Mal blieb es bei keiner zärtlichen Berührung unserer Lippen. Das hätte mir auch gar nicht gereicht. Ich wollte wieder diese süchtig machenden Küsse, die mich schon vor zwei Wochen um den Verstand gebracht hatten und von denen ich einfach nicht genug bekommen konnte. Und ich wusste nicht einmal, woran es lag. Daran, dass Adam ein guter Küsser war, oder weil mein Herz noch nie so schnell geklopft hatte, wie es bei ihm der Fall war?

»Prinzessin?«

»Ja?«

»Bist du bereit für die Nacht deines Lebens?«

Ich lachte auf. »Nur wenn du dabei an meiner Seite bleibst.« Adam griff nach dem letzten Shot, ich tat es ihm gleich, und nachdem wir ausgetrunken hatten, knallten wir die Gläser auf den Tresen. Adam verschränkte unsere Hände miteinander und zog mich auf die Tanzfläche.

»Ich wusste gar nicht, dass du ein Tänzer bist.«

»Bin ich auch nicht. Aber ich bekomme es wunderbar hin, meine Arme in die Luft zu reißen und mich zur Musik zu bewegen.«

Ich schüttelte belustigt den Kopf, schloss dann aber die Augen. Da ich keine große Partygängerin war, konnte ich die Gelegenheiten, bei deinen ich zu wilden Beats getanzt hatte, an einer Hand abzählen. Doch heute bewegte sich mein Körper von ganz allein zur Musik. Es fühlte sich beinahe an, als müsste es so sein. Adam und ich. Hier, in diesem Club.

Ich drehte mich, und kurz darauf spürte ich Adams Hände an meiner Hüfte. Er schlang locker den Arm um mich und es fiel mir nicht schwer, mich gegen ihn sinken zu lassen und mich im gleichen Takt wie er zu bewegen. Hin und wieder bildete ich mir ein, seine Lippen an meinem Hals zu spüren, aber vermutlich war das eher Wunschdenken. Es war auch egal. Denn obwohl der heutige Tag beschissen gewesen war, diese Nacht war es nicht. Denn die gehörte nur ihm und mir.

Ich lehnte mich gegen Adam, der hinter mir auf einer Liege saß, drapierte die Decke über unsere Körper und zog dann die Tüte mit unseren Pommes zu uns heran. Es war bereits früher Morgen und Adam hatte die geniale Idee gehabt, auf dem Dach unseres Hotels – es gab dort sogar einen Pool – auf den Sonnenaufgang zu warten.

Ich hielt Adam eine Pommes hin und er kam mir mit dem Kopf entgegen. »Muss ich dich füttern?«, fragte ich schmunzelnd.

»Meine Hände sind leider anderweitig beschäftigt.« Damit hatte er allerdings recht, denn Adams Finger steckten in meinem Pullover und er strich mit langsam kreisenden Bewegungen über meine Haut.

»Okay, das nenne ich ein Argument.« Abwechselnd steckte ich mal ihm, dann mir Pommes in den Mund. »Es ist total schön hier«, sagte ich und ließ den Blick über die Poollandschaft wandern. Am liebsten wäre ich sofort ins Wasser gesprungen, aber dafür war es einfach viel zu kalt. »Wir sollten im Sommer noch mal hierherkommen.«

»Oder wir fahren runter nach Mexiko. Jetzt, da wir ja bereits Roadtrip-Erfahrungen haben. Wir könnten in meinem Auto schlafen.«

»Das klingt schön.« Ich drehte mich um, meinen Kopf drückte ich gegen seine Brust. »Das wäre echt schön. Aber wer weiß, wo ich im Sommer bin.«

»Bestimmt immer noch mit Madison in einer WG.«

»Ich hoffe es«, flüsterte ich leise und vergrub mein Gesicht im flauschigen Stoff seines Hoodies.

»Ich auch.« Er schob seine Hände wieder unter meinen Pullover, doch dann hielt er inne. »Wir sollten das Video an Madison schicken. Wenn du das Spiel gewinnst, kannst du am College bleiben.« Fast unhörbar leise wisperte er: »Dann kannst du bei mir bleiben.«

»Du magst Bullshit-Bingo jetzt also plötzlich?«

»Ich hab nichts gegen das Spiel. Ich finde nur manche Aufgaben bescheuert. Ganz ehrlich, ich hasse es, wenn du leidest. Und wenn man dazu aufgefordert wird, den größten Fehler seines Lebens zu wiederholen, dann bedeutet das doch zwangsläufig, dass man verletzt wird.« Er drückte mir einen Kuss aufs Haar. »Keine Ahnung, was Madison sich bei den Aufgaben gedacht hat.« Ehrlich gesagt stellte ich es mir gar nicht so leicht vor, sich fünfundzwanzig halbwegs lösbare Aufgaben auszudenken. »Trotzdem sollten wir ihr jetzt das Video schicken, damit unser Ausflug nach New York nicht umsonst war.«

»Ich finde, er hat sich auf jeden Fall ausgezahlt. Immerhin hatte ich eine wirklich gute Nacht mit dir.«

»Das sagen die Frauen im Normalfall erst, nachdem ich mit ihnen im Bett war.«

Ich hob meine Hand und legte sie auf seinen Mund. »Ach, halt doch die Klappe.«

»Kannst du mal kurz deine Hüfte anheben?«, fragte er.

Etwas irritiert kam ich seiner Bitte nach, und kurz darauf drückte Adam mir sein Smartphone in die Hand. »Los, schick das Video an Madison. Sie wartet bestimmt schon auf ein Lebenszeichen von dir.«

Ich schrieb meiner Mitbewohnerin, dass ich für das Lösen der Aufgabe mindestens zwei Felder beim Bullshit-Bingo verdient hatte. Das Video schickte ich ebenfalls mit. Es dauerte etwas, bis es übermittelt wurde, aber dann erschienen zwei blaue Haken. Zugestellt.

»Wirf das Handy einfach neben die Liege«, sagte Adam. Ich warf es nicht, stattdessen legte ich es auf den Boden.

»Und jetzt?«, fragte ich.

»Warten wir auf den Sonnenaufgang.«

»Und wie vertreiben wir uns bis dahin die Zeit?«

»Oh, da habe ich eine gute Idee.«

Er legte eine Hand in meinen Nacken und zog mich näher zu sich heran. Kurz bevor unsere Lippen sich trafen, flüsterte ich: »Mir gefällt, wie du denkst.«

Er verschloss meinen Mund mit seinem und dann knutschten wir wieder. Sanfte, zärtliche Küsse, die mich einlullten und mich alles um mich herum vergessen ließen, bis ich schlussendlich einschlief. Ich bekam nicht mehr mit, ob Adam den Sonnenaufgang noch betrachtete oder ebenfalls eingedöst war.

KAPITEL 23

Es war Freitagnachmittag, Yuna und ich verließen gerade den Vorlesungssaal, als mein Blick auf Madison fiel. Und neben ihr stand… Easton? Ich musste meine Augen einige Male öffnen und wieder schließen, weil ich es einfach nicht glauben konnte. Vor Freude quietschte ich sogar laut auf, was Yuna neben mir zusammenzucken ließ. Mit schnellen Schritten rannte ich auf ihn zu und warf mich in die Arme meines Bruders. »Rockstar.« Fest drückte ich mich an ihn und inhalierte den Geruch nach zu Hause. Ob East geahnt hatte, dass ich ihn nach dem desaströsen Besuch bei meiner Mom vor knapp einer Woche brauchte wie ein Babypinguin seinen Dad? »Was machst du hier?«

»Überraschungsbesuch. Du wolltest doch, dass ich dich mal für ein Wochenende besuchen komme.«

Ich schob ihn von mir weg. »Ich freue mich, dass du da bist.« Danach schloss ich ihn gleich noch einmal in meine Arme. »Nur könntest du das nächste Mal vielleicht vorher Bescheid sagen.«

Nun war Easton derjenige, der mich von sich wegdrückte. »Dann wäre es ja keine Überraschung mehr gewesen.«

Ich sah zu Madison. »Wusstest du davon?«

»Nein, er stand vorhin plötzlich vor unserer Tür. Nach der fünften *Wann-kommt-Haley-endlich*-Frage habe ich ihn hierhergeschleift.«

»Du wolltest ihn loswerden.« Verstehend nickte ich. »Kann ich nachvollziehen.«

»Hey«, beschwerte sich East und boxte leicht gegen meine Schulter.

Yuna lachte laut auf, und plötzlich hatte sie unsere volle Aufmerksamkeit. »Sorry, aber ihr seid irgendwie witzig.«

Mein Bruder sah Yuna beleidigt an. Erst jetzt fiel mir auf, dass die beiden sich ja noch gar nicht persönlich kannten.

»East, das ist Yuna. Yuna, das ist mein Bruder Easton.«

Die beiden reichten sich die Hand, und weil ich meinen Bruder kannte, wusste ich, dass Yuna genau sein Typ war. In den seltensten Moment war er so höflich wie jetzt.

Zu viert gingen wir nach draußen. »Leute, ich muss jetzt los«, verkündete Madison. »Colton und ich fahren übers Wochenende nach Hause. Meine Tasche ist noch nicht fertig gepackt.«

»Der Geburtstag seiner Mom steht an, oder?«, fragte ich.

»Genau. Wir werden Sonntag gegen Abend wieder hier sein.« Danach wandte Madison sich an East. »Wenn du möchtest, kannst du gern mein Zimmer übers Wochenende haben.« Meine Mitbewohnerin war einfach zu perfekt, um wahr zu sein.

»Danke, aber ich habe mich bei Adam einquartiert.«

»Gute Entscheidung«, sagte Madison. »Klingt entspannter, als die Nacht im Wohnheim zu verbringen.« Damit hatte sie recht, denn irgendjemand knallte immer mit der Tür, feierte eine Party oder stritt sich lautstark auf dem Flur.

Zum Abschied umarmte Madison mich, und Yuna schloss sich ihr an. »Wir sehen uns dann später. Außer du willst den Kinoabend ausfallen lassen?«, fragte sie mich.

Ich sah zwischen Yuna und East hin und her.

»Hey, wegen mir musst du deine Pläne nicht über den Haufen werfen«, sagte er.

»Ich melde mich später bei dir, in Ordnung?«

»Klar.« Madison und sie winkten uns zum Abschied zu und gingen gemeinsam in Richtung unseres Wohnheims.

East legte mir den Arm um die Schulter. »Ich habe Hunger, wo kann man hier etwas essen?«

»Ich zeige dir das Café, in dem ich arbeite. Dort gibt's leckere Sandwiches.«

»Dann bring mich hin, Superhirn.« Auf dem Weg begann ich ein Gespräch, um das East und ich bei unseren Telefonaten immer einen großen Bogen gemacht hatten.

»Wie geht es Dad?«, fragte ich.

Nachdenklich kaute East ein paar Sekunden auf seiner Unterlippe herum. »Es gibt bessere und schlechtere Tage.« Das klang nicht besonders gut. Vor allem, da East sich traurig anhörte, und das, obwohl in seiner Stimme normalerweise eigentlich immer eine Portion Humor mitschwang.

»Ist …« Ich musste erst gegen den Kloß in meinem Hals kämpfen. »Ist es schlimmer geworden?«

»Das ist nicht so einfach zu beantworten.« Er seufzte laut auf. »An manchen Tagen schafft er es, die Finger ganz vom Alkohol zu lassen, doch es gibt auch immer wieder Rückschläge. Als er kürzlich eine Absage wegen eines Jobs bekommen hat, ist er in ein kleines Loch gefallen und … sagen wir mal so, ich musste ihm da erst wieder raushelfen.«

»East.« Ich griff nach seiner Hand, weil ich mich an ihm festhalten musste, und ich wusste, dass er immer für mich da war, wenn ich ihn brauchte. »Ich habe das Gefühl, dass ich Dad und dich mit der ganzen Situation allein lasse.«

»Wir schaffen das schon, Superhirn.« Er drückte meine Hand leicht, und die einfache Geste gab mir ein wenig Zuversichtlichkeit. »Erst gestern habe ich ihn dazu überredet, sich die Angebote der Anonymen Alkoholiker anzusehen. Er hat zugestimmt, hinzugehen, und ich habe mir überlegt, dass wir die Angelegenheit zu einer Vater-und-Sohn-Sache machen könnten und ich ihn hinfahren und vielleicht sogar mit reingehen werde, falls er es nicht allein schafft.«

»Wir könnten es zu einem Familien-Ding machen«, sagte ich leise, und meine Stimme klang viel zu euphorisch für ein so trauriges Thema. Aber ich wollte helfen. Unbedingt. »Zumindest wenn ihr die Selbsthilfegruppe am Wochenende besucht.«

Sofort schüttelte East den Kopf. »Haley, du sollst nicht jedes lange Wochenende die Fahrt auf dich nehmen. Nutze deine Wochenenden lieber zum Lernen.«

Sofort bekam ich ein schlechtes Gewissen. Natürlich lernte ich. Jeden Abend nach den Vorlesungen und auch an den Wochenenden, aber jedes zweite Wochenende war für Bullshit-Bingo reserviert, und dazwischen versuchte ich immer noch herauszufinden, was genau dieses heftige Herzklopfen zwischen Adam und mir zu bedeuten hatte und ob wir beide auf das gleiche Ziel zusteuerten. »Natürlich mache ich das.«

»Weiß ich doch.« Als wir kurz darauf beim Café ankamen, tätschelte East mir die Schulter. »Ich bin positiv überrascht, dass du es vom Vorlesungssaal bis zu deinem Arbeitsplatz schaffst, ohne dich zu verlaufen.« Zum Glück war er in den ersten Wochen nicht hier gewesen. »Außerdem finde ich den Namen gut. *Coffee Therapy*. Gefällt mir.«

»Mir auch. Ich bin eben nicht ganz so hilflos, wie man immer annimmt.«

»Weiß ich doch.« Wie ein Gentleman – der East im Normalfall nicht war – hielt er mir die Tür auf. Erstaunt sah ich ihn an. »Danke schön. Kaum in der Großstadt und schon packst du deine Manieren aus.«

»Das liegt nur daran, dass ich die Schwarzhaarige dort hinten beeindrucken will«, sagte er.

Bevor ich dazu kam, mich umzusehen, schob er mich auch schon ins Café. Vor dem Tresen standen nur zwei Gäste, einer meiner Professoren und eine Studentin. Hinter dem Tresen kümmerte sich Adam um die Bestellungen, und die komischen Schmetterlinge, die sich seit unserem New-York-Ausflug vor einer Woche in meinem Bauch eingenistet hatten, waren sofort wieder aktiv. Sie flatterten aufgeregt herum, wollten mich mit vereinter Kraft dazu bringen, zu Adam zu laufen und mich in seine Arme zu werfen.

Natürlich tat ich das nicht, denn seitdem wir wieder am College waren, hatte ich Adam kein einziges Mal gesehen. Weder hatten wir eine gemeinsame Schicht im Café gehabt noch uns auf dem Campus getroffen. Und obwohl ich natürlich noch in der Vorlesung mit Yuna über Adam und das Gefühl, dass er mir aus dem Weg ging, gesprochen hatte, blieb ich brav neben East stehen, anstatt Adam damit zu konfrontieren.

Als wir endlich an der Reihe waren, begrüßte Adam meinen Bruder mit einem Handschlag. Er freute sich sichtlich über das Wiedersehen.

Dann schweifte sein Blick zu mir und er lächelte immer noch, schien allerdings nicht zu wissen, wie er mich begrüßen sollte. Leider war ich ihm dabei keine große Hilfe, denn ich hatte auch keine Ahnung, wie ich mich verhalten sollte.

Handschlag?

Winken?

Mich über den Tresen beugen und ihn küssen?

Das Schlimmste daran war, dass Easton neben uns stand und uns mit hochgezogenen Augenbrauen betrachtete.

Adam löste unser abwartendes Starren auf, indem er sich über den Tresen beugte und mich umarmte. »Hab dich diese Woche vermisst, Prinzessin«, flüsterte er in mein Ohr.

Mit einem unhörbaren *Plopp* lösten sich alle Gedanken darüber, dass Adam die Küsse mit mir bereuen könnte, auf. »Und dann lädst du meinen Bruder zu dir ein anstatt mich?«, wisperte ich zurück.

Easton räusperte sich. »Ich stehe neben euch und kann euch sehr gut hören.«

Wir lösten uns voneinander und ich strich mir eine verirrte Haarsträhne aus dem Gesicht, während ich zu meinem Bruder schielte. Er sah teils belustigt, teils genervt aus. Natürlich bemerkte er mein heimliches Starren. »Schau nicht so. Adam hat mich bereits darüber in Kenntnis gesetzt, dass er dir …« Er legte den Kopf schief. »Wie sage ich das jetzt schön?« Mit seinen Fingern trommelte er auf den Tresen. »Ha! Dass er dir den Hof machen möchte.«

Geschockt sah ich Adam an. »Du hast *was*?«

Der zuckte nur mit den Schultern. »East und ich sind befreundet«, sagte er, als wäre das irgendeine Erklärung.

Ich stemmte die Hände in die Hüften. »Ach, seid ihr das?«

Adam und East tauschten einen kurzen Blick aus, dann nickten sie zeitgleich. »Ja, sind wir«, bestätigte Adam. »Und ich wollte nicht riskieren, dass er sauer ist, wenn wir das mit uns vor ihm verheimlichen.«

Das mit uns …

»Ich weiß nicht, was ich dazu sagen soll.« Irgendwie war ich sauer, denn ich hätte es East gern selbst erzählt. Andererseits war ich auch froh, dass er bereits Bescheid wusste.

»Ist es nicht viel wichtiger, was ich zu sagen habe?«, fragte East.

»Nein«, sagten Adam und ich gleichzeitig.

Adam griff nach meiner Hand und verschränkte unsere Finger miteinander. »Versteh mich nicht falsch, es war mir wichtig, Easton von uns zu erzählen.«

»Als bräuchten wir seinen Segen«, sagte ich.

»Natürlich nicht, aber ich wollte es einfach … richtig machen.« Etwas leiser fügte er hinzu: »Dieses Mal.«

Wie könnte ich auf Adam sauer sein, wenn er mich so treuherzig anlächelte? »Schon gut. Aber wir hätten es ihm auch gemeinsam sagen können.«

Adam zwinkerte. »Das nächste Mal dann.«

»Sehr witzig.«

»Seid ihr fertig?«, fragte Easton.

»Ja.«

»Gut.« Er grinste Adam an. »Ich hätte dann bitte den Iced Green Tea Blackberry Mojito und das Tomaten-und-Mozzarella-Ciabatta.«

Mein Bruder, Easton Evans. Momentkiller.

Easton hatte sein Ciabatta innerhalb weniger Sekunden inhaliert, während mein Croissant noch unangetastet vor mir lag. Er streckte bereits die Hand danach aus. »Isst du das noch?«, fragte er.

Ich schlug ihm auf die Finger. »Natürlich.«

»Sorry, aber du wirkst nicht besonders hungrig.«

»Nur weil ich nicht wie ein ausgehungerter Steppenwolf darüber herfalle?«

»Ja. Das passt nicht zu dir.«

»Na, danke.« Ich schnaubte über seine nicht besonders schmeichelhafte Art.

East lehnte sich zurück und verschränkte die Arme vor der Brust. »Du isst nur nicht, wenn dich etwas beschäftigt. Du hast also offensichtlich Redebedarf.«

»Stimmt.« Ich trank einen Schluck Eistee und sah East nachdenklich an. »Weißt du, jetzt, wo du über Adam und mich Bescheid weißt, muss ich dich etwas fragen. Denn wenn ich nachts nicht schlafen kann, denke ich häufig über Sachen nach.«

»Wow, das schockiert mich jetzt.«

»Du bist so unlustig, East.«

»Worüber denkst du denn nach?«

»Ein Beispiel?«, fragte ich nach.

»Ich bitte darum, Superhirn.«

»Na ja, die erste Sache ist ein wenig … kompliziert. Hat dir zufällig schon jemand erzählt, dass ich letztes Wochenende in New York war?«

Easts Miene wurde düster. »Ja, Adam hat es erzählt.« So eine Petze. »Und hättest du mir vor eurem kleinen Ausflug von dieser Schnapsidee erzählt, hätte ich dich aufgehalten.« Er sah richtig wütend aus. »Wie bist du nur auf die dämliche Idee gekommen, unsere Mom zu besuchen?«

Dass ich es nur wegen eines Spiels getan hatte, konnte ich ihm natürlich schwer erzählen. Denn es war nicht nur gegen die Regeln, ich war mir zudem auch ziemlich sicher, dass East nicht wollen würde, dass ich beim Bullshit-Bingo teilnahm. Darum zog ich einfach nur die Schultern hoch. »Ich hatte die Hoffnung, dass sie vielleicht erkennen würde, wie großartig ich bin, und mir dann nicht nur ein Zimmer in diesem überdimensional großen Haus gibt, sondern mir auch gleich mein Studium bezahlt.« Okay, das war ein wenig übertrieben. Nicht mal freiwillig wäre ich in dieses Haus eingezogen, doch wenn sie mir angeboten hätte, für mein Studium zu bezahlen, wäre ich nicht abgeneigt gewesen, dieses Angebot anzunehmen. Leider würde das nicht passieren. Das hatte sie sehr deutlich gemacht.

Spöttisch lachte East auf. »Klar doch. Und als du dann vor ihr gestanden hast, ist dir wieder klar geworden, dass sie immer noch das herzlose Miststück ist, das ihre Kinder und ihren Mann verlassen und den Kontakt abgebrochen hat.« East machte kein Geheimnis aus seinem Hass unserer Mom gegenüber. Während ich mich immer noch heimlich nach ihrer Zuneigung sehnte, hatte East mit ihr abgeschlossen. Er empfand nur noch Hass für diese Frau, und das würde sich nicht mehr ändern. »Sie hasst uns. Sie hasst Kinder. Vermutlich hasst sie sogar Hundewelpen. Und jeder liebt Hundewelpen.«

Weil sie unglaublich süß waren. Leider lieferte mir East auch die ideale Vorlage, um das Gespräch auf unsere Halbschwester zu bringen. »East, ich glaube nicht, dass sie alle Kinder hasst.« Nur uns. Und der Gedanke tat verdammt weh.

»Ich bin mir ziemlich sicher, dass sie das tut.«

Nach einem tiefen Atemzug sprudelten die nächsten Worte regelrecht aus mir heraus: »WirhabeneineHalbschwesterundihrNameistAmy.« Erleichtert sah ich East an, doch die erhoffte Erlösung, weil ich dieses Geheimnis fast eine Woche für mich behalten und ihm endlich davon erzählt hatte, währte nur kurz. Denn East wirkte wie versteinert. Er blinzelte nicht einmal mehr, sondern starrte mich nur völlig schockiert an.

»Wie bitte?«

»Unsere Mom hat …«

Abwehrend wedelte er mit der Hand. »Ich hab das schon verstanden. Danke.« Die Nachdrücklichkeit in seiner Stimme brachte mich dazu, nervös mit dem Serviettenständer auf dem Tisch zu spielen.

»Schau nicht so«, sagte er nach einer Weile.

»Wie denn?«

»So schuldig. Du kannst immerhin nichts dafür, dass unsere Mom uns gegen ein upgegradetes Upper-Eastside-Kind ausgewechselt hat.« Diese Tatsache nagte genauso so sehr an Easton wie an mir, das war ihm deutlich anzusehen.

Mit einem lauten Seufzen lehnte er sich auf seinem Stuhl zurück und sah mich abwartend an. »Ich hoffe, du hast dich gleich als ihre Halbschwester vorgestellt, damit diese Amy begreift, was für eine Hexe ihre Mom ist?«

»Nein, habe ich nicht. Sie kann genauso wenig wie wir was dafür, wer sie geboren hat.«

»Trotzdem …« Trotzig verschränkte er die Arme vor der Brust.

»Mehr willst du nicht dazu sagen?«

»Im Moment eigentlich nicht.«

»Okay, aber können wir noch über eine andere Sache reden?« Von mir aus konnten wir das Schwesternthema gern wieder unter den Tisch fallen lassen. Ich wusste, was ich mit dieser Information anstellen würde. Nämlich nichts. Denn es lag nicht an mir, Amy darüber aufzuklären, dass sie Halbgeschwister hatte.

»Nur wenn du versprichst, dass du nicht noch so eine Bombe direkt über meinem Kopf zündest.«

Ich biss mir auf die Unterlippe. »Dann lassen wir es lieber.«

Easton gab seine abwehrende Haltung auf und stützte sich mit den Ellbogen auf dem Tisch ab. »Du hast gesagt, du hast schlaflose Nächte wegen den Dingen, die dir im Kopf herumgehen. Also spuck es aus.« Das hatte er wohl ein wenig dramatisch formuliert, aber grundsätzlich hatte er recht. Ich zerbrach mir nachts oft den Kopf über die Dinge, die gerade in meinem Leben passierten. Die Universität. Das Wiedersehen mit Adam. Meine Mom. Adam. Bullshit-Bingo. Meine Schwester. Noch mehr Adam.

Ich hätte auch weiterhin die Klappe gehalten, allerdings hatte er mich nun regelrecht dazu aufgefordert, die nächste Frage zu stellen. »Warum hast du Adam gesagt, er soll die Finger von mir lassen?«

Nun runzelte East die Stirn. »Hab ich nicht. Meinst du, ich würde das Wochenende bei ihm verbringen, wenn ich ein Problem mit euch hätte?«

»Ich meine nicht jetzt. Sondern damals. Was hat sich geändert?«

East wurde blass. »Das … er hat dir davon erzählt?«

»Es war mehr eine kurze Zusammenfassung. Nicht besonders detailreich.«

Nervös fummelte mein Bruder an seinen Haaren herum. »Wir drei waren wie Geschwister. Es kam mir einfach falsch vor. Außerdem bist du jünger als er.«

»Das bin ich immer noch.«

»Ach, wirklich, Superhirn? Danke für den Hinweis.« Er griff nach meinem Croissant und brach sich ein Stück davon ab. Typischer Stressesser. »Du bist aber jetzt auch viel reifer als damals. Du warst noch fast ein Kind und Adam … nicht.« Gut, das war irgendwie nachvollziehbar.

»Meinst du nicht, Adam hätte darauf Rücksicht genommen?«

»So siehst du ihn? Nachdem er dich jahrelang ignoriert hat? Haley, er hat dich einmal im strömenden Regen nach Hause gehen lassen, obwohl ich ihn gebeten habe, dich mitzunehmen. So einen Kerl wünscht sich niemand für seine Schwester.«

Ich schloss die Augen, denn ich hatte ganz vergessen, was für ein Arschloch der alte Adam gewesen war. »Aber jetzt ist er nicht mehr so.«

»Das Gefühl habe ich auch, aber um das eingehend zu prüfen, bin ich hier. Ich will nicht, dass er dich wieder verletzt.«

»Das wird er nicht«, sagte ich. Denn langsam begann auch ich zu verstehen, dass Adam wirklich etwas an mir lag.

Easton griff erneut nach meinem Croissant und schob sich das nächste Stück in den Mund. »Nur um sicherzugehen«, sagte er kauend, »sollten wir heute etwas gemeinsam unternehmen. Sag deiner Freundin, dass wir euch ins Kino begleiten.«

»Nur wenn du versprichst, sie nicht anzugraben.«

»Werde ich nicht.«

»Du kreuzt jetzt aber nicht unter dem Tisch deine Finger?«, versicherte ich mich.

»Nope. Nur die Zehen.«

Verdammt, ich hatte East wirklich vermisst.

KAPITEL 24

Etwas befremdlich starrte ich East und Yuna hinterher, die vor Adam und mir in Richtung der Tapasbar gingen, die Easton vorgeschlagen hatte. Mir war nicht einmal klar gewesen, dass East überhaupt wusste, was Tapas waren. Er war verdammt gut gelaunt, und das, obwohl ich ihm im Café erzählt hatte, dass wir eine Halbschwester hatten. Irgendwie verwirrte mich das.

»Wieso brennst du den beiden Löcher in den Hinterkopf?«, fragte Adam, der meine Hand hielt.

»Ich weiß nicht. Vielleicht, weil die beiden in den letzten Stunden zu BFFs geworden sind. Wie ist das passiert?«

»Ist es so schwer vorstellbar, dass Yuna ihn mag?«

»Ja.«

»Aber East ist wie du.«

Da hatte er recht. Trotzdem beschwerte ich mich. »Nimm das zurück.«

»Dann würde ich dich aber anlügen«, sagte Adam und drückte mir einen Kuss auf die Wange. »Freu dich doch. Deine Freundin und dein Bruder verstehen sich. Wolltest du nicht immer schon auf ein Doppeldate gehen?«

Nur dass Yuna eben nicht auf Kerle stand. »Die beiden wirken gar nicht flirty.«

»Wir doch auch nicht.«

»Findest du?«

Adam lachte. »Ja, denn ich habe verlernt, wie man wirklich flirtet, seitdem ich so viel mit dir abhänge, Prinzessin.«

»Wie sah das denn früher bei dir aus?«, fragte ich. »Hattest du da so großartige Anmachsprüche wie zum Beispiel: *Was gibt es denn sonst so für Sehenswürdigkeiten in der Stadt außer dir?*« Natürlich hatte ich auch meine Stimme extra verstellt.

»Du kannst so froh sein, dass du mich an deinem ersten Tag in Philadelphia getroffen hast«, lautete Adams geschnaubte Antwort. »Jeder halbwegs normal denkende Mensch würde vor dir davonlaufen, wenn du mit solchen Sprüchen ankommst.«

»Und du hast bessere?«

»Klar.«

»Dann leg mal los.«

Adam tat, als müsste er überlegen, und tippte sich mit der Fingerspitze gegen sein Kinn. »Du bist wie das iPhone 11. Schön, qualitativ hochwertig und jeder will dich haben!«

Ich lachte laut auf. »Autsch, der tut richtig weh.«

»O nein, richtig schlimm wird es erst, wenn ich den bringe: Dein linker Oberschenkel ist wie Thanksgiving, dein rechter Oberschenkel ist wie Weihnachten … darf ich zwischen den Feiertagen mal vorbeikommen?«

Nun machte ich mich von Adam los, aber nur, damit ich ihm in den Oberarm boxen konnte. »Das ist widerlich. Nur damit du Bescheid weißt.«

»Glaubst du wirklich, dass ich so Frauen aufreiße?«

»Nicht, wenn du Erfolg haben willst.«

»Und nur fürs Protokoll. Seit wir uns wiedergesehen haben, habe ich mich auf keine Flirts mehr eingelassen.«

Ich blieb stehen. »Wirklich?«

Adam stellte sich vor mich, und ich musste den Kopf in den Nacken legen, um ihn ansehen zu können. »Ja, wirklich.«

»Irgendwie fällt er mir schwer, das zu glauben.«

»Wieso?«

»Keine Ahnung. Möglicherweise, weil du so großartige Mädchen wie zum Beispiel Piper daten könntest.«

»Ich will aber nur dich daten.«

»Vielleicht bereue ich irgendwann, dass ich das jetzt sage, aber ich glaube, ich bin kein Mädchen für etwas Lockeres.« Eine Woche lang nichts von Adam zu hören hatte mich ein kleines bisschen verrückt gemacht. Ich wollte nicht darauf hoffen, dass wir uns irgendwo zufällig über den Weg liefen. Ich brauchte Sicherheit, um mich weiter auf ihn einzulassen. Er musste mir nicht seine ewige Liebe gestehen, aber ich wollte wenigstens, dass es exklusiv zwischen uns war.

Adam legte seine Hand auf meine Wange und streichelte mich sanft mit seinem Daumen. »Ich weiß.« Er beugte sich zu mir, und seine Lippen schwebten nur wenige Millimeter über meinen. »Und das ist völlig in Ordnung, weil es für mich nur dich gibt. Niemand anderen.«

Ich schlang meine Hände um Adams Nacken und dann küsste ich ihn. »Du hättest gerade nichts Perfekteres sagen können«, nuschelte ich, bevor unsere Münder erneut zueinanderfanden. In diesem Moment war mir alles egal. Dass Yuna und East auf uns warteten. Oder wir mitten auf dem Gehweg vor einem hell beleuchteten Diner standen und uns bestimmt mehrere Leute beobachteten. Gerade zählte nur Adam und das Wissen, dass er das zwischen uns genauso sehr wollte wie ich.

»Füttern die beiden sich gerade gegenseitig mit dem Essen?«, fragte mich Adam.

Ein wenig verwirrt beobachtete ich das Schauspiel, das Yuna und East uns gerade boten.

Ich lehnte mich zu Adam und flüsterte: »Ja, tun sie. Ich frage mich nur wieso?«

»Vielleicht sind sie schockverliebt?«, lautete seine Vermutung.

»Easton möglichweise. Bei Yuna bin ich mir unsicher.«

Diese sah mich daraufhin an. »Wir können euch übrigens hören.«

»Ach so. Und ich dachte schon, ihr seid irgendwie in eure eigene Welt abgetaucht.«

»Und welche sollte das sein?«, fragte East.

»Die der frisch Verliebten?«, fragte ich ihn.

Easton runzelte die Stirn. »Wenn sich dort jemand aufhält, dann wohl ihr beide. Yuna und ich sind nur absolut auf einer Wellenlänge.«

»Genau«, bestätigte sie, spießte ein Stück Paprika auf und hielt es East hin. Der schnappte danach und seufzte dann genießerisch auf.

Ich griff nach meiner Gabel und rammte sie mir ins Aug… ähm, in den Serranoschinken. »Töte mich, wenn wir das auch mal machen«, flüsterte ich Adam zu.

Ich aß meinen Schinken und verstand endlich, warum East darauf bestanden hatte, dass wir in diese Tapasbar gingen. Er schmeckte großartig.

»Ich finde es niedlich. Verwirrend, aber niedlich«, lautete Adams Urteil zur aktuellen East-Yuna-Situation. Dabei warf er Easton einen Blick zu, den ich nicht deuten konnte. Zeitgleich griffen sie nach ihren Bierflaschen und tranken einen Schluck. Ich hätte auch ein Glas Wein gebrauchen können, doch leider hatte man sich geweigert, mir welchen zu geben.

Ich griff nach einem Stück Brot. »Niedlich ist komischerweise nicht das erste Wort, das mir bei East einfällt.«

»Du bist auch meine Schwester. Du zählst nicht«, sagte er und klang dabei beleidigt.

Er sah zu Yuna. »Gib es zu, wenn du mich ansiehst, blinkt das Wort sexy in Großbuchstaben in deinem Kopf auf.«

Sofort schüttelte sie den Kopf.

»Was dann?«, fragte er.

»Witzig. Ich mag deinen Humor, aber du bist nicht mein Typ.« In einer vertraulichen Pose lehnte sie sich zu ihm. »Ich stehe auf Brüste.«

»O mein Gott.« East jaulte beinahe theatralisch. »Du wirst mein Wingman.«

»Wing*woman*«, korrigierte er.

»Ich fände Winggirl gut«, mischte ich mich ein. »Hat etwas von Superheldin.« Und wenn man Easton verkuppeln wollte, brauchte man eindeutig Superkräfte.

Sowohl East als auch Yuna wirkten überzeugt von meinen Worten und sahen sich dann grinsend an.

Ich drehte mich zu Adam. »Wieso sagst du gar nichts mehr?«

»Mir hat es die Sprache verschlagen.«

»Aufgrund unserer tiefschürfenden Gespräche und Verhaltensanalysen?«

Er blies die Backen auf. »Wenn du es so nennen willst.« Danach schüttelte er den Kopf. »Aber mal ernsthaft. Ich hab das in den letzten Jahren wirklich vermisst.«

»Sinnbefreite Gespräche zwischen Geschwistern?«

Wegen dieser Aussage kassierte ich einen bösen Blick von Yuna. »Ignorier ruhig meine Anwesenheit«, grummelte sie.

»Nein«, antwortete Adam und griff nach meiner Hand. »Ich habe uns vermisst. East, dich und irgendwie auch einen Teil von mir. Jahrelang gab es nur uns drei, und dann war das mit einem Schlag vorbei und ich … war allein.«

Dieses Geständnis war irgendwie … wow. Mir fehlten die Worte, und ein wenig hasste ich mich dafür, da ich nur Erleichterung empfunden hatte, nachdem Adam aufs College gegangen war.

»Vielleicht hast du diesen einen Teil von dir in Sheffield zurückgelassen«, sagte ich. »Und ich habe ihn dir erst jetzt wieder zurückgebracht.«

Adam rutschte näher zu mir und lehnte seine Stirn gegen meine. »Und wo du bist, ist Easton nicht weit«, flüsterte er.

Wir lösten uns voneinander, und East sah uns gerührt an. »Mich bekommt man eben als kostenlose Draufgabe zum Haley-Paket.«

Yuna räusperte sich. »Ich glaube, ich bin gerade eifersüchtig auf eure innige Freundschaft.«

»Wir haben nicht nur Platz für dich am Tisch, sondern auch in unserem Leben«, versicherte ich ihr.

»Es kann nie genug Marvel-Superhelden im Team geben«, sagte Adam.

»Oder Disney-Prinzessinnen im Schloss«, bestätigte ich.

»Oder Frauen in meinem Bett.«

Wir stöhnten alle auf. Irgendwie war es klar gewesen, dass East diesen Moment zerstören würde. Aber so war er eben. Und genau deshalb liebten wir ihn auch.

KAPITEL 25

Eine Woche später befand ich mich wieder im Verbindungshaus. Irgendwie hatte das Ganze etwas von einer never ending story, und langsam empfand ich den wöchentlichen Fixtermin als störend. Vielleicht hing ich mit meinen Gedanken aber immer noch beim letzten Wochenende fest.

Easts Besuch war großartig gewesen und hatte mir vor Augen geführt, wie sehr ich seine ständige Anwesenheit vermisste.

»Na, wo hast du dein Anhängsel gelassen?«, fragte Javier, nachdem Madison sich gut gelaunt auf den Weg gemacht hatte, um die Bullshit-Bingo-Lose aus Coltons Zimmer zu holen. Natürlich dachte ich sofort an East, gleich darauf wurde mir aber klar, dass Javier meinen Bruder gar nicht kannte.

»Madison?«, fragte ich verwirrt.

»Nein, Adam.« Javier stieß mich leicht mit der Schulter an. »Seitdem du in der Verbindung bist, unterhält er sich fast nur noch mit dir.«

Das war doch eine gute Sache, oder?

»Möglicherweise, weil ich so eine gute Gesprächspartnerin bin.«

»Genau. Das wird es sein«, sagte er schmunzelnd.

»Das klingt jetzt irgendwie abwertend.« Ich schob die Unterlippe vor.

»Weil ich ein alter Stänkerer bin. Tut mir leid.«

»Selbsteinsicht ist der erste Weg zur Besserung.«

Javier legte mir den Arm um die Schulter. »Ich mag dich, Haley.«

»Ich finde dich auch ganz okay.«

»Also, wo ist Adam heute?«

»Der arbeitet.«

»*Coffee Therapy?*«

Ich schüttelte den Kopf. »Nein, an seiner supergeheimen App.«

»Erzählst du mir was darüber?«

»Als würde ich so einfach Adams Vertrauen missbrauchen.«

»Ist das ein Nein?«

»Sogar ein ziemlich klares.«

Er schnaubte. »Ich wünschte, ich würde mal so eine loyale Frau wie dich kennenlernen.« Dann drehte wir uns um zu Madison, die gerade wieder ihren Podest-Couchtisch erklomm und das Losgefäß in der Luft herumschwenkte.

Colton ging zu ihr und küsste sie. Danach wandte er sich an die Leute, die sich im Wohnzimmer versammelt hatten. »Weil ich Geburtstag habe, darf ich das heutige Los ziehen, oder?«, fragte er laut in den Raum hinein.

Anstatt zu antworten, sangen wir ihm alle ein Geburtstagsständchen. Javier legte sich bei *happy birthday* besonders ins Zeug und brachte mit seiner Darbietung nicht nur mich, sondern auch einige andere zum Lachen. Am Ende seiner Performance verbeugte er sich sogar.

So ein Spinner.

Colton applaudierte uns – vielleicht aber auch nur Javier – und fühlte sich sichtlich wohl in seiner Rolle als Geburtstagskind. »Danke, ihr Chaoten. Ich hoffe, ihr habt heute alle viel Durst mitgebracht, denn ich habe ein paar Fässer Bier organisiert.«

»Wo sind sie?«, grölte jemand. »Hast du sie versteckt?«

»Ja, im Partykeller«, antwortete Colton.

Nun jubelten alle lautstark, nur ich drehte mich zu Javier. »Es gibt hier einen Partykeller?«

Er rieb sich die Hände. »O ja. Der wird nur zu speziellen Anlässen geöffnet.«

»Warum?«

»Weil er so scheiße geil ist.«

Na, da war ich aber gespannt. Ich hatte heute sowieso nichts geplant. Meinen Unikram erledigte ich immer so, dass jedes zweite

Wochenende für die Bullshit-Bingo-Aktivitäten reserviert war, daher konnte ich mir den *scheiße geilen* Partykeller ja mal genauer ansehen.

Madison hielt Colton das Gefäß mit den Losen entgegen und er wühlte eine gefühlte Ewigkeit darin herum.

»Mach es nicht so spannend!«, rief Javier ihm zu.

Daraufhin präsentierte Colton stolz sein Los, faltete es auseinander und las laut vor. »Erfülle dir deine dunkelste Fantasie.«

»Um Fragen zu vermeiden«, sagte Madison laut. »Für diese Aufgabe gelten die gleichen Regeln wie für die von letzter Woche.«

Einige Leute maulten, aber nur so lange, bis Colton in die Hände klatschte. »Seid ihr bereit für die Party?«

Er sprang vom Tisch und stürmte gefolgt vom Großteil der Anwesenden davon. Auch Javier schloss sich ihnen an, ich ging jedoch zu Madison und Piper, die im Wohnzimmer zurückblieben.

Mit Piper hatte ich bisher noch nicht viel zu tun gehabt. Was vermutlich daran lag, dass sie einen großen Bogen um Adam machte, der ja irgendwie immer in meiner Nähe war.

»Hey«, begrüßte ich die beiden.

Madison, die wie immer supergut drauf war, umarmte mich. »Was für ein großartiger Abend.«

»Dein Freund hat ja auch Geburtstag. Was du ruhig mal hättest erwähnen können.«

»Dabei war sie schon die ganze Woche so extrem hibbelig«, sagte Piper und verdrehte wegen ihrer besten Freundin die Augen.

»Zu meiner Verteidigung: Ich war fast immer nach den Vorlesungen hier, um den Partykeller zu dekorieren. Ich hatte nicht mal die Chance, dir etwas zu erzählen.«

»Ja, Madison hat gestern bereits mit Colton dort unten vorgefeiert«, sagte Madison und grinste dabei anzüglich.

Meine Mitbewohnerin wurde rot um die Nase und senkte den Blick. Das Losgefäß drückte sie dabei fest an ihre Brust.

»Soll ich überhaupt fragen, was ihr unten getrieben habt?«

Ich konnte es mir zwar schon denken, aber sicher war ich mir erst, als Piper schnaubte.

»*Getrieben* trifft es wohl ziemlich gut.«

»Piper weiß es schon, denn sie musste mir ja helfen.« Madison beugte sich näher zu mir und flüsterte: »Es gibt dort unten jetzt ein Podest mit einer Poledance-Stange.«

Verstehend nickte ich. »Die du natürlich gestern eingeweiht hast.«

Nun biss sie sich auf die Lippe. »Ja. Wobei wohl keine großartige Stripperin aus mir werden wird. Aber ich glaube, Colton hat es ganz gut gefallen.«

»Vermutlich steht er jetzt vor der Stange und schwelgt in Erinnerungen.« Piper lachte auf, doch es ging in der plötzlich lostönenden Partymusik unter, die von unten bis zu uns heraufdrang. »Oder er schwingt sich selbst auf die Stange.«

»Jetzt geht's wohl richtig los«, stellte ich fest. »Und langsam werde ich auch neugierig auf diesen Partykeller.«

Madison deutete mit der Hand gegen die Decke. »Ich bringe nur noch schnell die Lose in Coltons Zimmer, dann können wir mitfeiern.« Sie lief davon.

Piper und ich blieben zurück und Stille breitete sich zwischen uns aus. »Du kennst den Partykeller also noch nicht?«, fragte sie, nachdem wir uns ein paar Sekunden lang unbehaglich gemustert hatten.

Ich schüttelte den Kopf.

»Na, dann hast du dein ganzes Leben lang noch keine richtige Feier erlebt«, sagte sie. »Irgendwie übertreiben dort unten immer alle.«

»O Gott.« Ich griff nach dem Haargummi an meinem Handgelenk und fummelte nervös daran herum. »Ich bin eigentlich absolut keine Partymaus. Vermutlich werde ich mich gleich schrecklich unwohl fühlen.«

»Du hast dich also noch nie so richtig auf einer Party betrunken, einen Kerl geküsst und es danach so bereut?« Warum hatte ich jetzt plötzlich ein Bild von Adam und Piper im Kopf, die wild miteinander knutschten?

»Nein, nie. Ich hatte an der Highschool einen Freund, und irgendwie waren wir beide so auf unsere Zukunft fokussiert, dass wir selbst auf Partys nie über die Stränge geschlagen haben.«

Piper musterte mich nachdenklich. »Klingt irgendwie ... langweilig.«

»Eigentlich war es ganz schön«, sagte ich. »Wir waren glücklich.«

»Was ist mit deinem Freund passiert?«

»Will studiert in Harvard.« Ich sagte das mit so viel Stolz in der Stimme, als hätte ich es dorthin geschafft. »Und ich bin hier.«

»Du klingst nicht besonders traurig deswegen«, stellte Piper fest.

»Weil es okay ist«, sagte ich. »Anfangs war ich natürlich traurig, aber jetzt …«

»Hast du Adam in deinem Leben.«

Unsicher sah ich sie an. »Ja.«

»Weißt du, als Madison mir vorige Woche erzählt hat, dass es zwischen Adam und dir immer ernster wird, war ich zuerst eifersüchtig.«

»Das tut mir leid. Ich wollte nirgendwo reingrätschen.«

Piper winkte ab. »Das mit Adam und mir war schon lange vorher vorbei, aber ich habe mich gefragt, warum er mit mir nicht zusammen sein wollte, während es bei euch so einfach scheint.«

»Und zu welchem Ergebnis bist du gekommen?«

»Zwischen euch stimmt einfach die Chemie. Du bist wie die Sonne, und Adam umkreist dich. Ständig.«

»Heute nicht, oder?«

Ein Grinsen breitete sich auf Pipers Gesicht aus. »Stimmt. Aber spätestens morgen ist er wieder in der richtigen Umlaufbahn.«

»Wir werden sehen.«

»Es wundert mich sowieso, dass er nicht hier ist. Er lässt sich doch sonst keine Ziehung entgehen. Immerhin muss er sich ja darüber aufregen, wie mies die Aufgaben sind.«

Ich stieß Piper mit dem Ellbogen an. »Ja, das macht er ständig. Aber vielleicht hat er genug davon, sich immer wieder darüber aufzuregen, und kommt jetzt freitags extra nicht mehr.«

»Ich finde übrigens, Colton hat ein großartiges Los gezogen. Wer wollte sich nicht schon mal eine dunkle Fantasie erfüllen? Ich meine, sieh dir Madison an. Die hat sich gestern an einer Poledance-Stange gerekelt. Irgendetwas wünscht sich doch jeder.«

Madison gesellte sich wieder zu uns und zeigte ihrer Freundin die Zunge. »Als hättest du keine Fantasie, die du unbedingt mal ausleben möchtest.«

»Klar hab ich die. Ich würde gern mal einen Dreier haben.«

Madison lachte. »In welcher Konstellation?«, fragte sie nach, während ich zu geschockt war, dass Piper das einfach so zugab.

»Egal.«

»Ich frage mich, wie du das beweisen willst«, sagte Madison dann nur.

»Ich könnte dir ein Foto von unseren Füßen schicken, während wir noch immer im Bett liegen.«

Madison tippte sich mit dem Finger an das Kinn. »Das müsste ich gelten lassen, denn ich kann mich ja schlecht in dein Zimmer schleichen und dabei zusehen.«

»Es wäre kein Problem, wenn Colton und du …« Piper beendete den Satz nicht und wackelte stattdessen vielsagend mit den Augenbrauen.

»Nein. Einfach nur nein.« Madison sah so schockiert aus, dass Piper und ich loslachen mussten.

»Das war nur ein Scherz«, flüsterte Piper und legte tröstend den Arm um die Schulter ihrer Freundin. »Also, die Sache mit Colton und dir. Das mit dem Dreier habe ich durchaus ernst gemeint.« Danach drehte sie sich zu mir. »Und, Haley? Wie sieht's bei dir aus?«

»Ich … keine Ahnung.«

»Es muss doch irgendetwas geben, was du dir heimlich ersehnst?«

»Nein, nichts.« Oder zumindest nichts, was mir spontan einfiel.

Das schien Piper nicht verstehen zu können. »Kein Sex in der Öffentlichkeit? Keinen Dreier? Keine geheimen Wünsche, bei denen Adam dir heute Nacht assistieren kann?«

»Wir hatten ja noch nicht mal Sex«, flüsterte ich.

Nun fiel Piper aus allen Wolken. »Ihr … was?«

Madison schüttelte den Kopf über ihre Freundin. »Du hast Haley schon ganz gut verstanden.«

»Ja, aber ich kann's nicht glauben.«

»Ist aber so.«

»Wow.« Piper starrte mich an wie eine Heiligenerscheinung. »Einfach wow.«

»Zurück zum Thema«, sagte Madison, und ich war ihr verdammt dankbar dafür. »Wir brauchen eine dunkle Fantasie für Haley.«

»Sex mit Adam?«, kam Piper mir zu Hilfe.

»Nein, ich will nicht wegen einer Aufgabe bei Bullshit-Bingo mit ihm schlafen. Das würde sich falsch anfühlen.«

»Eine Frau mit Moralvorstellungen.« Piper klang beeindruckt. »Gefällt mir. Aber es muss doch trotzdem irgendwas geben, was du gern mal tun würdest.«

»Es fällt mir schwer, abzuschalten«, gebe ich zu. »Ich bin gern Herrin über meine Sinne.«

»Und wenn du mal richtig die Sau rauslassen könntest? Was würdest du tun?«, bohrte Piper nach.

»Ich glaube, so viel trinken, bis es mir egal wäre, was die anderen von mir denken. Bis ich alles vergesse.« Mein Geldproblem. Die Sorgen um meinen Dad. Das Spiel. Einfach alles. »Du weißt schon, auf Tischen tanzen, laut zu Songs mitsingen.«

Madison suchte meinen Blick. »Was wäre, wenn ich auf dich aufpasse? Würdest du es dann machen?«

Ich zog die Bingo-Karte aus meiner Hosentasche. Weil ich offensichtlich ein Glückskind war, lag das Feld sogar passenderweise in der Diagonalen, und es müsste nur noch eine passende Aufgabe kommen, damit ich gewinnen würde. Ich steckte die Karte zurück in die Hosentasche. »Ich bin dabei.«

Madison und Piper warfen die Hände in die Luft und jubelten laut.

Der Partykeller war beeindruckend. So viel war klar. Es gab eine Bar, viele blinkende Lichter und sogar eine Diskokugel an der Decke. Alle bewegten sich zum Takt der Musik und ich verstand langsam, warum sich viele meiner Mitschüler bereits zu Highschool-Zeiten betrunken hatten. Denn ich mochte dieses wattige Gefühl in meinem Kopf. Und noch viel besser fand ich, dass alle über meine Witze lachten. Außerdem gefiel mir das Nachtclub-Ambiente hier unten echt gut. Deshalb warf ich bald alle Hemmungen über Bord und tanzte auf dem Tresen, während mir Colton, Madison und Piper immer wieder Becher mit süßen Getränken einflößten.

»Was ist mit Haley passiert?«, hörte ich irgendwann Adams Stimme.

Ich ließ niemanden zu Wort kommen, sondern sprang vom Tresen direkt in seine Arme. »Adaaaaaaaaam«, schrie ich dabei.

Da Adam leider nicht mit meiner spontanen Zuneigungsbekundung gerechnet hatte, landete er unsanft auf dem Boden. Und ich auf ihm.

»Haley«, ächzte er viel weniger enthusiastisch als ich.

»Bin soooo froh, dassu da bis«, nuschelte ich.

»Das habe ich bemerkt. Und deine Zunge ist auch ein bisschen schwer, mh?«

Ich nickte nur und kuschelte mich dichter an Adam.

»Ähm … Prinzessin?«

»Ja?« Ich glaube, ich seufzte in diesem Moment wohlig auf.

»Meinst du, wir könnten wieder aufstehen?«

Kurz darauf wurde ich auf die Füße gestellt. »Danke«, nuschelte ich in Richtung Colton, der mich vorsichtshalber weiterhin an der Schulter festhielt.

»Alles gut?«, fragte er und wirkte belustigt. Ganz im Gegensatz zu Adam.

»Wie konntet ihr Haley innerhalb weniger Stunden so abfüllen?«, fragte er an die anderen gewandt.

»Also, soooooooooo betrunkn bin ich auch wieder nich.«

Adam zog mich an seine Brust und drückte mir einen Kuss aufs Haar. »Natürlich nicht, Prinzessin.«

»Haley hat sich selbst abgefüllt«, sagte Piper. Darüber würde sich streiten lassen, denn immerhin waren ständig Becher vor meinem Gesicht aufgetaucht. Allerdings hätte ich sie ja nicht trinken müssen.

Adam sah angepisst aus. »Und warum?«

»Sie will heute mal ihre dunkle Seite ausleben«, erklärte Madison. Die irgendwie gar nicht so dunkel war. Sondern gut gelaunt und bunt wie ein Regenbogen.

»Und ich bin vielleicht ebenfalls schuld daran«, beteiligte sich auch Colton am Gespräch.

»Sorry.« Adam streichelte mir zärtlich über den Rücken. »Ich höre, was ihr sagt, aber ich verstehe es nicht.«

»Die Aufgabe.« Leider hörte er mich nicht, deshalb legte ich den Kopf in den Nacken und sah Adam an. »Bullshit-Bingo. Und so.« Offensichtlich reichte meine Erklärung nicht aus, um die imaginären Fragezeichen über Adams Kopf verschwinden zu lassen.

Endlich hatte Colton Erbarmen. »Ich habe das heutige Los gezogen. Und die Aufgabe lautete: Erfülle dir deine dunkelste Fantasie.«

»Okay, ich verstehe es immer noch nicht«, sagte Adam.

Ich grinste ihn an. »Ich will das Mädchen sein, über das sich morgen alle den Mund zerreißen.«

»Wow, du kannst ja doch noch sprechen, ohne zu lallen.« Adam sah mich tadelnd an. »Und herzlichen Glückwunsch. Das hast du mit dem Sprung vom Tresen geschafft.«

Ich sah zu Madison, doch die schüttelte nur den Kopf. »Schau, Madison sagt Nein.«

Adam zog mich näher zu sich. »Ich weiß, du willst dieses Spiel unbedingt gewinnen, aber du musst nicht jede Aufgabe lösen.«

Ich schob die Unterlippe vor. »Aber ich will'n böses Mädchen sein.«

»Morgen hasst sie sich bestimmt für diesen Abend«, hörte ich jemanden murmeln. Ich glaube, es war Colton. Doch ich kümmerte mich nicht um ihn. Und auch nicht um die anderen. Stattdessen zog ich Adam an mich und begann mich mit ihm im Takt der Musik zu bewegen.

»Ich weiß, dass du es auch willst«, raunte ich. »Denk an New York.«

Adam stöhnte auf. »Haley …«

Ich ließ ihn gar nicht zu Wort kommen, sondern schlang meine Hände um seinen Nacken und zog ihn für einen Kuss zu mir heran. Zuerst drückte ich meine Lippen nur zärtlich auf seine, doch als ich bemerkte, dass er sich sofort darauf einließ, wurde ich mutiger und schob meine Zunge in seinen Mund. Adam ließ seine Hände über meinen Körper wandern, und auf der Suche nach einem Stückchen Haut schob er sie unter mein Top.

»Meinst du, es ist eine gute Idee, wenn wir hier miteinander rummachen?«, fragte er.

»Wieso nicht?«

»Weil uns jeder dabei zusehen kann.«

»Mir egal.« War es wirklich. Dafür waren Adams Berührungen viel zu gut. Auch ich schob meine Hände unter sein Shirt und streichelte über seinen Rücken.

»Haley, wenn du so weitermachst, kann ich irgendwann für nichts mehr garantieren.«

»Vielleicht will ich das ja.« Ich sah ihm tief in die Augen und verlor mich für einige Zeit im tiefen Blau.

Ich fand erst wieder aus meiner Trance, als *Scream & Shout* aus den Boxen schallte. »Verdammt, ich liebe diesen Song«, schrie ich, lief zu Madison und umarmte sie kurz. Dann schwang ich mich auf die Bar. Das hier war mein persönlicher Coyote-Ugly-Moment, und ich würde ihn voll auskosten. Total in meinem Element stolzierte ich über die Bar. Leider hatte ich mir, da ich Jeans, Chucks und ein Trägertop trug, nicht unbedingt das beste Outfit für meine Einlage ausgesucht.

»Haley, komm da runter, bevor du dir wehtust«, rief Adam mir zu.

»Komm du doch rauf«, forderte ich ihn heraus.

Er verschränkte nur die Arme vor der Brust und betrachtete mich mit hochgezogener Augenbraue. Spielverderber.

Ich sah, dass mir einige Blicke folgten, während ich über den Tresen lief und das ein oder andere Getränk – natürlich unabsichtlich – umstieß. Aber ich hatte ein Ziel. Und das war die Poledance-Stange.

Adam ging neben der Bar her und streckte mir seine Hand entgegen, vermutlich damit ich sie ergreifen konnte, falls ich stolperte. Aber ich war erstaunlich sicher auf den Beinen. Die Stange war am anderen Ende der Bar, und als ich sie endlich erreichte, sah es so aus, als würde Adam erleichtert aufatmen.

»Kommst du jetzt runter?«, fragte er mich.

»Kommst du jetzt rauf?«

»Nein.«

»Dann bleibe ich auch bei einem Nein.«

»Du weißt schon, dass das überhaupt keinen Sinn ergibt?«, fragte er schmunzelnd.

»Na, dann warte mal ab, ob das hier Sinn ergibt.« Ich griff nach der Stange und rekelte mich daran.

Adam rieb sich mit einer Hand übers Gesicht und wirkte, als hätte er starke Schmerzen. »Haley«, rief er. In seinem Tonfall schwang an deutliche Warnung mit.

Ich grinste ihn an. »Adam.« Und dann riss ich mir in einer geschmeidigen Bewegung mein Shirt vom Körper und warf es nach ihm.

Während er das Top von seinem Kopf pflückte, machte ich mich an meinem Hosenknopf zu schaffen, bis dieser aufsprang. Für ein paar Sekunden blieb Adams Blick daran hängen, wanderte nach oben, bevor er wieder zurück nach unten ging. Ganz langsam zog ich den Reißverschluss nach unten. Madison, die neben Adam stand, schrie: »Haley, Aufgabe erfüllt. Du musst nicht mehr weitermachen.«

Aber das würde ich. Ich war doch gerade erst so richtig in Fahrt gekommen.

Adam beugte sich zu Madison, flüsterte ihr etwas ins Ohr. Für einige Sekunden sah sie ihn schockiert an, dann verwandelte sich ihr Gesichtsausdruck, und ich war mir sicher, was er bedeutete. Kurz darauf stand Adam vor der Poledance-Stange.

»Machst du endlich mit?«, fragte ich ihn.

»Ja. Hilfst du mir hoch?«

Ich streckte ihm die Hand entgegen, und erst als er mich schnappte und sich über seine Schulter warf, wurde mir klar, dass er mich reingelegt hatte. »Wir gehen jetzt nach Hause«, sagte er. »Ich glaube, du hast alle Leute in diesem Raum davon überzeugt, dass du ein böses Mädchen sein kannst. Aber jetzt ist Schluss.«

Ich protestierte nicht. Hätte ich auch gar nicht gekonnt, da mir durch die abrupte Drehung unheimlich schlecht geworden war und ich mich wirklich zusammenreißen musste, um nicht auf Adams T-Shirt zu kotzen.

KAPITEL 26

»Ich sterbe«, jammerte ich. Vor Peinlichkeit. Und weil ich mich wirklich elend fühlte. Ich lag auf Adams Couch und er massierte mir die Füße. Seit einer Stunde war ich frisch geduscht, meine Haare gewaschen und mein Mund fühlte sich minzig frisch an. Vor ein paar Stunden hatte sich das alles noch ganz anders angefühlt. Da hatte ich über der Kloschüssel gehangen, während Adam mir zunächst die Haare gehalten und sie mir dann zu einem Dutt zusammengefasst hatte. Der Heilige.

»Von einem Kater stirbt man nicht«, sagte er, konzentrierte sich aber weiter auf den Superheldenfilm, der lief.

»Wie kann mir immer noch schlecht sein?«, fragte ich.

»Weil du außer einer Scheibe Toast und ein bisschen Orangensaft nichts im Magen hast.«

»Ich kann nie wieder etwas essen.«

»Du brauchst eine Pizza!«

Ich wollte protestieren, doch mein lädierter Körper gierte tatsächlich nach einer fettigen Pizza. Mit Salami. Und Mais.

»Keine Proteste?«

»Mein Magen und Kopf diskutieren das noch aus.«

Endlich sah Adam mich an. »Mir geht's immer besser, nachdem die Pizza den Restalkohol aus mir herausgesaugt hat.« Ich war mir nicht sicher, ob das wirklich funktionierte, aber ich würde es auf einen Versuch ankommen lassen.

»Hast du Erfahrung?«

Nun grinste er. »Im ersten Collegejahr war ich ziemlich oft betrunken.«

»Wieso das?«

»Wohnheim, keine Vorschriften, eine trinkwütige Verbindung, jede Menge gratis Alkohol.«

»Hast du deshalb eine eigene Wohnung?«

»Ich denke schon. Hier gibt es weniger Ablenkung, und ich kann in Ruhe programmieren und lernen.« Das stimmte. Obwohl ich kein großer Socializer war, kam es doch oft vor, dass zum Beispiel Yuna unangemeldet bei mir auftauchte. Oder Madison und Colton mit jeder Menge Fressalien nach Hause kamen und mich zum Mitessen einluden. Oder wir gemeinsam einen Film ansahen. Miteinander redeten. »Keiner klopft einfach unangemeldet an meine Tür, da nur wenige Leute wissen, wo ich wohne.«

Erstaunt sah ich ihn an. »Ehrlich?«

»Ich bringe eher selten jemanden hierher.«

»Aber ich darf hier sein?«

»Immer.«

Ich griff nach seiner Hand. »Danke.«

»Nicht dafür.«

Adam beugte sich zu seinem Smartphone. »Ich bestelle uns jetzt Pizza. Was hättest du denn gern?«

»Salami und Mais.«

»Cool, nehme ich auch.«

»Aber dann können wir nicht tauschen!«

»Du klingst schockiert.«

»Ja, weil man doch nicht zweimal die gleiche Pizza bestellen kann.«

»Verstößt das gegen den Pizza-Ehrenkodex?«

»Ja!«

»Dann musst du eine andere nehmen«, sagte Adam und hielt mir sein Smartphone hin.

»Warum ich? Ich hab's zuerst gesagt.«

»Aber du willst doch tauschen.«

Ich gab ihm sein Smartphone zurück. »Jetzt nicht mehr.«

»Schmollst du?«

»Natürlich nicht.«

Adam lachte. »Ich nehme Bacon mit Ei.«

»Nur wegen mir, oder weil du wirklich Bacon mit Ei willst?«

»Ich will vor allem mit dir Pizza tauschen.«

Und ich wollte Adam küssen. Jetzt. Deshalb zog ich meine Beine zurück und warf mich auf ihn, was ihn zum Schnauben brachte.

»Hattest du gerade eine überraschende Wunderheilung?«

»Vielleicht habe ich zuvor etwas übertrieben«, gab ich zu.

»Lass mich noch kurz die Bestellung abschicken.«

Es dauerte nicht lange, bis er sein Telefon neben die Couch schmiss und mich in seine Arme zog. Er strich mir eine Haarsträhne aus dem Gesicht. »Geht's dir wieder gut?«, fragte er mich.

»Besser als heute Morgen.«

»Das freut mich.« Zärtlich legte er seine Lippen auf meine.

Ich musste ihm aber unbedingt noch etwas sagen, bevor er mich küsste. »Adam?«

»Ja?«

»Danke.«

»Wofür?«

»Dass du mich gestern über deine Schulter geworfen und nach Hause gebracht hast.«

»Sorry, dass ich den Höhlenmenschen aus mir herausgelassen habe, aber ich wollte nicht, dass du dich vor allen ausziehst.« Seine Lippen zuckten belustigt. »Mein böses Mädchen.«

»Bitte erinnere mich nicht daran.« Ich vergrub mein Gesicht in seiner Halsbeuge. »Bestimmt kann ich mich nie wieder im Verbindungshaus sehen lassen.«

»Glaub mir, du bist nicht die Erste, die sich dort ausgezogen hat. Und du hattest immer noch mehr an als im Sommer beim Schwimmen. Aber um sicherzugehen: Du strebst keine Karriere als Stripperin an, oder?«

»Nur, wenn mir sonst nichts übrig bleibt.«

»Okay, dann habe ich ja noch ein bisschen Zeit, mich an den Gedanken zu gewöhnen. Es kam gestern nur ein bisschen überraschend, dass du dich ausgezogen hast.«

»Nicht nur für dich.« Ich zog eine Spur aus Küssen von seinem Hals bis zu seinem Kinn und dann weiter bis zu seinem linken Mundwinkel. »Meinst du, ich habe die Aufgabe erfüllt, oder wollte Madison mich einfach nur aufhalten?«

»Keine Ahnung. Das müssen wir sie wohl morgen fragen.«

»Warum morgen?«

»Weil ich dich heute gern den ganzen Tag bei mir hätte. Du bleibst doch, oder?«

Nichts lieber als das. Statt einer Antwort küsste ich ihn endlich richtig. In meinem Kopf flammten die Erinnerungen an den gestrigen Abend auf. Wie wir miteinander geknutscht hatten und ich ihn am liebsten mitten auf der Tanzfläche ausgezogen hätte.

Ausziehen. Gutes Stichwort. Ich setzte mich auf und zerrte so lange an Adam herum, bis auch er sich in eine sitzende Position hievte. Danach legte ich die Hände an den Saum seines T-Shirts und zog es ihm über den Kopf. Ich warf es einfach hinter mich und drückte Adam wieder zurück auf die Couch. Als ich mich wieder über ihn beugte, wollte er mich wieder küssen, doch ich hatte andere Pläne. Und die sahen vor, dass ich mich über seinen Körper nach unten küsste. Ich begann bei seinem Hals und biss sogar leicht in die empfindliche Haut, was Adam zum Aufstöhnen brachte.

»Haley«, raunte er. »Was hast du vor?«

»Mach einfach die Augen zu und genieß es«, sagte ich.

Mit meiner Zunge zog ich eine Spur bis zu seiner starken Brust, verweilte aber nicht lange dort, weil ich einfach zu ungeduldig war. Ich setzte meinen Weg fort, und mein Herzschlag beschleunigte sich, als ich bei seinem Nabel ankam, denn von dort aus brauchte ich nur noch den Härchen bis zum Bund seiner Jogginghose folgen. Dort angekommen, wollte ich sie ihm nach unten schieben, doch Adam stoppte mich.

»Warte.«

Ich sah zu ihm. »Worauf?«

»Das weiß ich auch nicht so genau, aber mir fällt das Denken schwer, wenn sich das Blut weiter unten sammelt.«

»Du sollst im Moment auch nicht denken, sondern genießen.«

Adam schluckte. »Das will ich, aber … du bist wieder nüchtern, oder? Du sollst das hier nicht bereuen. Oder es nur tun, weil du gerade betrunken und nicht mehr zurechnungsfähig bist.«

»Adam?«

»Ja?«

»Hör auf, so perfekt zu sein. Ich bin bereits in dich verliebt.«

Adam sah mich völlig überrumpelt an, doch dann zog er mich hoch und küsste mich. O Gott, und wie er mich küsste. Seine Zunge stieß regelrecht in meinen Mund und ich versuchte, mit seinem Tempo mitzuhalten. Das einzige Mal, als er den Kuss unterbrach, war, als er mir das XXL-Shirt, das er mir geliehen hatte, über den Kopf zog. »Du ahnst gar nicht, wie sehr ich mit dir schlafen will«, raunte er.

»Vermutlich so sehr wie ich mit dir.« Ich drückte mein Becken gegen seine Härte, aber es war einfach nicht genug. Wir mussten unbedingt die Boxershorts, ebenfalls eine Leihgabe von Adam an mich, und seine Jogginghose loswerden. Dringend.

Gerade als ich meine Hand zwischen unsere Körper legte, um den unnötigen Stoff nach unten zu schieben, läutete es an der Tür.

»Die Pizza«, sagte Adam und stöhnte frustriert auf.

»Wir tun so, als wären wir nicht da«, flüsterte ich. »Deal?« Leider machte mir mein Bauch einen Strich durch die Rechnung und knurrte laut.

»Weißt du, was?«, fragte er.

»Was denn?«

»Wir öffnen jetzt dem Pizzaboten und setzen das hier später im Bett fort.«

Bevor ich aufstand, hauchte ich noch einen letzten Kuss auf seine Lippen. »Okay, überredet.«

Jemand drückte seine Lippen auf meine Stirn. »Schlaf gut, Prinzessin.«

»Adam?«, murmelte ich verwirrt. »Was ist los?«

»Du warst im Pizza-Koma.«

»Hä?« Ich versuchte mich zu orientieren, doch es war einfach zu dunkel. »Wo bin ich?«

»In meinem Bett.« Er musste mich von der Couch hierhergetragen haben. Und ich hatte es nicht einmal bemerkt.

»Warum liegst du nicht neben mir?«, fragte ich ihn, und meine Augen fielen wieder zu.

»Ich wusste nicht, ob das für dich in Ordnung ist. Die gestrige Nacht habe ich auch auf der Couch geschlafen.«

Ich streckte meine Hand nach ihm aus. »Komm zu mir.«

Es dauerte ein paar Sekunden, doch dann hörte ich Kleidung rascheln. Kurz darauf senkte sich die Matratze und Adam kroch zu mir ins Bett.

Ich hob die Decke an, die er über mich ausgebreitet haben musste, damit er sich zu mir legen konnte. »Ich bin der kleine Löffel«, nuschelte ich und grub meinen Kopf wieder ins Kissen.

Adams heiseres Lachen ließ einen wohligen Schauer über meinen Körper wandern. Er legte den Arm um mich und ich rutschte noch ein wenig zurück, bis kein Blatt Papier mehr zwischen uns passte.

»Ich weiß nicht, ob ich so schlafen kann«, flüsterte er.

»Zu heiß?«

»Ja, du«, wisperte er. »Aber ignorier mich einfach.«

Das versuchte ich. Wirklich. Aber sein Atem strich immer wieder über meinen Nacken und jagte angenehme Schauder über meine Haut. Infolgedessen beschleunigte sich auch mein Atem immer, und ich hatte das Gefühl, dass sich eine irrsinnige Spannung zwischen uns beiden auflud.

Ich versuchte dagegen anzukämpfen. Doch nach einigen endlos langen Minuten fragte ich mich, warum ich das eigentlich tat. Ich war nicht mehr müde. Nicht einmal ein bisschen. Und Adam und ich hatten es endlich gemeinsam und vollkommen nüchtern in ein Bett geschafft.

»Adam? Schläfst du schon?«

»Nein«, brummte er.

»Ich auch nicht.«

»Gott sei Dank.«

Ich drehte mich auf den Rücken, und innerhalb weniger Augenblicke war Adam über mir. Ich spreizte meine Beine, damit er dazwischen Platz fand, und zog ihn zu mir. Unsere Lippen prallten aufeinander, denn wir wussten beide, was wir wollten. Es gab kein Herantasten, keine Unsicherheiten. Nur viel zu viel Stoff zwischen uns. Ich tastete fahrig mit meinen Händen über Adams Körper und stellte fest, dass er nur noch seine Boxershorts trug. Und selbst das war zu viel. Ich hakte meine Finger in den Bund, und dann schob ich sie ihm über die Hüften.

»Von langsam hältst du wohl nicht viel«, murmelte er.

»Ich habe das Gefühl, dass wir, seitdem du mir diesen Rucksack auf den Kopf geschmissen hast, bereits beim Vorspiel sind.«

Er lachte und strampelte sich seine Boxershorts von den Beinen. Als er sich gerade wieder auf mich stürzen wollte, stoppte ich ihn. »Warte.« Ich legte meine Hand auf seine Brust, sodass er sich aufsetzen musste. Obwohl ich ihn gerade nur schemenhaft erkennen konnte, wusste ich, dass Adam der schönste Mensch auf der ganzen Welt für mich war.

Ich zog mir das Shirt über den Kopf und warf es davon. Danach ließ ich mich wieder zurückfallen. »Zieh mir deine Boxershorts aus«, bat ich ihn.

Er schob mir den Stoff vom Körper und wirkte dabei beinahe andächtig. So als würde er ein ganz besonderes Geschenk auspacken. Danach lehnte er sich zu seinem Nachttisch, holte etwas und legte es neben dem Bett ab. »Kondome«, murmelte er nur.

»Mehrzahl? Da ist aber jemand motiviert.«

»Haley?«

»Ja?«

»Ich bin übrigens auch in dich verliebt. Schon wieder. Oder immer noch.«

Mir fiel ein Stein von Herzen, denn zuvor hatte Adam nichts auf mein impulsives Liebesgeständnis erwidert, sondern mich einfach nur geküsst. Die Worte jetzt auch aus seinem Mund zu hören bedeutete mir so verdammt viel. »Das ist gut zu wissen«, wisperte ich gegen seine Lippen, bevor ich ihn küsste.

Adams Hände blieben nicht untätig. Er schob sie über meinen Körper, bis er meine empfindlichste Stelle fand und mir ein Seufzen entlockte. Er schob einen Finger in mich.

»Mehr«, flüsterte ich, und obwohl ich es nicht sah, wusste ich, dass Adam an meinen Lippen lächelte.

»Gleich.« Er beschleunigte das Tempo, und auch meine Atemzüge wurden immer lauter. Unser Kuss wurde fahriger, und ich tastete blind nach dem Kondom, weil ich einfach nicht mehr warten wollte. Warten konnte.

Als ich es fand, riss ich die Verpackung auf. »Komm her«, sagte ich und griff mit der freien Hand nach seiner Erektion. Ich rieb einige Male darüber, bevor ich ihm den Gummi überzog. Danach brachte er sich in Position und lehnte die Stirn gegen meine.

»Adam.« Aus meinem Mund klang sein Name wie ein heiseres Flehen.

Mit einem gestöhntem »Haley« schob er sich in mich.

Für einen Augenblick hielten wir beide die Luft an und badeten in diesem weltenverändernden Gefühl. Denn das war es. Sex mit Adam Carter war jetzt schon besser als alles andere, was ich jemals erlebt hatte.

Mein ganzer Körper war wie elektrisiert, und als wir uns im Gleichklang zu bewegen begannen, fing er auch noch Feuer. Ich schlang Arme und Beine um Adam, weil ich ihn spüren wollte. Auf mir und in mir. Doch schon bald reichte es mir nicht mehr, mich an ihm festzuklammern. Ich kam jedem seiner Stöße entgegen und wand mich unter ihm, brauchte mehr.

Gemeinsam fanden wir einen Rhythmus, der uns immer weiter auf unseren Höhepunkt zutrieb.

»Ich … Adam, ich …«

Auch sein Atem ging stoßweise. »Ich weiß.« Er stützte sich auf den Unterarmen ab und beschleunigte das Tempo. Es dauerte nicht lange, bis ich laut stöhnend den Kopf in den Nacken warf und mich den Empfindungen hingab, die Adam in mir auslöste. Kurz darauf erreichte er seinen Höhepunkt und verharrte danach ein paar Sekunden reglos, bevor er sich zurückzog.

Gerade noch waren wir uns noch so nah gewesen, doch nun stand Adam auf und ging ins Badezimmer. Der Lichtschein erhellte das Schlafzimmer und ich betrachtete die zerwühlten Laken. Das war es also gewesen. Sex mit Adam. Verdammt guter Sex mit Adam. Während Will und ich lange gebraucht hatten, bis wir im Bett einigermaßen harmonierten – immerhin hatten wir beide keine Ahnung gehabt, was wir da taten –, war es mit Adam ab der ersten Sekunde gut gewesen. Und das war gleichzeitig großartig, aber auch beängstigend. Weil es mich daran glauben ließ, dass Adam und ich zusammengehörten. Eine Tatsache, die überraschend und vor allem überfordernd war. Denn ich war mir durch seine schnelle Flucht aus dem Bett nicht sicher, ob Adam das genauso sah, obwohl er mir eben noch gestanden hatte, dass er in mich verliebt sei.

Ich hörte das Wasser im Badezimmer rauschen, und obwohl sich meine Beine noch wie Pudding anfühlten, stand ich ebenfalls auf und folgte ihm.

Adam wusch sich die Hände, als ich mich hinter ihn stellte und die Arme um ihn schlag. Meinen Kopf schmiegte ich an seinen Rücken.

»Was machst du hier?«, frage er mich. »Ich wollte gerade wieder zu dir kommen.«

»Ich dachte, ich sehe mal nach, wie es dir geht, nachdem du einfach wortlos vor mir geflüchtet bist.«

Er drehte sich zu mir um und drückte mir einen Kuss auf den Scheitel. »Sorry, ich wollte nur kurz das Kondom entsorgen.

»Kommst du wieder mit ins Bett?«, fragte er. Lustigerweise sah er sogar ein wenig schüchtern aus, als er das fragte.

»Ich muss nur noch kurz für kleine Disney-Prinzessinnen.« Allein. Also schob ich ihn aus dem Badezimmer, erleichterte mich kurz und ging, nachdem ich mir die Hände gewaschen hatte, wieder zurück ins Schlafzimmer. Leider musste ich auf dem Weg dorthin noch einmal umdrehen, um das Licht auszuschalten. Natürlich schätzte ich die Entfernung zum Bett falsch ein und stieß mit dem Schienbein gegen die Kante. »Autsch«, jammerte ich und kroch dann neben Adam. »Ich bin schwer verletzt.«

»Soll ich dich wieder gesund küssen?«, fragte Adam.

»Ja bitte.«

Kurz darauf lagen seine Lippen wieder auf meinen.

»Du hast da was falsch verstanden«, murmelte ich. »Man muss die schmerzende Stelle küssen.«

Adam schnaubte. »Glaub mir, dorthin arbeite ich mich im Laufe der Nacht noch vor.«

»Ich mag deine Motivation, Adam.«

»Und ich mag dich.«

Kurz darauf waren wir nur noch ein Knäuel aus streichelnden Händen und ineinander verschlungenen Gliedmaßen.

KAPITEL 27

Für mich war Adam wie eine verdammt süchtig machende Droge. Anders konnte ich mir nicht erklären, warum wir es an diesem Wochenende nicht schafften, länger als zwanzig Minuten die Finger voneinander zu lassen. Wir hatten probiert, gemeinsam zu kochen, was damit geendet hatte, dass sämtliche Lebensmittel auf dem Boden gelandet waren und wir es auf dem Küchentresen getan hatten.

Eine neue Erfahrung für mich. Genauso wie Sex unter der Dusche. Auf der Wohnzimmercouch. Oder im Flur. Allerdings brauchte irgendwann nicht nur meine intimste Stelle eine kleine Pause, sondern auch mein Magen ein paar Kohlenhydrate. Deshalb war Adam gerade auf dem Weg zu einem kleinen Deli, von dem er mir vorgeschwärmt hatte, und holte uns Sandwiches und Salate. Ich hätte mich auch mit einer weiteren Pizza zufriedengegeben, doch er hatte darauf bestanden, dass ein Körper auch hin und wieder ein paar Vitamine brauchte. Bestimmt hatte er sich voriges Wochenende gemeinsam mit East gegen mich verschworen.

Als es an der Tür läutete, sprang ich auf, um Adam zu öffnen. Allerdings stand nicht er vor mir, sondern meine Freundinnen.

Madison fiel mir um den Hals. »Es geht dir gut!«

Ich schob sie von mir weg und sah sie irritiert an. »Natürlich. Warum nicht?«

»Vielleicht, weil du dich seit Freitag, als Adam dich wie ein Höhlenmensch weggeschleppt hat, nicht mehr gemeldet hast.«

Ich war mir ziemlich sicher, dass ich rot wurde. »Ja … hmmm … ich war beschäftigt.«

Yuna trat einen Schritt vor, doch anstatt mich zu umarmen, boxte sie gegen meinen Oberarm. »Weißt du, was für Sorgen ich mir gemacht habe? Ich habe stundenlang vor eurer Wohneinheit gesessen und niemand hat geöffnet. Dass Madison ihr halbes Leben bei Colton verbringt, habe ich bereits mitbekommen, aber dass du nicht nach Hause gekommen bist, war beängstigend.«

Dass ich wegen Adam alles um mich herum vergessen hatte, war keine meiner Glanzleistungen. »Ich wollte nicht, dass sich jemand Sorgen macht«, sagte ich kleinlaut. »Aber ich war …« Mit meiner Hand machte ich eine unbestimmte Bewegung.

»Im postorgasmischen Zustand der Glückseligkeit?« Treffender als Madison hätte ich es nicht formulieren können.

»Warum denkst du das?«, fragte ich sie.

»Ach, dein Gesicht strahlt, deine Haare sehen aus, als hätten Vögel darin genistet, und ich bin mir ziemlich sicher, dass du unter diesem weiten Hoodie kein Höschen trägst.« Volltreffer.

Natürlich log ich sie diesbezüglich an. »Stimmt gar nicht.« Ich zog den Stoff aber vorsichtshalber ein wenig weiter nach unten, was Yuna zu einem halbherzigen Schmunzeln animierte.

»Hach ja. Junge Liebe«, murmelte sie.

»Kennst du ja auch, oder? Immerhin hast du doch Alma.«

»Was uns zum Grund bringt, warum ich so lange vor deiner Zimmertür campiert habe. Hab sie mit einer anderen Frau erwischt. Ihrer Mitbewohnerin.« Erst jetzt fielen mir ihre verquollenen Augen auf, die so gar nicht zu ihrer eher emotionslosen Stimme passen wollten. Was für eine miese Freundin war ich eigentlich? Sofort machte ich einen Schritt auf sie zu und umarmte sie. »Das tut mir so leid.«

»Du kannst doch nichts dafür, dass Alma so eine …« Mitten im Satz brach Yuna ab, und ich kannte sie gut genug, um zu wissen, dass ihr so einige Schimpfwörter im Kopf herumgingen, sie aber keines davon jemals aussprechen würde. »Egal. Da ich mir Sorgen um dich gemacht habe, ist die Wut auf Alma für einen Moment in den Hintergrund getreten.«

Ich fühlte mich mies, weil ich nicht da gewesen war, als Yuna mich gebraucht hatte. »Ich bin eine schlechte Freundin.« Ich sah zuerst Madison, dann Yuna entschuldigend an.

Die beiden ließen mich noch kurz zappeln, doch dann wurden ihre Gesichter weicher. »Bist du nicht«, sagten sie gleichzeitig und mussten kurz darauf auch schon lachen.

»Wie habt ihr mich eigentlich gefunden?«

»Dank Colton. Er wollte uns Adams Adresse zuerst nicht geben, aber nachdem auch Adam nicht an sein Handy gegangen ist, hat er sie dann doch rausgerückt.«

Hinter den beiden ertönte ein Schnauben. Adam stand mit zwei Tüten in der Hand hinter meinen Freundinnen und sah nicht wirklich begeistert aus. »Offensichtlich muss ich in Zukunft genauer überlegen, wem ich meine Adresse verrate.«

Als sein Blick auf mich fiel, lächelte er allerdings sofort wieder. »Was treibt deine Freundinnen hierher?«

»Sie haben sich Sorgen um mich gemacht.«

Ein genervter Ausdruck trat auf Adams Gesicht. »Ich denke, so langsam müsst ihr begreifen, dass es Haley in meiner Gegenwart gut geht.«

Madison murmelte irgendetwas Unverständliches, doch Yuna hob entschuldigend ihre Hände. »Zu meiner Verteidigung: Ich wusste nicht mal, dass sie bei dir ist. Ich hab mir nur Sorgen gemacht, weil sie nicht nach Hause gekommen ist.«

Adam schob sich an den beiden vorbei und legte mir den Arm um die Schulter. »Ich bin froh, dass sie so gute Freundinnen wie euch hat. Und jetzt, wo ihr mein Superhelden-Geheimversteck kennt, könnte ihr auch gern reinkommen.«

Er drückte mir einen Kuss auf die Wange. »Hey«, raunte er, und ich sah ihm verliebt dabei zu, wie er Yuna in Richtung des Wohnzimmers führte.

Madison betrachtete mich nachdenklich. »Sei trotzdem vorsichtig mit ihm.«

»Wenn du mir versprichst, dass du ihm eine faire Chance gibst.«

»Glaub mir, das mache ich schon.«

Den Rest des Tages verbrachten wir zu viert. Gemeinsam hatten wir am Küchentisch gesessen, das leckere Essen verschlungen und uns unterhalten. Madison war nach einer Weile aufgetaut und hatte sogar mit Adam gelacht. Vielleicht nur mir zuliebe, aber immerhin.

Und jetzt gingen wir gemeinsam in Richtung des Wohnheims. Adam hatte es sich nicht nehmen lassen, uns zu begleiten. Offiziell natürlich wegen mir, aber gerade schlenderten er und Yuna vor Madison und mir her und unterhielten sich angeregt miteinander.

Madison stieß mich leicht mit dem Ellbogen an. »Also, was ist das mit Adam und dir? Seid ihr jetzt zusammen?«

»Gute Frage. Irgendwas dazwischen?«

»Was soll das bedeuten?«

»Na, dass wir keine anderen treffen und sehen, wie sich das weiterentwickelt«, erklärte ich. »Ich hätte nie gedacht, dass Adam der Richtige für mich sein könnte, aber zwischen uns stimmt einfach die Chemie. Ich kann mit ihm reden, mit ihm lachen, und wenn es darauf ankommt, kann ich sogar mit ihm weinen. Er ist ein guter Kerl. War er immer schon. Es hat eben nur eine Zeit gegeben, da hat er alles dafür getan, dass ich das vergesse.«

Meine Mitbewohnerin seufzte leise und griff nach meiner Hand. »Wenn Adam der Richtige für dich ist, dann freue ich mich natürlich mit dir.«

»Danke. Und jetzt wechseln wir am besten das Thema.«

»Worüber willst du denn sprechen?«, fragte Madison.

»Über Freitagabend«, flüsterte ich. »Hab ich die Aufgabe bestanden?«

»So ziemlich jeder hat dieses Wochenende seine Aufgabe erfüllt. Die Fragestellung war dämlich, weil ich nämlich überhaupt nicht überprüfen kann, was die heimlichste Begierde der Leute ist, darum musste ich zum Beispiel auch Javier einen Stempel geben, der der Meinung war, dass er immer schon mal nackt einen ganzen Eimer Chicken Wings essen wollte.«

Ich schlug mir die Hand vor den Mund, um nicht loszulachen. »Darfst du mir das überhaupt erzählen?«

»Wieso nicht? Du warst doch dabei, als er im Wohnzimmer auf der Couch lag und sich vollgestopft hat.« Jetzt, wo sie es sagte, erinnerte ich mich wieder dunkel daran, dass ich ihm sogar Barbecuesoße aus dem Kühlschrank geholt hatte.

»Was für eine Nacht.«

Madison rieb sich über das Gesicht. »Wem sagst du das. Ich habe so viele Stempel verteilt wie noch nie.«

»Und? Hat Piper auch einen bekommen?«

»Am besten reden wir überhaupt nicht mehr über dieses Wochenende.« Kopfschüttelnd fügte sie hinzu: »Hätte ich nicht schon die Bingo-Karten ausgeteilt, würde ich noch ein paar Losaufgaben nachträglich ändern. Ich bin echt die mieseste Spielleiterin aller Zeiten.« Sie sah richtig traurig aus.

»Bist du nicht«, sagte ich in der Hoffnung, sie ein wenig aufzumuntern. »Du machst das ganz toll, und mir wäre nicht einmal eine Aufgabe eingefallen. Und wenn du im nächsten Jahr wieder das Spiel leitest, dann hast du doch schon aus deinen Fehlern gelernt.«

»Vielleicht.« Wirklich glücklich wirkte sie immer noch nicht, leider erreichten wir in diesem Moment aber auch schon das Wohnheim. Adam verabschiedete sich gerade von Yuna, als Madison und ich zu den beiden aufschlossen. Auch Madison und Adam tauschten ein paar Abschiedsfloskeln aus, und dann verschwanden meine Freundinnen nach drinnen.

Nun war ich wieder mit Adam allein. »Ich hatte mir den restlichen Tag definitiv anders vorgestellt, aber irgendwie fand ich es dann trotzdem schön mit den beiden.«

»Das freut mich.« Ich machte einen Schritt auf ihn zu und schmiss mich regelrecht an seine Brust. Er schloss die Arme um mich und drückte mir einen Kuss auf den Kopf. »Wenn du magst, kannst du gern noch mit raufkommen.«

»Ich muss leider noch allerhand erledigen. Lernen. An der App arbeiten. Ein wenig aufräumen. Aber ich verspreche dir, dass ich nicht wieder völlig abtauche, sondern mir in regelmäßigen Abschnitten Zeit für dich freischaufele.«

»Klingt, als wäre ich eine Belastung für dich.«

Adam schob mich von sich. Ich hob den Kopf an und sah ihm in die Augen. Er legte die Hand an meine Wange und strich mit dem

Daumen über meine Haut. »Du bist alles für mich, aber ganz sicher keine Belastung.«

Er beugte sich zu mir und küsste mich. Obwohl wir bereits so etwas wie eine Art Knutsch-Routine entwickelt hatten, wusste ich, dass ich niemals genug von seinen Lippen auf meinen bekommen konnte. Denn sie passten perfekt dorthin.

KAPITEL 28

Adam saß mir in einem schicken Restaurant gegenüber und hielt meine Hand. Wir warteten gerade auf den Hauptgang, während ich meinen Blick erneut durch den Raum schweifen ließ. Alles hier drin sah so teuer und edel aus. Ich fühlte mich wie Cinderella, die sich auf den Ball geschlichen hatte. Oder in meinem Fall eben in ein Restaurant über ihrer Preisklasse. Ohne Adam würde ich mich vermutlich aus akutem Geldmangel nur noch von Fertiggerichten ernähren.

»Du siehst aus, als wärst du gerade lieber woanders.« Damit hatte er nicht ganz unrecht. Denn es war wieder Freitag, und vermutlich fand genau in dieser Sekunde die Ziehung der neuesten Bullshit-Bingo-Frage statt. Madison hatte zwar zuerst gejammert, weil ich nicht mitkommen wollte, doch nachdem ich ihr erzählt hatte, wohin Adam mich ausführen würde, war sie sofort Feuer und Flamme gewesen. Dank ihr war ich mir tatsächlich wie Cinderella vorgekommen, die für den Ball herausgeputzt wurde. Nur gab es in meinem Fall keine gute Fee, sondern die beste Mitbewohnerin aller Zeiten, die mir nicht nur beim Styling geholfen, sondern mir auch versprochen hatte, dass sie mir später sagen würde, wie die Aufgabenstellung lautete.

Seit ich mit Adam zusammen war, rückte das Spiel immer weiter in den Hintergrund. Was auch kein Wunder war, denn natürlich wollten Adam und ich so viel gemeinsame Zeit wie möglich verbringen. Leider war das wegen unserer Jobs, dem Studium und Adams

App gar nicht so leicht. Zum Glück schafften wir es zwischendurch, uns auf dem Campus zu treffen, um kurz zusammen Mittag zu essen oder zumindest einen Kaffee zu trinken. Unsere Schichten im Café boten da schon mehr Zeit für Gespräche und unsere üblichen Wortgefechte, doch ausreichend Raum für Zweisamkeit suchten wir dort leider vergeblich.

»Ich hab nur gerade darüber nachgedacht, dass ich mich auch mit einem Nudelgericht in deinem Bett zufriedengegeben hätte.«

Lächelnd streichelte Adam mit dem Daumen über meine Haut. »Weiß ich doch. Aber ich hab mir einen schönen Abend für uns beide gewünscht.«

»Danke dafür. Es ist großartig.«

»Aber?«

Ich lehnte mich zu ihm. »Ist das nicht zu teuer?«, flüsterte ich. »Du musst kein Geld für mich ausgeben.« Das meinte ich wirklich so. Ich war vielleicht das Mädchen, das bald die Uni verlassen musste, weil sie die Studiengebühren nicht auftreiben konnte, aber ich war trotzdem nicht völlig mittellos. Im Notfall würde Adam mich bestimmt aufnehmen, und ich könnte mir fürs Erste einen Ganztagsjob suchen. Oder auf ein Community College gehen. Mein Leben würde definitiv nicht vorbei sein, wenn ich nicht mehr an der Penn studierte. Aber es war immer noch meine Traum-Uni, und noch wollte ich mir keine konkreten Alternativen überlegen.

»Du sollst einfach einen schönen Abend haben«, sagt er zu mir.

»Den habe ich schon. Ich finde es total aufregend, hier zu sein.«

»Ich wollte ...« Adam suchte nach meinem Blick. »Haley, ich habe dich heute hierhergebracht, weil ich dich etwas fragen wollte.«

»Du machst aber jetzt keinen Kniefall vor mir, oder?« Meine Stimme klang ängstlich.

»Was? Nein!«

Ich stieß einen erleichterten Atemzug aus. »Gott sei Dank.«

»Auf was für Ideen kommst du nur?«

»Entschuldigung. Ich hab 'ne lebhafte Fantasie.«

Adam wirkte, als würde er gleich zusammenbrechen. »Jetzt hast du den Moment zerstört.«

»Welchen Moment?«

»Den Moment, in dem ich dich fragen wollte, ob wir es offiziell machen. Ob du meine Freundin sein willst. Ich möchte meinen Eltern von dir erzählen.«

»Die kennen mich doch schon«, sagte ich ein klein wenig verwirrt.

»Ja, das schon. Aber ich will dich gern als meine Freundin vorstellen. Offiziell.«

Was ich sehr süß von Adam fand. »Dann schieb den Brief mal rüber. Hast du einen Kugelschreiber zum Ankreuzen dabei?«

Adam wirkte, als würde er am liebsten seinen Kopf gegen die Tischplatte knallen. »Was schwafelst du da?«

»Ich warte auf den offiziellen *Willst-du-mit-mir-gehen*-Brief. Inklusive der Auswahlmöglichkeiten ja, nein und vielleicht.«

»Okay, mein Fehler, dass ich das versäumt habe. Reicht dir auch ausnahmsweise die Frage?«

»Welche Frage?«

»Haley!«

Ich grinste. »Adam.«

Er seufzte laut. Das Zeichen seiner Resignation. »Haley Evans, willst du meine Freundin sein?«

Ich zog seine Hand wieder zu mir. »Ja, ich will.«

Der Kellner suchte sich genau diesen Moment aus, um unsere Hauptspeisen zu servieren. »Wie ich höre, gibt es einen Grund zu feiern«, sagte er. »Ich bringe Ihnen gleich ein Glas Champagner aufs Haus.«

»Danke schön.« Glücklich lächelte ich ihn an.

»Besondere Momente gehören gefeiert.« Mit diesen Worten drehte er sich um und eilte davon.

»Denkt er, wir haben uns verlobt?«

»Sieht fast so aus. Aber er hat auf jeden Fall recht. Das ist wirklich ein besonderer Moment, und ich freue mich, dass wir hier sind.«

»Auf was werden wir denn trinken?«, fragte Adam.

»Auf uns. Und dass wir es nicht in den Sand setzen.«

»Ich habe ein gutes Gefühl.«

Das war gut, denn mir ging es genauso.

An diesem Abend nahm ich Adam mit zu mir. Colton und Madison waren ebenfalls da, was an den Wochenenden im Normalfall eher selten vorkam. Anstatt mich also mit Adam in den Kissen zu wälzen, saßen wir zu viert in Madisons Zimmer. Colton hatte einen Laptop auf dem Schoß und scrollte durch ein Dokument, in das Adam und er vertieft waren. Es ging um Coltons Abschlussarbeit, bei der er Adam nach seiner Meinung fragte. Irgendwie hatte ich mir den weiteren Verlauf des Abends anders vorgestellt.

Allerdings genoss ich es auch, mit Madison zu reden. »Sag mal«, flüsterte ich. »Welches Los wurde eigentlich gezogen?«

»Ruf deinen Ex an und sag ihm, wie sehr du ihn vermisst.«

Daraufhin starrte ich Madison schockiert an. »Die Aufgaben werden echt immer schlimmer.« Ich stand auf. »Kommst du mit zu mir rüber?«

Sofort war sie auf den Beinen. Gemeinsam gingen wir in mein Zimmer und Madison schloss die Tür hinter sich. »Willst du deinen Ex jetzt sofort anrufen?«

»Was? Nein! Ich möchte nur auf meine Bingo-Karte sehen, in der Hoffnung, dass die Aufgabe einfach total scheiße liegt und ich gar nicht in Versuchung komme, Will anzurufen.« Ich holte die Karte aus der Nachttischschublade. Das Feld lag mittig in der letzten Reihe.

Madison sah mir über die Schulter. »Wenn du die Aufgabe löst, bräuchtest du nur noch drei weitere und du hättest eine senkrechte Linie nach unten.«

»Ich weiß nicht.« Im Moment war ich auf die Diagonale fixiert, weil mir dort nur noch eine einzige Aufgabe fehlte.

Madison ließ sich auf mein Bett fallen. »Dir kann niemand garantieren, dass die nächste Aufgabe eine auf der Diagonale ist. Und was ist, wenn dich jemand überholt?«

Ich klettere zu Madison aufs Bett. »Aber ich möchte Will nicht anrufen.«

»Ihr versteht euch doch. Du hast erst vorige Woche mit ihm telefoniert.«

Das war natürlich ein gutes Gegenargument. »Ja, weil es mich interessiert, was in seinem Leben vorgeht. Er hat es nur durch die Blume gesagt, aber ich glaube, er lebt sein Studentenleben ziemlich aus.«

»Wie kommst du darauf?«

»Als ich ihn gefragt habe, ob er jemanden datet, meinte er nur, dass er sich im Moment nicht festlegen will.«

»Okay, er vögelt sich quer durch den Campus.«

»Denke ich auch. Da kann ich nicht ankommen und ihm erzählen, dass ich ihn vermisse. Er würde automatisch annehmen, dass ich immer noch in ihn verliebt bin. Vor allem, weil ich das nicht bin.«

»Meinst du nicht, er würde auch wollen, dass du an der Penn bleiben kannst? Bestimmt verzeiht er dir diese Notlüge, wenn du sie später aufklärst.«

Am liebsten würde ich gerade in mein Kissen heulen, denn die ganze Situation überforderte mich. In den letzten Wochen hatte ich Bullshit-Bingo aus den Augen verloren, weil ich mich zu sehr auf Adam fokussiert hatte. Dabei musste ich das Spiel doch unbedingt gewinnen. Nur wollte ich mich und meine Prinzipien dabei nicht verraten. »Aber es fühlt sich falsch an. Adam und ich wollen unseren Eltern sagen, dass wir zusammen sind.«

Madison riss die Augen auf. »Wirklich?«

»Ja. Er hat mich gefragt, ob wir es offiziell machen und ich seine Freundin sein möchte.«

Meine Mitbewohnerin stürzte sich vor lauter Freude regelrecht auf mich. »Wie genial ist das denn? Möglicherweise, und ich gebe das wirklich nicht gern zu, ist Adam doch ein großartiger Kerl.« Ihre Umarmung dauerte eine kleine Ewigkeit, doch ich beschwerte mich nicht. Viel mehr genoss ich ihre Euphorie und dass sie ihre Vorurteile gegenüber Adam überwunden hatte.

»Ja, ich denke auch. Außerdem hat er für seine zweite Chance gekämpft.«

»Und wie. Ich habe es noch nie mitbekommen, dass Adam sich so sehr um ein Mädchen bemüht hat.«

»Und wir wollen über Thanksgiving gemeinsam nach Hause fahren und es unseren Eltern sagen. East weiß zwar schon Bescheid, aber dann sagen wir es auch dem Rest unserer Familien.« Das war verdammt aufregend.

»Hast du Angst deswegen?«

»Nein, es fühlt sich richtig an.«

»Ich freue mich echt so sehr für dich. Auch wenn das bedeutet, dass du Will nicht anrufst und ich mich weiter fürchten muss, dass im nächsten Semester jemand anderes hier einzieht.«

»Du würdest dich bestimmt auch mit einem anderen Mädchen gut verstehen.«

Madison schob die Unterlippe vor. »Aber sie wäre nicht du.«

»Awwwwwww«, kam es aus Richtung der Tür. Adam lehnte dort und grinste.

»Ignorier ihn einfach. Oder nicht. Denn ich wollte genau das Gleiche sagen, nur in einem deutlich weniger sarkastischen Tonfall«, sagte ich zu Madison.

»Weiß ich doch.«

Ich sah wieder zu Adam. »Wieso stehst du hier rum?«

»Weil ich zu dir ins Bett wollte. Aber wie ich sehe, ist dort schon besetzt.«

Madison rappelte sich hoch und stand auf. »Ist Colton schon fertig?«

»Nur mit den Nerven.« Adam kam zu mir und setzte sich auf die Bettkante, während Madison das Zimmer durchquerte.

»Du bist witzig, Carter«, sagte sie, bevor sie die Tür hinter sich schloss.

Ich zog Adam in eine liegende Position. »Ich mag deinen Humor.«

»Danke. Ich deinen auch.«

Ich kuschelte mich an seine Brust und ließ mich von ihm in eine Umarmung ziehen. »Und? Wirst du Will anrufen und ihm sagen, dass du ihn vermisst?«

»Du hast uns gehört?«

»Ihr wart im selben Raum. Und ich bin mir nicht sicher, ob es euch schon mal jemand gesagt habt, aber ihr seid nicht besonders gut im Flüstern.«

Ich vergrub mein Gesicht tief in seinem Hemd und inhalierte den typischen Adam-Geruch. »Es wäre nicht richtig, ihn anzurufen.«

»Aber du wärst dem Gewinn des Spiels wieder ein Stückchen näher.«,

»Ich weiß, aber … Adam, ich bin in dich verliebt. Ich möchte Will nicht anrufen und ihm sagen, dass ich ihn vermisse, weil es nicht wahr ist. Es fühlt sich falsch an, ihn deswegen zu belügen. Oder meine Gefühle für dich zu verleugnen.«

»Haley?«

»Ja?«

»Habe ich dir schon mal gesagt, dass du der ehrenwerteste Mensch bist, den ich kenne?«

»Nein.« Dass ich der chaotischste, lauteste und manchmal auch nicht einfachste Mensch war, wusste ich. Aber noch nie zuvor hatte mich jemand ehrenwert genannt. Ich war mir nicht sicher, ob dieses Adjektiv zu mir passte, aber ich fühlte mich auf jeden Fall geschmeichelt, weil Adam mich so sah.

»Dann tu ich es jetzt, denn ich will, dass du das Spiel gewinnst. Du sollst das Geld bekommen, weil ich nicht möchte, dass du weggehst.«

»Selbst wenn ich die Studiengebühren nicht zusammenbekommen würde, heißt das nicht, dass ich weggehe. Ich glaube, ich könnte es auch gar nicht.«

»Warum?«, fragte Adam.

Mein Herz klopfte so schnell, als wäre ich gerade einen Sprint gelaufen. »Weil ich dich liebe. Und nicht von dir weg möchte.«

Adam schluckte hörbar. »Haley, ich …«

»Du musst es nicht erwidern«, sagte ich.

»Ich will es aber, weil es stimmt.« Adam rollte sich auf mich und ich spreizte die Beine etwas, damit er sich dazwischenlegen konnte. »Haley, ich liebe dich. Und ich glaube, ich habe dich schon immer geliebt.«

»Adam …« Mir fehlten die Worte, denn obwohl ich längst gespürt hatte, dass das zwischen Adam und mir mehr war als bloße Anziehung, explodierte in meiner Brust eine Konfettikanone, weil mich seine Worte mitten ins Herz trafen. Die Liebe, die ich für ihn empfand, war in den letzten Wochen und Monaten stetig gewachsen, und dass es ihm genauso ging, war das schönste Geschenk, das ich jemals erhalten hatte. Ich war überwältigt. Und das erste Mal in meinem Leben verspürte ich keinerlei Groll, sondern war einfach nur glücklich.

»Sag nichts«, bat er mich. »Zeig mir einfach, wie sehr du mich willst.«

Und das tat ich. Wir halfen uns gegenseitig dabei, die Kleidung von unseren Körpern zu schieben. Danach holte ich ein Kondom aus meinem Nachttisch, das Adam sich überzog. In unserer stummen Übereinkunft legte er sich auf den Rücken und ich kletterte auf seinen Schoß. Behutsam führte er seine Härte an meinen Eingang, und ich ließ mich mit angehaltenem Atem nach unten sinken. Als wir eins waren, setzte auch Adam sich auf. Ich legte die Hände auf seinen Schultern ab und er die seinen an meinen Po.

Unsere Lippen fanden sich, während ich ihn mit einem trägen Rhythmus zu reiten begann.

»Prinzessin«, murmelte Adam dicht an meinen Lippen. »Meinst du, dass es immer so zwischen uns bleibt wie heute?«

Unsere keuchenden Atemzüge vermischten sich miteinander. Wir tranken die Luft die jeweils anderen, während wir unsere schwitzenden Körper aneinanderrieben und uns immer weiter in Ekstase schaukelten. »Ich weiß es nicht«, stöhnte ich. »Aber ich wünsche es mir.«

Adam animierte mich dazu, mich schneller zu bewegen, indem er seine Finger fester in meine Haut grub. Immer wieder hob und senkte ich mein Becken und nahm ihn so tief in mich auf, wie ich nur konnte. Zwischen unseren Körpern sammelte sich Schweiß, doch Adam leckte mit der Zunge über meine Haut und kühlte die Stellen, an denen ich scheinbar in Flammen stand.

Als in meinem Inneren ein Feuerwerk explodierte, warf ich den Kopf in den Nacken, und zum gleichen Zeitpunkt stöhnte Adam laut auf und verharrte tief in mir.

Kurz darauf sanken wir zurück aufs Bett und hielten uns noch eine ganze Weile fest, während wir uns ins Ohr flüsterten, wie sehr wir uns liebten.

KAPITEL 29

Fast genau einen Monat später passte Madison mich auf dem Weg vom Bad in mein Zimmer ab. Colton, Adam, sie und ich waren gemeinsam in der WG, da sowohl meine Mitbewohnerin und ihr Freund als auch Adam und ich dieses Wochenende mit unseren Familien verbringen und früh aufbrechen würden. Es war nämlich Thanksgiving. Aus diesem Grund hatte die Ziehung der dieswöchigen Bullshit-Bingo-Aufgabenstellung auch bereits einen Tag früher stattgefunden, denn morgen würden sich nicht nur wir, sondern auch der Großteil der Studentenschaft auf den Weg nach Hause machen.

Sie zog mich zur Seite. »Du kannst das Spiel gewinnen«, flüsterte sie mir zu. »Ich kenne deine Karte und weiß, dass du Bingo schreien kannst, wenn du die neue Aufgabe erfüllst.«

Ich seufzte laut auf, denn sie hatte recht. Der Sieg war bereits zum Greifen nah, aber ich hatte ein großes Problem mit der Aufgabenstellung. »Verrate das Geheimnis eines Menschen, der dir viel bedeutet.« Ich schüttelte resigniert den Kopf. »Selbst wenn ich wüsste, was ich verraten soll, würde ich es nicht tun. So bin ich nicht. Ich kann von niemandem das Vertrauen missbrauchen. Schon gar nicht zu meinen eigenen Vorteil«, sagte ich. »Und vor allem reicht es ja nicht, wenn ich es einfach nur dir erzähle, sondern ich müsste es nächste Woche auf der Verbindungsparty wiederholen.« Das war der Deal. Man musste vor allen bekannt geben, wie man es geschafft hatte, die Aufgaben zu lösen, was zur Folge hätte, dass ich das Geheimnis eines Freundes öffentlich ausplaudern müsste. Und das fühlte sich eindeutig falsch an.

»Komm schon«, versuchte Madison mich zu überreden. »Von mir aus verrate ich dir auch eines meiner Geheimnisse, wenn es bedeutet, dass du dann hierbleiben kannst.« Sie blinzelte gegen die Tränen in ihren Augen an und ich verstand, dass sie mich nicht überreden wollte, da sie ein schlechter Mensch war, sondern weil sie nicht wollte, dass ich meinen Traum aufgeben musste. Auch ich war traurig, weil das Ziel in greifbarer Nähe war, ich aber einfach nicht aus meiner Haut konnte. Ich war niemand, der anderen in den Rücken fiel, und ich würde auch nicht zu so einem Menschen werden.

Ich machte einen Schritt auf sie zu und umarmte sie. Es tat einfach zu sehr weh, Madison so aufgelöst zu erleben. »Es tut mir leid, aber ich kann das nicht.«

Madison schniefte leise. »Okay. Ich verstehe dich. Immerhin willst du dich ja weiterhin jeden Tag ohne Schuldgefühle im Spiegel ansehen können, aber ich wünsche mir so sehr, dass du das Geld bekommst. Niemand hat es so sehr verdient wie du.«

»Das sagst du nur, weil du keine neue Mitbewohnerin willst.« Meine Stimme bebte, und dann schniefte ich im Anschluss auch noch laut. Eigentlich sollten meine Worte sarkastisch klingen, aber Madison verstand mich zum Glück auch so.

»Klar doch«, antwortete sie. »Nur darum geht's. Und nicht darum, dass du meine Freundin bist.« Sie boxte mir leicht gegen meine Schulter. »Natürlich will ich nicht, dass du gehst. Vor allem, weil ich weiß, dass du ebenfalls hierbleiben und weiterstudieren willst.«

»Vielleicht gibt es irgendeine andere Möglichkeit.« Hatte ich eigentlich schon mal einen Banküberfall in Betracht gezogen? Nein, oder?

Madison ließ mich los und machte einen Schritt zurück. »Welche denn? Eine Zeitreise, damit du die Aufgabe von vor zwei Wochen doch löst?«

»Die Frage kam einfach zum falschen Zeitpunkt.« *Date jemanden, den du nicht leiden kannst,* passte leider nun nicht mehr wirklich. Jeder wusste, dass Adam und ich ein Paar waren. Und mit einem anderen auszugehen kam für mich nicht infrage. Genauso wenig wie ein

Geheimnis zu verraten. Der Sinn eines Geheimnisses lag nun einmal darin, geheim zu bleiben. Das war eine unumstößliche Regel, die ich nicht brechen wollte. Selbst wenn es mich den Sieg bei Bullshit-Bingo kosten könnte.

»Am Anfang des Semesters wäre dieses Los perfekt gewesen«, sagte Madison und sah mich bedauernd an.

»Hey, mach dir keinen Kopf deswegen. Bestimmt sind die nächsten Aufgaben so gut, dass ich eine nach der anderen lösen werde und mir doch noch den Sieg hole.«

»Das hoffe ich so sehr.«

»Madison?«, rief Colton aus ihrem Zimmer. »Kommst du endlich ins Bett?«

»Gleich! Ich verabschiede mich nur noch von Haley.« Ich wurde in eine weitere Umarmung gezogen. »Wir fahren morgen früh los, bestimmt sehen wir uns nicht mehr. Aber ich wünsche dir ein wundervolles Thanksgiving mit deiner Familie.«

»Ich dir auch, Madison.« Wir hielten uns noch kurz in den Armen, bevor wir beide einen Schritt zurückmachten. »Nächstes Jahr sollten Adam und du uns nach Colorado begleiten. Wir könnten Skifahren gehen, tonnenweise heiße Schokolade schlürfen und abends unsere kalten Zehen im Whirlpool aufwärmen.« Meine Begeisterung für den Skisport hielt sich eher in Grenzen, aber ich hatte auch keine großartigen Erfahrungen.

»Klingt eher nach Weihnachten als nach Thanksgiving.«

Madison winkte ab. »Ach, alle Sachen, die ich aufgezählt habe, kann man immer manchen. Na ja, außer Skifahren. Das geht nur, wenn Schnee liegt. Logischerweise.«

»Ich komme auf jeden Fall darauf zurück.«

»Das würde mich sehr freuen.«

Nach einer weiteren Umarmung zogen wir uns beide in unsere Zimmer zurück. Adam lag schon auf meinem Bett und sah sich ein Video auf dem Smartphone an.

»Was habt ihr da draußen geflüstert?«, fragte er und lächelte mich an. Es wirkte etwas verkrampft, aber vielleicht bildete ich mir das nur ein und er war einfach nur genauso müde wie ich. Die Woche war verdammt anstrengend gewesen, denn die Eingewöhnungsphase hatte ein Ende genommen. Die ganzen Uni-Unterlagen und Mitschriften waren nun meine besten Freunde und gleichzeitig treuesten Begleiter.

Ich kroch zu Adam ins Bett. »Wir haben uns nur wegen Bullshit-Bingo unterhalten.«

»Wieso? Bist du auf der Zielgeraden?«

»Es sieht auf jeden Fall nicht schlecht für mich aus«, sagte ich. »Vielleicht schaffe ich ja mit einer der nächsten Aufgabenstellungen, endlich fünf Aufgaben in einer Waagrechten oder Senkrechten zu bekommen.« Von der Diagonalen verabschiedete ich mich geistig bereits. Ich würde sie nicht lösen. Punkt.

»Dann sollten wir das auf jeden Fall feiern«, raunte Adam, drehte mich auf den Rücken und küsste sich dann meinen Körper entlang.

In einer halben Stunde würden wir endlich in Sheffield sein. Doch die Stimmung im Wagen war irgendwie bedrückt. Zuerst hatte ich es darauf geschoben, dass Adam noch müde war und deshalb nicht mit mir reden wollte, aber auch nachdem wir eine kurze Kaffeepause gemacht hatten, war er nicht aufgetaut.

Ich schlürfte meinen Karamell-Latte und beobachtete Adam von der Seite.

»Du machst mich nervös«, sagte er.

»Warum? Ich mache doch gar nichts.«

»Außer mich beobachten.«

Ich verdrehte die Augen und sah wieder auf die Straße. »Auch auf die Gefahr hin, dass ich mich gleich wie ein Kleinkind anhöre, aber mir ist langweilig. Du bist heute so still.«

»Ich bin wie immer.«

»Bist du nicht. Und ich bekomme gerade Panik, dass in Sheffield wieder dieser Alien-Adam zum Vorschein kommt. Möglicherweise machst du, je näher du nach Hause kommst, irgendeine Art von Transformation durch, und bis wir dort sind, bist du wieder Adam, der Arsch von nebenan.«

Er schnaubte. Ob genervt oder belustigt, konnte ich nicht so genau sagen, aber zumindest legte er seine Hand auf meinem Knie ab. »Haley, zwischen uns ist alles gut.«

»Sicher?«

»Hundertprozentig, aber …« Er seufzte. »Ich bin nervös.«

Ich konnte nicht länger auf die Fahrbahn sehen, stattdessen drehte ich mich in seine Richtung. »Wieso?«

»Weil ich dich heute meinen Eltern vorstelle.«

Ohne Vorwarnung prustete ich los. Tränen quollen aus meinen Augen und ich war kurz davor, mir ins Höschen zu pinkeln. »Newsflash.« Selbst nach diesem Wort wollte ich wieder loszulachen. »Deine Eltern kennen mich schon mein ganzes Leben. Was willst du zu ihnen sagen? Mom? Dad? Das ist Haley. Vielleicht kommt sie euch ja bekannt vor, denn sie hat bis vor Kurzem neben euch gewohnt.«

»Sehr witzig.« Adam klang überhaupt nicht belustigt. »Schön, dass du meine Nervosität ins Lächerliche ziehst.«

Ich fing mich wieder und legte meine Hand auf seine. »Tut mir leid. Das wollte ich nicht.« Sanft strich ich mit den Fingern über seinen Handrücken. »Aber ich bin mir nicht ganz sicher, wo das Problem liegt.«

»Ich bin einfach verflucht aufgeregt, weil ich noch nie eine Freundin mit nach Hause gebracht habe. Und dann bist es ausgerechnet du.«

»Das klingt nicht gerade motivierend. Nur zur Erinnerung: Deine Eltern und Großeltern lieben mich.«

»Das ist ja das Problem.«

»Adam, ich kapier es wirklich nicht.«

Er warf mir einen schnellen Blick zu, bevor er wieder auf die Straße sah. »Meine Mom wird vor Freude ausflippen, wenn sie hört, dass wir zusammen sind. Ich glaube, sie hat unsere Hochzeit schon geplant, als wir noch Kinder waren.«

»Meinst du?«

»Haley, wenn sie sich ihre Schwiegertochter selbst aussuchen könnte, wärst du ihre erste Wahl gewesen.«

Ich biss mir nachdenklich auf die Unterlippe. »Also, jetzt, wo du das alles so sagst, fällt mir auf, dass deine Mom mich schon sehr in Richtung Penn gedrängt hat.«

»Bitte sag mir nicht, dass du lieber auf ein anderes College gewollt hättest.«

»Die Penn war meine zweite Wahl. Aber zum Glück hat Harvard mich abgelehnt, sonst würden wir jetzt nicht gemeinsam in deinem Auto sitzen und zu unseren Familien fahren.«

»Und wir hätten auch nicht so guten Sex.« Nun breitete sich ein Lächeln auf seinem Gesicht aus, und endlich schien er sich ein bisschen zu entspannen. »Was du da gestern mit deiner Zunge angestellt hast, ist übrigens durchaus wiederholungsbedürftig.«

»Aber nicht, solange wir über Thanksgiving zu Hause sind.« Ich grinste ihn fies an.

»Wie bitte?« Er wirkte sichtlich schockiert.

»Ich werde nicht mit dir schlafen, wenn mein Dad zu Hause ist. Oder East jeden Moment in mein Zimmer stürmen könnte.«

»Meinst du das ernst?« Adam stöhnte frustriert. »Ich kann meine Finger nicht von dir lassen. Nicht, wenn du die ganze Zeit so haley-mäßig sexy bist.«

Nun konnte ich nicht länger ernst bleiben. »War nur ein Scherz. Die Nächte gehören uns.«

»Ich hoffe, East kommt nicht auf die Idee, eine Pyjamaparty zu veranstalten.« Das klang irgendwie ziemlich nach meinem Bruder.

»Bring ihn einfach nicht auf falsche Ideen«, riet ich ihm und drückte ihm einen Kuss auf die Wange.

KAPITEL 30

»Haley!« Dad lief durch den Garten der Carters auf mich zu, schloss mich in seine Arme und wirbelte mich einmal im Kreis. »Ich hab dich vermisst, Pumpkin.«

Als er mich wieder auf dem Boden abstellte, versuchte ich, irgendwelche Veränderungen an ihm zu erkennen, doch er war einfach mein Dad. Wie immer. Er trug einen Hoodie, der wahrscheinlich mal East gehört hatte. »Ich hab dich auch vermisst.«

Etwas unbehaglich kämmte er sich mit den Fingern durch sein dunkelbraunes Haar. »Haley, es tut …«

Mitten im Satz unterbrach ich ihn. »Nicht, Dad. Du musst dich nicht entschuldigen. Es ist alles okay. Wir bekommen das schon hin. Ich bekomme es hin.«

»Das solltest du aber nicht müssen«, sagte er, sah aber nicht mehr zu mir, sondern über meine Schulter hinweg zu meinem Freund.

»Adam.« Dad klang erfreut, was kein Wunder war. Immerhin hatte er früher genauso viel Zeit bei uns verbracht wie East und ich bei ihm.

»Hey, Robert. Hilfst du Dad beim Anheizen des Grills?«, fragte er. Eric, Adams Dad, grillte, ebenso wie mein Dad, leidenschaftlich gern. Und das nicht nur im Sommer. Die Jahreszeit spielte bei den beiden keine Rolle.

»Er wollte es sich einfach nicht nehmen lassen, ein Willkommensbarbecue für euch zu geben«, sagte Dad.

Adam lachte. »Das heißt, wir schlagen uns nicht nur heute, sondern auch morgen die Bäuche voll? Perfekt, oder was meinst du, Prinzessin?« Er legte den Arm um meine Schulter und zog mich näher zu sich, während er seinem Dad, der beim Grill stand, zuwinkte. Gemeinsam mit Adam hier zu stehen war verdammt surreal. Gleichzeitig fühlte es sich aber auch richtig an. Vielleicht ein wenig, als hätte es immer so sein sollen.

»Ähm, Adam?«

»Ja?«

»Dad sieht dich komisch an. Irgendwie als würde er dich gern töten.«

»Hey«, beschwerte sich mein gar nicht so alter Herr. »Es ist nur eigenartig zu sehen, dass ihr wieder so vertraut seid.«

»Was heißt hier wieder?«, fragte ich nach.

»Na ja, bevor du mit dem Johnson-Jungen zusammengekommen bist, habe ich immer damit gerechnet, dass ihr beide ein Paar werdet.«

Ich sah Dad böse an. »Der Johnson-Junge hat einen Namen. Und der lautet Will.«

Dad winkte ab, doch Adam konnte mal wieder seine Klappe nicht halten. »Den Namen musst du dir jetzt auch nicht mehr merken, Robert.« Für diese Aussage kassierte er einen Rempler von mir. »Denn deine Tochter hat nur noch Augen für mich.«

»Das sehe ich.«

Ich schnaubte, aber insgeheim war ich froh, dass Dad die Beziehung zwischen Adam und mir so gut aufnahm.

»Was Adam auf so plumpe Art sagen will, ist, dass wir uns an der *Penn* neu kennengelernt und ineinander verliebt haben.«

Adam küsste mich auf den Scheitel und murmelte: »Genau so ist es.«

Dad grinste. »Meinen Segen habt ihr.« Etwas leiser fügte er hinzu: »Solange ihr mich noch nicht zum Grandpa macht.«

»Wir wissen, wie man verhütet«, sagte ich. »Aber danke für deine Fürsorge.«

Hinter mir hörte ich plötzlich Easts Stimme. »Platze ich hier gerade in ein Aufklärungsgespräch?«

Ich drehte mich zu ihm um. »Nein, das hat schon vor ungefähr sechs Jahren stattgefunden. Und zwar mit Edith.«

Erstaunt sahen mich die Jungs an.

Adam war der Erste, der seine Stimme wiederfand. »Mit meiner Mom?«

»Ja. Warum eigentlich, Dad?«, fragte ich ihn.

Der zuckte mit den Schultern. »Ich dachte, es wäre dir vielleicht angenehmer, diese Dinge mit einer Frau zu besprechen.« Ich liebte ihn für diese Feinfühligkeit.

»War es.«

East klatschte in die Hände. »Okay, Themenwechsel. Ich habe Hunger.«

»Du hast immer Hunger«, sagte ich.

Kurz darauf stand auch Adams Dad bei uns. Er schloss zuerst Adam, dann mich in die Arme. Erst dann wandte er sich East zu. »Habe ich da was von Hunger gehört?«

»O ja.« East nickte, und es wunderte mich, dass ihm nicht schon der Sabber aus dem Mund lief.

»Ich kümmere mich gleich darum«, sagte Eric und umarmte zuerst Adam, dann mich. Dad setzte ihn gleich von dem geänderten Beziehungsstatus zwischen Adam und mir in Kenntnis. Natürlich nicht, ohne dass East ständig dazwischenredete. Auch er freute sich für uns, machte aber auch deutlich, dass wir es Edith sofort sagen mussten, da sie ihm sonst ewig vorhalten würde, dass er es vor ihr gewusst habe.

Deshalb gingen Adam und ich ins Haus, während Dad, East und Eric den Grill bewachten.

»Mooooom«, brüllte er, nachdem wir durch die Terrassentür getreten waren. »Ich bin wieder da.«

Es dauerte nicht lange, und Edith stürmte aus der Küche. Sie trug eine Kochschürze, auf der *Steak it easy* stand. Ich hoffte wirklich, dass Adam ihr die nicht zum Muttertag geschenkt hatte.

»Adam.« Sie schloss ihr einziges Kind fest in die Arme. »Endlich bist du zu Hause. Es ist so lange her.« Edith klang, als würde sie jede Sekunde losheulen.

»Wir waren im Sommer gemeinsam auf Hawaii. Du tust, als hätten wir uns schon jahrelang nicht mehr gesehen.«

»Pff.« Sie schnaubte beleidigt. »Das zählt nicht. Du bist das erste Mal seit Jahren zu Hause.«

»Und das hast du nur Haley zu verdanken«, sagte er und befreite sich sanft aus der Umarmung seiner Mom.

Ihr Blick fiel auf mich und das Lächeln wich Erstaunen. »Hallo, Haley. Ihr seid gemeinsam hier?«

Ich ging zu Edith und umarmte sie ebenfalls. »Ja, seit wir uns an der *Penn* über den Weg gelaufen sind, verbringen wir wieder eine Menge Zeit miteinander. Stimmt's, Adam?«

Er nickte, stellte sich neben mich und griff nach meiner Hand. »Genau, und ...«

Weiter kam Adam nicht, denn Edith schlug sich die Hände vor den Mund. »O mein Gott, o mein Gott, o mein Gott«, quietschte sie. Sie hüpfte wie ein Fangirl bei einem Harry-Styles-Konzert herum. Ich wollte nur daran erinnern: Diese Frau war Anwältin und konnte im Gerichtssaal der Gegenseite, ohne mit der Wimper zu zucken, den Arsch aufreißen.

Adam und ich warfen uns einen Blick zu. Er war offensichtlich genauso überfordert wie ich. »Mom? Kannst du bitte damit aufhören und einfach ... cool sein?«

»Ich bin total cool«, sagte sie und hörte mit dem Herumgezappel auf. »Aber deute ich eure ineinander verschränkten Hände richtig und ihr beide seid ein Paar?«

Grinsend biss ich mir auf die Unterlippe. »Ja, sind wir.«

Auch Adam bejahte, und Edith warf sich vor lauter Freude regelrecht auf uns. »Ich freue mich so!«

»Adam?«, flüsterte ich. »Sie hat dich aber nicht zu irgendetwas gezwungen, oder? Du willst mich aus freien Stücken?«

Edith ließ von uns ab und sah mich böse an. »Haley«, schimpfte sie. »Was denkst du denn von mir?«

»Ich bin es nur nicht gewohnt, dass Mütter im Zusammenhang mit mir vor Freude ausflippen.« Entschuldigend zuckte ich mit den Schultern.

Adam legte den Arm um meine Schultern und drückte mir einen Kuss auf die Schläfe. »Mom hat damit nichts zu tun, aber ich muss gestehen, dass sie immer wusste, wie gut ich dich finde.«

»Ehrlich?«

»Na klar. Sie ist Anwältin. Vor ihr kann man nichts verbergen.«

»Hat sie auch die Zigaretten gefunden, die wir mal …«

Ediths Augen weiteten sich, und Adam führte mich zur Couch. »Pssst, Prinzessin. Sie muss nicht alles wissen. Es reichen schon die Dinge, die sie selbst herausgefunden hat.«

»Ich tu mal so, als hätte ich euch eben nicht zugehört, und freue mich einfach weiter«, sagte Adams Mom, die uns folgte.

Adam schmiss sich auf die Couch und zog mich mit sich. Seine Mom setzte sich auf den bequemen Fernsehsessel gegenüber und klatschte in die Hände. »Ich bin so aufgeregt. Erzählt mir alles!«

Und dann berichteten Adam und ich über unser unverhofftes Wiedersehen und wie wir uns nach und nach nähergekommen waren, ohne zu viel von Bullshit-Bingo zu verraten.

KAPITEL 31

Wir hatten nicht nur den gestrigen Tag, sondern auch Thanksgiving mit Adams Familie verbracht. Edith hatte Unmengen an Essen aufgetischt, und jetzt saßen wir alle mit vollgeschlagenen Bäuchen im Wohnzimmer und verfolgten eigentlich das aktuelle Footballmatch. Doch ich war mehr damit beschäftigt, meinen Dad dabei zu beobachten, wie er unruhig auf der Couch herumrutschte. Immer wieder knetete er seine Hände, ließ sie in seinen Schoß fallen, um sie im Anschluss dann doch weiter zu malträtieren. Es tat beinahe körperlich weh, ihn so zu erleben.

»Alles in Ordnung?«, flüsterte Adam, der neben mir auf der zweiten Couch saß. East und ich hatten ihn zwischen uns eingeklemmt, während sich unsere Eltern das andere Sofa teilten.

Mein erster Impuls war es, einfach Ja zu sagen. Allerdings machte ich mir Sorgen um meinen Dad, ich wollte aber auch niemanden den Nachmittag verderben, indem ich vielleicht zu viel in seine leicht bebenden Hände hineininterpretierte. »Ich weiß nicht«, wisperte ich zurück und stand dann auf.

»Kann ich dir etwas bringen, Liebes?«, fragte Edith, die sich nach vorn gelehnt hatte und gespannt das Spiel beobachtete. Auch sie wirkte zappelig, aber auf eine ganz andere Weise als mein Dad. Ihr merkte man an, dass sie fieberhaft das Spiel verfolgte, während Dads Blick eher abwesend wirkte. Nun streckte er sich aus, griff nach der Wasserflasche auf dem Tisch und trank ein paar gierige Schlucke.

»Nein danke.« Ich lief aus dem Wohnzimmer in die Küche und öffnete die Kühlschranktür. Lange starrte ich auf den Inhalt. Wasser, verschiedene Säfte … aber kein einziges alkoholisches Getränk. Generell war mir heute beim Dinner aufgefallen, dass Edith und Eric niemandem Alkohol angeboten und auch selbst keinen getrunken hatten. Was mich einerseits erleichterte, weil sie es meinem Dad somit leichter machen wollten, es aber für ihn augenscheinlich nicht leicht war. Früher hatte ich mir keine Gedanken darüber gemacht, dass alle mit einem Glas Wein oder einer Dose Bier in der Hand im Wohnzimmer gesessen hatten. Heute dafür umso mehr.

Ich griff nach einer Wasserflasche und schloss danach die Kühlschranktür, erschrak aber im nächsten Moment, da Adam sich dahinter versteckt hatte. Die PET-Flasche entglitt mir, doch Adam fing sie mit einem Superheldenmove auf.

»Danke«, sagte ich, als er mir das Wasser wieder in die Hand gab.

»Bekomme ich eine Umarmung?« Ich war mir sicher, dass Adam spürte, dass ich diese gerade dringender brauchte als er und nur deshalb gefragt hatte.

Ohne zu antworten, stürzte ich auf ihn zu und ließ mich an seine Brust ziehen. Er verschränkte die Arme hinter meinem Rücken und drückte mir einen Kuss auf den Scheitel. »Wollen wir ein wenig in mein Zimmer gehen? Dich auf andere Gedanken bringen?«

Ich schloss die Augen und ließ mich von Adam halten. »Später vielleicht. Im Moment genieße ich diese supertolle Umarmung einfach viel zu sehr.«

»Würg«, hörte ich Eastons Stimme hinter mir, ignorierte ihn jedoch. Ich wünschte, Adam hätte das getan, doch er löste die tröstende Umarmung. East, der mich gerade sanft zur Seite schob, da ich den Weg zum Kühlschrank blockierte, hielt mitten in der Bewegung inne. »Wieso siehst du aus, als hätte ich deiner Minnie Maus den Kopf abgerissen und ihn im Anschluss angezündet?«

Mir würden tausend Antworten darauf einfallen, doch ich sagte nur ein Wort. »Dad.«

»Haley.« In seiner Stimme schwangen so viele verschiedene Gefühle mit, dass ich nur die wenigsten davon wirklich benennen konnte. Eines war jedoch deutlich hörbar: Resignation. »Es ist nicht leicht, ihn so zu sehen, oder?«

Adam griff nach meiner Hand und drückte sie leicht. »Ich geh wieder in Wohnzimmer, dann könnt ihr in Ruhe miteinander sprechen.«

»Du kannst gern bleiben«, sagten East und ich wie aus einem Mund und grinsten uns darauf dämlich an.

»Ich glaube, ein wenig Geschwisterzeit könnte euch beiden guttun.« Adam küsste mich kurz und ging danach ins Wohnzimmer.

Als er außer Sichtweite war, seufzte ich laut auf. Im nächsten Moment bereute ich meine Reaktion jedoch bereits, da East schnaubte. »Hast du gerade deinen Main-Charakter-Moment?«

Natürlich boxte ich ihm für diesen dummen Kommentar gegen die Schulter. »Weißt du, irgendwann wirst du dich mal so richtig verlieben, und dann werde ich einen dummen Kommentar nach dem anderen machen.«

»Sehr gut, darauf hoffe ich natürlich. Denn so ein paar unnötige Zwischenrufe lassen Schmachtmomente viel erträglicher erscheinen.«

»Ich erinnere dich dann daran«, versprach ich ihm.

»Aber nur damit du mich nicht falsch verstehst«, stellte East klar. »Ich freu mich für euch. Ihr seid ein wirklich hübsches und vor allem ekelhaft frisch verliebtes Paar, das jedem Single im Umkreis von drei Meilen klarmacht, wie schrecklich und einsam das Leben ist.«

»Ähm … danke?« Ich war mir nicht ganz sicher, ob East das jetzt als Kompliment gemeint hatte, ich wusste nur, dass ich es als eines ansehen würde.

»Immer doch.« Er nahm mir die Wasserflasche aus der Hand und trank einen Schluck. »Ein Bier wäre irgendwie schon nett. Es ist immerhin Thanksgiving.«

»Ich bin mir ziemlich sicher, dass Dad deine Meinung teilt.«

East legte mir den Arm um die Schulter und führte mich aus der Küche hinaus auf den Flur. »Und ich bin mir ziemlich sicher, dass Dad keinen Feiertag oder Football braucht, um sich nach Alkohol zu sehnen«, flüsterte er. »Aber sprechen wir besser draußen darüber.«

Wir gingen durch die Vordertür und setzten uns dort auf die kleine Bank im Vorgarten, wo Adams Dad immer heimlich rauchte. »Ist es immer so mit ihm, wenn er nicht trinkt?«, fragte ich.

»Dass er nervös vor- und zurückrutscht? Seine Hände zittern?« Traurig sah East mich an.

»Ja, das ist jeden Tag so, aber es wird besser. Zu Beginn war es viel schlimmer.«

Seine Worte taten mir weh, und ich hatte das Gefühl, als würde mein Herz sich verknoten. »Verdammt, East, ich komme mir so mies vor, weil ich dich – euch – mit der ganzen Sache allein lasse.« Ich schaffte es nicht, meinem Bruder weiterhin ins Gesicht zu sehen. »Weißt du … ich bin nicht besser als Mom«, wisperte ich.

»Haley«, schimpfte East. »Sag so was nie wieder. Du bist überhaupt nicht wie sie.«

»Wenn ich mich einmischen darf?«, hörte ich Dads Stimme und blickte wieder auf. Bestimmt sah ich ihn schockiert an, denn ich wollte ihm nicht das Gefühl geben, dass ich hinter seinem Rücken über ihn sprach. Doch vielleicht hatte ich Glück und er hatte nur die Sache mit meiner Mom gehört. »Du siehst deiner Mom vielleicht ähnlich, aber charakterlich unterscheidest du dich in den meisten Punkten von ihr. Glaub mir.«

»Dad«, sagte ich, und man hörte mir das schlechte Gewissen deutlich an. »Solltest du nicht beim Spiel sein?« Anstatt East und mich heimlich zu belauschen.

»Thanksgiving ist ein Familienfest, und wenn sich meine beiden Kinder davonstehlen, muss ich natürlich nachsehen, wohin sie sich verdrückt haben. Könnte ja sein, dass ihr hier heimlich raucht.« Er schmunzelte und deutete auf die nicht besonders breite Bank. »Meint ihr, es gibt noch genug Platz für euren alten Herrn?«

Sofort rutschte ich näher zu East. »Wenn du noch näher kommst, sitzt du auf meinem Schoß.«

»Heul nicht rum, nur weil es ein wenig kuscheliger ist.« Dad setzte sich. »Außerdem bist du gar nicht alt«, sagte ich zu ihm.

East schnaubte. »Na ja, der Jüngste ist er allerdings auch nicht mehr.«

»Vierzig ist nicht alt«, beschwerte sich Dad. »Andere Leute bekommen in diesem Alter erst Kinder.« Damit hatte er recht. Die Dads meiner Highschool-Freundinnen waren bereits über fünfzig. Manche sogar schon sechzig. Kein Wunder, dass meine Freundinnen für meinen Dad geschwärmt hatten. Würg. Er war immerhin mein Dad. Es sollte verboten werden, für irgendwelche Dads zu schwärmen. Zumindest bis man über dreißig war.

»East hat keine Ahnung. Ignorier ihn einfach«, sagte ich.

»Wobei er in letzter Zeit ein paar Dinge zu sagen hatte, die ich dringend hören musste.« Dad sah East dankbar an, der daraufhin nickte. »Es tut mir leid, dass ich euch beiden solche Sorgen bereite. Ich wollte nicht lauschen, aber ich habe einen Teil eures Gesprächs mitbekommen.«

Ich griff nach Dads Hand und drückte sie leicht. »Eigentlich würde ich gern mit dir über alles sprechen, aber ich habe Angst, dass ich irgendetwas Dummes sage oder frage und es dir dann noch schwerer mache.«

»Pumpkin.« Dad legte den Arm um mich, und ich lehnte meinem Kopf gegen seine Schulter. »Im Moment weiß ich auch gar nicht, was ich sagen soll. Ich habe zu viel getrunken, und endlich ist mir selbst aufgefallen, dass ich ein Problem habe. Erst als der Job weg war, wurde mir klar, dass ich nicht nur mich, sondern auch euch richtig in die Scheiße geritten habe.« Es war das erste Mal, dass ich meinen Dad fluchen hörte. Bisher hatte er nie ein Schimpfwort in unserer Gegenwart verwendet. »Aber du kennst uns Evans. Wir kommen immer wieder auf die Füße. Nachdem mich eure Mom verlassen hat, wusste ich im ersten Moment auch nicht, wie mir geschieht, doch ich habe nicht aufgegeben, sondern weitergemacht. Das werde ich auch jetzt machen.« Dass Dad kämpferisch klang, beruhigte mich tatsächlich etwas, doch die damalige Situation war eine völlig andere gewesen.

»Wieso müssen wir heute eigentlich andauernd über diese Frau sprechen?« East klang motzig. »Zuerst denkt Haley, sie sei wie sie. Und jetzt fängst du auch noch mit ihr an. Am liebsten wäre es mir, wir würden vergessen, dass es sie je gegeben hat.«

»Das ist nicht so einfach, wie du denkst«, sagte Dad. »Ich sehe sie jeden Tag in euch. In deiner Hartnäckigkeit, Easton. Und in deinem Sturkopf, Haley.« Seine Worte klangen nicht so, als wäre das etwas Schlechtes.

Wir hatten das Thema *Mom* in den letzten Jahren so gut wie totgeschwiegen, deshalb nutzte ich jetzt meine Chance. »Hasst du sie eigentlich?«, fragte ich.

»Natürlich tut er das«, antwortete East an seiner Stelle.

Dad drückte mich etwas fester an sich. »Hassen kann man nur Menschen, die man einmal wirklich geliebt hat. Im Nachhinein betrachtet habe ich das nicht. Und deshalb habe ich den Groll gegen sie schon vor langer Zeit losgelassen.«

»Wir können also nicht ihr die Schuld an deinem Alkoholproblem geben?«, fragte ich vielleicht ein wenig zu hoffnungsvoll.

Dad schnaubte. »Nein, können wir nicht. Das habe ich mir ganz allein zuzuschreiben.«

»Bist du dir sicher?« Ich musste das jetzt wirklich wissen. »Nicht dass East und ich dich vielleicht mit unseren … keine Ahnung, Teenagerdramen überfordert haben?«

»Habt ihr nicht. Ihr seid das Beste, was ich in meinem Leben zustande gebracht habe.« Dabei klang er verdammt sicher, und deshalb glaubte ich ihm jedes Wort.

»Zum Glück haben wohl deine Gene bei uns durchgeschlagen«, murmelte East.

»Hör mal, Junge«, sagte Dad. »Erstens hat das nichts mit Genen zu tun, sondern mit meiner großartigen Erziehung. Und zweitens hätte ich schon viel früher mit euch über eure Mom reden sollen. Aber jetzt ist es eindeutig notwendig. Vor allem, nachdem East mir erzählt hat, dass du bei ihr warst.« Er zog seinen Arm zurück und fing wieder damit an, seine Hände zu kneten.

»East«, schimpfte ich. »Meinst du, es war klug, Dad noch mehr zu belasten?«

Der verschränkte wie ein bockiges Kleinkind die Arme vor der Brust. »Ich hab *nur* erwähnt, dass du mit Adam in New York warst und eine neue Abfuhr bekommen hast. *Mehr nicht.*«

Ich war ein wenig erleichtert, dass er nichts von unserer Halbschwester erzählt hatte. Auch wenn Dad nicht so wirkte, als würde er deswegen zusammenbrechen, war ich froh, dass wir dieses Geheimnis vorerst für uns behielten, denn ich wollte nichts tun oder erzählen, was Dad noch mehr aus der Bahn werfen könnte. Der verlorene Job und sein Alkoholproblem reichten.

»Es war gut, dass Easton mir davon erzählt hat. Und es tut mir leid, dass ich es bisher nie gesagt habe, aber das liegt nicht an euch. Es liegt an ihr, denn ich bin mir ziemlich sicher, dass eure Mom unter einer narzisstischen Persönlichkeitsstörung leidet.«

Wow.

Das musste ich erst einmal sacken lassen. Ich hatte seine Worte zwar gehört, aber ich verstand sie im ersten Moment einfach nicht. Aber bestimmt würde Dad uns erklären, wie er auf so eine Theorie kam.

Dad richtete den Blick in die Ferne. »Mir war es auch nicht von Anfang an klar, doch ich hatte jahrelang Zeit, mir über ihr Verhalten und ihr Verschwinden den Kopf zu zerbrechen. Ich bin kein Psychiater, aber für mich ist es die einzig logische Erklärung.«

East hatte den Kopf nachdenklich in den Nacken gelegt und starrte in den Himmel hinauf. »Ich will kein Arsch sein, Dad, aber kann es nicht sein, dass du einfach nach einer Erklärung für ihr Verhalten suchst? Sie könnte auch einfach nur eine Scheißpersönlichkeit haben.«

»East«, rügte ich ihn. »Wir können sie nicht leiden, trotzdem sollten wir nicht über sie schimpfen.«

Dad drehte sich so, dass er mich ansehen konnte. »Pumpkin hat recht. Du solltest diese Wut auf sie loslassen.«

»Werde ich. Demnächst.« Was er damit meinte, sagte er natürlich nicht. Aber so war East eben. Manchmal brauchte er einfach ein wenig länger.

»Aber Dad«, sagte ich, »erklär mal, warum du das denkst?«

»Na ja.« Er zögerte. »Halten wir aber an dieser Stelle fest, dass ich eigentlich nichts Schlechtes über Victoria sagen will, es sich aber möglicherweise nicht vermeiden lässt.«

Ich klopfte ihm aufmunternd auf den Oberschenkel. »Schon gut, Dad. Das wissen wir.« Ich drehte mich zu meinem Bruder. »Oder, Easton?«

»Ja-ha.« Er wirkte immer noch ablehnend, doch in seiner Miene konnte ich auch eine Spur Neugier erkennen.

Mein Dad nickte. »In Ordnung … also, wo fange ich am besten an?« Er dachte ein paar Sekunden nach. »Vielleicht an der Highschool. Eure Mom war schon damals eine sehr … selbstbezogene Person. Vermutlich hat sie damals jedes Highschool-Klischee erfüllt. Cheerleaderin, Tochter aus angesehenem Haus, die aber selbst nie erfahren durfte, was bedingungslose Liebe seinem Kind gegenüber bedeutet.« Ich brauchte an dieser Stelle nicht nachzufragen, denn unsere Großeltern mütterlicherseits hatten nie Interesse daran gehabt, uns kennenzulernen. Für sie existierten wir gar nicht. Genauso wenig wie für unsere Mom. »Tief in ihr drin hatte Victoria aber immer das Gefühl, nicht gut genug zu sein. Ihr Selbstwertgefühl war damals schon aus der Balance, aber sie konnte es gut überspielen. Vielleicht hat sie es auch selbst nicht bemerkt, weil sie ja gefühlt alles hatte. Sie war hübsch, klug und wurde von allen geliebt. Sie war immer von einer Traube von Menschen umgeben, die sie angehimmelt haben. Und glaubt mir, diejenigen, die mal Kritik an ihr geäußert haben, hatten kein schönes Leben mehr. Die wurden einfach fallen gelassen, da für sie Menschen nur so lange wertvoll waren, solange sie *ihr* ein gutes Gefühl gegeben haben.« Das klang einleuchtend, und ich hatte keine Probleme, das Mädchen, das mein Dad hier beschrieb, mit meiner Mom in Einklang zu bringen. Ich kannte sie nicht, doch ich war mir sicher, dass ich für sie ein lebender Fehler war, und an diese wurde man eben nicht gern erinnert.

»Sorry, Dad«, sagte East. »Aber wenn sie so beliebt war, warum hat sie sich dann dich geschnappt?«

»Witzig, East. Vielleicht, weil manche Menschen mich durchaus als attraktiv bezeichnen würden?«

»Wer?«

»Die Frauen auf *Tinder*?«

Mein Mund klappte auf. »Du hast *Tinder*?«

»Willst du die Wahrheit oder lieber eine Lüge, damit du besser schlafen kannst?«

Abwehrend hob ich meine Hände. »Ich vergesse dieses Teil des Gesprächs einfach.« Am liebsten würde ich mir gerade die Finger in die Ohren stecken und laut *La, la, la* singen.

»Bestimmt besser«, grummelte East.

»Aber zurück zu eurer Mom … ich war früher im Footballteam, durchaus beliebt an der Schule, wurde aber immer ein wenig in die Bad-Boy-Schiene gesteckt. Ihr wisst schon, der Junge ohne Dad, Mom alleinerziehend, kaum Zeit.« Mein Dad hatte es eigentlich nie leicht gehabt, denn seine Mom war ausgerechnet zu dem Zeitpunkt gestorben, als ich zur Welt gekommen war. Kurz darauf hatte ihn unsere Mom verlassen, und er war mit Anfang zwanzig völlig allein mit zwei Kindern gewesen. Eigentlich sollte Dad derjenige sein, der mit Superhelden-Tattoos auf dem Arm herumlief. Weil er selbst einer war. »Das fand deine Mom eben anziehend. Außerdem habe ich ihr ein gutes Gefühl gegeben.«

»Too much information«, sagte East.

Dad schnaubte. »Nicht diese Art von guten Gefühlen, East.« Er warf ihm einen genervten Blick zu. »Aber da ich aus eher ärmlichen Verhältnissen kam, konnte ich damals nicht wirklich glauben, dass ausgerechnet sie sich für mich interessierte. Und das habe ich Victoria auch spüren lassen, was ihr wiederum ein gutes Gefühl gegeben hat. Sie hat sich mir immer überlegen gefühlt, und solange ich dieses Gefühl aufrechterhalten konnte, war sie auch glücklich. Oder zumindest das, was ihrer Vorstellung von Glück eben nahe kam. Immerhin war ich ja ein armer Schlucker, doch als ihre Highschool-Liebe war ich gut genug für sie. Nach dem Abschluss wollte sie aufs College, und da sie wusste, dass ich ihr nicht folgen würde, hatte unsere Beziehung von Anfang an ein Ablaufdatum.«

»Bis ich kam«, sagte Easton. »Dann wart ihr meinetwegen aneinandergekettet.«

Ich stieß East meinen Ellbogen in die Rippen. »Hast du heute den großen Tag des Selbstmitleids?«

»Easton, ich wollte nie so jung Dad werden, aber als ich dich das erste Mal in meinen Armen gehalten habe … das werde ich nie vergessen. Dich zu sehen hat alles verändert.«

»Für dich.«

»Ja, für mich. Während ich immer glücklicher wurde, meine gesamte freie Zeit mit dir und später auch mit Haley verbracht habe, wurde eure Mom immer unglücklicher. Denn nun war es nicht mehr mein Ziel, sie glücklich zu machen, sondern euch. Denn ich habe schnell gemerkt, dass ihr von ihr nicht die Aufmerksamkeit bekommen habt, die ihr verdient hättet. Ich will nicht sagen, dass sie völlig empathielos war, aber durchaus etwas blind für eure Bedürfnisse. Dazu kam, dass meine Prioritäten sich verschoben. Ich hatte alles, was ich mir je gewünscht habe, und wollte dafür arbeiten, das auch zu behalten. Eure Mom hat jedoch weiterhin von ihrem Studium, beruflichem Erfolg und der großen Liebe geträumt. Und alles, was sie in Sheffield noch hatte, war das Gespött der Leute, da Victoria sich immer für etwas Besseres gehalten hat und ihr die Stadt früher nie gut genug gewesen ist. Und dann sind ausgerechnet ihre Wünsche wie eine Seifenblase zerplatzt. Tja, das Ende der Geschichte kennt ihr. Frau packt ihre Koffer, verschwindet, lässt Mann und die beiden Kinder zurück. Mann kümmert sich um seine Kinder und tut alles in seiner Macht Stehende, damit es seinem Nachwuchs gut geht. Alle sind glücklich.« Er macht eine kurze Pause. »Sind wir doch, oder?«

Gerade als ich etwas sagen wollte, kam East mir zuvor. Er streckte seine Hand nach Dad aus, der sie ergriff. Auch ich hatte das Gefühl, ein Teil von dieser Verbindung sein zu müssen, und klammerte mich ebenfalls an ihnen fest.

»Dad, du warst schon immer alles, was Haley und ich gebraucht haben. Ich hab dich lieb.«

»Ich dich auch«, piepste ich, da ich wegen der vielen Emotionen in meinem Inneren kein weiteres Wort herausbrachte.

»Ach, ihr. Ich hab euch auch lieb.« Vielleicht waren nicht alle unsere Probleme gelöst, aber zumindest erinnerte ich mich nach diesem Thanksgiving-Wochenende daran, dass es zwei Menschen in meinem Leben gab, die immer hinter mir standen und die mich genauso liebten wie ich sie.

KAPITEL 32

»Adam.« Ich legte eine Hand auf seinen Oberschenkel ab, um sein nervöses Zappeln zu stoppen. Eigentlich hatte ich gedacht, dass seine Nervosität nach Thanksgiving nachlassen würde. Immerhin hätten unsere Eltern nicht besser auf unsere Beziehung reagieren können. Dennoch schien Adam irgendetwas zu belasten, und er war in den letzten zwei Wochen nicht ganz er selbst gewesen. »Kannst du vielleicht für eine Sekunde still sitzen?« Konnte er nicht, denn er rutschte auf der Couch nach vorn und dann wieder zurück. Und ich hatte keine Ahnung, was mit ihm los war. Wir saßen im Verbindungshaus in der Bibliothek und Javier spielte gerade Call of Duty. »Bist du so heiß auf Mario Kart, oder was ist los?«

Mit seinen Fingern fuhr er sich durchs Haar. »Was? Nein, aber Vazquez zuzusehen tut fast körperlich weh.«

Javier schnaubte. »Ich höre dich. Und ich werde das Spiel gewinnen.«

»Träum weiter«, murmelte Adam und rutschte weiter auf seinem Platz herum.

Ich lehnte mich zurück und legte den Kopf auf der Lehne der Couch ab. Anstatt weiter das Geschehen auf dem Bildschirm zu verfolgen, starrte ich an die Decke. Adam benahm schon seit Thanksgiving so eigenartig, und langsam hatte ich das Gefühl, er bereute das mit uns. Wir hatten uns in letzter Zeit nicht so oft gesehen, da wir beide gerade viel lernten, und das erste Mal in meinem Leben wurde mir bewusst, dass auch Adam seine Noten nicht in den Schoß fielen, sondern sein Studium viel Zeit in Anspruch nahm. Dazu kam mir das erste Semester mit meinen Orientierungskursen noch wie ein Spaziergang vor. Es war ein wenig wie an der Highschool, weil man sich zu Beginn für die Kurse eingeschrieben hatte, die einem lagen. Bei mir waren das eher mathematische Kurse, da mir der Umgang mit Zahlen immer schon leichtgefallen war. Im Moment tendierte ich gerade in Richtung Finanzen, da mir die Einführungskurse in Buchhaltung sehr viel Spaß machten. Nebenbei informierte ich mich, welche Möglichkeiten mir offenstanden, wenn ich in den kaufmännischen Bereich gehen würde. Allerdings liefen meine Recherchen eher halbherzig, da ich immer noch nicht wusste, ob ich an der *Penn* bleiben konnte.

Javier sprang auf und schleuderte seinen Controller auf die Couch. »Verdammte Scheiße!«, brüllte er wütend. »Jetzt? *Jetzt* knallst du mich ab, du Arsch?« Auf dem Bildschirm wurde gerade sein Todesschuss wiederholt. Nun stampfte er auch noch mit dem Fuß auf, als wäre er Rumpelstilzchen und kein College-Student.

Ich klopfte Adam auf den Oberschenkel. »Ich gehe zu Madison. Gleich wird eine neue Aufgabe gezogen.«

»Ich muss noch kurz auf die Toilette und komme dann nach.« Adam stand auf, hielt mir die Hand hin, und ich ließ mich von ihm hochziehen. Danach ging er wortlos davon.

Javier sah Adam hinterher und legte dann den Arm um meine Schulter, um mich ins Wohnzimmer zu führen. »Ärger im Paradies?«, fragte er. Es war also nicht nur mir aufgefallen, dass Adam sich eigenartig benahm?

»Keine Ahnung«, murmelte ich. »Wir haben uns diese Woche kaum gesehen.«

»Ich glaube, so geht es im Moment allen. Nimm mal meine Mitbewohner und mich: Wir haben in den letzten Tagen nicht wirklich miteinander gesprochen. Der längste Satz, der meinen Mund verlassen hat, war bestimmt: *Ist das Bad frei?* Und nicht mal darauf habe ich eine Antwort bekommen, weil sich alle nur noch um die Fragen kümmern, wo sie die nächste Dose Red Bull herbekommen und warum die verdammten Instantnudeln im Supermarkt ausverkauft sind.«

Ich schnaube. »Du übertreibst.«

»Niemals. Das ist eins zu eins mein Studentenleben.«

Im Wohnzimmer hatten sich einige Verbindungsmitglieder versammelt, allerdings waren es viel weniger als sonst. Und von denen, die da waren, hatte ungefähr die Hälfte Bücher dabei, in die sie gebannt ihre Nasen steckten. Ich war, ehrlich gesagt, froh, mal fünf Minuten in kein Buch sehen zu müssen und ein wenig Ablenkung zu haben. Denn nach der Ziehung würde ich im besten Fall sowieso wieder nach Hause gehen und weiterlernen.

Madison würde nicht da sein, also hatte ich alle Ruhe von der Welt. Meine Mitbewohnerin war heute Nachmittag bereits ins Verbindungshaus verschwunden, da es sie störte, wenn ich beim Lernen durch die WG wanderte und vor mich hin murmelte. Aber ich war niemand, der beim Lernen still saß. Zuerst musste ich die wichtigsten Texte abschreiben, und dann durch die Wohnung marschieren und mir die Fakten leise vorsagen. Ich war offensichtlich ein sehr aktiver Lerntyp.

Madison betrat mit dem Losgefäß im Arm den Raum und ging auf den Couchtisch zu. Sie wirkte gestresst, was daran lag, dass sie am Montag eine wichtige Prüfung schreiben würde. Auch ich hatte bereits einige Prüfungen absolviert, doch es stand bereits die nächste auf dem Plan. Im Moment verfestigte ich gerade die Grundlagen der Buchhaltung, und ich war mir ziemlich sicher, dass ich nächsten Mittwoch mit meinem Wissen glänzen würde.

»Seid ihr alle bereit?«

Zustimmendes Gemurmel folgte, aber eine krächzende Männerstimme hob sich ganz klar von den anderen ab. »Bingo.«

Und mein Herz setzte einen Herzschlag lang aus. Das war genau der Moment, vor dem ich mich gefürchtet hatte. Ich hatte das Spiel nicht gewonnen und musste mir nun einen Plan B zurechtlegen, um an der *Penn* bleiben zu können. Mir wurde heiß und kalt gleichzeitig, und ich achtete gar nicht darauf, dass sich jemand durch die Menge auf Madison zubewegte. Es war auch nicht wichtig, denn der Kerl hatte gewonnen. Und ich nicht.

Leider hatte ich mir das ganz allein zuzuschreiben, denn eine Sache wusste ich genau: Auch ich hätte heute Bingo schreien können, wenn ich all meine Prinzipien über Bord geworfen hätte. Verdammt, vermutlich hätte ich schon vor zwei Wochen laut Bingo rufen können. Aber ich hatte es nicht getan. Weil es mir wichtig war, mich bei diesem Spiel nicht selbst zu verlieren. Und das war mehr wert als …

»Das war Adam«, flüsterte Javier und all meine Gedanken kamen zum Stehen.

Adam?

Mein Adam?

Ich stellte mich auf die Zehenspitzen, doch das war gar nicht nötig, da Adam gerade den Couchtisch erklomm. Madison wirkte nicht überrascht, ihn neben sich stehen zu sehen. Ganz im Gegensatz zu mir. Denn mir war nicht einmal klar gewesen, dass Adam das Spiel ebenfalls gespielt hatte, was mich wirklich zum naivsten Mädchen auf dem ganzen Campus machte. Es war geradezu traurig, wie dumm ich gewesen war. Ich konnte in diesem Moment einfach nur dastehen und schockiert zu ihm starren. Vermutlich hätte ich sogar das Atmen eingestellt, wenn ich könnte. Ich war völlig überfahren von der Situation, und noch dazu schlich ein anderes Gefühl durch meinen Körper. Enttäuschung.

»Adam«, begann Madison. »Du kennst die Regeln. Dein Sieg zählt nur, wenn du die Karten auf den Tisch legst und allen erzählst, wie du das Spiel gewonnen hast.«

Ganz ehrlich? Ich wollte nicht hören, wie er mich hintergangen hatte. Denn das hatte er. Immerhin hatte er meinen edlen Retter in schimmernder Rüstung gespielt, der mir – *mir!* – geholfen hatte, eine Aufgabe nach der anderen zu lösen. Dabei hatte ich vielmehr ihm geholfen, ohne es zu ahnen. Der Schock lähmte mich, und deshalb glotzte ich Adam einfach nur an. Wie die dumme Kuh, die ich offensichtlich war.

»Okay.« Adam wirkte, als müsste er sich sammeln, sah zuerst auf den Boden, und dann ließ er seinen Blick durch den Raum schweifen, bis er an mir hängen blieb. »Aufgabe eins, die ich gelöst habe, war der Roadtrip, den ich gemeinsam mit Haley«, jetzt deutete der Arsch in meine Richtung, »gemacht habe. Ich glaube, ihr alle kennt meine Freundin.« Ich war kurz davor, ihm den Mittelfinger zu zeigen und ihm eine Beleidigungen nach der anderen an den Kopf zu werfen. Leider reagierte mein Körper immer noch nicht. Mal ausgenommen von der flammenden Wut, die in meinem Inneren loderte.

»Meine zweite gelöste Aufgabe war, vierundzwanzig Stunden lang mit Haley aneinandergekettet zu sein. Und wer Haley kennt, weiß, dass das keine leichte Aufgabe war.« *Was für ein Arschloch.*

Mein einziger Trost im Moment war, dass Javier meine Gedanken gerade laut aussprach.

»Die dritte Aufgabe«, fuhr Adam fort, »war schon etwas schwieriger zu lösen. Denn ich musste den größten Fehler meines Lebens wiederholen.« Immer noch sah er mich an. »Dazu muss ich leider etwas ausholen, denn Haley und ich haben uns nicht erst auf dem College kennengelernt, sondern kennen uns bereits seit ihrer Geburt. Wir waren nämlich Nachbarn.« Ich schloss die Augen, aufgrund des Tiefschlags, der bestimmt jede Sekunde folgen würde. »Es ist nämlich so, dass ich Haley schon immer verdammt anziehend gefunden habe. Doch mein größter Fehler als Teenager war, dass ich damals ihrem Bruder von meinen Gefühlen erzählt habe und er mir auf sehr eindringliche Weise klargemacht hat, meine Finger von ihr zu lassen. Deshalb habe ich ihm erneut gestanden, was ich für Haley empfinde.« Ich war mir gar nicht mehr sicher, ob Adam überhaupt in der Lage war, etwas zu empfinden, denn immerhin führte er mich gnadenlos vor.

Ich öffnete meine Augen und sah zu Madison, die Adam gerade beim Stoff seines T-Shirts packte und ihm irgendetwas zuzischte. Doch er löste nur ihre Finger und wandte sich dann wieder den anderen zu. »Die vierte Aufgabe, die ich für mich entscheiden konnte, lautete: Erfülle dir eine dunkle Fantasie. Wer Haley und mich in den letzten Monaten beobachtet hat, konnte sich vielleicht denken, dass ich immer schon mehr als einen Kuss von ihr wollte.« Madison rempelte ihn mit der Schulter an, doch Adam ließ sich nicht aus der Ruhe bringen. »Und näher muss das jetzt auch nicht ausgeführt werden. Ihr könnte euch bestimmt alle denken, dass mein Wunsch mit einem Bett, Haley und mir zu tun hatte.«

Ich ballte meine Hände zu Fäusten. Adam, der Adam, der den Sex zwischen uns so lange hinausgezögert hatte, weil er wollte, dass ich es nicht bereute, hatte mit mir geschlafen, um eine Aufgabe zu lösen? Ernsthaft? Tränen traten in meine Augen, und plötzlich fühlte sich dieses ganz spezielle Wochenende, all die Küsse, unsere Gespräche und jede verdammte Berührung wie eine Lüge an. Wer zur Hölle war der Kerl auf dem Couchtisch? Der kleine, noch verkommenere Bruder von Hardin Scott? Ich würde die After-DVDs verbrennen und dabei ganz intensiv an Adam denken. Möglicherweise würde ich sogar auf den CDs herumtrampeln und mir vorstellen, dass es sein Gesicht wäre.

»Und die letzte gelöste Aufgabe war, das Geheimnis eines Menschen, der mir viel bedeutet, zu erzählen. Zuerst Madison. Jetzt euch.«

Ich lachte laut auf. Es war ein verzweifeltes, freudloses Lachen, denn ich konnte mir schon denken, was jetzt kommen würde. Adam war kurz davor, der ganzen Verbindung zu erzählen, dass ich bald die Uni verlassen müsste, da mein Dad seinen Job wegen eines Alkoholproblems verloren hatte.

Dachte ich zumindest.

»Erinnert ihr euch noch an Aufgabe drei? Einen großen Fehler wiederholen und so?« Zustimmendes Gemurmel. »Wisst ihr, warum Haleys Bruder nicht wollte, dass ich mit seiner Schwester zusammenkomme?« Für einen Moment sah Adam tatsächlich schuldbewusst aus. »Es war nämlich so, dass er damals in *mich* verliebt war.«

Ich starrte Adam fassungslos an.

Das … das war doch … Ich schüttelte ungläubig den Kopf. East war doch nicht … ich meine, ich war seine Schwester und er hätte mir doch erzählt, wenn er auf Männer stehen würde.

Oder?

Mein Kopf war völlig leer und ich hatte keine Ahnung, was ich denken sollte. Ich wusste nur eins: Ich musste hier weg. Und das schleunigst. Deshalb drehte ich mich um.

»Was wirst du jetzt mit dem Geld machen?«, hörte ich Madison fragen.

Für einen Moment kam ich ins Straucheln, denn ich wünschte mir nichts sehnlicher, als dass er das Spiel für mich gewonnen hatte.

»Ich werde das Geld für meine App verwenden«, sagte Adam, und der letzte Rest Hoffnung, den ich gehabt hatte, zerplatzte. Es hätte sein können, dass er den Gewinn für mich gewollt hatte. Weil er mich liebte. Weil er wusste, wie sehr ich an der *Penn* bleiben wollte. Wie sehr ich bei ihm bleiben wollte. Doch offensichtlich war er doch das Arschloch, für das ich ihn im Moment hielt.

»Dumm, dumm, dumm«, flüsterte ich leise, während ich durch das Verbindungshaus lief, immer den Ausgang vor Augen. Ich riss die Tür auf, und als ich draußen war, saugte ich frische Luft in meine Lunge. Doch natürlich half es nicht gegen die bittere Enttäuschung, die sich gerade tief durch meine Eingeweide fraß. Adam hatte mich bereits einmal enttäuscht und fallen lassen. Und nun tat er es erneut. Und das auf so eine abgefuckte Weise, dass ich es selbst nicht glauben wollte.

Mit hängenden Schultern schlug ich den Heimweg ein. Heimweg … wie lange würde ich das WG-Zimmer noch mein Zuhause nennen können, jetzt, wo mein letzter Hoffnungsschimmer, dass sich alles zum Guten wenden könnte, erloschen war? Vielleicht war es dumm gewesen, auf einen Sieg bei Bullshit-Bingo zu hoffen, doch irgendwie hatte mich die Aussicht auf das Geld beruhigt. Und nun war ich nicht nur das dumme Mädchen, das von ihrem Freund verarscht worden war, sondern auch bald eine College-Abbrecherin.

Wütend trat ich einen Stein aus dem Weg, allerdings mit viel zu viel Wucht, sodass mir nicht nur Adam, sondern ich mir selbst den Boden unter den Füßen wegzog. Und natürlich landete ich auf meinem Arsch. Wo auch sonst?

Frustriert ließ ich mich zurücksinken und bemerkte, dass ich meine Jacke im Verbindungshaus vergessen hatte. Es war kalt. Ich lag, nur mit einem Langarm-Shirt bekleidet, mitten auf dem Gehweg und starrte an den Bäumen vorbei, hinauf in den Nachthimmel. In diesem Moment löste sich eine einzelne Träne aus meinem Augenwinkel.

»Haley?«, rief jemand nach mir.

Nein, nicht irgendjemand. Es war Adam, der eindeutig gehetzt klang. Ich blieb still, vielleicht würde er mich ja in der Dunkelheit übersehen und einfach an mir vorbeilaufen.

Aber wie ich bereits festgestellt hatte, war heute nicht mein Tag. Oder Adam einfach wie eine Zecke, die man, wenn sie sich einmal festgebissen hatte, nicht mehr so schnell loswurde. Viel schneller, als mir lieb war, kam er in mein Sichtfeld. Er stand nur in einem Shirt bekleidet vor mir in der Winterkälte, und trotz der Dunkelheit konnte ich sehen, dass er eine Gänsehaut hatte.

»O mein Gott, da bist du ja.« Er klang außer Atem, so als wäre er hinter mir hergerannt. »Ist dir etwas passiert?«

In diesem Moment wurde mir eine Sache klar. Unser Wiedersehen spiegelte sich in diesem Moment wider, denn in beiden Situationen hatte Adam mich niedergestreckt. Einmal mit seinem Rucksack. Das andere Mal mit seinen Worten und Taten. Ich überlegte, ob ich ihn deswegen mit Schweigen bestrafen sollte, aber das war nicht mein Stil. Also stand ich auf, ignorierte die ausgestreckte Hand, die er mir hinhielt.

»Du meinst, abgesehen davon, dass mich mein Freund vor der ganzen Verbindung zum Gespött gemacht hat?« Erstaunlicherweise klang meine Stimme ruhig. Weder überschlug sie sich noch hörte man mir an, dass ich kurz davor war loszuheulen. »Lass mich überlegen. Ich glaube, in den letzten zehn Minuten ist mehr schiefgegangen als in meinem ganzen bisherigen Leben.« Ich machte einen Schritt auf ihn zu und stach ihm mit dem Finger tief in die Brust. »Nicht nur, dass du der ganzen Welt erzählt hast, dass du nur wegen dieser beschissenen Dunkle-Fantasie-Aufgabe mit mir geschlafen hast, nein! Du …«

»Stopp, stopp, stopp. Du verdrehst gerade die Tatsachen.«

Ich verschränkte die Arme vor der Brust. »Ach, tue ich das?«

»Ja, denn ich habe mit dir geschlafen, weil ich dich liebe. Und ich habe dir doch immer wieder gesagt, dass ich warten möchte.«

»Tja, offensichtlich so lange, bis du gleich zwei Fliegen mit einer Klappe schlagen konntest.«

»Haley.« Adam sah mich an, als hätte ich ihn geschlagen. »So war das nicht.«

»Also hast du nicht auf meine Kosten das Spiel gewonnen?«

Unsicher trat er von einem Fuß auf den anderen. »Ich meine, du hast doch ebenfalls dank mir für den Roadtrip und die vierundzwanzig Stunden in Fesseln eine gelöste Aufgabe gehabt. Außerdem bin ich mit dir zu deiner Mom gefahren.«

»Soll ich dir jetzt eine Dankeskarte schreiben?«

Ich drehte mich um und stapfte wütend davon.

»Prinzessin, jetzt warte doch.«

»Nein.« Ich war nicht mehr seine Prinzessin.

Leider hatte Adam viel längere Beine als ich und holte mich mühelos ein. »Ich brauche keinen Dank, denn ich habe dir gern geholfen.«

»Das war Sarkasmus, Adam!« Ich stoppte und wirbelte zu ihm herum. »Ich wusste ja nicht einmal, dass du am Spiel teilnimmst. O mein Gott, ich bin echt so dumm, denn ich war fest davon überzeugt, dass du mir einfach nur hilfst, weil du ein netter Kerl bist und ich mich in dir getäuscht habe. Aber die Wahrheit ist, dass du genau das Arschloch bist, für das ich dich jahrelang gehalten habe.«

Ich ließ ihn erneut stehen – nur war Adam kein Mensch, der schnell aufgab. Innerhalb von Sekunden trottete er wieder neben mir her. »Ich liebe dich.«

Daraufhin schnaubte ich nur, denn sein *Ich liebe dich* konnte er sich dorthin stecken, wo die Sonne niemals schien. »Wieso hast du es mir nicht gesagt?«

»Was gesagt?«

»Dass du das Spiel ebenfalls spielst?« Er hatte sich doch die ganze Zeit darüber lustig gemacht. Warum also hatte er dennoch daran teilgenommen? Weil er mich loswerden wollte? Mir eins auswischen wollte? Ich konnte es mir einfach nicht erklären.

»Weil es doch nicht wichtig war für das, was sich zwischen uns entwickelt hat.«

Nun lachte ich höhnisch auf. »Aber jetzt ist es wichtig. Hast du echt gedacht, ich höre dir völlig gelassen dabei zu, wie du hinter meinem Rücken alle Aufgaben gelöst hast und dann im Anschluss auch noch meinen Bruder mit in die Sache hineinziehst?« Frustriert warf ich die Arme in die Luft. »Weißt du, von mir aus hättest du der ganzen Verbindung erzählen können, dass ich mir das Studium nicht mehr leisten kann und du mich gerade um meinen Traum bringst, aber musstest du East bloßstellen?« Ich ging den Locust Walk entlang und blieb auf der Brücke stehen, die über die 38. Straße führte. Der Verkehr war noch ziemlich dicht, hatte aber auch etwas Beruhigendes.

Denn er erinnerte mich daran, dass man immer weitermachen musste. Nicht aufgeben, Zähne zusammenbeißen und Menschen, die einen verletzt hatten, einfach hinter sich lassen.

Meine Hände lagen auf dem Geländer der Brücke und Adam schob seine Finger dicht an mich heran. Zum Glück berührte er mich nicht, denn ich konnte im Moment für nichts garantieren. »Ich dachte mir, ihn kennt ja niemand.«

»Und das rechtfertigt ein unfreiwilliges Outing?«

Er zuckte nur mit den Schultern.

»Ich kenne ihn besser als jeder andere, verdammt. Meinst du nicht, dass er die Chance verdient hat, sich mir anzuvertrauen, wenn er bereit dafür ist? Offensichtlich möchte er alle in dem Glauben lassen, dass er auf Frauen steht.«

»Aber er steht doch auch auf …«

»Halt die Klappe!« Nun brüllte ich ihn an. »Ich möchte das nicht von dir hören, sondern von ihm. Hast du das jetzt kapiert?«

»Ja«, murmelte er kleinlaut.

»Gut. Denn du hattest kein Recht, sein Geheimnis auszuplaudern. Was für ein beschissener Freund bist du eigentlich?«

»Ich …«

»Nichts *ich*. Es geht gerade nicht um dich. Sondern darum, dass du Easts Vertrauen missbraucht hast. Und meins gleich mit. Ich will gar nicht erst davon anfangen, wie sehr du meine Gefühle verletzt hast.«

»Wieso? Weil ich Bullshit-Bingo gewonnen habe?«

Das war doch nicht zu fassen. »Nein, verdammt! Es geht doch gar nicht darum, dass du gewonnen hast. Oder dass du gespielt hast. Es geht darum, *wie* du das getan hast. Du hast das alles hinter meinem Rücken gemacht. War es hunderttausend Dollar wert, dass du mich so verletzt?«

»Aber die App …«

»Ich weiß, du liebst deine App. Aber irgendwie hatte ich gehofft, dass du mich ein wenig mehr liebst.«

»Das tu ich doch.«

»Adam, wenn das wahr wäre, würden wir dieses Gespräch gerade nicht führen.« Traurig schüttelte ich den Kopf. »Du hast meinen

Traum vom Studium an der *Penn* für deine App geopfert. Weißt du, dass ich eine lächerliche Sekunde lang sogar die Hoffnung hatte, dass du für mich mitgespielt hast?«

»Nein«, wisperte er.

»Und das ist nicht das Schlimmste an der ganzen Situation. Denn ich gönne dir die hunderttausend Dollar, auch wenn es für mich bedeutet, dass ich einen Plan B brauche oder die Uni im schlimmsten Fall verlassen muss. Aber was mich wirklich verletzt hat, ist die Art, mit der du das alles durchgezogen hast. Hattest du auch nur eine Sekunde lang irgendwelche Skrupel?« Erst als ich die Worte ausgesprochen hatte, wurde es mir klar: Adam hatte sich seit Thanksgiving von mir distanziert. Vermutlich hatte er darüber nachgedacht, ob er mich wirklich so hintergehen konnte, wie er es letztendlich getan hatte, und tatsächlich ein schlechtes Gewissen gehabt.

»Bestimmt glaubst du mir nicht, aber ja. Die hatte ich.«

»Und trotzdem hast du weitergemacht. Ich weiß, dass das hier die erste richtige Beziehung ist, die du führst, aber bist du eigentlich mal auf die Idee gekommen, dass du mir vielleicht in den letzten zwei Wochen die Wahrheit hättest sagen können? Ein einfaches Haley-ich-spiele-auch-Bullshit-Bingo hätte schon gereicht. Möglicherweise noch ein kleines Und-ich-werde-bald-Bingo-Schreien wäre doch nicht zu viel verlangt gewesen.«

»Es tut mir leid.«

Ich schluckte, denn der Kloß in meinem Hals war riesig. »Mir nicht.« Seufzend stieß ich mich vom Geländer ab und sah ihm in die Augen. »Denn jetzt weiß ich, dass ich dir nicht vertrauen kann und dass du ein genauso selbstsüchtiges Stück Scheiße bist wie meine Mom.«

Ich wandte mich ab, und dieses Mal folgte Adam mir nicht. Allerdings drehte ich mich noch einmal zu ihm um. »Adam?«

»Ja?«

»Nur falls du es noch nicht kapiert hast: Es ist aus zwischen uns.« Erst als ich so weit weg war, dass ich sicher sein konnte, er würde mich nicht mehr hören, stahl sich ein Schluchzer aus meiner Brust. Und danach folgten eine ganze Menge Tränen.

KAPITEL 33

DIE TRÄNEN HÖRTEN einfach nicht auf zu fließen. Nicht, als ich ins Wohnheim rannte. Auch nicht, als ich die Tür zur WG hinter mir schloss und mich kurz dagegenlehnte. Und schon gar nicht, als ich mich in meinem Bett zusammenrollte und der Abend sich in einer Endlosschleife in meinem Kopf wiederholte.

Irgendwann klopfte es an meiner Tür. »Haley, darf ich reinkommen?«

Ich reagierte nicht, denn ich wollte niemanden sehen. Schon gar nicht Madison, die die ganze Zeit gewusst haben musste, dass Adam mich aufs Übelste verarscht hatte.

Leider kam sie trotzdem rein. »Haley?«, flüsterte sie. »Bist du wach?«

Die Matratze bewegte sich, als sie sich zu mir setzte. Und ich hatte immer noch nicht die Kraft, irgendetwas zu sagen. Ich schaffte es nicht einmal, mich zu ihr umzudrehen. Ich lag einfach da und starrte ins Nichts.

»Es tut mir leid«, wisperte sie.

»Was tut dir leid?«, fragte ich und erschrak, als ich meine eigene Stimme hörte. Sie klang dünn und so verdammt verletzlich.

In der Stille des Raumes hörte ich sie deutlich schlucken. »Ich hätte auf die Regeln des Spiels pfeifen und dir erzählen sollen, dass Adam daran teilnimmt.«

»Dafür ist es jetzt zu spät.« Ich legte mir die Hand aufs Herz, da es dort wehtat. Früher hatte ich immer geglaubt, diese Sache mit dem Herzschmerz wäre eine metaphorische Sache, aber es tat wirklich weh. Jeder Atemzug, den ich nahm, verstärkte das unangenehme Ziehen in meiner Brust. »Aber man kann dir zumindest keinen Vorwurf machen, dass du mich in Adams Arme geschubst hast, denn du hast von Anfang an kein gutes Haar an ihm gelassen.«

»Hilft es dir, wenn ich dir erzähle, dass ich angenommen habe, Adam nehme für dich am Spiel teil? Damit deine Chancen auf den Sieg größer werden?«

Verbittert schnaubte ich. »Für einen Augenblick hatte ich die gleiche Hoffnung.«

Madison streichelte mir sanft über den Rücken. »Offensichtlich sind wir beide ziemlich naiv.«

»Leider.« Ich schwieg eine Sekunde. »Weißt du, was mich am meisten verletzt?«

»Was denn?«

»Es ist gar nicht so sehr die Tatsache, dass Adam das Spiel gewonnen hat. Mich stört einfach die Art, wie er es getan hat. Denn er hätte es nicht vor mir verheimlichen müssen.«

»Vielleicht hat er gedacht, du sabotierst ihn, wenn du davon weißt.«

»Als hätte ich das gekonnt. Hätte ich es von Anfang an gewusst, hätten wir wahrscheinlich einen abgedrehten Wettstreit begonnen, aber das alles wäre besser gewesen, als in diesem Verbindungswohnzimmer zu stehen und vor versammelter Mannschaft blamiert zu werden. Ich kann mich dort nie wieder sehen lassen.«

»So schlimm war es eigentlich gar nicht. Klar, er hat verraten, dass seine dunkelste Fantasie war, mit dir Sex zu haben. Aber wir studieren. Jeder in diesem Raum hatte wahrscheinlich schon Sex und hat sich gewünscht, mit einer bestimmten Person zu schlafen.«

»Ich weiß nicht«, murmelte ich. »Es war einfach total daneben.«

»Tröstet es dich, wenn ich dir sage, dass ich Adam auf dem Weg hierher getroffen und ihm ein Bein gestellt habe?«

»Wie erwachsen.« Nun musste ich tatsächlich leise lachen.

»Ich wusste, dass dir das gefallen würde«, sagte sie. »Soll ich heute Nacht bei dir bleiben?«, fragte sie.

Ein paar Sekunden dachte ich über die Frage nach.

»Wenn es dir lieber ist, kann ich auch Yuna holen. Also nur, falls du mich nicht hierhaben willst.«

»Nein, bleib. Wenn sie kommen würde, müsste ich ihr davon erzählen, und ich mag heute eigentlich gar nicht mehr darüber reden. Ich will nicht einmal mehr darüber nachdenken.«

»Okay.« Madison trat sich ihre Schuhe von den Füßen und dann legte sie sich neben mich. »Sollen wir noch ein wenig über Adam schimpfen?«

»Lieber nicht. Ich möchte schlafen und vergessen, dass dieser Tag stattgefunden hat.«

»Klingt nach einem guten Plan.«

Ich drehte mich so, dass ich Madison ansehen konnte. »Musst du Colton anrufen?«

»Ich denke, der kümmert sich um Adam. Nachdem ich ihm auch noch das Bein gestellt habe, wirkte er noch fertiger als zuvor. Keine Ahnung, was du zu ihm gesagt hast, aber es hat ihn echt schwer getroffen.« Leider erfüllte mich Madisons Erzählung nicht mit Genugtuung. Ich wollte nicht, dass Adam litt. Und genauso wenig wollte ich leiden. Aber Adam hatte es gründlich versaut, und das reale Leben war kein Disney-Film, denn da wurde die Prinzessin immer vom Prinzen gerettet. Leider war Adam eben kein Prinz. Und ich auch ganz bestimmt keine Prinzessin.

Die Matratze bewegte sich, und ich wollte mich gerade an Adam kuscheln, als mich die Erkenntnis wie ein Blitzschlag traf. Ich lag nicht mit ihm im Bett. Und das würde ich auch nie wieder.

»Hab ich dich geweckt?«, fragte Madison, die neben dem Bett stand und auf mich herabsah.

Meiner Stimme traute ich gerade nicht, deshalb blieb ich stumm. Verdammt, ich hasste es, dass ich mich gerade so verletzlich und verraten fühlte. Aber während ich die halbe Nacht wach gelegen und in die Dunkelheit gestarrt hatte, war mir eine Sache klar geworden:

Adams Verrat hatte mich nur so hart getroffen, weil er so unvorhersehbar gekommen war. Ich hatte nicht damit gerechnet, dass eine Person, von der ich glaubte, dass sie mich liebte, tatsächlich in der Lage war, mir mein Herz auf so eine abgefuckte Weise zu brechen. Dabei hätte ich es kommen sehen müssen. Wenn man schon einmal von einer Person enttäuscht worden war, dann sollte man ihr einfach keine zweite Chance geben. Es hatte schon bei meiner Mom nicht funktioniert. Immerhin hatte sie mich als Kind verlassen, und mir dann, als ich sie aufgesucht und Kontakt mit ihr aufbauen wollte, erneut das Herz gebrochen. Sie hatte es sogar noch ein drittes Mal geschafft, indem ich ihre Tochter kennengelernt hatte. Deshalb würde ich Adam definitiv keine weitere Chance geben, sondern einfach ohne ihn weitermachen.

»Wieso starrst du mich so an?«, fragte Madison.

»Du stehst doch vor meinem Bett und siehst mich an.« Ich versuchte sie anzulächeln, denn meine Stimme hatte feindseliger geklungen als gewollt.

»Weil ich auf eine Antwort gewartet habe.«

Ich sah sie nur verständnislos an, deshalb wiederholte sie ihre Frage. »Ich habe gefragt, ob ich dich geweckt habe.«

»Ach so.« Ich setzte mich auf und zuckte mit den Schultern. »Keine Ahnung. Besonders gut habe ich sowieso nicht geschlafen.«

»Ich auch nicht.«

»Warum bist du dann schon wach?«

»Ich habe etwas gehört.« Passenderweise klopfte es in diesem Moment an der Tür.

»Wenn es Adam ist, sag ihm, ich bin nach Alaska ausgewandert.« Madison nickte und verließ mein Zimmer. Ich hörte sie flüstern, und kurz darauf kehrte sie mit Yuna, die einen große Tasche dabeihatte, zurück.

Ich legte mir die Hand über die Augen. »Wir wollten heute lernen, oder?«

»Du siehst aus, als hättest du eine verdammt harte Nacht hinter dir«, stellte sie richtigerweise fest.

Das war vermutlich Madisons Stichwort, denn sie zupfte an ihren Klamotten von gestern. »Ich lasse euch mal kurz allein und wasche mir die gestrige Nacht vom Körper.« Sie nickte mir kurz zu und dann verschwand sie.

Yuna kam leichtfüßig wie immer auf mich zu und warf sich zu mir ins Bett. »Du hast geweint.« Sie griff nach meiner Hand. »Warum?«

»Ich darf es dir eigentlich nicht erzählen, aber das alles hängt mit Bullshit-Bingo zusammen.«

Etwas verwirrt runzelte sie die Stirn. »Bullshit-Bingo? Was soll das sein?«, fragte sie.

»Das Spiel, das wir in der Verbindung spielen«, sagte ich. Und dann erzählte ich ihr alles, angefangen beim wahren Grund, warum ich der Verbindung beigetreten war, was jeden zweiten Freitag bei den Verbindungspartys passierte, und vor allem davon, dass Adam mir das Herz gebrochen hatte.

KAPITEL 34

Gemeinsam stand ich mit Yuna und Madison vor dem Verbindungshaus. Jede von uns hielt einen Becher mit Punsch in der Hand. Die Crossbones hatten vor dem Gebäude einen kleinen Weihnachtsstand errichtet, ein Ritual, mit dem sie immer die Winterferien einläuteten. Es war erst kurz nach zwölf Uhr mittags, aber ich war der Meinung, dass ich mir das alkoholische Heißgetränk nach der anstrengenden ersten Prüfungsphase verdient hatte.

Unbehaglich tänzelte ich vor dem Stehtisch von einem Fuß auf den anderen. Ich hatte Angst, dass auch Adam hier auftauchen könnte. Aber bald würde dieser Stress von mir abfallen, denn in ein paar Stunden holte East mich ab, und dann musste ich nicht mehr panisch über meine Schulter gucken. Ich konnte mich dann über Weihnachten zu Hause in meinem Zimmer einsperren und mich von Dad und East mit Braten und *Ben & Jerrys*-Eis vollstopfen und trösten lassen. Die Weihnachtsferien würde ich trotz allem zu Hause verbringen, auch wenn es bedeutete, dass ich Adam dann vielleicht von meinem Zimmerfenster aus sehen musste und er mir noch näher als am College war. Denn dieses Jahr würde seine Familie Weihnachten nicht in einer fancy Skihütte in Colorado verbringen, sondern zu Hause. Was er durch die tausend Nachrichten, die er mir schickte, ziemlich deutlich gemacht hatte. Von *»Es tut mir leid«* bis zu *»Willst du mit nach Sheffield fahren?«* war so ziemlich alles dabei gewesen. Auch einige *Ich-liebe-Dich*, was ich ihm nicht mehr abkaufte.

Und es war nicht so, dass er mir nur geschrieben hatte. Nein, er hatte auch angerufen und versucht, noch einmal mit mir zu sprechen. Er war überall aufgetaucht, wo ich mich aufhielt. Im Café, egal ob wir eine gemeinsame Schicht hatten oder nicht. Vor meinen Vorlesungssälen. Sogar im Wohnheim. Doch ich hatte seine Entschuldigungsversuche jedes Mal ignoriert. Allerdings rechnete ich es ihm hoch an, dass er mich nicht zu einem Gespräch zwang, sondern jede Abfuhr ertrug, wenn auch mit einem traurigen Blick und hängenden Schultern. Dass er nicht aufgab, sollte mir nicht imponieren. Leider hatte mein Herz aus der ganzen Geschichte nichts gelernt und es klopfte immer noch schneller, wenn Adam in der Nähe war. Vielleicht sogar schneller als je zuvor.

Yuna und Madison unterhielten sich gerade über ihre Prüfungen, als Colton und Piper sich zu uns gesellten. Der Verbindungspräsident legte den Arm um seine Freundin und Piper stellte sich neben mich. Sie kaute kurz auf ihrer Unterlippe herum und holt dann tief Luft. »Haley, Colton und ich möchten dir etwas sagen.«

»Was denn?« Die beiden würden mich doch nicht aus der Verbindung werfen, oder?

Colton sah mich freundlich an. »Ich hoffe, du nimmst es Adam nicht übel, aber er hat mir von deinem Problem erzählt.«

Ich biss fest die Zähne aufeinander. Er hatte also nicht nur meinen Bruder öffentlich geoutet, sondern auch gleich noch meine Geldprobleme in die Welt hinausposaunt. Warum wunderte mich das eigentlich noch? »Hat er das?«, zischte ich.

Er nickte. »Daraufhin habe ich mich lange mit ihm unterhalten. Und im Anschluss mit Madison und Piper.«

Ich stellte meinen Punschbecher auf dem runden Tischchen ab, um den wir herumstanden. »Okay.« Etwas unsicher trat ich näher an Yuna heran und hoffte, dass sie mich – egal was gleich passieren sollte – unterstützen würde.

Colton lächelte mich an. »Schau nicht so, als würden wir dich gleich aus der Verbindung kicken.«

»Ehrlich gesagt habe ich keine Ahnung, was gleich passieren wird. Aber wenn du schlechte Nachrichten hast, würde es einem absolut beschissenen Monat noch die Krone aufsetzen.«

Piper legte mir eine Hand auf die Schulter. »Haley, wir können deine Probleme nicht lösen, aber wir können dir ein Angebot machen. Wenn du es schaffst, deine Studiengebühren bis zum Sommer irgendwie zu finanzieren, kannst du ab dem dritten Semester im Verbindungshaus wohnen. Dann würde schon mal ein großer Kostenfixpunkt wegfallen.« Obwohl ich ihr dankbar für das Angebot war, löste es meine Probleme nicht vollständig. Und ich wollte es nicht voreilig annehmen, wenn ich dann vielleicht den restlichen Betrag gar nicht zusammenkratzen konnte. Denn ich musste immer noch die Wohnkosten für das kommende Semester und die Studiengebühren zusammenbekommen.

Easy.

Nicht.

Colton nickte zustimmend. »Genau. Und es tut mir leid, dass wir nicht eine bessere Idee aus dem Hut zaubern können.«

»Oder hunderttausend Dollar«, murmelte Yuna leise.

Sowohl Piper als auch Colton warfen ihr einen kurzen Blick zu, doch dann sprach er weiter: »Wir wollten, dass du weißt, dass wir dich gern weiterhin hierhaben möchten. Piper kennt sich gut mit Studienkrediten und Studentenförderungen aus, weil sie sich auf diesem Gebiet engagiert, und vielleicht gibt's es ja auch für dich irgendwelche Möglichkeiten.«

»Am besten«, sagte Piper, »setzen wir uns im neuen Jahr zusammen und sehen uns gemeinsam deine Möglichkeiten an.« Sie machte einen Schritt auf mich zu und umarmte mich. »Wir können auch gern in den Ferien telefonieren, aber du sollst wissen, dass du damit nicht allein bist.«

Kurz darauf quetschte sich jemand in unsere Umarmung. »Gruppenkuscheln ohne mich? Das geht nicht.« Natürlich war es Madison. Nach mehreren Monaten an der *Penn* hatte sie mich zu einem genauso großen Kuschelbären wie sich selbst gemacht. Und ich bereute es nicht. Es war irgendwie schön zu wissen, dass es Leute gab, denen man etwas bedeutete. Und noch schöner war es, das auch zu zeigen. Ich spürte weitere Arme, die sich um uns schlangen. Offensichtlich waren auch Colton, Piper und Yuna ganz heiß darauf, sich dem Haley-Sandwich anzuschließen.

Es dauerte eine ganze Weile, bis sich meine Freunde von mir lösten. Ich hatte einen dicken Kloß im Hals und wusste gar nicht, wo ich anfangen sollte. »Danke, dass ihr für mich da seid«, krächzte ich. Vielleicht war ich immer noch zu naiv für diese Welt, aber ich war noch nicht bereit aufzugeben. Klar, die Sache mit dem verlorenen Spiel, aber auch Adams Verrat hingen mir immer noch nach. Allerdings war jetzt mein Kampfgeist geweckt. Ich wollte an der *Penn* bleiben. Und ich würde es schaffen.

Am frühen Nachmittag verabschiedete ich mich von meinen Freunden und machte mich auf dem Weg zum Wohnheim. East würde in ungefähr zwanzig Minuten mit Rusty – seinem Auto – hier auftauchen, und ich musste noch meinen Kosmetikbeutel packen. Als ich jedoch in die Nähe des Wohnheims kam, erblickte ich jemanden, den ich ganz sicher nicht sehen wollte.

Adam.

Er lehnte an seinem Wagen und schien auf mich zu warten. »Haley«, sagte er, als er mich entdeckte. »Ich hatte schon Angst, dass du ohne mich nach Sheffield gefahren bist.«

Ich schnaubte. »Glaub mir, das werde ich auch tun. Du kannst also in dein Auto steigen und verschwinden.«

»Haley, ich *kann* nicht.« Er machte einen Schritt auf mich zu. »Ich hab's versaut. Das ist mir in der Zwischenzeit klar geworden.«

»Ach, wirklich?« Wenigstens seine Auffassungsgabe funktionierte noch.

»Ja, aber ich will nicht, dass es mit uns vorbei ist.« Oder vielleicht täuschte ich mich da auch.

Ich bohrte ihm meinen Finger in die Brust. »Na, dann ist es ja gut, dass diese Entscheidung bei mir liegt und nicht bei dir.«

»Komm schon, Prinzessin«, flüsterte er und sah mich mit Tränen in den Augen an. »Bitte gib mir eine zweite Chance.«

Nun lachte ich höhnisch auf. »Eine zweite Chance? Adam, die hattest du schon. Newsflash: Du hast sie versaut.«

»Verdammt.« Nun fiel er einfach vor mir auf die Knie. Es schien ihn nicht zu kümmern, dass er mitten in einer Pfütze landete, oder dass es eigentlich viel zu kalt dafür war, auf dem Boden herumzurutschen. »Haley, was muss ich tun, damit du mir verzeihst?«, flehte er.

»Gute Frage.« Gespielt nachdenklich tippte ich mir mit dem Finger aufs Kinn und ignorierte den demütig vor mir knienden Adam. Was gar nicht so einfach war, denn natürlich arbeitete mein Herz, der Verräter, mal wieder gegen mich. »Die Zeit zurückdrehen?«

»Du weißt, dass das nicht geht. Ich kann dir nur sagen, dass es mir unendlich leidtut und ich so einen Fehler nie wieder machen werde.«

Er sah wirklich aus, als würde er sein Verhalten bereuen. »Mir ist schon klar, dass du mich in Zukunft weder ignorieren noch mich ein weiteres Mal auf so eine krasse Weise täuschen wirst. Denn wenn ich eine Sache weiß, dann, dass du wirklich aus deinen Fehlern lernst. Aber ich habe keine Lust, auf deinen nächsten Fehltritt zu warten.« Traurig schüttelte ich den Kopf. »Ich werde nämlich das Gefühl nicht los, dass du es wieder versauen wirst. Vielleicht würdest du fremdgehen. Oder wegziehen, weil es dir beruflich gerade in den Kram passt. Möglicherweise fällt dir auch einfach irgendwann ein, dass ich doch nicht der Mensch bin, den du dir an deiner Seite wünschst. Und ich bin gerade zu verletzt und enttäuscht von dir, um dir eine weitere Chance zu geben. Verstehst du das?«

Deutlich sah ich Adam schlucken. Er nickte und kam dann schwerfällig auf die Beine. »In Ordnung, Haley.«

Er machte einen Schritt zurück. Und dann noch einen. »Aber darf ich dir noch eine Sache sagen, bevor ich nach Hause fahre und meiner Mom erzähle, was für ein Dummkopf ich bin?«

»Ja.«

»Du bist das erste Mädchen, das ich jemals wirklich geliebt habe. Und das einzige.«

»Ach, Adam.« Ich wollte die Distanz zwischen uns überwinden. Mich in seine Arme werfen. Aber ich blieb stark. »Mach es uns nicht schwerer, als es sowieso schon ist«, flüsterte ich und war kurz davor loszuheulen.

»Es tut mir leid.«

»Irgendwann werde ich Geld von dir verlangen, wenn du diesen Satz noch öfter wiederholst. Vielleicht kann ich so an der *Penn* bleiben.« Mein Galgenhumor funktionierte noch immer.

»Gestehst du mir noch eine letzte Umarmung zu?«, fragte er.

Ich zögerte. Denn Adam zu umarmen würde nichts leichter machen. Aber noch schlimmer konnte es nicht werden, oder? Deshalb machte ich zwei Schritte nach vorn und schmiegte mich an Adams Brust.

Sofort schlang er seine Arme um mich.

»Ich werde uns vermissen«, wisperte ich leise, als ich ein letztes Mal seinen vertrauten Geruch inhalierte.

Eine halbe Stunde später saß ich mit East in seinem Wagen.

»Du bist so ruhig«, stellte er fest.

»Hmpf.« Was war ich heute wieder eloquent.

»Haley?«

»Hmpf?«

»Adam hat mich angerufen.«

Ich lehnte mich im Sitz zurück. »Und?«

»Na ja, es gibt da ein paar Sachen, über die wir reden sollten.«

»Ach.«

East konzentrierte sich aufs Fahren und sah mich beim Sprechen kein einziges Mal an. Vielleicht fiel es ihm aber auch einfach leichter, den Blick auf die Fahrbahn gerichtet zu halten. Immerhin würde es kein leichtes Gespräch werden.

»Es tut mir leid.«

»Wie bitte?«

»Ich muss mich bei dir entschuldigen«, wiederholte er. Dazu hatte er absolut keinen Grund.

»Warum?«, fragte ich irritiert.

Er seufzte laut. »Gehen wir mal ein paar Jahre zurück, an den Tag, an dem mein bester Freund zu mir kam und mir erzählt hat, dass er sich in meine Schwester verliebt hat.«

Ich rieb mir mit den Handballen über die Augen, weil ich nicht bereit für dieses Gespräch war. Ich wollte nicht darüber nachdenken, dass mir Adam danach aus dem Weg gegangen war. Und ich ihm jetzt auch aus dem Weg ging. Generell könnte ich für eine Weile alle Themen meiden, die auch nur im Entferntesten mit Adam zu tun hatten. »East … ich weiß nicht, ob ich das hören will.« *Hören kann …*

»Ich glaube, du musst es hören.«

Laut seufzte ich auf. »Okay.« Das hieß aber nicht, dass ich auch bereit dafür war.

»Zu hören, dass mein bester Freund in meine Schwester verliebt war …« Er schüttelte den Kopf. »Das war echt wie ein Schlag ins Gesicht für mich.«

»Weil du in Adam verliebt warst?«, flüsterte ich.

»Ja.« Im nächsten Augenblick betätigte er den Blinker und fuhr rechts ran. Ein paar Autos hupten, doch East ließ sich dadurch nicht aus der Ruhe bringen.

»Du stehst also auf Männer?«, fragte ich ihn, als er den Motor abstellte.

»Ganz so einfach ist es leider nicht.«

Ich runzelte die Stirn. »Wie meinst du das?«

»Es ist schwierig zu erklären.«

Ich griff nach seiner Hand und drückte sie leicht. »Versuch es einfach.«

»Es ist so, dass ich mich generell schon zu Frauen hingezogen fühle. Ich mag Brüste. Und ich mag Sex mit Frauen.«

»Okay?«

»Aber wenn ich einen Kerl wirklich gut kenne, so wie es bei Adam und mir der Fall war, dann kann ich mir auch mit Männern etwas vorstellen. Eine Zeit lang habe ich sehr intensiv mit Adam abgehangen und dann irgendwie Gefühle für ihn entwickelt, die über reine Freundschaft hinausgehen. Sehr komplizierte Sache.«

»Hast du deshalb nie etwas gesagt?«

Er nickte, woraufhin ich ihn fest umarmte. »Hättest du jemals damit gerechnet, dass wir uns mal in den gleichen Kerl verlieben?«, fragte ich, nachdem er mich – die Zehn-Sekunden-Regel einhaltend – wieder sanft von sich geschoben hatte. Irgendwann würde ich ihm sagen, dass ich jetzt auch für längere Umarmungen bereit war.

»Niemals.« Er lachte. »Aber zum Glück nicht zeitgleich.«

»Das heißt, wenn du jetzt an Adam denkst, dann …?« Ich ließ den Satz absichtlich unvollständig in der Luft hängen.

Er dachte eine Weile darüber nach. »Dann denke ich daran, wie er sich mal in einen Ameisenhaufen gesetzt hat. Oder wie er mal von einer Biene geflüchtet und samt Klamotten in den Fluss gesprungen ist, aber nicht daran, dass wir miteinander … du weißt schon.«

Ich hatte eine blühende Fantasie, aber ich wollte mir meinen Bruder nicht bei irgendwelchen sexuellen Aktivitäten vorstellen. Egal mit wem. »Aber jetzt noch mal zurück zu dem Grund, warum du dich eben bei mir entschuldigt hast. Eigentlich müsste ich mich ja bei dir entschuldigen, oder? Immerhin warst du in Adam verliebt und er hat deine Gefühle nicht erwidert. Meinetwegen.«

»Klar ist das nicht schön, wenn man das erste Mal einem Mann sagt, dass man ihn mag, und dann eine Abfuhr bekommt. Zwar eine nette, aber es bleibt eben eine Abfuhr. Und es macht die Sache nicht besser, wenn der Kerl dann gleichzeitig für die eigene Schwester schwärmt.« East nahm einen tiefen Atemzug. »Was ich aber eigentlich sagen will: Adams Art, seine Gefühle für dich zu unterdrücken und arschig zu dir zu sein, war nicht richtig. Aber es war meine Schuld, dass es so gekommen ist, denn ich habe ihm klipp und klar gesagt, dass er seine Pfoten von dir lassen soll. Und das nicht, weil ich dich vor ihm beschützen wollte, sondern aus einem rein selbstsüchtigen Grund. Denn ich war eifersüchtig.«

»Wow.« Ich lehnte mich zurück und versuchte, seine Worte irgendwie zu verarbeiten. Wenn man Easton zuhörte, dann klang es beinahe so, als wäre er nicht gerade traurig gewesen, dass Adam damals auf Abstand zu mir gegangen war. Eher so, als wäre es ihm ganz recht gewesen. Und ich wusste nicht, wie ich das fand. Einerseits war ich sauer, denn wenn Adam und East ehrlicher gewesen wären, hätten wir die Situation gemeinsam bestimmt gemeistert, ohne jemanden zu verletzen. Andererseits spielte es heute keine Rolle mehr.

Die Vergangenheit war geschehen und ich konnte sie nicht ändern. Deshalb hatte es auch keinen Sinn, mich darüber zu ärgern oder in Was-wäre-wenn-Szenarien zu flüchten.

»Halten wir mal Folgendes fest: Da ich damals keine Gefühle für Adam hatte, hast du mich ja nicht wirklich hintergangen. Adam bleibt also der Arsch in der Geschichte, der er damals war, heute ist und für immer bleiben wird.«

»Haley.« East klang enttäuscht. »Du weißt selbst, dass das nicht stimmt. Adam ist ein guter Mensch.«

»Ein guter Mensch, der mich belogen hat.«

»Er hat dir nicht erzählt, dass er bei Bullshit-Bingo mitgespielt hat. Hätte er nicht gewonnen, gäbe es jetzt gar kein Drama.«

Mir klappte der Mund aus zweierlei Gründen auf. Erstens: Adam hatte East offensichtlich von dem Spiel erzählt. Und zweitens: irgendwie hatte er recht. Und das gefiel mir nicht. »Aber du weißt nicht, wie selbstgefällig Adam dort vorn gestanden ist und rausposaunt hat, welche Aufgaben er gelöst hat.«

»Auch das hat er mir erzählt. Und mein Gott, Haley. Der Kerl wollte seit mehr als sechs Jahren mit dir schlafen. Und selbst als ihr euch nähergekommen seid, hat er sich eine Ewigkeit zurückgehalten und dich zu nichts gedrängt.«

Ich schüttelte den Kopf. »Du warst nicht dabei. Er stand da, auf diesem Couchtisch, und hat einfach erzählt, dass wir Sex hatten.«

»Aber nicht, weil er damit prahlen wollte, sondern weil er das sagen musste, um das Geld zu bekommen.«

Warum war East gerade so rational? Ich wollte, dass er sich genauso über Adams Verrat aufregte wie ich. »Und du bist ihm nicht böse, dass er vor der ganzen Studentenschaft dein Geheimnis ausgeplaudert hat?«

»Ich kenne sie alle nicht. Es ist mir eigentlich ziemlich egal, dass ein Haufen Verbindungsmitglieder weiß, dass ich einmal in meinen besten Freund verliebt war. Hätte er sich in Sheffield damals vor die Highschool gestellt und lauthals hinausposaunt, dass man sich nicht mit mir anfreunden sollte, weil es dann passieren könnte, dass ich mich in einen meiner Kumpels verliebe, wäre es beschissen gewesen. Aber so …« Er zuckte mit den Schultern.

»Aber *ich* kenne dich. Und ich hätte es lieber von dir erfahren.« Ein Fremdouting blieb ein Fremdouting. Und das war verdammt beschissen.

»Ganz ehrlich: Ich bin erleichtert, dass du es jetzt weißt. Denn ich bin mir nicht sicher, ob ich in absehbarer Zeit mit der Sprache rausgerückt wäre. Und dieses ewige schlechte Gewissen war gar nicht so leicht zu ertragen.«

Ich fuhr ihm mit der Hand durchs Haar. »Du Armer.«

»Hey, ich schütte dir hier mein Herz aus und du wirst sarkastisch.«

Ich hob die Hände, als würde ich mich ergeben. »Tut mir leid.«

East sah mich abwägend an. »Bestraf Adam nicht meinetwegen. Für mich ist es in Ordnung, dass er vor einem Haufen Fremder mein Geheimnis hinausposaunt hat. Jetzt musst du darüber nachdenken, ob du damit klarkommst, dass er zugegeben hat, dass Sex mit dir etwas ist, was er sich schon immer gewünscht hat. Denn irgendwie gibt dieses Geständnis mehr über seine Gefühle preis als über deine.«

Ich zog die Beine an und schlang die Arme darum. East beschwerte sich ausnahmsweise mal nicht darüber, dass ich die Schuhe auf dem Sitz abstellte. »Ich bin so enttäuscht, weil er es mir nicht vorher erzählt hat. Er hat das Spiel einfach hinter meinem Rücken gespielt, und das ist es, was mich so verdammt stört.«

»Liegt es nicht vielleicht daran, dass du ebenfalls gewinnen wolltest?«

Frustriert stöhnte ich auf. »Natürlich wollte ich gewinnen. Denn das Spiel war meine einzige Chance, an der *Penn* zu bleiben.«

Er schüttelte den Kopf. »So wie ich das von Adam gehört habe, hättest du ab September einen Gratiswohnplatz.« Der Buschfunk von der *Penn* nach Sheffield funktionierte offensichtlich tadellos. Und ich konnte mir gut vorstellen, wie Madison zuerst Colton von meinen Problemen erzählt hatte, dieser danach zu Adam gelaufen war und der dann im Anschluss mit East telefoniert hatte. »Und um den Rest kümmere ich mich.«

»Easton, du sollst nicht …«

»Pssst. Wir drehen uns im Kreis. Lass uns jetzt einfach nach Hause fahren und Weihnachten genießen. Nach den Feiertagen machen wir uns Gedanken darüber, wie du an der *Penn* bleiben kannst.«

Ich öffnete meinen Mund, um zu protestieren, doch East grinste. »Jetzt, wo wir geredet haben, ist der Zeitpunkt gekommen, an dem du wieder deine Klappe halten kannst.«

Er startete den Motor und stellte demonstrativ das Radio lauter. Und ich hing mit meinen Gedanken bei all den Sachen fest, die East zu mir gesagt hatte.

KAPITEL 35

»Guten Morgen, Pumpkin.« Dad stand mit zwei Tassen in der Hand an der Türschwelle zu meinem Zimmer. Da heute der 25. Dezember war, trug er seinen rot-weiß karierten Weihnachtspyjama. »Darf ich reinkommen?«

Ich setzte mich auf und rieb mir den Schlaf aus den Augen. »Klar doch.« Meine Stimme war noch etwas rau.

Er betrat mein Zimmer und hielt mir eine der Tassen hin. Mir fiel auf, dass seine Hand nicht mehr wie an Thanksgiving zitterte. Ich nahm sie lächelnd entgegen und freute mich, dass er unsere jahrelange Tradition fortführte. Denn am Weihnachtsmorgen gab es immer Kakao mit kleinen Marshmallows. Einfach perfekt.

»Es ist schön, dich wieder hierzuhaben. Ich hab dich vermisst.«

»Ich war doch erst an Thanksgiving da.«

»Das ist schon wieder viel zu lange her.«

»Darf ich mich setzen?«

»Natürlich.« Er setzte sich auf mein Bett und ich musste meine Minnie Maus vor ihm in Sicherheit bringen. Dabei fühlte es sich beinahe so an, als wäre ich wieder sieben Jahre alt, während Dad alles versuchte, um mich aus dem Bett und zeitgerecht in die Schule zu bekommen. »Ich hab dich übrigens auch vermisst.«

Ich trank einen Schluck Kakao und wartete darauf, dass Dad das Gespräch begann. Denn er hatte etwas auf dem Herzen, das sah ich ihm an. Er ließ seinen Blick durchs Zimmer schweifen und blieb an meinem Riverdale-Poster hängen. »Kannst du dich noch erinnern, als deine verrückten Freundinnen dachten, dass ich der Schauspieler bin, der Jugheads Dad spielt?«

Ich lachte auf. »Nicht einmal eine ausführliche Google-Suche konnte sie von der absurden Idee abbringen, dass du es trotzdem bist.«

Er fuhr sich mit der Hand durchs Haar und sah wieder genauso peinlich berührt aus wie damals. »Du hattest es nicht leicht mit mir als Dad, oder?«

»Hab ich irgendetwas verpasst?«, fragte ich. »Du bist der allerbeste Dad.«

Er seufzte, als würde die ganze Last der Welt auf ihm liegen. »Ich hab immer versucht, mein Bestes zu geben. Aber ich war so verdammt jung, als East geboren wurde. Und nicht viel älter, als du kamst. Als deine Mom dann von einem Tag auf den anderen abgehauen ist, war ich ein wenig überfordert mit zwei kleinen Kindern und einem Ganztagsjob.«

»Glaubst du mir, wenn ich dir erzähle, dass du immer total souverän und selbstsicher gewirkt hast? Ich war der festen Überzeugung, dass du mir die Sterne vom Himmel holen kannst.«

»Und jetzt hab ich's verbockt«, sagte er.

Ich griff nach seiner Hand. »Hast du nicht.«

»Weißt du, wie wahnsinnig stolz ich darauf bin, dass du aufs College gehst? Und jetzt musst du dir meinetwegen Gedanken darüber machen.«

»Dad, es gibt bestimmt eine Möglichkeit. Wir werden uns nach Weihnachten zusammensetzen und mit meiner Freundin Piper telefonieren. Ich bin mir ziemlich sicher, dass wir das mit dem Studienkredit geregelt bekommen. Und falls nicht, kann ich möglicherweise ein Semester aussetzen, Geld verdienen und dann weiterstudieren. Wir kriegen das hin.«

»Ich hab dich gar nicht verdient. Andere Kinder würden ihren Eltern Vorwürfe machen. Du nicht.«

»Oh, glaub mir. Ich tue mir immer noch schwer damit, Mom zu verzeihen, dass sie uns einfach im Stich gelassen hat. Aber ich liebe dich, weil du dein ganzes Leben lang East und mich an erste Stelle gesetzt hast.«

Dad wurde ein wenig rot. »Es ist schön, dass du mich nicht als den totalen Versager wahrnimmst, der ich bin.«

Ich umarmte ihn vorsichtig, da ich immer noch die Kakaotasse in der Hand hielt. »Weil du keiner bist.«

»Ich habe übrigens auch ein paar gute Nachrichten«, sagte Dad.

»Welche denn?«

»Mrs Walters will nächsten Sommer in Rente gehen.« Ich blinzelte einige Male. Ich kannte Martha Walters, solange ich denken konnte. Sie war die Sprechstundenhilfe in der Arztpraxis von Adams Dad. Soweit ich wusste, hatte sie früher bereits für Adams Grandpa gearbeitet, sie war also vom Empfang nicht wegzudenken. Außerdem war sie die Grandma meines Ex-Freundes.

»Das freut mich für sie.« Ich nahm einen weiteren Schluck Kakao. »Bisher hat sie nie gewirkt, als würde sie ihren Posten abgeben wollen.«

Dad lachte. »Ja, das stimmt.« Er griff nach meiner Decke und fummelte daran herum. Plötzlich wirkte er nervös.

»Was ist los, Dad?«

Er holte tief Luft. »Eric hat mir ihre Stelle angeboten. Und bevor du irgendetwas sagst: Ja, ich weiß, dass ich absolut ungeeignet dafür bin, aber ich denke, es könnte eine neue Chance für mich sein.«

Eigentlich war mein Dad jemand, der gern mit seinen Händen arbeitete. Ich konnte ihn mir gar nicht am Empfang einer Arztpraxis vorstellen, andererseits würde er nicht darüber nachdenken, wenn ihm die Idee nicht gefallen würde.

»Ich würde dich nicht als ungeeignet bezeichnen. Aber du wirst dort mit einer ganzen Menge Kleinstadtgetratsche konfrontiert sein.« Mein Dad war der Kerl, der von seiner Frau verlassen und zwei kleine Kinder allein großgezogen hatte. Bisher war er vermutlich ebenfalls immer Teil des Klatsches gewesen.

»Damit komme ich schon klar.«

»Dann herzlichen Glückwunsch zum neuen Job.« Ich wusste, dass Dad alles hinbekommen würde.

»Wir werden sehen, ob ich dazu tauge. Eric und ich haben eine Probezeit vereinbart, während Ms Walters mich einarbeiten wird.

Wenn es nicht klappt, kann er sich immer noch jemand anderen suchen. Ich will mich also nicht darauf versteifen.«

»Dad, du hast East und mich großgezogen. Da kannst du auch den Empfang einer Arztpraxis rocken. Ich glaube an dich.«

»Danke schön.«

»Dad?«

»Ja?«

»Ich weiß, wir haben seit Thanksgiving nicht darüber gesprochen, aber wie geht's dir mit …« Ich schaffte es nicht, es laut auszusprechen. Der Mann, der da neben mir saß, war kein typischer Alkoholiker. Zumindest redete ich mir das ein.

Dad ahnte, worauf ich hinauswollte. »Es geht mir gut, und du weißt, ich habe längst eingesehen, dass ich ein Problem habe. Easton bringt mich regelmäßig zu den Treffen der Anonymen Alkoholiker und holt mich im Anschluss wieder ab.«

»Was ihm übrigens wirklich hilft.« Erst jetzt sah ich, dass East im Türrahmen lehnte.

Dad nickte. »Tut es. Ich schaffe das, okay?« Und ich glaubte ihm, weil Dad mich noch nie enttäuscht hatte.

»Hey, eigentlich wollte ich mit den guten Nachrichten warten, bis wir unter dem Weihnachtsbaum sitzen, aber hier ist es ja auch ganz gemütlich.« East betrat mein Zimmer, nahm mir die leere Kakaotasse ab und stellte sie auf den Nachttisch. Danach warf er sich zu mir ins Bett. Langsam wurde es etwas eng hier. Eng, aber gemütlich.

»Welche guten Nachrichten?«, fragte ich, während ich ihm meinen Ellbogen ins Gesicht drückte, damit er ein wenig auf Abstand ging.

Er zog einen zerknitterten Umschlag aus der Tasche seiner Pyjamahose und überreichte ihn mir. »Ich habe deine Probleme für dich gelöst.«

»Wie bitte?«

»Mach auf.«

Ich riss den Umschlag auf und hielt plötzlich einen Kontoauszug in der Hand. Von Eastons Konto, auf dem sich laut Saldo hundertfünfzigtausend Dollar befanden. »Was zur Hölle?«

Ich hielt Dad das Papier entgegen und er nahm es mir aus der Hand. Auf seinem Gesicht spiegelte sich eine Mischung aus Freude,

Überraschung und Schock wider. Ziemlich sicher trugen wir beide den gleichen Gesichtsausdruck zur Schau.

»Easton?«, fragte Dad. »Wie kommst du zu so viel Geld?«

»Tja, ich habe unsere superreiche Mom daran erinnert, dass sie uns in die Welt gesetzt und dann verlassen hat.«

Völlig schockiert sah ich ihn an. »Du warst bei ihr?«

»Jep. Hab mich an ihrem Hausmädchen vorbei in die Lobby gedrängt und laut nach ihr gerufen.« Das klang eindeutig nach meinem Bruder. »Als sie dann auf ihren Tausend-Dollar-Schuhen angestöckelt kam, habe ich sie freundlich wissen lassen, dass ich nicht gehen werde, bis nicht nur alle Bewohner des Hauses, sondern auch die ganze Straße, in der sie wohnt, weiß, was für ein Mensch sie eigentlich ist.«

»Du hast sie bedroht?« Obwohl ich meine Mom hasste, fand ich Eastons Benehmen nicht wirklich angebracht.

»Bullshit! Ich habe sie nur an meine Existenz erinnert. Mal ganz ehrlich, diese Frau könnte sich vermutlich eine eigene Insel leisten, und ich fühle mich nicht schlecht, weil ich sie um hundertfünfzigtausend Dollar ärmer gemacht habe. Das ist vermutlich ein Geldbetrag, den sie, ohne nachzudenken, an einem Shoppingnachmittag ausgibt.«

»Dad!« Ich sah ihn Hilfe suchend an. »Sag ihm, dass er ihr das Geld zurückgeben soll.« Das … ich wusste, East hasste unsere Mom. Aber ich hatte nach dem Gespräch mit Dad über sie mit ihr abgeschlossen. Ob sie eine Narzisstin war oder nicht, konnte nur ihr Psychiater sagen, aber mir reichte Dads Erklärung. Ich wollte ihr nicht mehr nachtragen, dass sie kein Interesse an mir hatte, sondern mich damit abfinden. Nicht alle Eltern liebten ihre Kinder. Und meine Mom liebte sich selbst eben mehr als uns. Wenn man es nicht selbst erlebt hatte, konnte man sich so etwas nicht vorstellen, aber es war eben so. Jedoch hatte East mit der Erpressung eine Grenze überschritten, die ich nicht gut fand. Ein wenig hatte er sich damit auf eine Ebene mit ihr gestellt, und ich hoffte darauf, dass Dad ihn gleich zurechtweisen würde.

Doch mein Dad biss sich nur nachdenklich auf die Unterlippe und schwieg.

»East, du kannst das Geld nicht annehmen«, sagte ich streng. »Das ist nicht richtig.«

»Pumpkin? Ich finde nicht, dass Easton das Geld zurückgeben sollte.« Wieso fiel Dad mir jetzt in den Rücken? Hatte er nicht irgendwas davon gefaselt, dass er ihr nichts nachtrug?

»Wie bitte?« Ich musste mich eindeutig verhört haben, denn mein Dad, der mir immer vorgelebt hatte, dass man mit Ehrlichkeit und harter Arbeit am weitesten kam, wollte nun Geld von der Frau annehmen, die ihn verlassen hatte.

Entschuldigend sah er mich an. »Sie hat sich ihr ganzes Leben lang aus der Verantwortung gezogen. Sie hat euch einfach zurückgelassen. Ein wenig finanzielle Entschädigung halte ich da durchaus für angebracht.«

»Aber ich will ihr Geld nicht«, zischte ich.

East verschränkte die Arme vor der Brust. »Aber ich will es. Und mein größter Wunsch ist es, dir mit dem Geld einen Teil des Colleges zu finanzieren.«

»East! Nein, verdammt. Du könntest … keine Ahnung, ein Tonstudio mieten und deine eigene Musik aufnehmen, anstatt …«

Er schüttelte den Kopf. »Möchte ich aber nicht. Ich will nur, dass du das College abschließt.«

Frustriert stöhnte ich auf. »Das kann doch alles nicht wahr sein.« Ich bekam das einfach nicht in meinen Kopf.

»Haley, sieh es doch als das, was es ist«, bat Dad mich.

»Schmerzensgeld!«, warf Easton ein.

Dad verdrehte die Augen. »Unterhalt.«

»Das klingt besser«, stimmte Easton ihm zu.

»Aber du hast das Geld erpresst«, hielt ich dagegen.

Dad schnaubte. »Mein schlechtes Gewissen hält sich in Grenzen.« Was ich durchaus verstand, denn meine Mom hatte genug Geld zur Verfügung, um mal schnell eine größere Summe lockerzumachen. Trotzdem hatte ich immer noch moralische Gedenken.

»Meins auch. Sie hat mich schneller nach meinen Kontodaten gefragt, als ich ›Überweis mir die Kohle‹ sagen konnte. Offensichtlich wollte sie mich dringend loswerden. Sie hätte ja auch einen Hauch von schlechtem Gewissen haben und sich bei mir dafür entschuldigen können, dass sie uns im Stich gelassen hat.« Die Sache mit unserer Halbschwester erwähnte East nicht. Ohne dass wir darüber sprechen mussten, waren wir uns beide einig, dass Dad davon nichts erfahren musste. »Oder dafür, dass sie dich zweimal abgewiesen hat. Aber es kam nichts. Wir sind für sie einfach nur eine schlechte Erinnerung.« Seine Stimme brach. East war also keinesfalls so abgeklärt, wie er tat. Ihn verletzte das Verhalten unserer Mom genauso wie mich, allerdings würde er das niemals offen zugeben.

Ich beugte mich zu East und umarmte ihn. Leider hatte ich keine Ahnung, was ich sagen konnte, um ihn zu trösten. »Na, dann lassen wir sie mal für unsere Träume bezahlen«, flüsterte ich ihm zu.

Als ich mich von ihm löste, zwinkerte er auffällig oft. Meine Augen blieben dagegen trocken, aber ich hatte in den letzten Wochen oft genug geweint.

Auch Dad wirkte nicht ungerührt. »Vielleicht habe ich es doch nicht so sehr versaut, wie ich immer dachte«, wisperte er und wischte sich eine Träne aus dem Augenwinkel. Dieser Satz war besser als jedes *Ich hab dich lieb*, das ich zuvor von ihm bekommen hatte.

KAPITEL 36

»Haley, hast du heute schon aus dem Fenster gesehen?«, fragte East, während er mit den Händen voller Geschenkpapier auf dem Weg in die Küche war.

»Nein?«

»Es hat geschneit«, sagte er und verschwand aus meinem Sichtfeld.

»Und?«, rief ich ihm hinterher, bekam aber keine Antwort.

»Ich glaube, das war Eastons subtile Aufforderung, aufzustehen und aus dem Fenster zu sehen«, murmelte Dad abgelenkt. Er war zu sehr mit dem Laptop beschäftigt, den East ihm geschenkt hatte. Was gut war. Bisher hatte er nicht viel mit Computern am Hut gehabt, allerdings würde sich das bald drastisch ändern. Es konnte also nicht schaden, wenn er sich schon mal ein wenig mit dem Führen eines Kalenders vertraut machte.

Seufzend rappelte ich mich auf und schleppte mich zum Fenster. »Hast du die Schneemannfamilie im Garten gebaut?«, rief ich in Richtung der Küche.

»Nope.«

Ich drehte mich zu Dad um. »Du?«

»Nein.«

Etwas verwirrt drückte ich den Kopf gegen die Scheibe. Aber wer sollte denn … Adam! Er musste es gewesen sein. Die Frage war nur: Aus welchem Grund baute er eine Schneefamilie in unserem Garten?

Und dann sah ich, dass der größte Schneemann ein weißes Geschenk in seinen Händen hielt. Mir war klar, dass ich eigentlich nicht nach draußen gehen sollte, aber meine Füße waren da anderer Meinung. Denn zuerst führten sie mich zur Couch, wo ich mir eine Decke um den Körper schlang, und dann zur Hintertür, wo meine alten Crogs standen. Nicht unbedingt das beste Outfit, aber da mein Gehirn und mein Körper immer noch lauthals stritten, ob ich wirklich rausgehen sollte, würde es wohl nicht besser werden.

Ich öffnete die Tür und stand dann einige Sekunden auf der Schwelle, bevor ich mir einen Ruck gab und auf die Schneemänner zulief, wobei das nicht ganz richtig war. Denn es waren drei Schneemänner und eine Schneefrau, wie ich jetzt erkannte. Vielleicht mein Dad, East, Adam und ich?

Den Gedanken schüttelte ich so schnell ab, wie er gekommen war, stapfte auf den Paket-Schneemann zu und schnappte mir das Geschenk. Ich war mir ziemlich sicher, dass Adam mich beobachtete. Denn er hatte nicht nur aus seinem Zimmer einen guten Blick auf unseren Garten, sondern auch vom Wohnzimmer aus. Ich klemmte mir also das Geschenk unter den Arm, streckte den Mittelfinger in Richtung seines Hauses und ging dann wieder hinein. Im Nachhinein bereute ich meine Überreaktion, denn eigentlich war ich gar nicht mehr wütend auf Adam. Sondern einfach nur noch enttäuscht.

Drinnen angekommen, sahen mir sowohl Dad als auch East von der Couch entgegen. »Du warst draußen«, stellte mein Bruder fest.

»Ja. Offensichtlich hat Santa ein Geschenk nicht unter den Baum gelegt.«

Dad schmunzelte. »Nein, das war ganz anders. Santa war hier und wollte das Geschenk für dich abgeben, aber ich habe ihm mit einem Baseballschläger die Tür aufgemacht und ihm erklärt, dass, wenn er auch nur einen Fuß über die Schwelle setzt, ich ihm eins über die Rübe ziehe.«

»Dad!«, keuchten Easton und ich gleichzeitig.

»Du kannst Adam doch nicht so zusetzen«, fügte East hinzu. »Er war früher so oft hier, dass er dein drittes Kind sein könnte.«

Mein Dad verschränkte die Arme vor der Brust. »Ist mir egal. Er hat mein kleines Mädchen verletzt.« Natürlich hatte ich ihm erzählt, dass das mit Adam und mir katastrophal in die Brüche gegangen war. Nicht weil ich wollte, aber nachdem wir Thanksgiving gemeinsam verbracht hatten, war es irgendwie notwendig gewesen, ihm die Wahrheit zu sagen.

»Du wirst bald für deinen besten Freund, seinen Dad, arbeiten«, sagte ich. »Da kannst du Adam doch nicht mit einem Baseballschläger bedrohen.«

»Ich kann. Und ich werde es wieder tun.«

Easton stand auf und nahm mir das Paket ab, um es zu betrachten. »Aber es ist schon irgendwie süß, dass er sich die Mühe gemacht und dir das Geschenk auf andere Weise überreicht hat.«

Mein Bruder gab mir das Geschenk zurück. »Willst du es nicht öffnen?«

Nicht, wenn Dad und er mich dabei beobachteten. »Ich gehe mal kurz in mein Zimmer«, sagte ich, und dann lief ich auch schon in Richtung der Treppe. Natürlich nahm ich zwei Stufen auf einmal und warf, oben angekommen, die Tür hinter mir ins Schloss.

Mitten im Raum ließ ich mich auf den flauschigen Teppich sinken, schob die Decke von meinen Schultern und starrte das Geschenk an. Es war eine weiße Schachtel, um die ein weißes Geschenkband geschlungen war.

Es dauerte bestimmt fünf Minuten, bis ich die Schleife löste, und weitere zehn, bis ich den Deckel anhob und vorsichtig hineinsah. Die ganze Zeit über war ich unsicher, ob ich es überhaupt auspacken oder es besser einfach über den Gartenzaun zurück auf Adams Grundstück werfen sollte.

Ich runzelte die Stirn und zog eine Eintrittskarte heraus. Sie war für das Homecoming-Spiel unserer Highschool … von vor fünf Jahren? Etwas verwirrt drehte ich die Karte und fand ein Post-it. *Weil ich schon damals nur bei dir sein wollte,* stand darauf.

Mein Herz machte einen Satz, und ich war mir ziemlich sicher, dass es am liebsten zum Nachbarhaus gelaufen und Adam in die Hände gesprungen wäre. Aber ich blieb sitzen, legte die Karte zur

Seite und griff nach dem nächsten Gegenstand. Ein Foto. Es war unterbelichtet und auch ein wenig verwackelt, vermutlich mit einer Handykamera geschossen. Ich saß auf der Couch und hatte mir eine Decke bis zur Nase gezogen. Mit schockgeweiteten Augen starrte ich vermutlich auf den Fernseher. Auch auf dem Bild klebte ein Post-it. *Vermutlich habe ich mich in diesem Augenblick in dich verliebt. Und ich liebe dich immer noch.*

Danach fand ich ein kleines Ansteckstäußchen im Geschenkkarton. Die Notiz darauf lautete: *Weil ich immer dein Abschlussball-date sein wollte.*

Ich griff wieder in die Schachtel und holte eine Keramiktasse daraus hervor. Lustigerweise sah sie genauso aus wie die Tasse, die ich damals von ihm bekommen hatte. Nur dieses Mal ohne Zahlen, sondern mit dem Text: Ich liebe dich. Ich zog den dazugehörigen Zettel auf der Tasse und las. *Weil 01001001011000110110100000 10000001101100011010010110010101100010011001010010000 001100100011010010110001101101000 »Ich liebe dich« bedeutet. Und ich immer schon wollte, dass du es weißt.*

O. Mein. Gott.

Ich musste die Tasse auf den Teppich stellen, denn sonst wäre sie mir bestimmt aus meinen zittrigen Händen gefallen. Für einige Sekunden starrte ich auf die bisherigen Geschenke und versuchte zu verstehen, was das alles bedeutete. Für Adam. Für mich. Für uns.

Als Nächstes fand ich ein T-Shirt mit dem Logo der *Penn University*. Auch darauf klebte ein Post-it. *Ich bin so froh, dass du dich für die Penn entschieden hast, denn dadurch habe ich eine zweite Chance erhalten. Tut mir leid, dass ich sie versaut habe.*

Darunter lag versteckt ein Coffee-to-go-Becher aus Papier. Und nicht irgendeiner. Er war aus dem Café, in dem Adam und ich arbeiteten. Ich zog einen zusammengefalteten Zettel heraus. Darauf stand: *Ich werde nie wieder einen Karamell-Latte macchiato ausschenken können, ohne an dich zu denken. Überhaupt bist du ständig in meinem Kopf. Schon immer. Für immer.*

Und zum Schluss zog ich einen Scheck aus der Schachtel. Er war auf hunderttausend Dollar dotiert. Auch darauf klebte ein Post-it.

Kein Geld der Welt ist es wert, dich zu verlieren. Es tut mir leid, dass ich das zu spät erkannt habe.

Kurz darauf war ich auch schon auf den Beinen, verließ mein Zimmer, lief die Treppe nach unten, durch das Wohnzimmer, nahm die Vordertür nach draußen und hielt direkt das Nachbarhaus zu. Dass ich keine Schuhe anhatte, fiel mir erst auf, als ich durch den Schneematsch auf Adams Haus zurannte und meine Füße sich in kleine Eiszapfen verwandelten. Auch mein Pyjama war keine adäquate Bekleidung, aber das war mir egal.

Ich läutete im Takt meines wild klopfenden Herzens Sturm, und kurz darauf wurde die Tür aufgerissen. Adams Mom ließ schockiert den Blick über mich schweifen. Offensichtlich war mein Aufzug Grund zur Besorgnis. »Haley? Ist etwas passiert?«

»Nein, Edith.« Ich keuchte, weil ich so gerannt war. »Oder ja. Adam ist passiert.«

Und genau der kam gerade die Treppe hinuntergestürmt. Adam sah nicht gut aus, denn unter seinen Augen lagen tiefe Schatten, und er strahlte nicht die gleiche arrogante Selbstgefälligkeit wie sonst aus. Gleichzeitig war er für mich der schönste Mensch auf der ganzen Welt.

Zwei Meter von mir entfernt blieb er stehen. Seine Mom immer noch zwischen uns. »Ich bin dann mal …«, sagte sie und wedelte unbestimmt mit der Hand, »irgendwo.« Sie lief quasi vor uns davon.

Und dann waren Adam und ich allein. Und keiner von uns bewegte sich. Wir sahen uns einfach nur an, zeigten uns den Schmerz, den wir uns gegenseitig zugefügt hatten. Denn es war ganz klar, dass in den letzten Wochen nicht nur einer von uns gelitten hatte. Es war uns beiden absolut beschissen gegangen.

Ich räusperte mich. »Adam, ich hab da etwas für dich.« Mühsam lockerte ich meine Finger vom Scheck, an dem ich mich die ganze Zeit festgehalten hatte. »Den solltest du wieder nehmen.«

Sofort schüttelte er den Kopf. »Nein. Ich will ihn nicht zurück, denn er erinnert mich daran, dass ich alles falsch gemacht und es mit uns versaut habe.« Das war mal ein Statement.

Mit meinen völlig durchweichten Socken ging ich auf Adam zu und drückte ihm den Scheck gegen die Brust. »Aber ich brauche ihn nicht.«

»Prinzessin«, sagte er seufzend und machte keine Anstalten, das Stück Papier zu nehmen. Darum flatterte es einfach zwischen uns auf den Boden. »Du sollst nicht wegen mir deinen Traum aufgeben müssen.«

»Genauso wenig wie du deinen.« Ich sah Adam tief in die Augen. »Ich hatte viel Zeit, um über das, was passiert ist, nachzudenken. Und ich bin zu dem Ergebnis gekommen, dass keiner von uns zurückstecken sollte.«

»Das dachte ich auch, bis ich den größten Fehler meines Lebens gemacht habe.« Offensichtlich hatten alle seine Verfehlungen mit mir zu tun. Und ich wusste nicht, ob das schmeichelhaft oder einfach nur traurig war.

»Der größte?«, fragte ich. Denn es war gar nicht so lange her, da hatte er einen anderen großen Fehler wiederholt.

»Natürlich. Ich hab dich verloren, weil ich ein egoistischer Arsch war.«

Ich konnte nicht anders, ich griff nach seiner Hand und verschränkte unsere Finger miteinander. »Hör mal, ich glaube, eine gute Beziehung kann man nur führen, wenn jeder weiterhin seinen Träumen nachjagt und sie nicht für den anderen aufgibt.«

»Aber wie soll das gehen? Ich meine, sieh uns doch an. Wir befinden uns genau aus diesem Grund in einer Pattsituation«, flüsterte er und hob vorsichtig seine andere Hand an. Sie zitterte, als er sie an meine Wange legte.

»Tja, dann habe ich eine gute Nachricht für dich, denn ich bekomme auch ohne das Geld von Bullshit-Bingo den größten Teil meiner Studiengebühren zusammen.«

Adam runzelte die Stirn. »Wie?«

»Meine Mom.«

Erstaunt sah er mich an. »Hat sie doch so etwas wie ein Gewissen entwickelt?«

Ich lachte freundlos auf. »So ähnlich.« Irgendwann würde ich ihm bestimmt von Easts Erpressung erzählen, aber jetzt war nicht der

Zeitpunkt dafür. Denn im Moment ging es um Adam und mich. »So wie es aussieht, kann ich an der *Penn* bleiben.« Und ich würde dazu nicht einmal das ganze Geld von Easts Konto brauchen, denn Dad hatte bald wieder einen Job, ich würde weiterhin im Café arbeiten und ab nächstem Semester konnte ich im Verbindungshaus wohnen.

Adams Augen leuchteten auf, und dann zog er mich in eine feste Umarmung. »Ich freu mich so für dich«, flüsterte er. »Egal wie es mit uns weitergeht ... ich bin froh, dass du das Studium fortsetzen kannst.« Dass er nicht einfach davon ausging, dass zwischen uns plötzlich wieder alles gut war, brachte ihm einen klitzekleinen Bonuspunkt ein. Was bei den Minuspunkten, die er angesammelt hatte, nicht wirklich ins Gewicht fiel, aber seinen guten Willen zeigte.

»Ich bin übrigens nicht nur gekommen, um dir den Scheck zurückzugeben.« Ich atmete tief den typischen Adam-Geruch ein, der in seinem Hoodie hing, und machte mich dann von ihm los.

»Nicht?« In seinen Augen schimmerte so etwas wie Hoffnung auf.

»Ich wollte dir auch etwas sagen.«

»Was denn?«

»Du bist ein Arsch. Zumindest manchmal, aber die meiste Zeit bist du eigentlich ziemlich in Ordnung. Und ich glaube, dass du den ganzen Mist mit dem Spiel nicht gemacht hast, um mich zu verletzen.«

Unsere Hände fanden wieder zueinander. »Habe ich wirklich nicht«, bestätigte er. »Ich wusste, dass du es nicht gut findest, wenn ich gewinne. Vor allem, da ich es ja auch gar nicht darauf angelegt habe zu gewinnen. Es ist einfach so passiert. Und dann war mir klar, dass ich auf der nächsten Party Bingo schreien kann, und das war einfach so ...« Er deutete mit den Händen eine Explosion seines Kopfes an.

»Unbeschreiblich?« Ich holte tief Luft, denn die nachfolgenden Worte fielen mir nicht leicht. Allerdings musste ich sie auch aussprechen, denn ich meinte sie ernst. »Herzlichen Glückwunsch zum Gewinn. Ich freue mich wirklich für dich, und ich nehme an, du kannst das Geld für die Entwicklung der App gut gebrauchen.«

»Haley«, sagte er. »Ich scheiß auf die App, wenn du mir noch eine allerletzte Chance gibst. Ich verspreche dir, ich werde sie nicht verbocken.«

»Weißt du, was das Schlimmste ist?«, fragte ich. »Ich glaube dir sogar.« Was vermutlich total naiv von mir war, aber das Gespräch mit East hatte mir klargemacht, dass das mit Adam und mir funktionieren konnte. Weil er mich liebte. Und ich ihn. »Denn du liebst mich wirklich. Das hast du nicht nur so dahergesagt.«

Adam lächelte. »Vermutlich liebe ich dich schon mein ganzes Leben lang.« Zumindest eine sehr lange Zeit, seinen Geschenken nach zu urteilen.

Ich erwiderte Adams Lächeln. »Es hat etwas länger gedauert, bis auch in meinem Kopf angekommen ist, dass du der Richtige für mich bist.«

»Bin ich das?«, fragte er. »Obwohl ich es zweimal versaut habe?«

Ich schlang die Hände um seinen Nacken. »Ich bin mir ganz sicher, dass wir es beim dritten Anlauf hinbekommen.« Vielleicht würde nicht jeder verstehen, warum ich Adam eine weitere Chance gab, immerhin hatte er mich bereits zweimal verletzt. Wäre Adam irgendein Kerl, den ich eben erst kennengelernt hatte, hätte ich mich womöglich anders entschieden. Aber Adam war eben Adam.

Mein Nachbar.

Mein Freund.

Und vielleicht sogar meine große Liebe.

Ich würde nur herausfinden, ob er aus seinen Fehlern lernte, wenn ich nicht vor meinen Gefühlen davonlief. Aber ich glaubte an Adam und mich. Und daran, dass alles gut gehen würde. Hin und wieder musste man in seinem Leben einfach optimistisch sein und an das Gute in anderen Menschen glauben, anstatt immer vom Schlechtesten auszugehen.

»Ist das jetzt der Moment, in dem ich dich küssen darf?«, fragte Adam.

Ich stellte mich auf die Zehenspitzen. »Nur wenn du nie wieder damit aufhörst«, wisperte ich und drückte meine Lippen auf seine.

EPILOG

Zehn Jahre später …
Adam und ich standen gerade vor unserem ersten gemeinsamen Haus in Palo Alto. Ehrlich gesagt hätte ich nie gedacht, dass wir es jemals so weit schaffen würden. Wenn ich an das Mädchen von damals zurückdachte, das zwar den Traum gehabt hatte, aufs College zu gehen, aber nicht einmal wusste, für welchen Studienzweig sie sich entscheiden sollte, konnte ich nur den Kopf schütteln.

In den vergangenen zehn Jahren war eine Menge passiert. Ich hatte mich für ein Studienfach entschieden – Betriebswirtschaft –, war nach meinem ersten Jahr an der *Penn* ins Verbindungshaus gezogen, und nach dem zweiten hatte Adam mich gefragt, ob ich bei ihm einziehen wolle. Und ich hatte *Ja* gesagt.

Es war das erste *Ja* von vielen weiteren gewesen.

Ein paar Jahre später hatte er mich gefragt, ob ich ihn heiraten wolle. Und ob ich mir vorstellen könne, mit ihm zusammenzuarbeiten. In all den Jahren hatte Adam einige Apps auf den Markt gebracht, Firmensoftware programmiert und gemeinsam mit ein paar Freunden vom College eine eigene Firma gegründet. Es war nicht immer leicht gewesen, doch ich hatte immer an ihn geglaubt. Selbst als wir uns eine Zeit lang nur noch von Fertignudeln ernähren mussten und mit drei anderen Programmierern in einer schuhschachtelgroßen Mietwohnung im Silicon Valley gelebt hatten. Der große Durchbruch war Adam und seinen Freunden dank einer Social-Media-App namens *Videopeek* gelungen.

Unser Haus hatte so viel gekostet, dass meine Hand beim Unterschreiben des Kaufvertrages gezittert hatte.

»Das ist jetzt wirklich unser Haus«, sagte Adam und sah mich genauso fassungslos an, wie ich mich fühlte.

Adam zog mich in seine Arme und drückte mir einen Kuss auf den Scheitel, und der Muskel in meiner Brust machte einen aufgeregten Satz. Langsam gab ich die Hoffnung auf, dass mein Herz sich jemals an Adams Zärtlichkeiten gewöhnen würde. Immer wenn er mich berührte, klopfte es wild. Weder mein Herz noch ich hatten es in all den Jahren bereut, ihm eine weitere Chance gegeben zu haben.

Ich schmiegte mich an Adams Brust. »Bist du glücklich?«

»Solange du bei mir bist, immer.« Er brachte ein wenig Abstand zwischen uns, damit ich ihn ansehen konnte. »Ich liebe dich, Haley.«

»Und ich dich.«

Danach hob er mich hoch. »Huch. Was hast du vor?«, fragte ich.

»Meine Frau über die Türschwelle tragen.« Mit mir auf den Armen ging er die Stufen nach oben und brachte mich sicher ins Innere des Hauses.

»Prinzessin?«

»Ja?«

»Meinst du, wir sind bereit für ein Baby?«

Vermutlich wunderte es niemanden, dass meine Antwort auch dieses Mal *Ja* lautete.

ENDE

DANKSAGUNG

Was für eine Geschichte. Ich hoffe, sie hat euch gefallen, denn für mich ist die Story rund um Haley und Adam etwas ganz Besonderes. Ich freue mich riesig, dass Astrid nach einer kurzen Leseprobe genauso begeistert von Haley und Adam war wie ich. Denn ganz ehrlich: Ich war laaaaange auf der Suche nach dem richtigen Zuhause für die beiden, hatte die Hoffnung schon aufgegeben und Haley und Adam ganz nach hinten in die Schublade gesteckt. Und dann kam Astrid wie die Superheldin, die sie nun mal ist, und hat mich gefragt, ob ich nicht vielleicht Lust hätte, ein Buch für den Drachenmond Verlag zu schreiben. Überraschung: Ja, hatte ich. :) Adam, Haley und ich sind superglücklich, und wir hoffen, dass ihr dieses Buch mit einem zufriedenen Lächeln auf den Lippen zuklappt.

An dieser Stelle möchte ich auch ganz besonders Stella Tack, Nina MacKay und Justine Pust danken, denn ohne diese drei großartigen Autorinnen hätten Astrid und ich uns vielleicht nie gefunden. Ihr seid die Besten.

Danke auch an meine Lektorin Mira (Herzgestein Lektorat), die meine Geschichte dank ihrer vielen Anmerkungen noch besser gemacht hat.

Auch bei meinen Testleser*innen möchte ich mich unbedingt bedanken. Allen voran bei Diana, Cheerleaderin ab der ersten Sekunde. Ohne deine motivierenden Worte hätte ich dieses Buch womöglich niemals geschrieben.

Auch Jenny, Katharina, Juli und Maya gebührt großer Dank, da sie mir bei diesem (und jedem anderen) Projekt zur Seite gestanden sind. Ihr seid die Besten, und ich bin froh, euch in meinem Leben zu haben.

Katharina Wolf

Was wir von Quallen lernen können

ISBN: 978-3-95991-550-2, Klappenbroschur, EUR 14,90

»Ich will eigentlich nur sagen, dass es sich lohnt, gegen den Strom zu schwimmen. Für sein Glück zu kämpfen. Und ich bin mir sicher, dass es sich lohnt, wenn wir um uns kämpfen.«

Henry, der schüchterne Nerd, der nicht nur mit seinen umfassenden Kenntnissen über Quallen, sondern auch bei den wöchentlichen Quiz-Abenden in seinem Lieblingspub mit seinem Allgemeinwissen glänzt, schwärmt schon lange für den attraktiven Barkeeper Max. Eines Tages setzt Henry alles auf eine Karte und schiebt ihm seine Nummer zu. Obwohl er nicht mit einer Antwort rechnet, geschieht das Undenkbare und Max will sich mit Henry treffen. Henry könnte nicht glücklicher sein, denn er schwebt nach jedem Date auf Wolke sieben. Doch nach und nach schleichen sich bei Henry Zweifel ein. Warum meldet sich Max manchmal tagelang nicht und stößt ihn immer wieder von sich? Hat ihre Beziehung überhaupt eine Chance, oder zerbricht sie an den Geheimnissen, die zwischen ihnen stehen?

Mariella Heyd

No Pain, No Gain – No Love

ISBN: 978-3-95991-379-9, Klappenbroschur, EUR 14,90

Endlich raus aus ihrem alten Leben!
Die heiß ersehnte Studienzusage der University of Michigan erlaubt es der 19-jährigen Harper, von ihrer kaputten Familie fortzukommen.
Jetzt soll alles anders werden. Sie konzentriert sich aufs Lernen und gönnt sich keinerlei Ablenkungen – bis ihr der 13-jährige Everett über den Weg läuft, der dabei ist, auf die schiefe Bahn abzurutschen. Harpers Helfersyndrom schlägt an und sie beschließt, ihn zu retten. Was ziemlich schwierig wird, vor allem, weil sie dadurch immer wieder ihrem Mitstudenten Maxwell über den Weg läuft. Der erregt zwar augenblicklich ihre Aufmerksamkeit – doch leider bringt er ein paar Eigenschaften mit, für die es in ihrem Leben nie wieder Platz geben sollte.

Du brauchst Lesenachschub und möchtest dich überraschen lassen
oder wünschst Empfehlungen? Da können wir helfen!
Wir stellen für dich ganz individuell gepackte Buchpakete zusammen – unsere

DRACHENPOST

Du wählst, wie groß dein Paket sein soll, wir sorgen für den Rest.

Du sagst uns, welche Bücher du schon hast oder kennst und zu welchem Anlass es sein soll.
Bekommst du es zum Geburtstag #birthday
oder schenkst du es jemandem? #withlove
Belohnst du dich selber damit? #mytime

Je mehr wir wissen, umso passender können wir dein Drachenmond-Care-Paket schnüren.
Du wirst nicht nur Bücher und Drachenmondstaubglitzer vorfinden, sondern auch Beigaben,
die deine Seele streicheln. Was genau das sein wird, bleibt unser Geheimnis …

Die Wahrscheinlichkeit ist groß,
dass sich das ein oder andere signierte Exemplar in deiner Box befinden wird. :)

Wir liefern die Box in einer Umverpackung, damit der schöne Karton heil bei dir ankommt und
als Geschenk nicht schon verrät, worum es sich handelt.

Lisan bringt das kleinste Drachenpaket zu dir, wobei *klein* bei Drachen ja relativ ist. € 49,90
Djiwar schleppt dir in seinen Klauen einen seitenstarken Gruß aus der Drachenhöhle bis vor die Tür. € 79
Xorjum hütet dein Paket wie seinen persönlichen Schatz und sorgt dafür, dass es heil bei dir ankommt –
und wenn er sich den Weg freibrennt! € 99,90

Zu bestellen unter www.drachenmond.de